Maxime Chattam

Né en 1976 à Herblay, dans le Val-d'Oise, Maxime Chattam fait au cours de son enfance de fréquents séjours aux États-Unis, à New York, à Denver, et surtout à Portland (Oregon), qui devient le cadre de *L'âme du mal*. Après avoir écrit deux ouvrages (qu'il ne soumet à aucun éditeur), il s'inscrit à 23 ans aux cours de criminologie dispensés par l'université de Saint-Denis. Son premier thriller, *Le 5e règne*, publié sous le pseudonyme de Maxime Williams, paraît en 2003 aux éditions Le Masque. Cet ouvrage a reçu le Prix du roman fantastique du festival de Gérardmer. Maxime Chattam se consacre aujourd'hui entièrement à l'écriture. Après la trilogie composée de *L'âme du mal*, *In tenebris*, et *Maléfices*, il a écrit quatre autres romans : *Le sang du temps* (Michel Lafon, 2005), *Les arcanes du chaos* (Albin Michel, 2006), *Prédateurs* (Albin Michel, 2007) et *La théorie Gaïa* (Albin Michel, 2008).

Retrouvez toute l'actualité de Maxime Chattam sur
www.maximechattam.com

LES ARCANES DU CHAOS

DU MÊME AUTEUR
CHEZ POCKET

LE 5e RÈGNE
LE SANG DU TEMPS

La trilogie de Joshua Brolin :

L'ÂME DU MAL
IN TENEBRIS
MALÉFICES

MAXIME CHATTAM

LES ARCANES DU CHAOS

ALBIN MICHEL

Si d'aventure vous souhaitiez vous offrir le plaisir de teinter ces mots d'une note d'émotion supplémentaire, je vous propose les bandes originales des films qui m'ont accompagné pendant la rédaction de cet ouvrage :
— *House of Sand and Fog*, de James Horner.
— *Un long dimanche de fiançailles*, de Angelo Badalamenti.
— *Existenz*, de Howard Shore.
— *Batman Begins*, de Hans Zimmer et James Newton Howard.
— *The Forgotten*, de James Horner.
Puissent-elles vous emporter aussi loin qu'elles l'ont fait pour moi.

Edgecombe, le 20 octobre 2005.

www.maximechattam.com

ISBN 978-2-266-17400-8

PROLOGUE

EXTRAIT DU BLOG DE KAMEL NASIR, 12 SEPTEMBRE.

Cette histoire est vraie.

Je la confie dans le silence de cette chambre à l'ordinateur en espérant que la mémoire collective y accédera bientôt. Mais on ne gratte jamais une blessure immédiatement, on attend qu'elle cicatrise. Pour oser remettre en question le passé douloureux il faut du temps. J'ai fait de mon mieux pour tout relater.

J'ai essayé d'être le plus objectif possible lors de la rédaction de ce témoignage. Je me suis essentiellement basé sur des documents que vous pourrez vous procurer sans difficulté. Tout est vrai.

Vous qui lisez ces lignes ne savez pas encore ce qui vous attend.

Le choc d'une vérité dévoilée. D'un assemblage de petites questions qui vous agaçaient le coin du regard depuis un moment, et qui soudain feront sens.

Puissiez-vous être nombreux à vous interroger.

À ne plus oublier.

Et surtout, nombreux à vous rassembler.

Sinon ils *nous engloutiront. Ils ont déjà commencé.*

Ils *sont puissants. Féroces.*
Yael n'y croyait pas.
Thomas et elle sont passés de l'autre côté.
La prochaine fois, ça pourrait être votre tour
Car tout peut basculer en un instant.
C'est arrivé à mes amis.
Qui sera le prochain, la prochaine ?

PREMIÈRE PARTIE

LE MONDE DES OMBRES

1

C'était un jeudi. Yael se délassait dans un bain chaud, la mousse crissait mollement, tandis que ses deux mains crevaient la surface onctueuse pour tenir magazine et stylo. La jeune femme avait ramené ses cheveux bouclés au-dessus de la nuque, formant un essaim de serpentins bruns.

Pour une fois, le test de *Cosmo* n'était pas complètement mièvre. Pas intelligent pour autant ! « Faites votre bilan du moment en 10 questions. » Tout un programme. Yael décida d'y répondre avec la plus grande franchise, entourant les réponses qui lui correspondaient.

1. *En amour, vous êtes plutôt du genre :*
A. Célibataire de longue haleine.
B. Adepte forcée du *speed-dating*.
C. Pour les liaisons qui durent… un temps !
D. Un pour le mercredi, un pour le samedi, et un autre le dimanche s'il est mignon.
E. Casée et rangée.

Yael hésita. Elle avait eu sa période C, et oscillait à présent entre le A et le B : un amant occasionnel entrecoupé de longues périodes de célibat.

Va pour B.

2. *Professionnellement vous êtes :*
A. En apprentissage, pleine d'interrogations.
B. Au chômage ou au foyer.
C. Active morose.
D. Étudiante qui sait ce qu'elle veut.
E. Active-passive.

Mettre « au chômage » avec « au foyer » en disait long sur certaines mentalités pourtant féminines… Yael s'étonna également de ne pas voir la case « active épanouie » quelque part. C'était de mieux en mieux. Pour son propre cas, la réponse ne souffrait aucun dilemme : C.

3. *D'apparence physique, vous vous trouvez :*
A. Question suivante.
B. Moui, ça va, pourquoi ?
C. On me dit pleine de charme.
D. Plutôt bien, mais j'en bave !
E. On se retourne sur mon passage.

Yael leva les yeux au plafond. Question débile. Elle soupira. B lui convenait. C'était modeste : au dire de ses amies, elle plaisait aux garçons. C pouvait être réaliste même s'il y avait dans la réponse un sous-entendu « charmante mais moche » qu'elle n'aimait pas. Allez, trêve de fausse modestie : D. Elle ne surveillait pas sa ligne sans faillir et ne faisait pas de la gym pour rien.

4. *Pour vous, le week-end, c'est plutôt :*
A. Devant la télé.
B. Lectures, balades.

C. Soirées tranquilles entre amies.
D. Disco fever baby !
E. Avec mon homme sous la couette.

A, B et C, cocha Yael.

La vieille fille quoi, c'est ça ? Elle opta en définitive pour la B qui se rapprochait le plus de ses habitudes. Flâner dans Paris et dévorer des bandes dessinées étaient ses passe-temps favoris les jours de repos, tout autant que se faire reine de la télécommande par jour de pluie !

Elle survola les questions suivantes, comptabilisa les lettres et se reporta à la synthèse supposée la définir à l'heure du bilan.

Vous avez une majorité de C :

« Vous êtes du genre cocooning le week-end, pas franchement épanouie dans votre travail, et plutôt à considérer Cendrillon comme une pétasse parce qu'elle a trouvé le Prince Charmant. Rassurez-vous, vous n'êtes pas la seule ! C'est le mal de notre époque ! Et vous voulez une bonne nouvelle : ça se soigne ! À grands coups de soirées entre amies, de sorties pour lesquelles il va falloir vous automotiver pour vraiment y aller cette fois car c'est là que vous vous oxygénerez, dans tous les sens possibles du terme… Faites le point sur votre job, s'il est si insatisfaisant, partez en quête d'un nouveau ! Pimentez votre existence en traquant LE boulot qui vous conviendrait. Rien d'impossible, juste quelques luxueuses paresses et inquiétudes à bannir de votre tête.

« Quant à cette petite touche de haine qui grandit à l'égard d'un peu tout ce qui vous entoure : société, politique, et même les gens, là, il va falloir faire un effort… allez, une séance de massage aux huiles essentielles, un meeting avec les beaux bénévoles de Greenpeace et une soirée entre copines pour commenter le nouveau calendrier du XV de France et vous verrez, il y a du bon à vivre ensemble ! »

Yael jeta le magazine sur le tapis de bains.

Pour la centième fois elle se jura de ne plus perdre son temps à ce genre d'idioties... À vingt-sept ans, il était peut-être temps de se rassurer autrement.

Yael attrapa le rasoir Bic qui traînait sur le bord de la baignoire, le fit glisser le long de ses jambes puis se redressa. La buée masquait sa haute silhouette qui ne se réfléchissait pas dans le miroir au-dessus du lavabo. Elle donna un grand coup de serviette et apparurent ses épaules carrées, souvenir des années d'athlétisme, de son adolescence, ses seins ronds, généreux, son ventre qui commençait à perdre de sa fermeté... Elle pinça un bout de peau sous son nombril. *Pas grand-chose encore, mais si je ne fais pas gaffe...*

Yael s'observa dans les yeux.

Des yeux gris-blanc. Presque trop clairs. Un regard de husky, comme disait sa mère. Un contraste saisissant avec le sombre de sa chevelure. Quelques grains de beauté sur le visage – des repères pour la caresse, lui avait chuchoté son premier grand amour. Nez très fin, et ses lèvres qu'elle détestait. Trop larges, trop épaisses. Elle attirait les hommes, c'était ce que son expérience lui avait appris. Mais Yael n'aimait pas ça. Elle n'était jamais parvenue à accepter le rapport entre sa sensualité plastique et le désir sexuel qu'elle provoquait.

Une mèche dépassait devant son oreille, torsadée, flottante... Cela se produisait chaque fois qu'elle attachait ses cheveux. C'était un peu elle, le prolongement extérieur de ce qu'elle était à l'intérieur. Cette incapacité à se plier à ce qu'on lui imposait. Il fallait toujours qu'elle cherche à s'affranchir des liens, ceux du travail, de la vie sentimentale, et bien sûr de l'autorité parentale lorsqu'elle était plus jeune. Elle avait connu les écoles successives, les pensionnats... et les fugues. Sa mère compréhensive mais dépassée, son père autoritaire... *Parcours presque banal*, avait-elle constaté en grandissant. Elle qui s'était pensée unique en son genre avait alors réalisé la banalité de son histoire, et même celle du divorce de ses parents, cinq ans plus tôt. Leur errance, « Je t'aime – moi non plus », leurs affrontements, leurs réconciliations, puis à nouveau leurs querelles. Et la gestion de l'appartement.

Plutôt que de revendre leur habitation au moment de la séparation, son père avait proposé que chacun parte de son côté avec un arrangement financier, et laisse l'appartement à leur fille Yael.

Tout le monde était content.

Sauf Yael à qui on n'avait pas demandé son avis. À vingt-deux ans elle s'était retrouvée seule du jour au lendemain. Dans ce grand appartement.

Depuis, son père s'était mis en tête d'écrire le roman de sa vie, celui dont il parlait depuis vingt ans, s'exilant pour ce faire au fond de la Bretagne qu'il adorait, son manuscrit s'épaississant à la vitesse de la sédimentation des années. De son côté, sa mère avait refait sa vie avec un restaurateur du Sud-Ouest, heureuse cinq ans durant, jusqu'au 13 avril dernier, quatre mois plus tôt, funeste jour où le couple avait péri carbonisé dans un accident de voiture. Un vendredi 13. Une soirée un peu trop arrosée avec des amis, trop de vitesse sur les petites routes de campagne bordées de hêtres, et le véhicule était sorti du virage pour s'enrouler autour d'un tronc. Yael s'était effondrée. Elle avait sombré dans la déprime, avant que le temps, ce remède universel, ne vienne peu à peu panser son âme. Sa mère avait été toute sa famille, jamais Yael ne s'était sentie proche de son père, quant à ses grands-parents, ils avaient quitté ce monde après une vie discrète. Des deux frères de sa mère elle n'avait aucune nouvelle. L'un vivait en Angleterre, l'autre à Marseille, sans qu'elle sache ce qu'ils étaient devenus. La famille Mallan n'avait jamais eu le culte de la généalogie, plutôt celui du silence et du chacun-pour-soi. Le père de Yael avait perdu son géniteur à l'âge d'un an, pendant la guerre. Il s'était souvent considéré comme à moitié orphelin, élevé par une mère taciturne et autoritaire qu'il n'avait pas pleurée à sa mort.

Yael se mit à frissonner.

L'eau teintée d'huile perlait sur sa peau, créant une parure de nacre. Yael s'empara d'une serviette et s'enroula dedans.

Elle enfila le bas de jogging qu'elle affectionnait pour traîner le soir chez elle, et y superposa un tee-shirt sans manches.

Elle allait sortir de la salle de bains, sa main se posa sur l'interrupteur.

C'est à ce moment que le phénomène se produisit.

Dans la périphérie de son champ de vision.

Un mouvement subtil.

Si léger que Yael crut à un jeu d'ombre avec la porte qui s'ouvrait.

Et c'était bien cela : une ombre.

Bougeant *dans* le miroir.

Puis la pièce retourna aux ténèbres.

2

Le vendredi était le jour du Shoggoth.

Yael adorait le Shoggoth. C'était un nom qui lui allait bien. Souvenir d'une des créatures des jeux de rôles qu'elle pratiquait au pensionnat, le Shoggoth était un monstre gélatineux avec des centaines d'yeux un peu partout. Exactement comme son client du vendredi. Un homme obèse, couvert d'une gabardine qu'il décorait de dizaines de globes oculaires épinglés sur le tissu imperméable.

Car Yael vendait des yeux.

Entre autres.

Des animaux morts également.

Elle travaillait chez Deslandes, la maison parisienne de taxidermie célèbre depuis plus d'un siècle et demi. Cela faisait deux ans qu'elle y était entrée, un été, pour gagner un peu d'argent. Le métier était intéressant, original. Et le provisoire avait duré, ancrant la jeune femme dans une voie professionnelle éloignée de sa formation et de ses diplômes.

Son parcours d'étudiante avait été difficile. Ne sachant que faire après un bac obtenu à dix-neuf ans, elle avait opté pour Lettres modernes à la faculté. Une licence décrochée en quatre ans, et elle partait effectuer une année supplémentaire… aux États-Unis. Sur un coup de tête, après avoir lu une brochure, elle avait fait des pieds et des mains pour finaliser son dossier d'échange ayant pour cadre « La littérature et l'expansion des frontières du langage ». Elle avait passé un an à Portland, dans l'Oregon. Une année plutôt mitigée, elle ne s'était pas sentie à son aise là-bas, et était rentrée tandis qu'un tueur en série sévissait sur la ville et sa région, distillant une psychose de l'étranger qui rendait le climat détestable. Pendant un an encore elle avait vainement tenté de s'accrocher à un projet de maîtrise tout en enchaînant les petits boulots : serveuse le soir ou vendeuse de prêt-à-porter, jusqu'à passer un matin de juillet devant la vitrine de cette étrange échoppe. Une annonce scotchée au carreau stipulait qu'on recherchait quelqu'un pour l'été… Et deux ans plus tard elle était encore là. Ses velléités de maîtrise envolées par la même occasion.

C'était un métier varié.

Elle recevait les clients, les conseillait, classait les arrivages de minéraux, d'insectes séchés, procédait au séchage des papillons qui ne manquaient pas d'être expédiés par caisses entières… En revanche, elle n'était pas en charge de la naturalisation. Son collègue, Lionel, s'en occupait. Vider les chiens des vieilles clientes pour les bourrer d'étoupe ne la tentait pas. Tous les jeudis soir, Yael réceptionnait les stocks d'yeux en verre qui servaient à remplacer ceux des animaux empaillés. Chaque paire était unique, son fournisseur ayant cette exigence de ne jamais fabriquer un œil pareil aux précédents.

Et chaque vendredi, le Shoggoth venait systématiquement depuis plus de quatre mois pour étudier l'éventail de regards que Yael pouvait lui proposer. Il s'en fabriquait des bijoux, y greffant une épingle pour l'ajouter à tous les autres sur son manteau, ou le montant sur un anneau pour s'en faire des bagues qui couvraient ses doigts boudinés.

Le Shoggoth inspectait les globes de verre en inclinant la tête sur le côté, manifestant une tendresse inappropriée. Sa nuque couverte de petits cheveux raides se plissait, creusant des sillons dans la graisse de son cou. Il effleurait les objets de son désir du bout de l'index, s'humectant les lèvres, puis finissait par secouer la tête en signe d'acceptation. Et il repartait avec ses précieuses reliques.

Malgré son comportement et son look repoussant, Yael avait fini par éprouver pour lui une certaine affection. Lui au moins était amusant et inoffensif, ce qui n'était pas le cas de tous ses clients. La pire était Mme Caucherine, une vieille femme acariâtre qui venait tous les trimestres avec un nouveau chien. Systématiquement, elle exigeait qu'on l'empaille. La première fois, Yael n'avait pas bien compris, elle s'était efforcée d'expliquer que tout serait fait avec soin lorsque le pauvre animal serait décédé, qu'il faudrait alors l'apporter dans les vingt-quatre heures, en le conservant dans un linge au frigo – c'était la procédure qu'elle répétait sans jamais parvenir à croire que ces mots sortaient de sa bouche. Mais Mme Caucherine avait secoué la tête, agacée : elle voulait qu'on empaille son chien tout de suite. Elle l'avait assez aimé, il devenait gênant à présent qu'il aboyait trop souvent. Elle ne souhaitait que vivre avec son souvenir, celui-ci serait « bien suffisant désormais ». Yael l'avait raccompagnée à la porte en insistant sur l'impossibilité d'une telle démarche, expliquant qu'on ne pouvait se séparer d'un chien ainsi. Trois mois plus tard, la vieille femme se tenait à nouveau devant son comptoir, avec un nouveau chien mais la même exigence. Yael avait prévenu la police qui s'était bien amusée de cette histoire. Alors la SPA avait pris la relève. Vainement, puisque Mme Caucherine revenait trois à quatre fois par an avec un nouveau chien chaque fois et toujours la même volonté de le tuer pour l'empailler. Hautaine et méprisante, elle ressemblait à la Cruella des *101 Dalmatiens* de Walt Disney. Yael avait fini par rêver d'un nouveau buste accroché aux murs, parmi les têtes de cerfs et de daims : celui de Mme Caucherine.

Cette profession attirait son lot de bizarreries, mais aussi de rencontres touchantes. Il fallait parfois consoler un client ou une cliente pendant une heure. Pour certaines personnes, âgées bien souvent, perdre son chien ou son chat c'était perdre le dernier compagnon aimant. Elles venaient pleurer ici, comme on le fait à l'enterrement d'un parent. Avec le temps, Yael avait appris à ne pas juger ces gens qui venaient faire empailler leur animal. Certains souhaitaient faire de leur chat une carpette pour continuer de dormir avec lui, d'autres voulaient avoir la tête de leur caniche sur le manteau de la cheminée pour continuer de lui caresser le dessus de la tête. Derrière la plupart de ces demandes particulières, *glauques*, avait songé Yael au tout début, se cachait une souffrance, un manque profond.

On empaillait l'être cher pour ne pas le perdre.

C'était toutes ces rencontres qui l'avaient incitée à rester, mois après mois, toutes ces vies si différentes, si particulières, à croire que Deslandes était une sorte de club rassemblant des membres tous plus originaux les uns que les autres.

Le Shoggoth venait d'arriver, il s'inclina pour saluer Yael et demanda aussitôt :

— Vous en avez reçu des nouveaux ?

Yael murmurait la question en même temps. Toujours la même, pour la même réponse.

— Oui, comme d'habitude.

Elle se pencha pour ouvrir un des placards sous son comptoir et aligna les deux présentoirs en velours devant le gros bonhomme.

— Je vous laisse regarder, ajouta-t-elle.

Il déglutit en se frottant les mains et examina toutes ces prunelles qui le fixaient. Ses propres yeux brûlaient de convoitise.

Yael demeura en face à l'observer, appuyée contre les hautes armoires abritant des dizaines et des dizaines de larges tiroirs minces.

La salle où elle se trouvait dégageait une sérénité apaisante.

Yael s'était toujours interrogée sur l'origine de cette paix. Était-ce l'architecture même des lieux ? – un ancien hôtel particulier du début du XVIIIe – ou le silence de tous ces animaux éteints ? L'alchimie était paradoxale entre leur état et ce qu'ils dégageaient. Ces peaux douces, ces pelages, ces têtes sereines semblaient magnifier la mort. Prouver qu'elle ne pouvait tout détruire. Tout emporter.

Le Shoggoth secoua frénétiquement sa lourde tête, il avait fait son choix.

— Je vais prendre ces deux-là. Le bleuté et le tout gros.

Yael acquiesça et emballa les yeux dans du papier de soie avant d'encaisser les euros que l'homme lui tendait. Le billet était moite. Le Shoggoth avait chaud, il suait.

Il disparut au fond du long couloir, dans l'autre salle, vers l'escalier conduisant au rez-de-chaussée.

La journée s'étira sans ardeur jusqu'à la fermeture.

Yael noua ses cheveux sur sa nuque avec un élastique avant de sortir dans la chaleur de cette fin de journée.

Elle adorait Paris en août. Ses rues aux reliefs argentés, acérés comme des lames par l'absence d'air et la brûlure du jour. La jeune femme ajusta ses lunettes noires pour protéger ses yeux trop clairs et descendit la rue du Bac. Sa haute silhouette dansait en ondulant sur les reflets des vitrines. Elle ne croisa personne. Pas même une voiture. La ville tout entière était déserte.

Yael marcha jusqu'à Denfert-Rochereau où elle vivait. Un semblant de circulation glissait paresseusement sur l'asphalte ramolli. Elle atteignit la rue Dareau en cinq minutes et poussa la lourde porte cochère, traversa la cour le long d'une haie d'arbustes plantés dans de volumineux bacs en bois et grimpa les marches extérieures qui menaient à l'étage, à sa porte.

L'appartement qu'avaient habité ses parents pendant plusieurs années était unique en son genre. Le fruit des délires architecturaux d'un urbaniste ayant travaillé pour la voirie de Paris dans les années quatre-vingt. Elle entra dans le vestibule, déposa son sac en toile et abandonna ses sandalettes. Un long miroir faisait face à l'entrée.

Le salon était la pièce centrale. Une salle de cinquante mètres carrés avec une hauteur de plafond culminant à sept mètres et dont une mezzanine, desservie par un escalier à paliers occupait deux murs. Le premier palier avait été aménagé en bureau. Spacieux et original, il s'étirait dans un large renfoncement et surplombait le salon à deux mètres de hauteur. Le palier suivant était le couloir qui entourait la pièce centrale, et desservait les chambres de l'étage. Tout en haut, surplombant l'ensemble, le toit s'ouvrait sur un puits de lumière filtrée par d'imposantes baies. Mais l'originalité de ce salon était son sol : il était en verre.

Les meubles plutôt exotiques – canapé aux motifs africains, table évoquant le Maghreb, et paravents asiatiques – reposaient sur une immense plaque de verre noir qui contrastait avec la peinture beige des murs.

Le soleil s'engouffrait par le plafond et allumait les étoffes chaleureuses des fauteuils, les tentures pendues ici et là. Curieusement, les rayons dorés tombaient sur le sol sans se briser, ils *passaient au travers*. Sous l'épaisse couche de verre sombre on devinait un prolongement souterrain, les murs s'enfonçaient encore de plusieurs mètres, une quinzaine au total, de plus en plus flous à mesure qu'ils se perdaient dans une épaisse flaque de ténèbres stagnantes. Un abîme.

Par réflexe, Yael actionna l'interrupteur.

Les projecteurs scellés dans la pierre, dix mètres sous la plaque de verre, s'éveillèrent. Tout en bas, loin sous la surface des rues, une parcelle des entrailles de Paris s'offrit à la lumière : deux collecteurs d'eau surgirent face à face au-dessus d'une citerne reliée aux égouts de la ville.

L'architecte avait voulu dévoiler une partie de ces souterrains qui drainaient la vie usée des citadins. Il avait pratiqué une incision dans la croûte protectrice – dissimulatrice, répétait-il – pour mettre à vif ce réseau complexe, amputant un carré profond de cette peau grise pour bâtir sa maison dessus. Par temps pluvieux on pouvait voir, en transparence, les deux collecteurs déverser des torrents d'écume vers le réservoir qui bouillonnait.

Yael remonta le bouton et l'obscurité des abysses s'élança à nouveau vers ses pieds plus promptement qu'un geyser sous pression. La plaque de verre se densifia jusqu'à perdre sa transparence.

Quand Yael recevait, ce phénomène provoquait le malaise chez la plupart de ses invités : le vertige de la chute, la peur de surplomber un tel paysage infernal. Pour Yael, au contraire, c'était une source de contemplation, son feu de bois à elle.

Elle pouvait rester des heures sans rien faire, à observer le mouvement des eaux se percutant dans la pénombre.

Il était vingt heures passées.

Un miaulement réprobateur s'échappa soudain de la mezzanine. Un chat de gouttière noir, fauve et marron dévala les marches, les poils des joues ébouriffés.

— Kardec…, murmura Yael. On se calme, je suis rentrée.

Le chat se précipita contre ses chevilles pour s'y frotter en ronronnant. Son nom témoignait d'une passion adolescente de Yael : l'ésotérisme. Elle avait eu sa période magie, visionnant des films de sorcières, achetant des « grimoires », et organisant des réunions entre filles pour tenter de parler avec les morts autour d'une table. Le chat étant un symbole fort dans les différentes mythologies, il s'était retrouvé baptisé en hommage au père du spiritisme : Allan Kardec.

— Je sais, moi aussi tu m'as manqué, fit-elle en se penchant pour le caresser.

Elle venait à peine de le récupérer après un séjour de deux semaines chez une voisine pendant que Yael prenait des vacances à Rhodes.

Yael passa sous l'arche séparant le grand salon de la cuisine et descendit les quelques marches qui ouvraient sur un niveau légèrement inférieur. Les trois fenêtres étaient saturées de lumière, soulignant les émaux et le carrelage aux teintes vives. La jeune femme se servit un grand verre de jus de tomate frais et retourna sur ses pas pour s'asseoir confortablement dans un fauteuil moelleux.

Kardec sauta aussitôt sur ses cuisses pour s'allonger. Ses yeux se rétrécirent de bonheur.

Yael but quelques gorgées avant de remarquer le voyant rouge du répondeur. Elle tendit le bras pour mettre l'appareil en marche.

« *Un message*, annonça une voix digitale. *Dix-sept heures vingt*. Hello ma belle, c'est Tiphaine. Écoute, je suis vraiment désolée mais je vais pas pouvoir venir ce soir, Pat m'a proposé de partir avec lui pour un p'tit week-end prolongé, dans un Relais et Châteaux... Toutes mes excuses, on se fait une sortie entre filles dès que je suis de retour. Bises. Ah, et euh... sors tout de même ce soir, reste pas chez toi comme une pestiférée. C'est le mois d'août, il fait chaud, y a plein de beaux touristes dans les rues, c'est torride ! Allez ! Profites-en ! Je t'embrasse. *Fin de vos messages.* »

Yael soupira en s'enfonçant dans son fauteuil.

Elle glissa une main entre les oreilles du chat.

— C'est râpé pour la nouba du vendredi, lâcha-t-elle, déçue. Ça t'arrange bien, toi, hein ? Ça veut dire caresses toute la soirée et câlins devant la télé, ton sport préféré.

Le téléphone se mit à sonner.

Yael décrocha.

— Oui ?

Aucun son.

— Allô ? insista-t-elle. Je n'entends rien.

Elle attendit encore quelques secondes, pensant qu'il s'agissait d'un mobile mal connecté. Puis il y eut un craquement.

Sec et musical.

Comme une plaque de verre qui se fend.

— Allô ?

Le craquement se reproduisit, se prolongea. *Exactement comme de la glace ou du verre qui se rompt*, songea Yael.

Puis le déclic signala l'interruption de ligne, on avait raccroché. Yael en fit autant, un peu surprise. Elle patienta un moment encore pour vérifier qu'on ne tentait pas de la joindre à nouveau, mais l'appartement demeura silencieux.

Même Kardec ne ronronnait plus.

Assise au milieu du salon, Yael sirota ce qui restait de son jus de tomate en s'interrogeant sur ce qu'elle allait faire de sa soirée. Elle commença par sonder ses humeurs.

Elle voulait voir du monde. Se détendre. Tiphaine avait raison, elle devait sortir, en profiter.

En un instant, sa décision fut prise. Il lui suffisait d'aller au Violon Dingue qu'elle connaissait bien, rue de la Montagne-Sainte-Geneviève, repaire de tous les Anglo-Saxons de passage. Elle pourrait boire quelques verres, bavarder en anglais et se changer les idées.

Yael repoussa doucement le chat et grimpa à l'étage pour faire couler l'eau de la douche.

En bas, Kardec s'assit sur l'accoudoir et leva la tête vers la mezzanine.

Dans le silence du vestibule, le grand miroir renvoyait l'image d'une porte d'entrée et d'une armoire près d'un portemanteau.

Tout était calme, une belle fin de journée du mois d'août.

C'est alors que, très lentement, une ombre émergea du miroir et obscurcit sa surface.

Le chat bondit de sa position pour grimper à l'étage en courant ventre à terre.

Dans le miroir, l'ombre s'était figée, sans un bruit.

Puis, comme délivré d'un voile noir, le miroir refléta à nouveau le décor paisible dans la lumière du soir.

3

L'alcool, c'est comme le chocolat.

Un faux ami.

Un traître.

Yael ne cessait de se le répéter depuis un quart d'heure. L'un comme l'autre avaient des vertus réparatrices ou dopantes pour le moral, mais ce n'était que de l'illusion ; pire : ils provoquaient des dégâts sur la ligne qui accentuaient très vite la chute libre dudit moral. Yael temporisa. *Ne pas commander un autre Malibu tout de suite, tu es déjà un peu pompette !*

Elle ausculta son verre vide, prisonnier de ses longs doigts.

La musique pop-rock comblait les blancs de conversation d'une clientèle peu nombreuse pour un vendredi soir. Yael pivota sur son tabouret, elle avait envie de parler, de lier connaissance, elle était avide de nouveauté ce soir, il fallait en profiter, ça ne lui arrivait plus souvent.

Elle jeta un regard aux petits groupes éparpillés dans la grande salle. Deux hommes étaient seuls au bar, dont celui qu'elle guignait depuis un moment. La trentaine, plutôt mignon, bronzé, le cheveu châtain et une barbe de trois jours, le tout emballé dans une chemise élégante et un pantalon de toile. Décontracté mais soigné.

Yael avait accroché son regard clair lorsqu'ils s'étaient croisés pour aller aux toilettes. Pas vraiment un lieu romantique, pourtant l'étincelle de l'attirance s'était allumée. Il avait failli la bousculer en sortant et d'une poigne forte l'avait rattrapée par l'épaule. Il s'était excusé en anglais, avec un sourire confus, avant de la lâcher.

À présent que son carcan de timidité se dissolvait peu à peu dans l'alcool, elle ne pouvait s'empêcher de l'observer de manière plus appuyée. Sa gestuelle lui plaisait. Il feuilletait un magazine immobilier posé sur le bar, tout en savourant un cocktail du bout d'une paille.

Il semblait complètement détaché du lieu, tout absorbé à décrypter les petites annonces.

Il releva le visage et contempla la salle, pensif. Son regard glissa jusqu'à celui de Yael. Découvrant qu'elle l'observait, ses lèvres dessinèrent un sourire. Puis il replongea dans son magazine.

Yael soupira.

On se calme, ma cocotte ! Il est beau gosse, et ensuite ? Tu vas faire quoi ? Lâcher ton tabouret pour aller lui parler ? L'accoster comme ça ? Les deux pieds dans le plat ?

Yael scruta son verre vide.

Elle repensa au test qu'elle avait effectué la veille au soir dans sa baignoire. Le fameux bilan. Où en était-elle aujourd'hui ? Vingt-sept ans, un boulot provisoire qui durait, peu ou pas d'évolution à venir, une vie sentimentale réduite à rien ou presque. Sans prises de risques, donc sans miracles. Normal.

Cet homme l'attirait. Pourquoi ne pouvait-elle s'en approcher ? Faire le premier pas pour engager la conversation… et voir ensuite. Le « tester » et rentrer se coucher si le résultat n'était pas à son goût.

À moins qu'elle ne préfère rentrer seule et tout de suite, des remords plein le crâne ?

Yael fit tinter ses ongles sur le bar, un peu nerveuse. Elle n'avait jamais fait ça. C'était impossible. Quelle femme, dans un pub, accosterait un homme pour le draguer ?

Arrête tes conneries ! Espèce d'hypocrite ! On n'est plus au Moyen Âge !

La voix de Tiphaine gronda dans sa mémoire : « Aujourd'hui la vraie vulgarité c'est de gâcher une histoire d'amour, aussi courte soit-elle, sous prétexte de morale ou d'incertitudes ! Tu vis dans le siècle de la modernité, ma chérie, tout va vite : la communication, l'information, le TGV, les bons coups, toute la vie en définitive. Alors bouge et baise ! Le Prince Charmant viendra ou pas. Mais au moins t'auras bien ri à le chercher. »

Pas à proprement parler de la haute philosophie, mais cela avait le mérite d'aller droit au but. Yael avait parfois le sentiment d'appartenir à l'ancienne génération, plus timorée, où d'une certaine manière chacun avait sa place. Les hommes et les femmes. Il lui arrivait de trouver ça normal, et par moments de se trouver vieux jeu.

Sauf qu'il fallait évoluer avec son temps. C'est en tout cas ce que l'amour faisait. Pas le sentiment en soi, mais la quête, le moyen de le trouver, sa perception. Si elle restait là encore une heure à se dire que cet homme lui plaisait pour finalement le voir s'en aller, elle ne récolterait que des regrets pour meubler sa nuit.

C'était maintenant ou jamais.

Vaille que vaille !

Yael commanda un autre Malibu et, armée de son verre, elle se leva pour aller vers lui.

Je suis dingue ! se répéta-t-elle *in petto*.

Tout à coup, elle ressentit beaucoup d'estime pour ces femmes capables d'aller vers un inconnu pour le draguer. Il fallait une sacrée dose de courage.

L'homme en question, sa *cible*, sortit de sa lecture à son approche.

Une curieuse expression se partagea ses traits : ses sourcils trahirent d'abord l'étonnement avant que ses lèvres amplifient le mouvement joyeux qui leur semblait naturel.

— *Hi !* lança-t-elle en guise de préambule. *I've been watching you from...*

Il leva la main devant lui, paume ouverte.

— Vous pouvez me parler en français, dit-il avec un accent très léger. Je vous ai entendue commander votre boisson.

Yael dissimula sa gêne en faisant mine de replacer une mèche de sa chevelure.

— Désolé, je croyais que vous étiez... Tout à l'heure vous vous êtes excusé en anglais.

— Un réflexe. Je suis Thomas, fit-il en lui tendant la main. Tom.

Yael le salua. Il avait les bords de la main très doux et l'intérieur plus ferme.

— Et je suis canadien en fait.

— Yael.

— C'est un joli prénom.

— C'est hébreu. Le nom du bufflon, une chèvre des montagnes. Pas très glamour ! répondit-elle en riant.

Mais c'est plutôt affectif, comme de dire « ma biche » en français.

Thomas leva son verre vers le sien.

— Alors ça vous va bien. Enchanté.

Les verres tintèrent en s'entrechoquant.

Thomas glissa sur le tabouret suivant pour libérer la place et inviter Yael à s'asseoir. Ses cheveux châtains étaient coupés court, laissant à peine deviner qu'ils bouclaient. Il avait le menton carré et des lèvres roses qui soulignaient son bronzage.

— Vous cherchez à vous installer à Paris ? demanda-t-elle en désignant le magazine immobilier.

Yael avala une gorgée de Malibu. Ce n'était pas si compliqué après tout.

— J'y songe. Je suis de Vancouver, sur la côte ouest du Canada, mais je travaille de plus en plus avec la France.

— Et vous avez trouvé votre bonheur ? questionna-t-elle en jetant un regard à la couverture du journal.

— Non, pas là-dedans. Je suis un peu exigeant, et pas souvent chez moi, alors autant que ça me plaise vraiment. Je suis…

— Laissez-moi deviner votre métier ! lança-t-elle.

Il était visiblement sportif d'après sa carrure, il prenait soin de lui sans en faire des tonnes… Elle l'imagina souvent en voyage. Pas un boulot manuel, ni trop intellectuel…

— Vous êtes… photographe ! s'écria-t-elle.

Thomas haussa les sourcils d'étonnement.

— Presque ! dit-il, amusé. Et vous, vous êtes quoi ? Voyante ? Je suis un dinosaure en fait. Un métier en voie d'extinction. Grand reporter indépendant. À l'heure où ils sont tous estampillés par un groupe de presse, j'arrive encore à être autonome et libre !

Il sonda les yeux gris de la jeune femme en demandant :

— Grand reporter c'est un peu photographe parfois. Vous avez un truc ou vous faites partie des services secrets ?

Yael haussa les épaules.

— J'ai laissé le sixième sens s'exprimer.

Yael but une nouvelle gorgée de Malibu en espérant dissimuler son ravissement. Il parlait parfaitement français, avec à peine un soupçon d'accent, et se révélait plus séduisant encore de près. Ses yeux brillaient lorsqu'il évoquait son métier. Un passionné.

— Et vous ? En plus d'être extralucide ?

Yael sortit de sa contemplation.

— Euh... je suis...

Elle resta en suspens pendant une seconde puis leva les deux mains au plafond avant d'enchaîner :

— C'est pas très valorisant de passer après vous, on ne vous le dit jamais ?

L'amusement se peignit sur les traits de Thomas.

— Allez, dites-moi.

Yael se composa une expression faussement mystérieuse qui le fit rire :

— Je vais vous laisser imaginer.

Elle se sentait guillerette à cause de l'alcool.

Thomas jeta un rapide coup d'œil à sa montre.

— Hélas, je n'ai pas votre don et je dois me sauver dans une minute.

Il fit signe au barman pour l'addition. L'euphorie de Yael retomba d'un coup.

— Allez, soyez sympa, insista-t-il pendant qu'on lui apportait la note. Pour satisfaire ma curiosité.

Yael répondit dans la foulée, drapant ce qu'elle estimait être une déconvenue derrière une fermeté amicale :

— J'ai bien peur que ça ne soit plus possible. Pas de temps, pas de réponse.

— Ce n'est pas fair-play ! s'insurgea-t-il en payant par carte de crédit. Vous en savez plus sur moi.

— L'information ça se mérite monsieur Tom ! Je monnaye du temps contre ma profession.

L'échange était devenu jeu de séduction.

Le barman lui tendit le ticket de carte de crédit avec un stylo. Thomas griffonna sur son magazine pour le tester et signa son reçu.

— J'aurais beaucoup aimé poursuivre cette conversation, Yael, mais je dois vraiment m'en aller. Je suis tributaire d'un ami pour dormir.

Il tendit le pouce vers les petites annonces du journal.

— Il faut vraiment que je trouve mon appartement ! insista-t-il. Mon autonomie !

Yael hocha la tête en essayant de ne pas montrer sa déception. Il avait tout pour lui plaire, et il disparaissait.

— Et si je veux vous commander un reportage un jour, comment je fais ? interrogea-t-elle.

Elle sentit la chaleur monter à ses joues. Elle s'était lancée d'un coup, osant le tout pour le tout. Elle regrettait déjà sa question. Pour qui allait-elle passer ?

— Je suis dans l'immobilier, lui lança-t-il en reculant et en lui faisant un clin d'œil. Au revoir, Yael.

Et il sortit dans la rue où il s'évapora dans la seconde.

Yael enfouit son menton dans ses mains jointes, accoudée au bar.

Tu viens de passer pour une conne, voilà tout ! À tout oser, à te comporter comme une pétasse… Terminé l'alcool pour toi !

Elle avait honte.

— « Je suis dans l'immobilier », répéta-t-elle doucement. Ça veut dire quoi pour un grand reporter ?

Elle vit le magazine de petites annonces posé sur le bar.

À moins que…

Elle l'avait vu tester le stylo dessus avant de signer son ticket.

Avec espoir, elle se pencha pour l'attraper et ouvrit la première page.

Il était là. Écrit à la va-vite au stylo.

Son numéro de portable.

Yael rentra chez elle un peu après minuit.

Kardec l'accueillit en se faufilant entre ses jambes, comme s'il était apeuré.

— Eh bien, qu'est-ce que tu as ?

Elle s'agenouilla pour lui caresser la tête, là où il aimait, entre les deux oreilles. Le chat se laissa faire, les yeux mi-clos.

Yael se sentait bien. Elle n'aurait su dire s'il s'agissait là des effets du Malibu ou de sa rencontre avec Thomas. Un peu des deux probablement. Kardec se mit enfin à ronronner.

— Voilà…

La jeune femme sortit le numéro de téléphone arraché à la page du journal et le posa sur la table de l'entrée, aussi fière qu'une bonne élève qui rapporte son bulletin scolaire. Restait à savoir ce qu'elle en ferait.

Chaque chose en son temps.

Elle déboutonna son chemisier en allant chercher une bouteille d'Évian dans la cuisine, avant de monter se rafraîchir dans la salle de bains.

Elle actionna l'interrupteur de la salle d'eau.

Les lumières jaillirent, chassant les ténèbres.

Pourtant, une ombre opaque resta plus longuement sur le miroir. Comme si le verre était fumé. Yael cligna les yeux.

Le miroir était à nouveau normal. L'effet n'avait duré qu'une seconde.

C'est dans ta tête ! Tu as besoin d'aller dormir.

Elle se pencha au-dessus du lavabo pour s'asperger le visage d'eau fraîche. Puis elle se redressa.

C'est à ce moment qu'elle la vit.

Juste derrière elle.

Cette fois aucune illusion d'optique, aucune crise de fatigue.

Une ombre humaine se reflétait dans la glace. Haute et massive. Juste derrière le rideau de douche.

Sans aucun doute possible.

À moins d'un mètre d'elle.

4

Yael hurla.

Un cri de peur et de rage mêlées.

Elle agrippa le flacon de parfum sur le rebord du lavabo et faisant volte-face lança l'objet de toutes ses forces dans le rideau de douche.

Le flacon percuta mollement le plastique avant de rebondir sur le bord de la baignoire où il se brisa en une explosion de cristal et d'ambre.

Yael était déjà tendue vers la porte pour s'enfuir lorsqu'elle réalisa qu'il n'y avait plus d'ombre.

Elle s'immobilisa un instant, reprenant son souffle. Ses prunelles fouillaient avidement chaque recoin de la pièce.

Rien. Personne.

Elle ne comprenait pas. Elle l'avait pourtant clairement distinguée.

Elle pivota vers le miroir et bondit aussitôt en arrière.

L'ombre était là. Yael jeta un bref regard dans son dos, pour s'assurer que personne ne se tenait derrière elle. En *vrai*. Mais non. Rien.

La silhouette sombre n'était que *dans* la glace.

— Qu'est-ce que…, murmura-t-elle, en prenant conscience que son cœur battait à se rompre.

La terreur première d'être agressée par un intrus avait cédé la place à une autre frayeur, plus incisive, totalement irrationnelle.

Comment une ombre pouvait-elle apparaître dans un miroir sans être présente dans la pièce ?

Elle déglutit bruyamment.

L'ombre sur la vitre bougea. Lentement. Elle glissa sous la surface plane, vers le bord du miroir. Et sortit du cadre.

Yael battit des paupières. L'ombre avait disparu.

Il n'y avait plus rien. Tout était retourné à la normale.

Ses jambes tremblaient, ne la portaient plus.

La jeune femme se laissa glisser doucement le long du mur, jusqu'à s'asseoir parmi les débris de verre du flacon de parfum. Et resta ainsi de longues minutes.

Elle cherchait à comprendre. Il y avait une explication. Assurément.

Yael perçut alors la douleur. Du sang avait coulé sur le carrelage. Un triangle de verre s'était enfoncé dans son pied.

Elle le saisit délicatement et tira. La peau ondula tandis qu'un filet pourpre coulait parmi les plis de son pied jusqu'au sol.

Le plafond de la pièce craqua. Ça n'était jamais arrivé auparavant.

La maison n'avait jamais grincé.

Yael réprima le sanglot qui montait le long de sa gorge.

Après la peur et l'incompréhension, elle se sentait glisser dans la prostration.

Elle se secoua, se releva vivement pour inspecter le miroir, mais il refléta son visage défait, sans la moindre anomalie. Elle se força à panser sa blessure, focaliser son esprit sur les gestes simples, concrets. Désinfecter. Mettre un pansement.

Le parfum répandu au sol assaillait la pièce d'une fragrance entêtante qui l'étourdissait.

Elle sortit sur la mezzanine qui surplombait le salon. En face, sur le palier intermédiaire, l'alcôve du bureau brillait d'une lumière spectrale.

L'écran de l'ordinateur était allumé.

Yael ouvrit la bouche. Elle était certaine qu'il était éteint lorsqu'elle était rentrée. Catégorique.

— Laisse-toi le bénéfice du doute, tu veux bien ? chuchota-t-elle d'une voix tremblante.

Il se passait quelque chose dans la niche de plantes vertes et de classeurs. L'ordinateur travaillait.

Yael longea la rambarde sur toute sa longueur, descendit les marches…

L'écran affichait le menu d'un logiciel tableur. Il disparut aussi vite pour retourner à l'écran du bureau. Puis l'ordinateur lança tout seul un programme de lecteur MP3 qui s'interrompit aussi vite. Plusieurs programmes défilèrent ainsi, comme s'il cherchait le bon. Enfin, le logiciel de traitement de texte se mit en marche. Une page blanche emplit tout l'écran.

Le curseur clignotait comme le battement d'un cœur. Dans l'attente d'un ordre à exécuter, d'une lettre à afficher, d'un mot, qu'on lui donne de la substance.

— Qu'est-ce qui se passe ici ? murmura la jeune femme.

Parler la rassurait.

Elle tira le fauteuil pour s'asseoir face à l'écran et posa la main sur la souris.

Juste avant qu'elle ne ferme la fenêtre du programme, le curseur se déplaça. Des mots jaillirent à l'écran :

« *Nous*… »
Lentement. Comme avec difficulté.
«… *sommes*… »
Lettre après lettre.
«… *ici.* »

5

Yael s'enfonça dans le dossier de son siège.

D'autres mots arrivèrent.

« Avec... vous. »

Le curseur demeura fixe puis se remit à clignoter.

Yael était rivée à l'écran, incapable de s'en détacher. Elle finit par déplier ses doigts tremblants et approcha ses paumes moites du clavier.

Tout ça semblait dément. Mais il y avait une explication. Quelqu'un avait piraté son ordinateur et s'amusait à lui faire peur.

Pourtant, au fond d'elle, une petite voix lui conseillait de ne pas se rattacher à cette explication. Pas après ce qui venait de se passer dans la salle de bains.

Que devait-elle faire ? Décrocher son téléphone pour commencer. Et prévenir... *La police ? Certainement pas ! Ils vont me prendre pour une hystérique* ! Alors qui ? Son père venait de partir pour un trekking en Inde, il serait injoignable pendant un mois. Tiphaine n'était pas là pour plusieurs jours. Qui ? Les rares personnes dont elle se sentait proche étaient absentes.

Elle hésita à poser ses doigts sur les touches du clavier.

C'était pourtant une idée pas plus mauvaise qu'une autre.

Elle se mit à rédiger, tout doucement. Elle domestiquait par l'action la peur qui figeait son raisonnement :

« *Qui êtes-vous ?* »

Après quoi elle attendit sans quitter l'écran des yeux.

— Un truc de dingue…, commenta-t-elle à voix basse.

L'improbable se produisit. Une réponse s'afficha à la ligne :

« Nous… sommes… de l'autre… côté. »

Yael secoua la tête.

« Dans… les… ombres. Ceux… de l'autre côté… des miroirs. »

La jeune femme attrapa son clavier avec plus d'assurance.

« Je ne comprends pas. Je ne crois pas », écrivit-elle.

Rien ne se passa.

Et d'un coup ses mots s'effacèrent de l'écran. Yael sursauta.

La réponse ne tarda pas :

« Dans les fondations. »

Soudain, toute la maison se mit à grincer, comme si la structure qui la portait était mise à mal par une force titanesque.

Yael cria en repliant ses pieds sous ses fesses et en serrant les coudes contre ses flancs.

Rien ne bougeait mais les murs émirent une longue plainte inquiétante.

Puis le silence revint.

Yael, qui s'était toujours considérée comme une femme forte, très peu craintive, se rendit compte que des larmes coulaient sur ses joues.

Les émotions fusaient en elle, plus douloureuses à mesure que ses tentatives de rationalisation se dissolvaient dans une sorte de chaos. Un vertige.

Une nouvelle phrase s'inscrivit :

« Nous sommes… là. Dans les murs. Les miroirs sont… nos… fenêtres. »

Après un moment, d'autres mots apparurent :

« Nous sommes… dans les ombres. Dans les symboles… Dans l'occulte… »

Yael expira longuement pour tenter de réguler les battements de son cœur qui s'affolait.

« La plinthe en bas du mur, sur votre droite, la première en bas des marches. Les symboles. »

La page s'envola de l'écran et l'ordinateur s'éteignit brutalement.

Yael était tétanisée.

Pendant cinq minutes elle fut incapable de se mouvoir. Puis, sans quitter sa position, elle parvint à examiner le bas du mur sur sa droite, les plinthes de bois.

Peu à peu, la maîtrise de ses gestes lui revint, à mesure qu'elle savait ce qui allait suivre.

Elle se leva et s'approcha du bas des marches. Elle s'agenouilla et d'un geste fébrile tapota la première plinthe.

Ne réfléchis pas ! Fais ce que ton instinct te commande, ne cherche pas à rationaliser, c'est pas le moment. Allez !

Le rectangle de bois sonna creux.

Le cœur de Yael explosa.

Il y avait bien quelque chose derrière.

Yael se servit de ses ongles pour désolidariser la plinthe et tira.

Un petit espace avait été creusé dans la pierre, pas plus grand qu'une brique de beurre. Yael inspira profondément avant de fouiller l'espace du bout des doigts.

Elle en ressortit l'objet qui s'y trouvait et le déplia sous ses yeux désemparés.

Un billet de un dollar.

BLOG DE KAMEL NASIR. EXTRAIT 2.

Le 11 septembre 2001 a ouvert un nouveau siècle, celui des miroirs, avec ce qu'ils renvoient de notre monde : l'apparence ; et ce qu'il y a derrière : une vision subjective de la réalité. J'ai bien peur que, pour beaucoup, l'apparence soit trop forte, dans une société conditionnée depuis plusieurs générations par l'importance de celle-ci, et que les leaders politiques et religieux se servent une fois encore des apparences pour servir leurs intérêts en manipulant bon nombre d'entre nous.

J'ai peur que ce siècle soit celui d'une nouvelle guerre, montée de toutes pièces, entre deux factions, deux cultures, deux concepts de Dieu, dont nous serons les pions à sacrifier tandis que dans l'ombre une poignée d'individus tireront les ficelles pour leur plus grand profit.

Mes mots sont un cri d'alarme, ne l'oubliez pas.

Parce que je vais mettre bout à bout sur ce blog des faits, des preuves, pour démontrer l'incroyable tour de passe-passe qui s'effectue en ce moment sous nos yeux fermés, n'allez pas pour autant croire qu'il ne s'agit que d'un témoignage valable pour notre époque, ce seul aspect de notre histoire.

Bien au contraire. Nous sommes entrés depuis longtemps déjà dans une ère nouvelle, les outils de pouvoir existent et certains savent parfaitement les manipuler. En écoutant ce que j'ai à vous dire, peut-être apprendrez-vous – si ce n'est pas déjà le cas – à décortiquer ces méthodes pour que plus jamais cela ne se reproduise.

La menace est permanente.

Inhérente à notre nature humaine et à la société telle qu'elle est construite.

Je ne vous demande qu'une chose : allez jusqu'au bout de ce témoignage. Il va vous paraître absurde, exagéré peut-être, dans ce cas, allez vérifier par vous-même chaque point soulevé. Vous verrez que tout est vrai.

Bientôt, vous ne verrez plus jamais le monde de la même manière.

Je vous le garantis.

6

Le premier étage de chez Deslandes était constitué d'une succession de grandes et hautes salles dont les murs disparaissaient derrière d'antiques armoires à tiroirs abritant les collections entomologiques et géologiques de la maison. La faune empaillée rendait ici l'atmosphère étrange, des ours bruns toutes dents dehors voisinaient avec de grands fauves menaçants et tout un bataillon de mammifères plus ou moins imposants.

Un miroir de six mètres sur trois inséré dans un cadre ouvragé agrandissait encore le décor. Yael avait pris soin d'éviter autant que possible cet espace depuis son arrivée.

Le parquet centenaire gondolait jusqu'à former des vagues par endroits et il craquait à chaque pas, plus fort encore que celui d'un voilier en pleine mer. Et dans la dernière pièce, tout au fond, sous l'immense coupole verte qui surplombait une impressionnante série de mâchoires de requins, se trouvait Yael, protégée de ce zoo statique par un vieux comptoir poussiéreux. Face à elle, son collègue Lionel était assis à sa table de travail, occupé à disposer d'énormes mygales sèches dans des boîtes de présentation. Le vaste hôtel particulier qui les abritait était silencieux, frais et sombre, la plupart des fenêtres étant occultées par des rideaux opaques destinés à protéger certaines pièces sensibles.

Yael était silencieuse depuis le matin. Elle s'interrogeait sur la conduite à tenir. Le besoin de se confier, d'évacuer les peurs qui l'avaient hantée une longue partie de la nuit, combattait en elle l'envie de se taire, la crainte de passer pour une folle. Une illuminée.

Lionel n'était pas du genre bavard, il pouvait passer quatre heures d'affilée en compagnie de ses bêtes sans desserrer les lèvres, entièrement happé par sa tâche ; il ne lui avait posé aucune autre question que le sempiternel « Ça va ? » matinal qui n'attendait pas de réponse. Son look de skateur contrastait avec son caractère casanier : cheveux longs, toujours en pantacourt, baskets Vans et tee-shirt aux couleurs bariolées.

Lionel avait deux passions dans la vie : la nature et le *heavy metal*, le plus violent qui soit.

Avec Yael ils avaient noué une relation complice, justement fondée sur l'absence de fioritures. Ils se disaient les choses avec naturel, sans préambule ni emballage. Ils parlaient peu, mais savaient l'essentiel l'un de l'autre. Lionel était un taciturne rêveur, voyageant dans chaque pays du monde par le biais des animaux sur lesquels il travaillait. Il ne répertoriait pas seulement un papillon ou rangeait un fennec, non, il écartait en même temps les lianes de la forêt tropicale de Guyane ou marchait dans la chaleur écrasante du désert. Sa curiosité était sans limites dans le domaine de la géographie, de la biologie animale, de la botanique et de la géologie. En revanche, il ne manifestait pas une once d'intérêt à l'égard des humains. Yael l'incitait à reprendre des études, avec ses connaissances et sa passion il pouvait prétendre à un doctorat qui lui ouvrirait des portes autrement plus riches et valorisantes que celles de ce vieil immeuble où il végétait.

En début de matinée, Yael avait failli tout lui raconter. Son réveil, après une poignée d'heures de sommeil, avait été pénible. Les débris de verre et l'odeur capiteuse du parfum renversé dans la salle de bains avaient ravivé l'émotion. Elle s'était douchée dans le noir, refusant d'être nue dans le grand miroir. Pas un seul instant elle ne s'était regardée dedans. À bout de fatigue, elle avait bien failli se réfugier dans la confidence.

Mais après le déjeuner, qu'elle avait pris seule à la terrasse d'un salon de thé, elle était revenue chez Deslandes décidée à ne pas révéler son secret à Lionel. Aussi compréhensif fût-il, son esprit cartésien risquait cette fois de mettre à mal leur amitié. Yael avait besoin de soutien, pas d'être considérée comme folle.

Ce qui ne lui interdisait pas de chercher une autre forme d'aide, indirecte celle-là.

— Lionel, je peux te demander un truc ?

Le garçon répondit d'un grondement absorbé qui signifiait qu'il écoutait.

— T'as déjà entendu parler de symboles et du billet de un dollar ?

Lionel se redressa et coupa la lampe qu'il maintenait sur son front grâce à un élastique.

— Les symboles du billet américain ? répéta-t-il.

Yael avait encore à l'esprit cette phrase, cette litanie : *« Nous sommes… dans les ombres. Dans les symboles… Dans l'occulte… »*

— Oui, dit-elle. Je cherche un rapport entre l'occulte, les symboles ou les ombres et le billet de un dollar.

Il se dandina sur son tabouret.

— D'acc, fit-il à son habitude. Ben, y a ce jeu des symboles sur le billet, mais c'est superconnu.

— Moi je connais pas, lança-t-elle du bout des lèvres.

— T'as jamais entendu parler de ça ? C'est sur Internet et dans les bouquins, tous les symboles qui recouvrent le billet de un dollar, la base même et le symbole même de l'économie US.

Fidèle à sa précision coutumière et à sa mémoire sans fond, il récita posément :

— Le chiffre ésotérique 13 est partout sur le billet. Si tu prends la pyramide qui est dessus, il y a 13 degrés, de même que l'aigle tient dans ses serres 13 flèches, et le rameau qu'il tient de l'autre côté a 13 feuilles et 13 olives dispersées. L'écu sur ce même aigle dispose de 13 bandes, et il y a 13 étoiles au-dessus de sa tête. Et sur le sceau du département du Trésor tu peux compter 13 étoiles au milieu. À ce point-là, c'est plus un hasard. Il y a aussi les deux devises, je me rappelle plus comment…

— *E pluribus unum* et *Annuit Coeptis*, précisa Yael qui avait scruté en détail le billet une bonne partie de la nuit jusqu'à s'imprégner des mots et des détails. Ce qui signifie : « De plusieurs, un » et « Il favorise notre réalisation », j'ai regardé dans l'encyclopédie.

— D'acc. Et si tu regardes bien, tu constateras qu'il y a 13 lettres à chaque devise. Et sur le côté face, au-dessus du 1 en haut à droite il y a une chouette minuscule, presque cachée.

Yael sortit le billet de sa poche et le plaça sous son nez.

Lionel lui tendit la loupe qui traînait parmi ses instruments de travail.

La chouette était bien présente. Indiscernable si on ne la cherchait pas.

— C'est un rapace, précisa-t-il, comme l'aigle qui est de l'autre côté du billet, mais celui-ci est nocturne, un oiseau de l'ombre, par opposition à l'aigle, plus solaire. Et la chouette revient tout le temps dans la symbolique ésotérique, elle est rattachée à toutes sortes de pratiques… Comme si on avait voulu souligner la dualité, l'ombre et la lumière, en mettant en avant cette dernière tandis que la première est présente partout sur le billet mais toujours adroitement dissimulée.

Lionel tira sur l'élastique qui lui enserrait le crâne et déposa la lampe sur son bureau. Il avait une marque incrustée dans la peau du front.

— Qu'est-ce qu'il y a encore sur ce fichu billet ? réfléchit-il à voix haute. Ah ! Cette pyramide tronquée, avec l'œil au sommet. On dit que c'est un symbole franc-maçon puissant, la marque de ceux qui étaient derrière tous ces numéros et dessins ésotériques. Pour certains c'est la secte des Illuminati, pour d'autres c'est des conneries et c'est autre chose.

— Et pour toi ?

— Tu veux mon avis ? J'ai pas d'avis ! J'ai jamais étudié la question en profondeur, je sais ce qui se dit un peu partout, c'est tout. Je peux juste constater qu'autant de symboles ésotériques côte à côte ce n'est pas du hasard, et qu'il y a une volonté précise derrière tout ça. Laquelle ? Pourquoi ? Aucune idée. Moi, les théories du complot et toute la mayo parano, j'aime pas trop ça.

Le silence du vieil hôtel particulier retomba sur eux.

Yael examinait la chouette sous l'agrandissement de la loupe.

Pourquoi l'avait-on mise sur la piste de ces symboles ?

Le monde des ombres.

Qui étaient-*ils ?*

— Tu veux te lancer dans la fausse monnaie ? plaisanta Lionel.

Yael lui rendit sa loupe en rangeant le billet dans sa poche.

— C'est… comme une énigme que quelqu'un m'a lancée.

— Je vois le genre. Fréquente pas les mecs qui se promènent la nuit avec une cape et une capuche, c'est pas bon pour les nerfs.

Sur quoi il se remit à l'ouvrage, sans poser davantage de questions, fidèle à son manque de curiosité pour ses semblables.

Lionel prit son sac à dos vers dix-huit heures et salua Yael. Sa journée était terminée.

N'ayant pas vu un client de tout l'après-midi, Yael descendit avec lui pour se sortir de sa torpeur. Elle avait tenté d'y voir clair dans cette histoire de symboles et d'ombres sans comprendre à quoi tout cela devait la conduire. Voulait-on la mettre sur la piste de sociétés secrètes ? Peu probable, il existait des moyens plus subtils et plus rapides pour y parvenir. Lasse d'y réfléchir depuis des heures et épuisée par le manque de sommeil, elle avait trouvé à s'occuper tout en sombrant peu à peu dans un état léthargique.

L'accueil au rez-de-chaussée était désert, la propriétaire passait le plus clair de son temps dans l'arrière-boutique, tout au bout d'un couloir. Une sonnette la prévenait de l'ouverture de la porte lorsqu'un client arrivait.

Sur le trottoir, Lionel coiffa un imposant casque de baladeur et s'élança dans le silence parisien. Une rareté.

L'air était électrique, la chaleur se dissipait progressivement tandis qu'une houle grise s'amassait au-dessus des toits, obstruant le soleil et plombant les rues d'une luminosité sépulcrale. L'orage menaçait depuis un moment, tournant sur lui-même, gagnant en colère et en ténèbres.

Yael savoura une brise bienvenue qui se disloqua aussitôt. Puis elle rentra.

Arrivée en haut de l'escalier, elle contourna la masse brune d'un ours figé dans une posture agressive, les crocs luisants, et prit soin d'éviter le miroir aux proportions gigantesques. Elle longea les différentes créatures qui l'observaient de leurs yeux jaunes, verts et noirs, passa dans le couloir devenu goulet à cause des armoires de rangement, et arriva enfin à son comptoir dans la dernière salle, la plus grande.

Les premières gouttes de pluie tombèrent à ce moment sur le dôme, huit mètres plus haut.

Yael allait se rasseoir lorsqu'elle remarqua la porte de secours ouverte. Elle donnait sur un escalier de service qui traversait tout l'immeuble verticalement, des combles au sous-sol, mais, en dehors de Lionel et quelques livreurs occasionnels, personne ne l'empruntait jamais. Le plancher grinça affreusement sous son poids.

Lionel l'avait sûrement ouverte avant de partir, sans qu'elle s'en rende compte. La porte se referma sans peine et sans bruit.

La pluie se mit à marteler le dôme de verre avec force, si bien qu'en quelques minutes un véritable déluge s'abattait sur Paris. Il faisait aussi sombre qu'en début de soirée et Yael dut allumer une lampe de bureau pour continuer à trier les fiches d'une collection de phasmes.

Elle essayait autant que possible de ne pas songer à ce qui s'était passé pendant la nuit. Ne plus y penser maintenant qu'elle était seule.

Les cieux grondèrent.

La totale. J'ai droit à tout. L'orage maintenant.

Un éclair zébra le manteau ouaté, dessinant un éphémère système nerveux à la surface des nuages et illuminant chaque recoin autour d'elle.

Les puissantes mâchoires de requins qui surplombaient le comptoir prirent un relief saisissant, les dents triangulaires plus inquiétantes que jamais.

Quelque part à l'étage, une porte claqua violemment.

Yael se redressa.

Après une courte hésitation, elle quitta son siège, parcourut une demi-douzaine de mètres pour s'arrêter au seuil du long couloir qui traversait l'hôtel particulier. Il y faisait sombre. Très sombre.

Elle soupira.

Fait chier...

Rien ne l'obligeait à y aller après tout. Si ce n'était le sentiment de mal faire son boulot : laisser une fenêtre ouverte au risque que la pluie détériore un animal.

Elle entra dans l'obscurité.

Le sol ondulait par endroits, craquant sous sa démarche lente. Elle avançait en effleurant du bout des doigts les longs tiroirs qui par centaines abritaient les trésors rapportés du monde entier, des lieux les plus improbables.

Un nouvel éclair illumina la salle du fond dans le dos de Yael, projetant sa lumière spectrale dans tout le couloir.

Le tonnerre fit trembler les fondations.

Autour d'elle les portes étaient ouvertes, la première sur un établi encombré d'outils et de matériaux, la seconde ainsi que les deux suivantes sur une réserve. La cinquième était fermée. Celle qui avait claqué. Yael l'ouvrit et fut surprise de constater que tout était en ordre, les dizaines de reptiles courant sur les tables et les murs, antiques vestiges naturalisés. Elle inspecta les lieux à la recherche d'un courant d'air mais ne trouva rien. Elle s'apprêtait à sortir lorsque la porte se mit à bouger. Elle se rabattit doucement, une fois, deux fois, comme si le fantôme d'un enfant jouait avec, puis de plus en plus vite, jusqu'à heurter le chambranle avec force.

En d'autres circonstances, Yael aurait songé à un courant d'air, ou un quelconque problème d'équilibre, n'importe quoi pourvu que ce soit rationnel. Elle resta raide, face à la porte, avant de tendre une main tremblante pour saisir la poignée et l'ouvrir. Elle se glissa dans le couloir sans perdre de vue le battant. À peine était-elle de l'autre côté, que la porte claqua. Pour barrer l'accès à la pièce.

Yael recula.

C'est trop pour moi.

Elle remonta le couloir en courant pour revenir à la sécurité de son comptoir. Mais en entrant dans la salle, elle sut que quelque chose n'allait pas.

La douce lueur attira son regard.

Au printemps dernier, elle avait ressorti du grenier une vieille lanterne en fer forgé et l'avait installée sur son comptoir, en y plaçant une bougie pour le jour où elle déciderait de s'en servir.

La bougie était allumée.

Ainsi que celles d'un chandelier posé plus loin sur un guéridon encombré de manuels du XIXe, devant la porte de service.

Cette dernière était à nouveau ouverte.

Des dizaines de lueurs brillaient maintenant sur le seuil, éclairant l'escalier qui conduisait aux niveaux inférieurs.

Elles scintillaient sous le fracas de l'orage, ouvrant un chemin de feu.

Invitant Yael à descendre.

7

Ses pieds refusaient de franchir le seuil.

Elle haletait, incapable de maîtriser le tremblement de ses mains. Le râle céleste éclata, puis se mit à rouler, colossal.

Les ampoules de l'escalier qui succédaient aux bougies clignotaient comme si elles peinaient à se maintenir en vie.

Yael en appela à toute la force de sa raison : quelle que soit l'explication, si on lui avait voulu du mal, ce serait déjà fait, on cherchait juste à l'effrayer.

Une explication ? Il n'y a aucune explication ! On ne peut pas expliquer une ombre dans un miroir alors qu'il n'y a rien…

Il fallait qu'elle s'enfuie ou qu'elle accepte de ne pas comprendre. Le bon sens n'avait plus sa place ici.

Elle devait prendre une décision… Allait-elle descendre ou non ? Elle regarda l'escalier.

Malgré la sensation de sombrer dans un abîme, elle ne pouvait pas fuir. Elle devait aller au bout de sa peur pour s'en délivrer.

Yael franchit le seuil et entreprit de descendre. Une marche après l'autre. Comme un automate.

Personne ne l'empruntait jamais à part son collègue. Il sentait l'humidité des souterrains. Très vite, Yael réalisa qu'elle ne devait ses repères qu'aux lampes clignotantes. Lorsque celles-ci faiblissaient, les murs et les marches disparaissaient.

Elle s'agrippa à la rampe.

Parvenue au rez-de-chaussée, elle vit que la porte était fermée, les ampoules continuaient de briller sporadiquement vers le sous-sol. Ce qu'elle avait craint. Les caves, là où on entreposait les cadavres d'animaux pour les congeler si on ne pouvait les vider immédiatement.

C'était le domaine de Lionel, lui seul y descendait, c'était là qu'il éviscérait les corps, « à la fraîche » comme il disait, loin des regards, pour faire son ouvrage de taxidermiste.

La porte des galeries souterraines était entrouverte. Un halo scintillant marquait la voie à suivre.

Yael entra en baissant la tête. L'odeur la prit à la gorge, des relents de moisissure, de décomposition.

Elle descendit trois marches vers les congélateurs. Cela lui rappela de mauvais souvenirs. L'été précédent il y avait eu une coupure de courant. Lionel avait rebranché les congélateurs après plusieurs jours sans en vérifier le contenu, et le magma putréfié de chair et de sang avait formé un bloc d'immondices de plusieurs centimètres au fond des bacs.

L'ombre était maintenant totale. L'unique et dernière lueur provenait de loin, tout au fond, dans la zone où travaillait en général son collègue.

Yael dépassa à tâtons les casiers croulant de cartons, de planches anatomiques et autres croquis de plantes et d'insectes.

L'eau de pluie tourbillonnait bruyamment quelque part, se déversant d'une gouttière au rythme d'une mélopée cristalline.

Un alignement de flacons exposait des papillons tués au cyanure de potassium. Elle reconnut le contact froid des bocaux.

Au détour d'un mur, l'établi de Lionel apparut soudain, ses instruments alignés avec soin sur une étoffe. Les scalpels scintillaient à la lueur de la lampe d'architecte braquée sur la psyché qui occupait l'angle.

Yael eut la chair de poule. Elle n'avait jamais prêté autant d'attention aux miroirs. D'ailleurs la présence de celui-ci n'avait aucun sens.

La lampe se reflétait dedans. Yael se pencha vers lui comme on scrute une eau trouble.

Que voulait-on lui montrer ?

Elle inspecta les bords puis la surface vitreuse.

La cave se prolongeait à l'intérieur, similaire et pourtant différente, étirant ses perspectives et son relief en deux dimensions.

Yael se voyait. Ses cheveux bruns bouclés, ses yeux clairs comme de la neige, et ses lèvres qu'elle n'aimait pas.

Alors les Ombres apparurent autour de son visage. Une à une.

Elle savait qu'il était inutile de se retourner, elles étaient *dans* le miroir, et la cernaient.

De plus en plus nombreuses.

8

Les Ombres s'étiraient sur les joues de Yael.

Cette fois, nulle silhouette distincte, mais des torsades fines et vives, pareilles à des vers sans substance, s'entortillaient sur les joues de Yael, vrillaient, se frôlaient, prenaient peu à peu position.

Et, sous le regard effaré de Yael, les Ombres s'assemblèrent.

Pour former des lettres. Des mots.

Sur l'image de la cave.

« *Illuminati…* »

« *Skull and Bones…* »

« *Des illusions…* »

«*… tous des arbres qui… cachent la forêt.* »

Yael cligna les yeux.

Les Ombres se délitèrent, puis se reformèrent pour écrire :

« *Maîtres des marionnettes et pourtant pantins.* »

À nouveau elles s'agitèrent avant de composer :

« *À cette nuit.* »

Puis elles disparurent.

Yael était assise à son poste habituel, la bouilloire électrique tressautait derrière elle en fumant.

L'orage insistait et tonnait à tout-va, inondant le dôme qu'il transformait en une monumentale méduse grise régulièrement transpercée de flashes argentés.

Yael avait refermé la porte de service et éteint les bougies. Depuis qu'elle était remontée, elle n'avait pas lâché son téléphone portable.

Elle voulait appeler quelqu'un, mais qui ?

Le mot « police » l'obsédait, bien qu'elle sentît au plus profond de son être qu'il ne fallait surtout pas la joindre. Comment expliquer rationnellement ce qui se passait ici ? Non, elle se retrouverait très vite à Sainte-Anne.

Elle chercha fébrilement dans le répertoire de son téléphone portable. *Lionel*. Et tant pis pour la fierté !

La tonalité synthétique se mit à geindre.

— Aaaallô ! fit la voix de son collègue.

— Lionel, c'est moi, Yael.

— Yael ? s'étonna le garçon.

Elle l'appelait rarement, et toujours pour des questions liées au travail.

— Je... Je me demandais, commença-t-elle, si tu... En fait, je suis toujours au magasin, et...

Comment formuler ses besoins, comment se confier dans une boîte en plastique ? C'était ridicule. Il allait la prendre pour une crétine avec ses ombres dans les miroirs.

— Quoi ? Il se passe quoi ? s'alarma-t-il.

— Je... heum... C'est... Tu es descendu au sous-sol aujourd'hui ?

— On est samedi, Yael. Tu sais bien, je bosse sur les minéraux et les insectes. Qu'est-ce qui se passe ?

Me dis pas qu'on a encore un problème de congélo ? J'en ai marre de racler les sorbets de bidoche !

— Non… Non, je suis allée voir, et… la porte était ouverte, alors je voulais savoir si c'était un oubli ou si quelqu'un était descendu.

— Ah, t'emmerde pas avec ça, c'est rien, c'est une vieille baraque. Bon, je te laisse, j'ai mes potes qui m'attendent. Bon week-end, à mardi.

Il raccrocha.

Yael avait été incapable de parler. Incapable de se jeter à l'eau. Elle réalisa à quel point ce qu'elle venait de vivre la marginalisait. Oser parler de ce genre de chose autrement que sous forme de plaisanterie semblait inconcevable, et risquait de la discréditer à tout jamais. Ses amis prendraient un tel recul qu'elle se sentirait encore plus seule. Elle ne devait attendre dans ce domaine aucune aide compatissante. La peur ferait sans aucun doute son travail de sape.

Avec une logique imparable, c'est alors un visage serein qui lui revint en mémoire, le visage calme d'un être qu'on devinait peu impressionnable.

Thomas.

Je ne le connais même pas ! Comment est-ce que je pourrais faire confiance à ce type que j'ai à peine rencontré hier ! Sans parler du ridicule !

Cependant qu'une autre elle-même rétorquait : *Et l'instinct, qu'est-ce que tu en fais ? Tu aurais la prétention de tout expliquer ?* (Elle ricana.) *Ce serait le bouquet !*

Elle haussa les épaules. Logique ou pas, en cet instant, Thomas représentait pour elle, outre la séduction, le réconfort, la possibilité d'être rassurée. Et, parce qu'ils ne se connaissaient pas, que risquait-elle à tout lui dire ? Qu'il la prenne pour une folle et parte en courant ? Elle ne serait pas plus avancée mais au moins elle aurait essayé.

En l'absence de sa meilleure amie, cet homme lui inspirait confiance. Elle fixa son téléphone portable. Un long moment. Jamais elle n'oserait l'appeler.

La bouilloire électrique entra en ébullition. Yael la coupa et se versa un café instantané.

Elle devait s'occuper, ne pas rester oisive, sinon les doutes deviendraient plus paralysants encore.

Elle fit glisser sa chaise jusqu'à l'ordinateur portable qu'elle ouvrit et alluma.

Elle se connecta à Internet et lança une recherche via *Google*.

Illuminati, avait mentionné Lionel en parlant du billet de un dollar.

Les sites sur le sujet pullulaient. Elle fit un tri rapide, allant vers ceux qui semblaient documentés et sérieux.

L'Ordre des Illuminati avait été fondé en 1776, la date que l'on retrouvait inscrite à la base de la pyramide sur le billet de un dollar. Cette pyramide tronquée avec l'œil au-dessus était leur symbole. Leur but était de changer radicalement la face du monde en supprimant le pouvoir des monarchies et toute forme de religion pour instaurer un nouvel ordre, une redistribution du pouvoir à leur avantage. Certains n'hésitaient pas à écrire que l'Ordre avait eu une large influence dans la Révolution française et l'indépendance des États-Unis, tirant les ficelles, soutenant financièrement et stratégiquement un camp plutôt qu'un autre. Les liens entre francs-maçons et Illuminati étaient récurrents, on disait même les premiers sous l'influence des seconds. Mais avec les siècles, les Illuminati semblaient avoir totalement disparu.

Yael glissa sur toutes les références sataniques un peu douteuses.

D'après les différents sites, les Illuminati avaient été créés par Adam Weishaupt, dont l'effigie, et non celle de George Washington, ornait le billet de un dollar.

Sceptique, Yael compara son portrait à celui du président américain. Il fallait avouer que la ressemblance était marquante.

Weishaupt était mort le 18 novembre 1830, trois cent vingt-deuxième jour de l'année.

Ce même nombre, 322, ornait le blason des Skull and Bones, littéralement « Crâne et Os », une société secrète en activité aux États-Unis. Ce blason se composait de deux os croisés surmontés d'un crâne et dudit nombre. La même tête de mort que l'on avait retrouvée sur l'uniforme des SS pendant la Seconde Guerre mondiale.

Yael porta la tasse à ses lèvres. Elle pianota pour effectuer une recherche sur les Skull and Bones et déchiffra les premières pages.

Cette société secrète était au départ une confrérie d'étudiants fondée en 1832 sur le campus de l'université de Yale et rassemblait quelques jeunes hommes issus des « meilleures » familles américaines. Depuis, elle était devenue une organisation recrutant chaque année quinze membres parmi l'élite de Yale afin de tisser un réseau d'influence cohérent à travers le monde. Ainsi, on ne comptait plus le nombre de personnalités politiques, voire de Présidents, qui faisaient partie des Skull and Bones. Il en allait de même avec l'univers des médias et des services de renseignement.

L'organisation sélectionnait habilement ses membres afin d'assurer la reproduction de l'élite politique et économique de la nation américaine, et de lui inculquer les valeurs visant à assurer la pérennité de leurs actions, vers un but ignoré des non-initiés.

Yael était surprise de constater qu'il ne s'agissait pas là d'un mythe mais bien d'une organisation officielle, ayant pignon sur rue, et dont on connaissait l'identité de membres célèbres qui ne s'en cachaient que rarement.

On prêtait à la société secrète des velléités de contrôler le monde en se répartissant les postes stratégiques. Force était de constater que malgré deux siècles d'existence, l'organisation demeurait hermétique, et qu'on ne savait rien de concret à son sujet, sinon les noms d'une poignée de « disciples », comme la famille Bush, celle de l'actuel Président, depuis trois générations.

Les politiciens avaient toujours protégé l'organisation. En 1943, l'État du Connecticut avait exempté la Russell Trust Association, chargée de la gestion des avoirs de la société secrète, du rapport d'activité, ce que toute autre entreprise était légalement tenue de faire. Ces mêmes avoirs avaient ensuite été gérés par un ancien employé de Prescott Bush, père et grand-père des présidents Bush.

Mais le pire était l'analyse historique. Tous les coups tordus qui jalonnaient la politique américaine s'étaient déroulés sous les ordres directs ou la pression de membres des Skull and Bones, l'invasion de la baie des Cochons, le Watergate, le coup d'État contre Salvador Allende, l'élaboration de la doctrine nucléaire, la guerre en Irak… Chaque fois on trouvait aux postes clés un ou plusieurs hommes de la confrérie.

Yael cliqua pour faire disparaître les pages. Tout cela ajoutait encore à la confusion.

D'abord le billet de un dollar truffé de symboles ésotériques, et de liens avec les Illuminati. Ensuite les Skull and Bones, usine à formater les classes dirigeantes, et pour finir le message laissé par les… Ombres : *«… tous des arbres qui cachent la forêt. Maîtres des marionnettes et pourtant pantins. »*

Yael termina son café.

Les derniers mots inscrits sur le miroir revinrent flotter à la surface de ses pensées.

« À cette nuit. »

Ils allaient revenir. Reprendre contact.

Elle ne pouvait rester seule.

Les nerfs à vif, épuisée par la tension des dernières heures, elle se sentait incapable du moindre raisonnement. Cette accumulation d'informations n'était plus pour elle qu'un charabia, sans début ni fin.

Pour émerger, elle avait besoin de soutien. De s'appuyer sur quelqu'un.

Son cœur battit plus rapidement lorsqu'elle prit son téléphone et composa, chiffre après chiffre, le numéro auquel elle se raccrochait.

9

La pluie cinglait la rue, noyait le quai des Grands-Augustins sous une couche d'eau crépitante.

Malgré la proximité de la place Saint-Michel un samedi soir, le quartier était désert, tout comme le Paradis du Fruit où Yael attendait son invité.

Elle était venue avec une demi-heure d'avance pour évacuer sa nervosité, espérant diluer son angoisse dans un grand cocktail de fruits frais. Tant d'interrogations se bousculaient sous son crâne. Plus l'imminence du rendez-vous se rapprochait, plus elle se demandait si elle serait à la hauteur. Parviendrait-elle à plaisanter, à l'écouter, ou se perdrait-elle dans l'infini des doutes qui polluaient son esprit ?

Les deux serveuses se morfondaient, accotées à un mur, lorsque Thomas entra en courant. Il tenait un exemplaire du *Canard enchaîné* au-dessus de sa tête pour se protéger.

— On va bientôt croiser des péniches sur les Grands Boulevards ! dit-il en se débarrassant de son imper dégoulinant.

Il s'assit en face de Yael après un coup d'œil rapide sur le restaurant et son ambiance exotique.

— Merci d'avoir bravé le déluge pour venir, fit Yael en guise de bienvenue.

— J'étais trop surpris de votre appel pour refuser, plaisanta-t-il. Pour être honnête, je pensais ne plus avoir de vos nouvelles.

— Je ne pensais pas vous appeler, mentit-elle en retour.

— C'est gentil d'avoir changé d'avis, dit-il en consultant la carte.

— Excusez-moi, c'était balourd.

— Balourd ? Je ne connais pas ce mot.

— Ça m'étonne de vous, vous avez une telle maîtrise du français ! Ça veut dire grossier, ou sot si vous préférez. Si vous n'aviez pas cette pointe d'accent, on vous prendrait pour un prof de littérature ! Vous parlez mieux que la plupart d'entre nous !

— Parce que je lis beaucoup en français. Alors, dites-moi, au téléphone vous m'avez expliqué que ce dîner serait l'occasion de faire connaissance. J'attends toujours de savoir ce que vous faites dans la vie !

Yael leva les yeux au plafond.

— C'est pas la partie de ma vie dont je suis la plus fière.

— Allez, si ça n'est pas un métier passionnant, vous pourrez toujours me dire que c'est alimentaire, et me détailler les passions qui mangent votre temps libre.

Yael gloussa doucement.

— Je ne pourrai pas me défiler, n'est-ce pas ? Bon. Je travaille dans une vieille entreprise de naturalisation, Deslandes. Taxidermie, collections géologiques et entomologiques et matériel d'étude.

— C'est original ! Pourquoi en avoir honte ?

— Je ne sais pas. Peut-être parce que ce métier je ne l'ai pas tout à fait choisi. C'est du provisoire qui s'étire dans le temps, si vous voyez ce que je veux dire.

Il acquiesça.

— Et quelle est la partie de votre vie dont vous êtes la plus fière alors ?

— Celle qui va venir.

Elle secoua la main aussitôt.

— Je veux dire, mon avenir.

Amusé, il se mit à rire.

— Vous n'êtes pas… balourde, mais nerveuse je crois.

Il est loin de se douter à quel point, songea-t-elle. Cependant, sa prestance et sa jovialité la rassuraient depuis les premières minutes où il était entré. Elle sentait ses peurs s'amenuiser, et c'était un sourire franc qu'elle lui offrait.

Ils passèrent commande pour se faire un festin de fruits, de chocolat et de glaces.

— Et vous, votre profession de reporter indépendant, cela vous a amené dans quels pays du monde ?

— Un peu partout. Là où je trouve des idées. L'Asie et l'Afrique ont ma préférence. L'avenir est là-bas, quoi qu'on en dise.

— Et votre parcours ?

— Très banal j'en ai peur. Études de journalisme à Vancouver, stages à Toronto puis Ottawa avant de passer par New York. J'avais étudié le français à l'école tout en continuant mon apprentissage grâce à votre littérature, alors c'est naturellement que je suis venu à Paris, il y a deux ans. J'ai présenté un dossier sur la mafia des motards au Québec, ça a plu et les portes se sont ouvertes.

— La mafia des motards ? Ça vous a valu de beaux tatouages et une belle paire de bottes j'espère !

— Non, les *bikers* sont les hommes de main, je m'intéressais davantage aux chefs qui, eux, sont en costume… Quoi qu'il en soit, mes contacts à Paris se sont étoffés jusqu'à cette année. C'est pour cette raison que je m'y installe. D'où la recherche d'appartement, et les amis bienveillants qui m'hébergent à tour de rôle en attendant.

Thomas lui brossa le tableau d'une famille très calme, fils unique de parents enseignant à l'université, et ils en vinrent à aborder les relations sentimentales. Il avait vécu pendant cinq ans avec une femme, une fille de Toronto, mais ses déplacements permanents et l'énergie qu'il investissait dans sa profession avaient sapé son couple. Depuis il avait eu quelques aventures plus ou moins longues et sérieuses et très peu avec des Françaises, contrairement à l'image de filles faciles qu'elles ont dans les autres pays. Bien des étrangers fraîchement débarqués à Paris, dit-il, découvraient les « filles de France » et les trouvaient très compliquées. *Un doux euphémisme*, songea Yael, *pour dire « chiantes ».* Elle mit son ego de côté et fit abstraction de cette généralité un peu simpliste.

Thomas parlait avec fougue, ses mains accompagnaient parfois ses mots. Yael lui trouvait un petit air de Matthew McConaughey avec son visage ovale, ses cheveux à peine bouclés et son regard charmeur.

Ils bavardèrent ainsi pendant deux heures, Yael livrant par bribes son passé, le décès de sa mère, et son caractère solitaire. Après quoi elle réalisa qu'elle entrait sûrement dans la case « fille compliquée ». Qu'y pouvait-elle ? Vivre et avoir vécu faisait-il d'elle une fille chiante ? Si tel était le cas, alors elle le revendiquait haut et fort.

La fin de soirée approchait.

Ils continuaient à se vouvoyer, Thomas n'ayant pas proposé le tu, et Yael tenait cela pour une forme de respect un peu désuet mais agréable.

Bien que stressée et fatiguée, Yael avait passé un agréable dîner, parvenant à évacuer provisoirement ce qui la hantait, les miroirs, les ombres… Mais à mesure que l'imminence de son retour chez elle se rapprochait, l'angoisse se réveillait. Elle ne pouvait fuir, prendre une chambre d'hôtel, les Ombres pourraient l'atteindre là-bas comme elles l'avaient fait chez Deslandes.

Elle se dirigea vers la terrasse du restaurant, la pluie s'était calmée, les gouttes étaient éparses, plus timides.

Thomas avait insisté pour régler l'addition, et il la rejoignit.

— J'ai passé un excellent moment, Yael. Vraiment.

Yael hésita.

— Hum… Vous ne voudriez pas venir prendre un verre à la maison ? finit-elle par dire. Oh, pas dans le sens drague, enfin, vous voyez, juste pour qu'on discute encore un peu.

Le dîner et ces premières heures de tâtonnement à la découverte de l'autre avaient confirmé son impression première : il était posé et attentif. Leur fraîche rencontre la rassurait, elle pouvait tout lui dire, il l'écouterait déverser ses peurs, et disparaîtrait comme un inconnu qu'elle ne reverrait jamais, sans avoir à porter le poids de la honte à chacune de leurs retrouvailles. Ou il resterait pour la soutenir et elle aurait tout gagné. Elle devait se lancer, l'empêcher de s'éclipser maintenant.

Devant la confusion, l'embarras de la jeune femme, Thomas lui répondit d'un sourire un peu gêné.

— Qu'y a-t-il, Yael ?

Elle rejeta la tête en arrière et soupira.

— Je suis trop gourde. Je ne vous propose pas de venir pour… C'est juste pour bavarder, ne croyez surtout pas que je cherche à vous sauter dessus, c'est pas du tout le cas…

Réalisant qu'elle était de plus en plus maladroite, elle ouvrit la bouche mais rien n'en sortit.

Thomas fronça les sourcils :

— Et si vous me disiez ce que vous voulez, sans ambages ?

Après trois secondes de silence elle se lança :

— Je ne veux pas être toute seule chez moi ce soir. Je voudrais… une présence. (Elle inspira profondément avant d'ajouter :) Et comme vous n'avez pas de chez-vous j'ai pensé que ça pourrait nous arranger mutuellement. Comme un service.

— Yael, vous me connaissez à peine. C'est un peu risqué, non ?

— Vous trouvez ? Plus que toutes ces filles et tous ces garçons qui se rencontrent à une soirée, en discothèque par exemple, et qui couchent ensemble quatre heures plus tard ? Je vous ouvre la porte de ma chambre d'ami pour ne pas être toute seule cette nuit chez moi, c'est tout. C'est pour me rassurer, certes, le remède est culotté mais il est à la hauteur du besoin.

Thomas l'observait, un peu en retrait. Yael comprit qu'il devait s'interroger sur elle, sur sa santé mentale. Se désespérant sûrement d'être encore tombé sur une folle.

— Laissez tomber, lâcha-t-elle soudain. Je suis désolée.

— Non, non, répondit-il dans la foulée. Ne vous en faites pas. Je ne suis pas en train de vous juger, si c'est ce que vous craignez. Je me mets à votre place, c'est tout. Et j'admire le courage qu'il faut pour demander ce que vous demandez à un homme, surtout de nos jours.

Il lui frotta le bras amicalement.

— Écoutez, avec mon métier j'ai dormi dans des conditions et des lieux assez singuliers, croyez-moi, je peux survivre à une nuit chez vous.

Tandis qu'il l'invitait à marcher avec lui, il ajouta sur le même ton blagueur :

— Mais dites-moi, il y a une serrure, au moins, sur la porte de cette chambre d'ami ?

Yael frissonna face au miroir de l'entrée, s'écarta rapidement et ouvrit les bras sur le vaste salon.

— C'est ici…

Thomas leva la tête vers l'escalier qui courait en L contre le mur, marquant un arrêt sur la vaste alcôve qui servait de bureau avant de s'achever par une mezzanine. Tout en haut, une pyramide transparente laissait entrer la phosphorescence cendrée de la nuit.

— Le plus impressionnant est sous vos pieds, précisa Yael. Prêt ?

Thomas ne comprit pas tout de suite, le sol était brillant, comme une immense plaque noire opaque. Yael baissa un interrupteur et l'opacité disparut. Il marchait sur du verre. De petits projecteurs irradiaient le vertigineux abîme.

L'eau de pluie se déversait en trombes depuis deux collecteurs jusque dans un réservoir des mètres plus bas.

— Oh ! C'est… particulier comme sensation, commenta-t-il.

— Pas au goût de tout le monde.

— Ça, je peux comprendre. C'est un urbaniste qui a eu cette idée ?

— Oui. Je vous sers à boire ?

Il la remercia et s'assit dans le canapé où il reçut la visite de Kardec. Le chat avait les oreilles en arrière.

— Viens là, toi, fit Thomas en se penchant pour l'attraper.

Le chat lança sa patte griffue vers les doigts qui s'approchaient et émit un miaulement nerveux. Les griffes entaillèrent l'index de Thomas. Yael, qui entrait à cet instant dans le salon, posa ses deux boissons et accourut pour s'excuser.

— D'habitude il n'est pas comme ça, mais en ce moment il est un peu sur les nerfs… Faites voir votre doigt.

La coupure n'était pas profonde mais saignait jusque dans la paume.

— Rien de bien grave, dit-il.

— Je vais à la salle de bains chercher de quoi désinfecter.

Yael monta les premières marches et s'immobilisa en prenant conscience qu'elle allait se trouver seule face au miroir.

— En fait, venez avec moi, ça sera plus simple, corrigea-t-elle.

Trois minutes plus tard, Thomas était assis sur le rebord de la baignoire avec un pansement recouvrant deux phalanges. Il regardait la jeune femme avec insistance.

— Yael ?

Elle releva le menton vers lui.

— On ne se connaît pas vraiment, cependant je vois bien que vous n'êtes pas à l'aise depuis un moment. Je peux savoir ce qu'il y a ? Vous n'êtes pas du genre à avoir besoin de quelqu'un chez vous pour vous rassurer, c'est ce que vous m'avez dit et je vous crois volontiers. Alors... pourquoi ce soir ?

Il fouilla la pièce des yeux comme pour désigner toute la maison.

— Vous... avez peur de quelqu'un ? Qu'il vienne ici ? Si vous avez été agressée, il faut...

Elle le coupa :

— Non, c'est... plus compliqué que ça.

Sa poitrine se souleva sans que les mots puissent s'assembler dans le bon ordre et sortir. Thomas l'incita à poursuivre d'un haussement du front.

— Je... Je vois des choses bizarres depuis la nuit dernière.

Thomas restait impassible, pourtant elle secoua la tête, prête à abandonner.

— Vous allez me prendre pour une malade...

— Yael, quand bien même ce serait le cas, qu'est-ce que ça peut faire ? Je ne vais pas le répéter à vos amis, je ne les connais pas. Mais au moins, ça vous aura fait du bien de partager ce... cette angoisse. Non ?

Elle passa la main sur son visage, comme pour effacer ses doutes.

— Je vois des ombres dans les miroirs.

Elle s'empressa de poursuivre à toute vitesse pour éviter d'être interrompue avant d'avoir fini, pour éviter qu'il ne parte immédiatement :

— Je sais que c'est incroyable, néanmoins je vois des ombres dans le reflet des glaces, exactement le même genre d'ombres que celles que projette mon corps en ce moment même sur le sol, sauf que les ombres que je vois dans les miroirs ne sont pas réelles dans la pièce. C'est hallucinant, je suis d'accord, en fait c'est impossible, c'est pourtant ce qui m'arrive. Et je ne suis pas folle.

Thomas observa fugitivement le grand miroir en face d'eux.

— Et ça n'est pas tout, continua-t-elle. Elles me parlent.

Elle ferma les paupières à ces mots, face à l'énormité de ce qu'elle racontait.

— Elles essayent de me dire quelque chose. Et elles doivent me contacter cette nuit.

— Comment le savez-vous ?

Rien dans ce qu'il dégageait ne laissait supposer que Thomas ne la croyait pas.

— Elles… Elles me l'ont dit.

— De quelle manière doivent-elles communiquer avec vous ?

Yael secoua la tête.

— Je ne sais pas, par les miroirs ou par l'ordinateur…

Thomas approuva gravement avant de se pencher vers la surface réfléchissante et de la palper.

— Il y a peut-être une explica…

Elle le coupa en haussant le ton :

— Je n'en vois aucune ! s'écria-t-elle. Sauf si c'est dans ma tête que tout déconne.

La peur, le stress et la crainte de le voir partir avaient brusquement fait monter la pression en elle.

Thomas lui adressa un regard dur.

— On se calme, commanda-t-il.

Elle posa le bout de ses doigts sur son propre front.

— Je suis désolée, dit-elle, abattue et honteuse.

Après un examen de la surface, Thomas s'éloigna du miroir.

— Je ne vois rien, mais ça ne veut pas dire qu'il n'y a rien.

— Je n'aurais pas dû vous en parler.

Yael fit couler un peu d'eau pour s'asperger le visage, puis sortit.

Elle s'arrêta aussitôt.

— Qu'y a-t-il ? s'inquiéta Thomas.

— L'ordinateur. Je suis certaine qu'il était éteint lorsque nous sommes montés. Je ne l'ai pas rallumé depuis la nuit dernière.

— Eh bien ?

Il la dépassa en hâte pour gagner l'alcôve du bureau de l'autre côté du salon où scintillait l'écran du PC.

Le logiciel de traitement de texte était en train de se lancer.

Une page blanche apparut avec son curseur clignotant.

Et les mots s'affichèrent.

10

Yael et Thomas étaient assis face à l'écran.

« Ouvrez les yeux sur les Ombres. »

Les phrases s'affichaient toutes seules.

« N'en soyez pas une chez les vivants. Votre place est ici, avec nous. »

Yael porta son annulaire à sa bouche et entreprit de se rogner l'ongle avec nervosité.

Thomas demeurait inébranlable, observant le moniteur sans ciller.

— Vous avez déjà essayé de répondre ? se renseigna-t-il doucement.

— Oui. Et ça marche, ils peuvent lire.

— Demandez qui ils sont.

— Déjà fait. Ils ont dit *« Ceux de l'autre côté, dans les ombres, ceux de l'autre côté des miroirs »*.

— Demandez-leur à nouveau qui ils sont et d'où ils viennent, je serais curieux de voir ça.

Yael poussa le clavier dans sa direction.

— Je préfère éviter de communiquer avec eux, répliqua-t-elle.

Thomas fit signe qu'il n'allait pas taper lui-même.

— Yael, je pense qu'il s'agit d'un hacker, un pirate informatique, un type doué qui a pris le contrôle de votre ordinateur par Internet. S'il est si bon que ça, il aura récupéré un des logiciels utilisés par le gouvernement américain pour étudier la dynamique de frappe au clavier. C'est un programme utilisé par la NSA[1] notamment, qui étudie votre manière de taper au clavier, votre vitesse de frappe, la durée, la fréquence des erreurs et le type d'erreurs, votre syntaxe et ainsi de suite. Une fois que le logiciel vous a étudié et enregistré, il est capable de dire très rapidement si c'est vous qui êtes au clavier ou si c'est quelqu'un d'autre. Et si ce n'est pas vous, il peut comparer avec sa banque de données pour voir si le nouveau venu est déjà enregistré et s'il peut l'identifier. C'est très efficace et très pratique comme logiciel. Et je pense qu'il serait préférable que ce petit génie de l'informatique vous croie seule.

— Ça m'étonnerait que ce soit un hacker. Il ne peut pas pirater un miroir, répondit la jeune femme d'un ton qui se voulait calme.

— Essayons tout de même, d'accord ? C'est tout ce qu'on peut faire pour l'instant.

À contrecœur, Yael s'empara de la souris.

— Qu'est-ce que je leur dis ?

— Commençons par… ce qu'ils sont, ou prétendent être.

Yael s'exécuta.

1. *National Security Agency :* Agence nationale de sécurité américaine chargée, entre autres, de maintenir la sécurité des systèmes de communication du gouvernement, et d'espionner les communications des pays étrangers. Il s'agit de la plus secrète des agences de renseignement américaines et de la plus indépendante en termes de comptes à rendre. Elle bénéficie d'un budget colossal, 20 milliards de dollars en 2000.

La réponse fusa :

« Nous sommes partout. De l'autre côté. »

Thomas dicta les questions à poser :

— *Que me voulez-vous ? Pourquoi moi ?*

« Vous devez savoir. Être avec nous. »

Les mots s'enchaînèrent, rapides cette fois.

« Mais d'abord, il vous faut comprendre. Lincoln et Kennedy. »

— Quoi ? s'étonna Yael à voix haute.

« Fouillez. Comprenez. C'est important… pour vous… Yael. »

Elle recula aussitôt du bureau.

— Ils connaissent mon nom !

Thomas leva vers elle une main apaisante tout en faisant le tour de l'unité centrale. Il débrancha le câble du modem.

— Voilà, au moins c'est réglé. Qui que ce soit, il ne jouera plus avec vous maintenant. Plus par l'ordinateur en tout cas.

Mais Yael porta les mains à sa bouche, le regard happé par l'écran.

Les mots continuaient de s'afficher.

« N'oubliez pas Yael : Lincoln et Kennedy. Pire encore… Morgan Robertson… et le Titanic. *»*

« Croyez. Et vous serez prête. À bientôt. »

L'ordinateur s'éteignit en feulant.

Durant une longue minute, seul le tapotement de la pluie sur le puits de lumière vint briser le silence. Puis Yael se tourna vers son compagnon, qui lui rendit son regard.

— Vous croyez toujours à un hacker ? fit-elle.

Il se gratta la tempe, perplexe.

— Je ne sais pas, finit-il par dire.

Il se mit à arpenter le plancher de la petite pièce de long en large avant de s'arrêter près de Yael, un sourire au bord des lèvres.

— Navré de vous poser cette question, dit-il, mais auriez-vous…

Elle le coupa un peu sèchement :

— Thomas, ne pourrait-on pas se tutoyer ?

Il inclina la tête pour signifier son accord et poursuivit :

— Y a-t-il quelque chose de particulier que je devrais savoir à votre sujet ?

— Comment ça ?

— Quelque chose d'atypique dans votre, pardon, dans ta famille, ou que tu aurais pu faire, n'importe quoi qui sorte de la normale.

— Thomas, je t'ai tout dit. Que cherches-tu ?

— Je n'en ai aucune idée, une explication quelconque qui pourrait nous aider à comprendre ce qui se passe chez toi. Tu n'as aucun secret de famille ? Aucun événement dramatique dans ton existence… ?

La suite mourut sur ses lèvres. Yael le scrutait. Il venait de se rappeler ce qu'elle lui avait raconté plus tôt dans la soirée, sur le décès de sa mère, quatre mois auparavant.

— Mon père n'est pas un agent secret, assura-t-elle. Ma mère est décédée au printemps d'un accident de la route, c'était entièrement sa faute, trop d'alcool et de fatigue, pas assez de concentration. Et personnellement, ma vie a toujours été dans les normes. Je voulais être championne de sport étant gamine, j'ai fait beaucoup d'athlétisme et j'étais plutôt douée, jusqu'à mon accident de scooter, j'ai été renversée par une voiture et mon bassin a morflé, m'interdisant ensuite la pratique excessive du sport. J'ai fait une fac tout ce qu'il y a de plus banal. Je vais tous les ans en vacances, j'ai mon permis de conduire, et j'adore le jus de tomate. Qu'est-ce que je peux faire de plus ? C'est la même vie que la très large majorité des Français !

Il vint poser les mains sur ses épaules.

— Calme-toi. Tu n'es pas folle, d'accord. Moi aussi je vois tout ça. C'est au moins une bonne nouvelle. Maintenant il nous faut comprendre ce que c'est. Quoi ou qui, et pourquoi.

Elle hocha mollement la tête.

— Que t'ont-ils dit depuis le début ? Avant de te parler de Kennedy et Lincoln.

Yael sortit le billet de un dollar de son pantalon en toile.

— Ils m'ont incitée à chercher les symboles du billet vert. Et il y en a beaucoup, tous chargés de connotations ésotériques. On peut les rattacher à une vieille secte, l'Ordre des Illuminati. Ensuite ils m'ont guidée vers une autre organisation, tout aussi mystérieuse mais plus concrète cette fois, les Skull and Bones. Cette dernière ressemble à un prolongement moderne de la première. Pourtant, à peine mise sur la piste de ces groupes, les... Ombres m'ont dit que tout ça c'était de... l'illusion, les arbres qui cachaient la forêt.

— Et maintenant Lincoln et Kennedy et un certain Morgan Robertson et le *Titanic*, rien que ça ! rappela Thomas. Il faut qu'on puisse faire quelques recherches pour trouver les liens, faire le rapport entre ces noms et comprendre où ils veulent en venir.

Avant qu'il n'ait pu mettre en marche l'ordinateur, Yael posa la main sur son bras.

— Pas ce soir. Je ne veux pas qu'on rallume cette machine.

— Yael, par Internet nous aurons accès à...

— Pas chez moi, je t'en prie.

Thomas lut une telle lassitude dans son regard, qu'il n'insista pas.

— Très bien. Dans ce cas nous irons à la Bibliothèque nationale demain, conclut-il.

— Nous ?

Il acquiesça. Une grande douceur émanait de lui.

— Je ne vais pas te laisser seule après ce que j'ai vu. Je vais t'accompagner, si tu es d'accord. Par prudence.

Et par curiosité, songea Yael en souriant.

Comme elle ne disait rien, Thomas s'approcha de la rambarde pour dominer le salon.

— Et comme nous ne sommes pas près de trouver le sommeil, nous pourrions en profiter pour récapituler en détail tout ce que tu as découvert depuis le début. Ce billet de un dollar, comment t'ont-ils mise sur sa piste ?

Elle désigna la plinthe au pied des marches.

— Il était là, caché dans le mur. Ça... ça signifie qu'ils sont venus jusque chez moi, pour creuser ce trou et y poser ce fichu billet.

Elle porta une main à ses lèvres tremblantes.

— Ils sont venus chez moi...

Thomas se pencha vers elle.

— Calme-toi. Ils ne te veulent pas de mal sinon ça serait déjà fait. On va chercher à savoir ce qu'ils sont. Et pourquoi toi. Tu n'es plus toute seule, d'accord ? Je suis avec toi, maintenant.

Il effleura sa joue du bout des doigts.

11

Yael et Thomas dévalèrent la longue passerelle qui aboutissait, sous terre, à l'accueil est de la bibliothèque François-Mitterrand. Ils arrivèrent pour l'ouverture du dimanche, à midi.

Le bâtiment futuriste, presque post-apocalyptique, érigeait vers les hauteurs ses quatre tours froides en forme d'équerre, tandis que le cœur de la structure était enterré, celle-ci bien amarrée à la Seine, en face de la colline herbeuse de Bercy.

Ils payèrent leur entrée et suivirent un interminable couloir de moquette rouge qui buvait le son de leurs pas. Le mur sur leur gauche n'était qu'une longue vitre donnant sur une véritable forêt courant sur un hectare, loin sous la surface. Les pins maritimes tanguaient à côté des chênes, charmes et bouleaux, veillant sur un sentier où aucun visiteur ne pouvait pénétrer, un sanctuaire sauvage au sein d'une épure du savoir.

Les lignes de matériaux modernes – torches d'éclairage en inox tressé, pilastres d'acier et piliers de béton à grain très fin – se confondaient avec celles des bois – les parquets brillants, les chaises de lecture à l'assise confortable. Les contrastes et les perspectives éblouissaient Yael qui n'était jamais venue. Tandis qu'elle surplombait les pins noirs du rectangle de verdure, elle se sentait habitée par une impression de légèreté. Ses pas ne pesaient rien sur l'épaisse moquette, son corps fendait l'air, et le calme des salles de lecture et des carrels la renvoyait directement au souffle serein de sa respiration.

Ils s'étaient levés en fin de matinée, et Yael avait préparé un petit déjeuner copieux avec des croissants frais. Malgré les circonstances elle s'était surprise à aimer partager ce moment à deux. L'odeur des oranges pressées, des viennoiseries, du café, et le disque de Nick Drake qui tournait dans la cuisine, tout cela véhiculait un message de bien-être reposant. Rassurant.

Thomas la guidait à présent dans les couloirs de la bibliothèque où il venait souvent étayer sa documentation pour ses reportages.

Ils descendirent au niveau intermédiaire ouest, la salle d'étude consacrée aux sciences de l'homme : philosophie et, ce qui les intéressait le plus, histoire. L'endroit était à l'image de tout le bâtiment : à la fois vaste et douillet, parfois spectaculaire et parfois feutré. Yael n'aurait su dire si elle aimait ou non. Au milieu des rayonnages encyclopédiques se rassemblaient des tables de travail en doussié du Gabon, un bois exotique sombre, avec la chaise adaptée et une lampe de lecture. Malgré le nombre de places disponibles, seules deux personnes étaient présentes, chacune dans son coin, soulignées par le cône de la douce lumière individuelle.

L'ample baie du fond donnait sur le profil du jardin où le halo du soleil passait au tamis des feuilles, conférant au lieu une pénombre monacale.

Thomas s'installa à une table de travail avec un ordinateur et tira un bloc-notes de sa poche de chemise.

— Prête ? demanda-t-il pour la forme.

Sans attendre de réponse il utilisa le logiciel de la bibliothèque, BN-Opale-plus, pour une recherche thématique autour de John Fitzgerald Kennedy.

— Ils ont dit « Lincoln et Kennedy », rappela-t-il. On va voir ce qu'on peut trouver sur eux.

Les résultats s'affichèrent et il entreprit de sélectionner les ouvrages.

— Thomas... Je voulais te remercier d'être resté cette nuit... Et pour être là aujour...

Il l'interrompit :

— Laisse tomber. C'est comme ça que vous dites, non ? Je ne pouvais pas t'abandonner... Et puis... j'avoue être curieux de la chose, maintenant.

— Déformation professionnelle, murmura Yael.

Sans quitter l'écran des yeux, il répondit :

— Non. C'est naturel chez moi, aller jusqu'au bout de mes interrogations. C'est justement pour ça que je suis devenu reporter.

Thomas effectua la même sélection thématique pour Abraham Lincoln puis il se leva pour aller réclamer les livres qu'il avait retenus. Une bibliothécaire lui apporta la pile quelques minutes plus tard.

Thomas répartit les ouvrages en deux tas, et poussa le second vers Yael.

— J'espère que tu es patiente et que tu aimes lire. À partir de maintenant, toutes les anecdotes, tous les détails qui sortent de l'ordinaire dans les vies de ces deux Présidents doivent s'inscrire là-dedans, dit-il en désignant son cerveau. On ne doit rien laisser échapper.

— Ça va me rappeler la fac, plaisanta Yael.

Elle sortit une Thermos de son sac, et deux tasses en plastique.

— J'ai prévu le carburant… Tu as une idée de ce qu'on doit chercher ?

— Aucune. Mais si les… Ombres, ou qui que ce soit, t'ont mise sur cette piste avec si peu de précisions je pense que ça nous sautera aux yeux quand on le lira.

Les trois heures qui suivirent furent studieuses. Chacun survolant les pages pour y glaner les informations qu'ils notaient en vitesse, tout en buvant du café tiède.

Thomas fit une pause. Il se leva pour se dégourdir les jambes en se massant la nuque. Yael le rejoignit.

— Rien de mon côté, relata-t-elle, ensuquée par la lecture. Rien qui puisse faire le lien entre Lincoln, les Illuminati, les Skull and Bones ou les symboles du dollar. Et toi ?

Thomas était pensif.

— À quoi songes-tu ?

— Aux symboles justement. Je me disais que tout ce qu'on te montre pour l'instant est occulte, en rapport avec l'ombre, symboliquement on pourrait étendre ça à la mort… Lincoln et Kennedy sont deux Présidents assassinés.

— Tu penses à une symbolique du genre « la mort du pouvoir démocratique », un truc comme ça ?

— Non, plus concrète. C'est en lisant que Kennedy était passionné par Lincoln que j'y ai pensé. Tu as des notes sur l'assassinat de Lincoln ?

Ils retournèrent à leur table où chacun reprit ses feuilles griffonnées.

— Tué le vendredi 14 avril 1865 en sortant d'un théâtre, par John Wilkes Booth d'une balle dans la nuque.

— Kennedy est mort le vendredi 22 novembre 1963 à Dallas. Lee Harvey Oswald l'a abattu en tirant dans la tête.

— Circonstances de la mort identiques, et assassinat le même jour de la semaine, conclut Thomas. Attends un peu… On a tiré sur Lincoln au théâtre Ford… et Kennedy était dans une Lincoln !

— Fabriquée par Ford ! compléta Yael qui avait quelques connaissances en la matière, les voitures étant la passion de son premier amour. Belles coïncidences.

Thomas fit claquer son pouce contre son majeur.

— C'est peut-être ça ! Les coïncidences. Cherchons s'il y en a d'autres.

Il feuilleta ses notes, Yael les lisant par-dessus son épaule et comparant avec les siennes.

— Une seconde ! s'exclama-t-elle en posant un doigt sur une date. Lincoln est élu en 1860.

Elle se reporta à la synthèse de Thomas.

— Et Kennedy en 1960. Tout juste un siècle plus tard. Avant cela, Kennedy est élu au Congrès en 1946.

— Tu as quelque chose à cette date pour Lincoln ?

Yael émit un rire sec, nerveux.

— Plutôt, oui. Lincoln est élu au Congrès… en 1846. Tout juste cent ans avant. Ça commence à faire beaucoup.

— Côté famille, que sait-on d'eux ? demanda Thomas.

Ils parcoururent les informations qu'ils avaient accumulées :

— Les deux hommes ont perdu un enfant tandis qu'ils étaient à la Maison-Blanche.

— Regarde les assassins des Présidents, intervint Thomas. Lee Harvey Oswald et John Wilkes Booth ont tous les deux été tués suite à leur arrestation. Ils n'ont jamais pu parler. Attends… Stupéfiant ! Booth s'est échappé d'un théâtre pour être arrêté dans une grange, qui sert à entreposer donc, tandis que Oswald a tiré d'un entrepôt pour être arrêté dans un cinéma, *theatre* en anglais ! Là ça commence à devenir hallucinant.

— C'est incroyable. J'ai encore des similitudes ! Dans les hommes qui ont pris le pouvoir après les deux Présidents assassinés. Andrew Johnson a succédé à Lincoln et Lyndon Johnson à Kennedy. Le même nom.

Thomas compta doucement.

— Et chaque nom a le même nombre de lettres. Quinze pour les noms complets des tueurs, sept pour les noms des Présidents, et treize pour ceux des successeurs.

Après un temps, il ajouta :

— De mieux en mieux : Andrew Johnson est né en 1808 tandis que Lyndon Johnson est né en 1908…

Yael griffonna rapidement ce qu'ils avaient mis en évidence :

Lincoln et Kennedy, élus au Congrès en 1846 et 1946.

Lincoln et Kennedy, élus Présidents en 1860 et 1960.

Leurs noms comportent sept lettres.

Assassinés tous les deux un vendredi, par balle, la tête étant visée,

Lincoln au théâtre Ford, Kennedy dans une Lincoln fabriquée par Ford.

Les noms complets de leurs tueurs comportent tous les deux quinze lettres.

Booth s'échappe d'un théâtre et est arrêté dans une grange (entrepôt) ; Oswald s'échappe d'un entrepôt et est arrêté dans un cinéma (theatre *en anglais).*

Les deux meurtriers sont tués avant de pouvoir parler.

Les deux Présidents ont perdu un enfant pendant leur mandat.

Les deux successeurs des Présidents assassinés s'appellent Johnson, leurs noms complets comportent treize lettres, leur premier est né en 1808, l'autre en 1908.

Yael s'étira en secouant la tête.

— Je n'aurais pas fait les recherches moi-même, je n'y croirais pas.

— Quelque chose me dit que nous ne sommes pas au bout de nos surprises. Les Ombres ont aussi parlé d'un certain Morgan Robertson et du *Titanic*.

— Maintenant qu'on sait ce qu'on cherche, on pourrait peut-être commencer par voir si Internet nous dit quelque chose à ce sujet, non ? proposa la jeune femme.

Thomas se posta face à l'ordinateur et bascula sur la fenêtre Netscape.

— Je vais tout de même regarder pour Lincoln et Kennedy, il y a trop de coïncidences pour que le fait soit passé inaperçu. Ça doit être sur le web.

Il trouva rapidement. La plupart des sites mentionnaient les éléments qu'ils venaient de découvrir, et en ajoutaient d'autres. Certains journalistes et historiens avaient cependant pris soin d'établir un tableau précis de ce qui était sûr, pour faire la part de la réalité et celle du mythe. Tout ce que Yael et Thomas avaient pointé était confirmé.

— Ça fait froid dans le dos, murmura Thomas en passant aux autres indices.

Il se connecta à l'encyclopédie Wikipédia pour entamer son investigation virtuelle. La page consacrée au *Titanic* s'afficha. Ils la décortiquèrent minutieusement. Et n'eurent pas longtemps à attendre.

Directement relié au naufrage du paquebot, le nom qu'ils traquaient s'afficha.

Morgan Robertson. Romancier de son état.

Et « voyant extralucide », aurait pu ajouter le site.

12

Yael était survoltée.

— Regarde le titre du paragraphe ! « Prémonition d'un artiste ? », lut-elle par-dessus l'épaule de Thomas.

Elle sentit soudain la main du journaliste se poser sur son genou. Le garçon était assis devant elle, et venait de faire glisser son bras sous le bureau pour saisir la jambe de la jeune femme. D'une pression de côté, il lui indiqua de se tourner vers la droite.

Yael ne saisit pas tout de suite. Puis elle leva les yeux sur la salle. Du côté du grand accueil, un homme était adossé à un pilier de béton, un livre à la main. Lorsque Yael l'aperçut, il cessa de les guetter pour revenir à sa lecture.

L'expression d'exaltation qui envahissait Yael un instant auparavant s'était transformée en une moue de doute.

— Continue de me parler, lui intima Thomas. Fais semblant.

— Tu crois qu'il nous regardait vraiment ? Enfin… qu'il nous surveille ? dit-elle, assez bas pour que le son de sa voix ne porte pas.

— Il le fait avec trop d'insistance depuis cinq bonnes minutes pour que ce soit fortuit, répondit Thomas en faisant mine de lire son écran.

Du coin de l'œil, Yael ne put s'empêcher d'examiner l'homme en question. Il approchait de la quarantaine, avec son physique fin, presque maigre, sa peau soulevée de veines sombres. Il semblait bâti tout en nerfs. Son visage aux lèvres fines, aux pommettes affûtées, au front haut sous un crâne dégarni ne trahissait aucune émotion. Son regard était de glace. D'un bleu intense, capable de traverser les apparences, devina Yael. Le regard de celui qui en a trop vu. Des prunelles tranchantes comme des lames.

Tu disjonctes...

Yael resta en suspens, engluée dans ce face-à-face. Ce fut seulement après une dizaine de secondes qu'elle réalisa qu'ils se fixaient mutuellement. L'homme finit par décrocher. Il reposa son livre, enfonça ses mains dans les poches de son jean et se dirigea vers la sortie pour regagner l'étage.

Dès qu'il eut disparu, Thomas se leva de sa chaise.

— Continue les recherches, fit-il, moi je vais suivre ce type, voir où il va. On ne sait jamais.

— Thomas, j'ai pas une bonne intuition à son sujet, je crois que tu devrais t'en abstenir...

— On n'obtient rien de cette manière. Je reviens vite.

Il prit la direction des portes vitrées en ajoutant :

— Si jamais je ne suis pas de retour dans l'après-midi on se retrouve chez toi ce soir.

Il tourna après le tourniquet d'admission et disparut.

Thomas émergea d'un des ascenseurs au haut-de-jardin, près de l'accueil ouest, et fut surpris de constater que l'homme n'avait pas pris la sortie la plus proche. D'une démarche tonique, il avait enfilé le très long couloir dominant la forêt en contrebas.

Thomas pressa le pas pour ne pas laisser trop d'écart entre eux. L'inconnu tournait à peine la tête, un coup vers le haut, un coup vers la droite, mouvements subtils mais qui n'échappèrent pas à Thomas. Que cherchait-il ?

Des bouches de ventilation émergeaient à distance régulière, encadrées d'une plaque lisse reflétant le couloir. Rien d'anormal.

Thomas ne voyait rien, juste la baie vitrée qui courait sur une centaine de mètres. Les cimes des arbres dansaient dans le peu de soleil qui parvenait au fond de cette fosse profonde, frappant essentiellement l'autre versant du parc, le flanc est. La silhouette de Thomas se superposa au paysage.

Et il comprit.

En face, sur l'autre baie vitrée, le soleil venait renforcer l'aspect réfléchissant du verre, et tout le couloir devenait visible. L'homme surveillait ses arrières. C'était la raison pour laquelle il n'était pas sorti immédiatement. Il voulait s'assurer qu'on ne le suivait pas.

Un professionnel, songea Thomas.

Il décida d'accélérer l'allure, pour ne pas risquer de le perdre.

L'homme sortit les mains de ses poches.

Pendant une seconde Thomas s'interrogea sur ce qui allait suivre.

L'homme étira brusquement sa foulée et se mit à courir.

Thomas s'élança à sa suite.

La pointe de ses baskets accrochait la moquette, le propulsant aussi loin que possible.

L'homme atteignit le bout du couloir, ralentit à peine pour tourner dans l'autre hall d'accueil qu'il traversa sous le regard médusé du personnel, et franchit le portique de sortie avant que quiconque ait pu réagir. Thomas l'imita, cette fois sous les cris de protestation d'un surveillant qui voulut s'interposer. Thomas l'évita de justesse et jaillit à l'extérieur. La rampe remontait vers la surface, martelée par le galop de l'inconnu. Thomas avait perdu une dizaine de mètres sur lui.

Lorsqu'il arriva en haut, il enjamba le garde-corps et dut ralentir pour fouiller du regard l'esplanade en partie assombrie par la masse d'une des tours.

Les lattes d'ipé du Brésil transformaient la place en un pont de paquebot sur lequel glissaient les ombres des nuages.

Thomas repéra sa cible, faufilée au loin entre les massifs de houx encagés, et il se précipita dans son sillage pour surgir en haut des marches dominant la rue Émile-Durkheim. À gauche les arbres bordant la Seine… À droite… L'homme était là, dévalant les marches deux par deux pour rejoindre la rue.

Thomas fut sur ses talons aussitôt.

Il courait rageusement, conscient d'être en excellente condition physique, il devait le rejoindre. Il se faufila entre les passants devant le complexe MK2 et se jeta dans l'avenue de France sans s'occuper des voitures.

Des freins se mirent à hurler tandis qu'une Fiat Panda se déportait violemment vers le trottoir. Thomas leva les bras en signe d'excuse sans interrompre sa course. Cette fois sur la piste cyclable au milieu de l'avenue.

Les deux sprinteurs zigzaguaient entre les vélos, esquivant les rollers.

L'homme avait repris de l'avance.

Il le vit s'engager dans un escalier et tourner brusquement vers un escalator qui s'enfonçait sous un immeuble.

Le métro. La ligne 14.

Thomas dévala les marches à son tour et poursuivit sa course dans les couloirs. Il manquait de souffle. Il ne tiendrait plus longtemps.

L'homme était en train de passer un ticket dans le sas d'entrée. Quinze secondes plus tard Thomas prenait appui sur le composteur et d'un bond souple atterrissait de l'autre côté.

Ils étaient maintenant sur la passerelle surplombant les voies, des vitres ouvrant sur toute la station. En une fraction de seconde, Thomas songea que de ce point de vue l'endroit ne ressemblait pas à une gare de métro mais à un temple romain, avec ses immenses colonnes soutenant une succession d'arches illuminées par des vasques.

L'homme descendait vers la rame qui approchait. Il ne courait plus, il marchait à vive allure en regardant autour de lui. L'endroit était quasiment désert, une demi-douzaine de voyageurs à peine attendaient le métro. La rame s'immobilisa. Thomas n'était plus très loin.

Les portes automatiques s'ouvrirent sur celles du train.

Thomas força l'allure, et au dernier moment réussit à bondir dans la même voiture que l'homme qu'il traquait, en sueur, à bout de souffle.

Celui-ci se tint à la barre et inspecta ce qui l'entourait. Le train était récent, de ces modèles en continu, sans séparation entre les wagons, rien qu'une plate-forme en accordéon pour les relier. La plupart des gens se trouvaient à l'avant, loin de Thomas. Un seul voyageur était monté avec eux.

Le fugitif termina son tour d'horizon par Thomas, au milieu du wagon, et son regard s'attarda sur lui.

Le journaliste ne baissa pas les yeux, soutenant ce qu'il prenait pour un défi. Cette fois, plus de fuite possible. Le serpent d'acier repartit après avoir émis son signal sonore. Les portes claquèrent.

C'est alors que Thomas remarqua le rictus qui se dessinait sur le visage de l'homme. Un sourire satisfait en direction de l'autre passager, suivi d'un bref mouvement du menton.

Thomas se retourna pour constater qu'il était dévisagé. Et il comprit. L'homme avait un complice.

C'était leur lieu de rendez-vous.

La situation venait de s'inverser.

De chasseur, Thomas devenait proie.

Il inspecta rapidement la rame. Déserte sur plusieurs dizaines de mètres.

Les deux hommes lâchèrent la barre en même temps et marchèrent à la rencontre de Thomas, le prenant en tenaille.

BLOG DE KAMEL NASIR. EXTRAIT 3.

Savez-vous quelle est l'essence du pouvoir ?

La démagogie.

Pour régner, pour gouverner, il faut plaire au peuple. Lui mentir si nécessaire. Mais dire ce que les gens ont envie d'entendre. Le faire est secondaire. On calme la colère, les déceptions, par encore un peu plus de démagogie. Puis vient le moment de tourner, de laisser sa place au parti d'en face, une fois que le peuple en a marre d'entendre trop de mensonges.

Alors le parti opposé prend les commandes et fait la même chose.

Exactement la même chose : il exerce son pouvoir. Par la démagogie. Avec plus ou moins de sincérité selon les uns et les autres.

Jusqu'à devoir laisser sa place au parti précédent qui revient faire ce qu'il a déjà fait, et ainsi de suite…

Vision peu reluisante de la politique, c'est vrai. Hélas, vision partagée par bien du monde, semble-t-il…

Et savez-vous, outre le sectarisme de leurs idées, ce qui fait la différence entre des partis extrêmes et d'autres plus « ouverts » ? L'amplitude des menson-

ges. Les partis des extrêmes mentent plus largement et plus dangereusement.

Je vais m'intéresser dans ce qui suit à un parti politique en particulier. À un système. Parce qu'il a été très loin dans ses mensonges. Si loin qu'il prend des aspects de parti extrême. Mais n'oublions à aucun moment qu'il pourrait en être de même de bien des leaders politiques, et que ces noms ne doivent servir qu'à renforcer notre vigilance de tous les jours. Même lorsqu'ils résonneront de l'écho d'un passé lointain.

Ils sont la preuve que c'est possible, que ça arrive. Et que ça peut revenir.

Le monde, n'en déplaise à certains, est toujours, et ce depuis la Seconde Guerre mondiale, sous l'influence américaine. La nation qui prédomine la planète. Économiquement, culturellement, politiquement et militairement.

C'est donc vers cette terre, supposée exemplaire, que mon regard se porte.

Vers une poignée de dirigeants qui illustrent parfaitement mon propos, mes craintes.

Puis-je me permettre une question avant de poursuivre ?

Aimeriez-vous vivre dans un pays sans gouvernement ? Avec pour uniques leaders les patrons des plus grandes entreprises du pays ? Ça ne serait pas très rassurant, n'est-ce pas ? Bien que ce soit déjà le cas dans bien des pays comme la France, je crois que c'est encore plus criant aux États-Unis, à l'heure où j'écris ces lignes en tout cas !

Car l'organigramme des dirigeants politiques américains est indissociable de celui des grandes compagnies industrielles.

À ce titre, on peut citer quelques noms. Dick Cheney, ce vice-président qui fait si peur dans l'ombre du président Bush, a été P-DG pendant cinq ans d'Halliburton, société d'ingénierie civile notamment dans le monde du pétrole, société qui, soit dit en passant, a raflé un nombre étourdissant de contrats en Irak pour sa reconstruction…

Cari Rove, conseiller du Président, était actionnaire chez Boeing qui, rappelons-le, œuvre largement dans le secteur militaire. Il en va de même pour Donald Rumsfeld (ministre de la Défense) qui était le dirigeant du groupe pharmaceutique Searle ; Colin Powell (ancien conseiller à la Sécurité nationale du président Reagan, puis ministre des Affaires étrangères entre autres) ; Richard Perle (éminence grise du Président) et Paul Wolfowitz (ex-numéro deux du Pentagone) qui étaient tous dans des sociétés d'armement. À noter au passage que ce dernier est depuis le 1er juin 2005 président de la Banque mondiale.

Et je pourrais continuer ainsi avec tous les membres du gouvernement, Condoleezza Rice et compagnie…

Si l'organigramme du gouvernement se confond souvent avec celui des grandes entreprises américaines, on pourrait en dire autant des liens économiques, stratégiques, militaires et politiques qui unissent, parfois dans le secret, les États-Unis et l'Arabie Saoudite. Ce n'est certainement pas un hasard si deux jours après les attentats du 11 septembre, le président Bush recevait à dîner en tête à tête l'ambassadeur d'Arabie Saoudite, le très puissant prince Bandar. Personne ne sait ce qui s'est dit ce soir-là.

Les liens entre le gouvernement, l'industrie – le complexe militaro-industriel n'est pas en reste – et [illegible]bie Saoudite semblent sans fin. On se rappelle *qu'avant d'être président, George W. Bush avait monté une société dans le pétrole, Arbusto Energy. Suite à une gestion catastrophique la société manqua de disparaître à plusieurs reprises. Qui la sauva chaque fois en injectant des millions ? La famille Ben Laden. C'est écrit noir sur blanc. Pour des Saoudiens milliardaires vivant dans le pays leader dans la production de pétrole, il semble curieux qu'ils investissent de l'argent dans une sombre société texane qui ne fonctionne pas. Autre exemple : l'avocat qui défendit George W. Bush lorsqu'il fut accusé de délit d'initié lors de son passage dans la société Harken (firme détenue pour un quart par des Saoudiens et dans laquelle Bush percevait 120 000 dollars annuels à titre de « consultant » !) s'appelait Robert Jordan, qui fut ensuite nommé, comme par hasard, ambassadeur en Arabie Saoudite.*

En tout, les Saoudiens auront versé près de 1,4 milliard de dollars dans les industries pour lesquelles a travaillé Bush.

Je ne vais pas m'attarder trop longuement sur ces liens, je tenais cependant à les mettre en évidence. Souligner l'absence de neutralité du gouvernement puisqu'ils sont tous, d'une manière ou d'une autre, liés à des empires industriels, tout en rappelant l'intrication évidente des États-Unis avec l'Arabie Saoudite.

Point par point, je vais désigner des éléments qui vous sembleront étranges pris les uns indépendamment des autres, mais lorsque viendra la fin de cet exposé, je pense que la lumière se fera.

Alors, vous tremblerez.

13

Dans le silence de la bibliothèque, Yael se rongeait les ongles.

Elle était incapable de se concentrer sur ce qu'elle lisait, ses pensées revenant sans cesse à Thomas. Elle n'approuvait pas son départ précipité. Il s'était lancé aux trousses d'un parfait inconnu qui n'avait peut-être rien à se reprocher.

Bien sûr...

Sur ce point, elle tentait de se convaincre par la méthode Coué, car il y avait peu de chances que ce bonhomme fût là par hasard. Il les avait espionnés avec insistance. La salle était vaste, ce qui ne l'avait pas empêché de venir se poster à proximité, pour les entendre. Et pourquoi rester debout, alors que les places assises ne manquaient pas, sinon pour bien les voir ? Dans ce cas, qui était-il ? Et quel rapport y avait-il entre lui et ce qui survenait, ces ombres et cette foule d'informations étranges ?

Accoudée à la table de l'ordinateur, Yael posa son front dans sa paume.

Le nom de Morgan Robertson brillait sur l'écran.

Il s'agissait d'un romancier ayant publié en 1898 un livre intitulé *Futility, or the Wreck of the « Titan »*, dans lequel il décrivait un paquebot de légende, parfaitement conforme à ce que serait le *Titanic* quatorze ans plus tard. Le livre venait d'être réédité en France à cause de ces incroyables coïncidences. Yael se laissa captiver par les ressemblances entre les deux bateaux, la concentration revenait, bientôt elle navigua de lien en lien jusqu'à trouver un comparatif chiffré entre le navire inventé par Robertson et le *Titanic*.

Pendant ce temps, au moins était-elle accaparée par autre chose que ce mystérieux limier.

Les proportions du *Titan* avoisinaient de très près celles du *Titanic :* 45 000 tonnes pour l'un, 46 000 pour l'autre, sa vitesse était de 25 nœuds, celle du *Titanic* comprise entre 22 et 24 nœuds. Ils disposaient tous deux de trois hélices. Le premier avait 19 compartiments étanches, 16 pour le *Titanic*. Tous deux affichaient pavillon britannique. Et la liste se poursuivait ainsi tout au long du roman, mentionné sur les différents sites Internet que la jeune femme débusqua. Lorsque les données techniques n'étaient pas rigoureusement identiques, elles restaient très proches.

Mais le pire semblait l'histoire dramatique du roman. Robertson mettait en avant les prouesses et le luxe du *Titan*, considéré comme insubmersible avant que celui-ci ne heurte un iceberg par tribord dans l'Atlantique nord, au mois d'avril ! Le *Titan*, n'ayant pas assez de canots de sauvetage, coula en faisant plus d'un millier de morts… dans la fiction, en 1898.

Le 14 avril 1912, le *Titanic*, bien réel celui-là et également considéré comme insubmersible, coula, avec un nombre insuffisant de canots de sauvetage, dans l'Atlantique Nord après avoir heurté un iceberg par tribord, causant la mort d'environ 1 500 personnes. Le *Titan* faisait route de New York vers la Grande-Bretagne, et le *Titanic* de la Grande-Bretagne vers New York.

Les deux récits se ressemblaient tellement qu'on était en droit de se demander si Robertson n'était pas voyant. Il décrivait comment le naufrage avait lieu, dans des circonstances très similaires à celui du *Titanic*. Avec quatorze ans d'avance.

Yael était estomaquée. Elle poussa l'investigation plus loin.

Les mythes autour du *Titanic* pullulaient. Parmi les rumeurs les plus récurrentes, Yael en lut une qui concernait la taille du gouvernail, considéré comme trop petit, même s'il était conforme aux normes. Il était stipulé qu'un gouvernail de cette taille pour un pareil tonnage présentait un risque inconsidéré. Tout aussi inconsidéré, soulignaient d'autres internautes, que de lancer le *Titanic* à pleine vitesse dans une mer semée d'icebergs, en pleine nuit, et par mauvaise visibilité. D'autant que le nid-de-pie destiné à la surveillance des icebergs, entre autres, n'était pas équipé de jumelles ! Oubli colossal et atypique. Comme si le capitaine lui-même, ou quiconque le lui ayant ordonné (patron de la compagnie ?), voulait à tout prix provoquer un accident alors que le *Titanic* recevait depuis deux jours les avis du *Rappahannock*, du *Caronia*, du *Noordam*, du *Baltic*, de l'*Amerika* et du *Californian* stipulant la présence d'une forte banquise et d'icebergs ! Malgré ça, le capitaine Smith continua à pleine vitesse, risquant de plus en plus la collision et le naufrage. Surtout avec des compartiments étanches… qui ne l'étaient pas en hauteur ! Tout le navire était considéré comme insubmersible car dans les pires hypothèses on partait du principe que seuls cinq de ses compartiments seraient inondés, oubliant qu'il s'agissait d'un navire pouvant aller à 24 nœuds ! Vitesse considérable qui, en cas de collision, provoque des dégâts sur une telle longueur avant de pouvoir freiner ou manœuvrer, que plus de cinq caissons étanches seraient endommagés à coup sûr, sans oublier que le *Titanic* n'était pas équipé d'une double coque. Les ingénieurs étaient-ils à ce point distraits qu'ils en avaient oublié ces paramètres essentiels ?

De plus, on constata que l'acier de sa coque était défaillant, constitué de trop de soufre et pas assez de manganèse, beaucoup trop cassant par basses températures comme celles qu'on rencontre dans l'Atlantique sous ces latitudes.

Une telle accumulation d'erreurs humaines donnait froid dans le dos. Comment pouvait-on passer autant de mois, voire d'années, le nez dans des plans, dans des calculs, pour en arriver à négliger des facteurs aussi évidents ?

Et puis il y avait l'attitude du capitaine Edward J. Smith. Sa renommée était légendaire en matière de commandement, pourtant cette nuit-là, il ne ressembla pas à l'homme qu'on connaissait. De même, on ne sut jamais ce qu'il fit durant les deux dernières heures d'agonie de son navire… Un internaute soulignait qu'au départ, le voyage inaugural du *Titanic* était prévu pour le mois de mars, ce qui ne collait pas au roman de Robertson. Mais six mois auparavant, l'*Olympic*, un autre paquebot de la compagnie White Star Line, fut sévèrement endommagé suite à une collision avec un autre bâtiment. La réparation immédiate mobilisa une partie des ouvriers au travail sur le *Titanic*, reportant sa mise à l'eau au mois d'avril. Le capitaine de l'*Olympic*, au moment de l'accident, n'était autre que… Edward J. Smith. Et ce même internaute de suggérer la vilaine hypothèse selon laquelle Smith l'avait fait exprès pour retarder le départ d'un mois. Comme si tout depuis le début avait été planifié pour que l'histoire du *Titanic* reproduise celle du *Titan*. L'internaute suggérait qu'on avait « influencé » l'architecte en chef pour que le *Titanic* corresponde au mieux avec le *Titan*, et pour qu'il « ne pensât pas » à certains détails vitaux comme l'insubmersibilité du navire, avant de corrompre ou de menacer le capitaine Smith d'une manière ou d'une autre afin qu'il prenne les mauvaises décisions. Il soulignait également l'étrange témoignage de Bruce Ismay, (propriétaire du navire et unique officier exécutif de la compagnie White Star Line présent à bord, alors qu'il s'agissait du lancement du plus grand et beau navire de tous les temps, comme on l'affirmait à l'époque) lors de son passage devant la commission d'enquête après le naufrage. Ismay prétendit qu'il dormait au moment du choc avec l'iceberg et que c'était cela qui l'avait réveillé, tandis que la plupart des passagers précisaient n'avoir pas même remarqué qu'il s'était passé quelque chose tant l'impact avait été subtil. De même, son récit quant aux circonstances de son sauvetage était flou. Il affirmait avoir grimpé dans un canot de sauvetage où il restait de la place, qu'il n'y avait personne, ni sur le pont où il se trouvait, ni lors de la mise à flot du canot, aucun passager à prendre à bord, personne se jetant à l'eau, contredisant tous les autres témoignages qui relataient la panique, la confusion, et la foule essayant d'embarquer dans le moindre canot disponible... Quoi qu'il en soit, Ismay survécut sans soucis et interdit ensuite qu'on fasse devant lui la moindre allusion au *Titanic*.

Et puis il y avait cette explosion que bon nombre de passagers avaient entendue après la collision avec l'iceberg, et dont on ne fit pas vraiment écho lors de l'enquête.

Le site web suggérait un complot visant à couler le *Titanic*, jumeau du *Titan*, dans les mêmes circonstances.

L'hypothèse était rocambolesque, mais perturbante.

Il fallait bien avouer en effet que les coïncidences et les questions sans réponse étaient en si grand nombre que cela en devenait troublant.

Tout comme Lincoln et Kennedy, souligna Yael.

— Pourquoi cherchez-vous à mettre en évidence ces moments de l'Histoire ? murmura-t-elle.

Elle s'adressait aux Ombres. Que cherchaient-elles à démontrer ? Qu'une force supérieure opérait dans les arcanes de l'Histoire ?

Yael se souvint de leurs mots :

« Nous sommes partout. De l'autre côté. »

« Croyez. Et vous serez prête. »

Était-il possible que des… créatures existent et agissent sur l'Histoire ?

Yael ne savait plus que penser.

Elle vérifia l'heure. Presque dix-huit heures. Thomas était parti depuis plus d'une heure. La jeune femme finit par se lever et rassembler ses affaires. Comme convenu, il la rejoindrait chez elle. Elle ne devait pas s'inquiéter. Ne pas commencer à imaginer. L'humain imaginait toujours le pire.

Lorsqu'elle remonta à la surface, Yael savoura les rayons du soleil, qui eurent le mérite de l'apaiser un peu. Elle retrouva sa voiture garée à proximité, et démarra en direction du 14e arrondissement où elle vivait.

La petite 206 bleue circula d'avenue en boulevard, profitant du répit d'août pour rejoindre la rue Dareau en peu de temps.

En rentrant chez elle, Yael reçut l'accueil chaleureux de Kardec qui vint se frotter contre ses chevilles.

Elle alla consulter son répondeur. Le voyant ne clignotait pas : aucun message. Toujours pas de nouvelles de Thomas.

Le chat insistait à ses pieds pour obtenir un minimum de considération. Yael s'agenouilla près de lui avant de finalement s'asseoir sur le tapis pour câliner la boule de poil qui se mit à ronronner.

La chaude clarté du jour entrait par le puits de lumière, tout en haut, inondant le salon au milieu duquel Yael finit par s'étendre contre son chat. Elle attendait.

La fatigue l'engourdit progressivement.

Elle s'endormit.

Ses paupières se rouvrirent difficilement.

Tout son flanc droit était ankylosé.

La nuit s'était invitée dans l'appartement.

Une pluie lourde tombait sur Paris, frappant aux carreaux, cognant les tuiles et confluant par un millier de veines vers les entrailles de la terre.

Yael avait la bouche pâteuse.

Malgré les fourmillements dans son bras, elle se dressa sur un coude. Elle avait dormi longtemps, il devait être vingt-deux heures passées. Le chat avait disparu.

L'ingrat !

Elle roula sur le côté qui n'était pas engourdi, et se retrouva hors du tapis, sur la plaque de verre noire, son menton à vingt centimètres de la matière froide. Elle plaquait ses mains de part et d'autre de son visage, comme pour faire des pompes, et allait se redresser lorsque son attention se crispa. Une sensation familière l'habitait, ce léger tiraillement d'alerte, sur le haut du crâne et derrière les oreilles. Comme si son corps prenait conscience du danger avant son esprit.

Quelque chose avait bougé.

Dans le sol.

Elle n'avait pas rêvé. Ça s'était passé dans la périphérie de son regard. Un mouvement, *sous* le sol.

C'est impossible, je me fais une frayeur toute seule... il y a quinze mètres de vide sous cette plaque de verre...

Elle contractait les muscles de ses bras pour se relever quand les deux taches blanches apparurent.

Deux mains vinrent se poser tout près des siennes, *de l'autre côté* du verre. Deux paumes à la peau blanche, presque transparente.

Yael bondit en arrière.

Puis une face blafarde émergea des ténèbres pour venir se coller contre la plaque. Un homme aux yeux écarquillés, bouche ouverte. Yael n'y lut d'abord aucune angoisse, rien que de l'incompréhension. Qui se mua aussitôt en colère. En rage.

Et le visage spectral se mit à hurler.

Yael hurla à son tour, raide de terreur, sans quitter le spectre des yeux. Déjà il redescendait pour disparaître dans l'opacité du gouffre qui s'enfonçait sous elle.

Yael ne trouvait plus son souffle.

Elle ne vit pas les deux mains qui s'approchaient d'elle, dans son dos.

Son cri s'étrangla quand elles l'agrippèrent par les épaules.

14

Yael voulut se débattre, rejeter son assaillant, se soustraire à cette poigne ferme qui lui enserrait les clavicules.

Ses bras battaient l'air tandis qu'elle continuait de crier.

La voix grave s'éleva par-dessus la sienne :

— Calme-toi ! C'est moi ! Calme-toi, Yael !

À travers sa frayeur et les cheveux qui lui barraient le visage, elle réussit enfin à identifier celui qui tentait de la maîtriser.

— Voilà, c'est bien, disait Thomas. Calme-toi. Tu m'as fait peur. J'étais dehors à t'attendre depuis cinq minutes. J'ai frappé à la porte sans succès. Et puis je t'ai entendue hurler.

Yael récupérait peu à peu. Elle s'était probablement réveillée lorsqu'il avait frappé.

— Il y a… quelqu'un sous la plaque de verre, bafouilla-t-elle en désignant l'endroit où le spectre était apparu.

Elle ne parvenait pas à quitter le sol des yeux, s'attendant à le voir resurgir.

— Va t'asseoir sur le divan, tu as besoin de te calmer. Tu veux un verre d'eau ?

Yael décrocha enfin son regard de la surface noire pour fixer Thomas. Ses prunelles tremblaient.

— Tu entends ce que je dis ? s'insurgea-t-elle. Je te dis qu'il y a quelqu'un là-dessous. Et pas un type normal ! Il était plus pâle qu'un mort !

Thomas avança ses paumes.

— D'accord... Mais il y a un vide d'au moins quinze mètres là-dessous, tu vois ce que je veux dire ? Tu n'étais peut-être pas tout à fait éveillée et tu...

— Je n'ai pas rêvé ! s'indigna Yael. Ne me prends pas pour une cinglée, pas après ce que tu as vu aussi !

Thomas hocha la tête.

— D'accord, excuse-moi. On va... on va s'assurer qu'il n'y a plus rien, OK ? Où est-ce que j'allume le puits ?

Yael lui montra l'interrupteur qu'il abaissa. Elle remarqua le sac de sport qu'il avait posé au sol. Les projecteurs métamorphosèrent aussitôt l'espace.

Thomas fronça les sourcils.

— Quoi ? s'alarma la jeune femme.

— Je... J'ai cru voir une ombre disparaître en bas à droite au moment où la lumière est descendue.

— Où ça à droite ?

— Dans l'angle près du grand réservoir où l'eau tombe des collecteurs. Sûrement un effet d'optique...

— Non, trancha Yael. Tu ne peux pas le voir d'ici mais il y a un passage à cet endroit. Le début d'un couloir pour l'entretien. Si tu as vu une ombre à cet endroit, ce n'est pas un hasard, c'est qu'il y a quelqu'un dans le passage.

Thomas lut la détermination sur ses traits. Elle avait décidément un caractère bien trempé.

— Très bien, je vais aller voir, dit-il. Il y a un moyen de descendre ?

Elle avala sa salive en réalisant ce qui les attendait.

— Dans la cuisine, la porte qui donne dans une cave. De là on peut rejoindre ce puits, pour réparer les projecteurs notamment.

Thomas passa sous l'arche en sautant les trois marches qui donnaient dans la cuisine et attendit que Yael prenne les clés.

— Au fait, ne laisse plus la porte d'entrée ouverte, lui dit-il. C'est comme ça que j'ai pu accourir lorsque tu as crié. Pratique pour cette fois, mais pas prudent du tout.

Elle acquiesça, un peu groggy, encore secouée de frissons.

— Et toi ? demanda-t-elle. Qu'as-tu fait pendant tout ce temps ?

— C'est une… longue histoire, je préfère la garder pour plus tard, quand nous aurons paré au plus urgent.

Décelant un malaise dans la voix de son compagnon, Yael insista :

— Rien de grave ? Rassure-moi.

— Je ne sais pas.

Consternée, elle le vit pousser la porte de la cave et s'enfoncer dans l'humidité des ténèbres.

15

Une ampoule nue illuminait les casiers, vides en dehors d'une demi-douzaine de bouteilles de vin qui reposaient dans un coin, la collection personnelle que Yael se constituait lentement, peu versée qu'elle était en œnologie.

Une chaudière massive bourdonnait dans l'angle opposé, un halo bleuté émergeant de ses brûleurs.

Yael s'immobilisa devant la porte du fond pour la déverrouiller d'un tour de clé.

— Tu n'es pas obligée de m'accompagner, prévint Thomas.

En guise de réponse elle ouvrit le battant et s'avança dans l'ouverture.

Le martèlement de l'eau que déversaient les deux collecteurs dans le réservoir, une dizaine de mètres plus bas, résonnait entre les murs. Yael ne s'était rendue ici qu'à deux reprises, chaque fois en compagnie de son père, et chaque fois avec le sentiment de se trouver au sommet d'une cascade souterraine, au fond d'un gouffre aux relents d'ammoniaque.

L'eau de pluie chutait en tourbillonnant, vaporisant dans l'air une bruine persistante qui recouvrait tout, rendant glissante et dangereuse la descente.

Thomas saisit un des barreaux de l'échelle et entreprit d'aller rejoindre les profondeurs bruyantes. Yael examina le plafond. Elle distinguait son salon, et prit conscience qu'il était aisé, pour quelqu'un parvenant jusqu'ici, de la surveiller à son insu. Elle allumait rarement les projecteurs.

Chassant cette désagréable impression de vulnérabilité, elle emboîta le pas à Thomas. Malgré l'altitude, Yael ne ressentit aucun vertige, elle empoignait chaque échelon avec assurance et prit son temps pour parcourir la dizaine de mètres de dénivelé.

En bas ils contournèrent le réservoir, beaucoup plus vaste que Yael ne s'en souvenait, et elle désigna un renfoncement derrière lequel partait un couloir taillé dans la pierre.

La lumière des puissantes lampes leur parvenait avec moins d'énergie, certaines zones demeuraient obscures.

— Rappelle-moi de ne jamais commander une maison à cet architecte, plaisanta Thomas par-dessus le vacarme.

Yael perçut qu'il n'était pas réellement décontracté et qu'il parlait pour la rassurer. Elle commençait à s'interroger sur ce qui lui était arrivé dans l'après-midi.

Thomas s'avança dans le couloir de plus en plus sombre jusqu'à devenir complètement obscur après cinq mètres. Il fouilla dans ses poches pour en extraire un briquet qu'il peina à allumer dans cette atmosphère humide. Puis il le leva.

Seules leurs ombres frémissaient sur les murs.

Personne.

Une porte en acier barrait le chemin.

Sur laquelle on avait écrit en traits larges et rouges : « 666 ».

L'inscription était toute fraîche.

La peinture coulait encore le long de la porte.

— Je crois que je te dois des excuses, dit Thomas. Il y avait bien quelqu'un.

— Je n'aime pas ça, murmura Yael. Je… Peut-être qu'on ferait mieux de remonter.

Thomas la fixa.

— Et ensuite ? Attendre que ces gens te persécutent encore ? On cherche à te dire autre chose avec ce chiffre. (Il secoua la tête.) C'est parce que nous ne savons pas de quoi il s'agit que nous sommes obligés de subir. Mais dès que nous aurons pu éclaircir tout ça, on sera en mesure de les devancer. Il faut aller par là, ajouta-t-il en désignant la porte marquée.

Il y eut un bref flottement durant lequel Yael analysa la situation. Il avait raison, surtout ne pas subir davantage. Être actif.

— Tu crois qu'ils veulent nous faire passer cette porte ? l'interrogea-t-elle.

— Oui. 666 en soi ne veut rien dire, c'est le chiffre de la Bête dans la Bible, le chiffre du diable, c'est tout. Il faut l'associer à autre chose qui nous attend probablement de l'autre côté. Qu'y a-t-il au-delà ?

— Je ne sais pas, je ne suis jamais allée voir. D'après mon père Paris est un vrai gruyère et tout communique. Égouts, couloirs techniques du métro, caves et catacombes.

— Charmant, rétorqua le journaliste d'un air dégoûté.

Il s'approcha du lourd battant et s'agenouilla devant la serrure sans poignée.

— C'est un mécanisme simple, il n'est pas verrouillé.

— Sauf que je n'ai pas la clé…

Thomas tâtonna la serrure.

— Tu t'es déjà cassé quelque chose ?

Surprise, Yael acquiesça mollement.

— Oui… Un accident de scooter quand j'étais ado. J'ai eu le bassin fracturé.

— Tu as encore les radiographies ?

— Oui.

— Je vais en avoir besoin. Et aussi de quoi m'éclairer si tu as.

Yael s'exécuta et revint sans tarder, tenant une grande radio dans une main et une lampe dans l'autre. Thomas se servit du cliché semi-rigide pour le faire glisser entre le chambranle et la porte, sous la serrure. Il prit appui sur ses jambes et poussa le battant de tout son poids pour faciliter l'entrée de son outil improvisé. Une fois celui-ci passé, il le fit remonter doucement vers le pêne qui s'enfonça dans sa têtière.

La porte était ouverte.

— Où as-tu appris à faire ça ? s'étonna Yael.

— Dans mon métier, deux choses sont essentielles pour durer. Primo : un très bon carnet d'adresses, deuzio : être débrouillard. Ce dernier point étant le plus vital.

Il déposa la radiographie à terre et prit la lampe qu'il éteignit aussitôt. Yael venait de pousser le vantail.

Deux bougies noires étaient allumées dans des cavités creusées à même la roche.

Le passage étroit et bas de plafond ressemblait à un tunnel de pyramide, et s'enfonçait en serpentant sous la ville. Plus loin, d'autres bougies avaient été allumées.

On les attendait.

16

Thomas fit pivoter la lampe dans sa main, pour qu'elle devienne une matraque.

Ils suivirent le tunnel jusqu'à un coude qui ouvrait sur un couloir perpendiculaire, menant à de nombreuses galeries. Des bougies balisaient la voie à suivre, une tous les quinze ou vingt mètres environ.

Les lueurs tremblantes menaient un âpre combat contre les ombres omniprésentes qu'ils voyaient glisser de mur en mur, se laisser tomber du plafond, jaillir des dépressions du sol ; des courants d'air étirés par la longueur et la complexité du labyrinthe sifflaient entre les pierres, caressant les bougies, menaçant d'en étouffer les flammes à chaque ondulation.

— Sais-tu où nous sommes ? chuchota Thomas pendant qu'ils marchaient.

Yael répondit sur le même ton, celui qu'inspirent les églises et les bibliothèques :

— Ce sont les anciennes carrières de Paris qui datent de l'époque romaine. Au début elles étaient à ciel ouvert, mais avec l'essor démographique des XIIe et XIIIe siècles, Philippe Auguste décida d'étendre la capitale. Le besoin en roche devint important, d'autant qu'il y avait de grands chantiers en cours, dont celui de la cathédrale Notre-Dame. Très vite, afin de préserver l'espace en surface, les carrières devinrent souterraines.

Thomas siffla entre ses dents.

— Belle maîtrise du sujet…

— Mon père adore l'histoire de Paris. Quand j'étais gamine, il m'en lisait des bribes le soir pour m'endormir ! Merci pour les cauchemars… Surtout lorsqu'il abordait la création des Catacombes. Au XVIIIe siècle, le cimetière des Innocents, l'un des plus grands d'Europe, était engorgé, il débordait de partout pour dire les choses. C'était un nid d'infection, à la place qu'occupent les Halles actuelles.

Ils déambulaient en se repérant aux flammes, Thomas en tête. Le journaliste écoutait d'une oreille le récit de Yael tandis qu'il fouillait du regard les taches de pénombre qui séparaient chaque bougie.

— Insalubrité, risque d'épidémies, « surpopulation », le cimetière des Innocents était une plaie au cœur de Paris. On essaya toutes les solutions, comme de construire des remparts autour et d'entasser les ossements déterrés dans les toits, pour libérer du terrain, rien n'y fit : les Innocents débordait, dégorgeait, puait à cent lieues, bref, l'horreur dans la capitale. Un jour, le mur d'une cave mitoyenne s'est fendue sous la pression d'une fosse commune trop pleine. Je te laisse imaginer la tête du propriétaire lorsqu'il est descendu pour voir. Et puis le marché des Halles était collé au cimetière, et, outre les odeurs de putréfaction qui se mêlaient à celles des victuailles, le marché manquait de plus en plus de place. Face à l'urgence on a décidé de déménager les morts pour raser le cimetière.

Yael scrutait la pierre qu'elle frôlait, caressant en pensée l'histoire incrustée dans le minéral.

— Pendant presque trente ans, jusqu'en 1814, on a vidé la plupart des cimetières parisiens pour entreposer les corps dans les anciennes carrières devenues les catacombes. Un rituel macabre s'instaurait chaque nuit. Des chars transportaient leur cargaison recouverte de draps noirs, escortés par des porteurs de torches et des prêtres chantant l'office des morts. J'imagine cette scène se reproduisant nuit après nuit pendant toutes ces années. Six millions de cadavres ont été exhumés pour être « rangés » ici, à côté de nous. C'est une face de l'Histoire dont on parle assez peu, je crois qu'on préfère l'oublier.

— Dommage, intervint Thomas, pour les Américains ce serait un atout supplémentaire, ce côté… rite funéraire sous la ville.

— Oh, alors il faudra leur expliquer que l'odeur d'œuf pourri qu'on peut sentir dans certaines stations de métro, notamment du côté des Halles, est celle de la terre imprégnée pendant tant de siècles de fluides humains en décomposition qu'elle est restée, et s'y est intégrée aujourd'hui. Je crois que depuis peu la RATP a fait en sorte d'atténuer ce désagrément. Quand j'étais gosse, c'était l'infection. Ça doit revenir de temps en temps, surtout par grosse chaleur.

— Dis-moi, ton père ne te racontait pas ça pour t'endormir j'espère ?

— Pas tout, il a gardé les aspects les plus glauques pour l'adolescence… C'était son moyen à lui de me calmer. Oui, je sais, pas très pédagogue. En fait, mon père et moi on n'a jamais été très doués pour se parler.

La galerie bifurqua à nouveau, ils longèrent une salle qui s'ouvrait sur le côté, ténébreuse, avant de poursuivre pendant plusieurs centaines de mètres. Yael brisa le silence :

— Tu crois que ça va nous mener loin comme ça ? Parce qu'il y a plus de trois cents kilomètres de tunnels sous Paris, rien que pour les anciennes carrières.

Thomas haussa les épaules. Il n'en savait pas plus qu'elle, et ne pouvait la rassurer sans mentir.

Soudain le sol se mit à vibrer.

Un ronflement qui montait en puissance, transmis par la roche. La première image qui frappa Yael fut celle d'un ver géant remontant à la surface.

Ce ver-là était en métal et empestait le caoutchouc chaud.

Et le tunnel creusé pour lui passait juste sous leurs pieds.

Celui du RER.

Le grondement était à son apogée.

Puis il s'éloigna, et ils reprirent leur route.

Un peu plus loin, une longue grille barrait un couloir sur leur droite, les bougies indiquaient la direction opposée mais Yael s'approcha des barreaux.

Une gigantesque ruche. Aux parois constituées d'une succession d'alvéoles.

Thomas actionna sa lampe et braqua le faisceau au-delà des grilles.

Les alvéoles étaient en fait des orbites creuses.

Celles de milliers de crânes humains minutieusement entassés les uns sur les autres, à côté de tibias, humérus et autres gros os longilignes.

Yael agrippa les barreaux. Sa voix était émue :

— Je te présente Montesquieu, Racine, Camille Desmoulins, Robespierre, Danton, Marat, l'Homme au masque de fer et bien d'autres anonymes qui dorment à jamais dans cette grotte sinistre.

La lampe tranchait une frange de lumière où la poussière dansait comme autant de sédiments dans un aquarium oublié. Le halo blanc glissa d'un angle à un autre, d'un renfoncement à une perspective plus profonde, balayant l'horizon de ce royaume sans fin dont les limites n'étaient que des murs de femmes, d'hommes et d'enfants sans noms.

— C'est l'ossuaire que peuvent visiter les touristes avertis, mentionna Yael avec respect. Un vaste complexe de couloirs et de salles saturés de squelettes.

Sur la clé de voûte d'une arche qui séparait deux salles, la lampe se prit dans un dessin sculpté. Un compas. Plus loin, sur une colonne, apparurent deux obélisques, l'un noir et l'autre blanc. Des symboles maçonniques. Yael se remémora les quatre tours de la bibliothèque François-Mitterrand – président amateur d'occultisme – en forme d'équerres, autre symbole maçonnique, clin d'œil subtil mais pas anodin. Maintenant qu'elle était sensibilisée à la question, Yael découvrait que le monde fourmillait de repères ésotériques, de signatures occultes. L'Histoire était écrite pour le plus grand nombre dans les manuels. Mais il existait une histoire parallèle, celle de Lincoln, de Kennedy, et de bien d'autres encore. Chaque crâne dont la nudité brillait sans équivoque avait sa propre histoire secrète. Chacun de ces os avait vécu *sa* vérité, manipulée par sa subjectivité. Bout à bout, ils avaient tous vécu *une* vérité manipulée par d'autres subjectivités. Qu'était donc l'Histoire, en fin de compte, si ce n'est la somme tronquée d'existences qu'il fallait ordonner pour écrire ce qui resterait à la postérité. Et qui ordonnait ? Qui tirait les ficelles dans l'ombre ? Des éminences grises. Partout. Souvent rattachées entre elles par des sociétés secrètes.

Mais y avait-il un sens commun ? La chronologie de l'humanité, pour manipulée qu'elle soit, était-elle erratique ou tendait-elle vers un objectif précis, transmis par ces sociétés secrètes ? Le rôle de ces dernières était-il seulement de jouer avec les hommes pour que nous tendions progressivement vers leurs desseins ?

Les signes abondaient dans le monde. Dans les coïncidences trop nombreuses pour être fortuites, dans les symboles qui pullulaient dès qu'on acceptait de les voir.

Yael accédait à cette prise de conscience.

C'était ce que les ombres voulaient.

« *Vous devez savoir. Être avec nous* », avaient-elles dit.

« *Croyez. Et vous serez prête.* »

Prête pour quoi ?

— Hey, ça va ? sonda Thomas.

Yael sortit de ses pensées brusquement.

— Viens, ne restons pas ici.

Ils reprirent le chemin des bougies noires, vers une très longue ligne droite où brillait l'infinie guirlande qui les guidait. Les petits cônes de lumière orangée formaient des niches rassurantes au milieu de l'obscurité, suspendues en une continuité de plates-formes salvatrices sur lesquelles il fallait naviguer, bondissant de l'une à l'autre au-dessus d'un abîme terrifiant. Yael les guettait avec empressement. Dès qu'ils quittaient une zone sûre pour s'enfoncer vers la nuit, elle voulait accélérer le pas pour rejoindre la suivante.

Peu à peu, ils approchaient du bout du tunnel.

Sans remarquer que, dans leur dos, les bougies commençaient à s'éteindre.

Comme soufflées par le passage d'une créature marchant dans leurs pas.

17

Après la vision des crânes empilés par milliers, Yael n'accueillait plus aussi sereinement les courants d'air qui lui balayaient les chevilles. Ils se faufilaient entre ses jambes à l'instar d'âmes fuyantes, froides et sifflantes, errant sous la ville en quête de substance.

L'impression se renforça lorsque la jeune femme marcha dans une flaque d'eau profonde.

— Merde ! lâcha-t-elle sous l'effet de la peur.

Thomas s'assura qu'elle allait bien avant de continuer.

Le sol devant eux ondoyait, le reflet des bougies posées sur des pierres surélevées ou dans les fissures du mur se cabrait étrangement avant de se tordre.

De l'eau, comprit Yael. L'eau recouvrait la terre. Ils pataugèrent bientôt jusqu'à mi-mollet. Puis jusqu'aux genoux.

Une eau huileuse, épaisse.

Leurs mouvements la faisant bruire, ses fines vaguelettes venaient clapoter contre les anfractuosités du tunnel.

Le plafond semblait plus bas, les parois plus resserrées.

Ils respiraient moins bien.

Ils étaient sous terre, loin du monde, bien plus que ne le laissaient penser les quelques mètres de roche au-dessus de leurs têtes. Ils se sentaient abandonnés. *C'est moi qui ai abandonné le monde en venant ici !* corrigea Yael. Des tonnes de masse calcaire l'entouraient. Impossible de fuir, de sortir pour respirer autre chose que cet air lourd, chargé de miasmes.

Son souffle était de plus en plus court.

Elle comprit qu'elle virait tout doucement à la claustrophobie.

C'est pas le moment. Je me calme. Je respire. Tout va bien.

L'air pouvait paraître chaud dans un excès d'angoisse, cependant l'eau était glaciale.

Elle montait au fur et à mesure qu'ils progressaient.

Mi-cuisse.

— Accélérons un peu, proposa Thomas devant.

— C'est déjà bien, non ? Ça fait au moins vingt minutes qu'on marche là-dessous.

— Accélérons, insista Thomas sans se retourner.

Et il pointa son index sur une des chandelles, qui brûlait, plantée dans une lézarde.

Yael la dépassa, sans rien remarquer.

— Pourquoi faut-il accélérer ?

Lorsqu'ils furent au niveau de la bougie suivante, Thomas désigna la mèche et le peu de cire liquide qui s'était accumulée en dessous.

— Parce qu'on vient de les allumer.

Il se remit en route aussitôt.

— Je ne sais pas qui ou quoi le fait, mais c'est juste devant nous, ajouta-t-il à voix basse.

Yael s'empressa sur ses talons, bien qu'elle fût de moins en moins convaincue de la nécessité d'aller se jeter dans la gueule du loup.

L'eau baissa alors jusqu'à n'être plus qu'une alternance de flaques. Les deux explorateurs gouttaient abondamment. Les chaussures pleines d'eau, ils devaient avancer avec prudence pour ne pas glisser sur le roc. Le couloir tourna et s'arrêta net.

Ils étaient dans un cul-de-sac.

Yael passa la tête, et guida la lampe que tenait son compagnon vers le fond du passage, à sa base. Une chatière boueuse permettait de passer de l'autre côté. Thomas laissa échapper un soupir de mécontentement. L'idée de ramper là-dessous ne lui plaisait guère. Après s'être assuré qu'il n'y avait aucun autre moyen d'avancer, il s'agenouilla et alluma la lampe pour éclairer l'endroit où il allait devoir s'enfoncer tête la première.

— Je ne vois rien de particulier. C'est assez court je crois et ça s'élargit ensuite.

Sur quoi il adressa un dernier regard à Yael et ondula pour entrer dans ce qui ressemblait à la gueule d'une bête. Un golem difforme fait de terre, imagina la jeune femme.

Tandis que le golem aspirait les jambes de Thomas, d'horribles bruits de succion provoqués par la boue résonnèrent depuis le fond de la gueule béante.

Puis la voix étouffée de Thomas monta :

— Tu peux venir.

Yael improvisa un chignon en tournant ses cheveux sur eux-mêmes et s'enfonça dans le golem.

Elle joua des coudes et des genoux pour progresser avant de surgir dans une salle d'une trentaine de mètres carrés.

Des colonnes maladroites soutenaient le ciel de la carrière, faites d'empilements de moellons plats. Des bancs rectangulaires taillés dans la pierre qui émergeait occupaient les deux tiers de la pièce, formant deux rangs côte à côte. Au fond, deux galeries obscures ouvraient sur l'obscurité. Une dernière bougie se consumait entre elles, sur un petit autel taillé à même le calcaire.

Thomas aida la jeune femme à se relever. Son pantalon mouillé lui collait à la peau et elle commençait à avoir froid.

— C'est la fin de notre périple, je crois, dit-il en désignant la table.

Ils parcoururent la distance qui les séparait du bloc sculpté et se penchèrent pour distinguer ce qui s'enfonçait dans la pierre de l'autel : une vasque.

De la taille d'une poêle et pas plus profonde qu'une phalange, une vasque ronde tout en porphyre noir. Un liquide épais et argenté irradiait au fond.

— Qu'est-ce que c'est ? s'étonna Thomas.

— Du mercure. (Elle regarda autour d'elle.) Et nous sommes dans une ancienne chapelle, je pense. Mon père m'avait raconté qu'on pouvait encore en voir quelques-unes. Certaines avaient été érigées par les moines à l'époque où ils exploitaient les carrières, d'autres par les carriers eux-mêmes, et d'autres encore par de riches mécènes, sous leurs hôtels particuliers. La dévotion et la gloire de Dieu ne reculent devant aucun sacrifice…, ajouta-t-elle avec une pointe d'ironie.

— Pourquoi tout ce chemin ? Pourquoi nous amener ici ? Il y a forcément une raison…

Yael haussa les épaules.

— Je ne sais pas, pour la symbolique je présume, il s'agit bien de ça depuis le début, non ?

Thomas lui attrapa le bras et se pencha à nouveau sur la vasque.

Le mercure venait d'onduler, une succession de minuscules vaguelettes concentriques se propageaient depuis un épicentre situé dans l'exact milieu de la nappe.

Tout à coup, le mercure se mit en mouvement, des dizaines de petites zones indépendantes se vidèrent, puis il recula, repoussé par une force invisible, jusqu'à dévoiler le fond de la vasque. Il se creusa plusieurs sillons de taille et d'orientation différentes dont certains finirent par se rejoindre, le liquide s'ouvrant comme la mer devant Moïse.

Ces trous s'allongèrent et s'assemblèrent en formes précises.

Des lettres.

— Ils communiquent, constata Yael à haute voix.

Les méthodes utilisées par les Ombres commençaient à lui devenir familières.

Les mots noirs sur le fond en relief argenté apparurent dans la vasque :

« Ce qu'il y a de l'autre côté est la seule vérité. »

Yael fut stupéfaite. C'était exactement ce à quoi elle avait songé à la vue des squelettes entassés : la notion de vérité cachée.

Les creux se remplirent de mercure puis d'autres sillons apparurent :

« Chaque chose est une apparence. »

« Il faut regarder de l'autre côté. »

« L'Histoire dans les livres est une apparence. »

« Les villes sont une apparence. »

Le liquide glissait et s'écartait avec une docilité surprenante, enchaînant les mots comme s'il était avide d'en finir.

« Le sous-sol d'une ville est l'âme nue de sa civilisation, ses arcanes. »

« Ainsi en va-t-il de tout. »

« Les arcanes de l'Homme sont dans ses fondations. »

« Son Histoire. »

« Passez de l'autre côté. »

« Et apprenez à lire dans l'ombre de l'Histoire. »

Yael frissonna. Après tout ce qu'ils avaient appris sur le billet de un dollar, sur Lincoln et Kennedy, elle pressentait que ce n'était qu'un début. Un début timide de surcroît.

« N'oubliez pas : chaque chose est une apparence. »

« Et derrière chaque apparence se cachent ses arcanes : son essence réelle, sa vérité. »

« La découvrir c'est la connaissance du monde. Le pouvoir. »

« Le pouvoir, Yael. »

Le mercure s'affaissa avec un petit *flop* pour reformer la flaque inerte du début.

Ni Yael ni Thomas n'ouvrirent la bouche.

La flamme du cierge noir semblait hilare, incapable de se tenir droite, riant aux dépens de ces deux humains hébétés.

— J'oscille entre la crainte de ce qui se passe et la crainte de ce qui pourrait suivre, finit par dire la jeune femme.

Thomas passa les deux mains dans ses cheveux en réfléchissant.

— Tu as un sac plastique ? demanda-t-il tout à coup.

— Bien sûr, repartit Yael. Je me promène toujours dans les Catacombes avec ça.

Il fouilla la pièce du regard sans trouver de solution. Puis tira brutalement sur la manche de sa chemise jusqu'à l'arracher. Il alluma la lampe-torche et souffla la flamme de la bougie qu'il enroula délicatement dans le tissu.

— Qu'est-ce que tu fais ?

— Il y aura peut-être des empreintes.

Yael approuva, bien que l'idée lui parût saugrenue. Thomas s'accrochait encore au rationnel.

Ils se rapprochaient de la sortie lorsque la jeune femme s'immobilisa.

— Attends, ordonna-t-elle.

— Qu'y a-t-il ?

— Les Ombres tout à l'heure… le message disait que chaque chose est une apparence. Et qu'il faut regarder de l'autre côté.

— Eh bien ?

— Je me dis…

Thomas l'interrompit, l'index sur les lèvres.

— Quoi ? chuchota Yael.

— J'ai entendu un bruit.

— C'est peut-être…

Il lui fit signe de se taire et se pencha vers l'ouverture de la chatière.

Un bruit de pas dans l'eau.

— Quelqu'un vient dans notre direction, rapporta Thomas en se redressant. Il faut partir par une de ces galeries.

Yael sentit la panique la gagner.

Je me calme, je me calme. Je ne gaspille pas mon souffle maintenant.

Se focaliser sur quelque chose. Elle devait occuper son esprit.

Elle insista :

— Avant de partir, je voudrais vérifier un truc, d'accord ?

— On n'a pas le temps.

Sans l'écouter elle attrapa la vasque et essaya de la soulever.

— C'est trop lourd, aide-moi.

— Yael, il faut filer tout de suite.

— Aide-moi ! insista-t-elle.

Thomas pesta et prit l'autre bord de la vasque. Ils forcèrent et réussirent à la lever. Elle pesait beaucoup plus lourd que sa taille ne le laissait supposer. Au prix d'un dernier effort, ils la déposèrent sur le côté de l'autel.

Un trou carré était creusé dans la pierre masquée jusqu'à présent par le bassin.

— Chaque chose est une apparence, il faut passer de l'autre côté, répéta Yael avec une certaine fierté malgré la peur qui l'étreignait.

Elle enfouit la main dans l'orifice.

Ses doigts entrèrent en contact avec une surface lisse.

Du cuir. Elle palpa la cavité et en ressortit un livre.

De petit format mais épais, il était relié d'un cuir satiné qui lui donnait l'apparence d'un vieil ouvrage.

Une bible.

Thomas la saisit par l'épaule et l'entraîna vers l'une des deux galeries qui menaient ailleurs.

Dans son dos, Yael entendit distinctement le signal d'alarme : le golem venait de se mettre à engloutir goulûment un nouvel invité.

18

Yael et Thomas couraient dans le sillage blanchâtre de leur lampe secouée de soubresauts et dont le faisceau révélait mal les dangers du sol.

Une voix masculine leur parvint depuis la chapelle, juste derrière eux :

— Ils sont là !

Yael sentit que Thomas accélérait, prenant de plus en plus de risques. Ils ne distinguaient les obstacles – pierres et crevasses assez larges pour leur fracasser le pied – qu'au tout dernier moment.

Le son des pas lourds lancés à leur poursuite résonna dans la galerie.

Le couple dépassa un premier carrefour sans chercher à changer de direction. Au suivant, Thomas entraîna Yael dans le passage de gauche, sans savoir où ils allaient mais dans l'espoir de semer les hommes qui les suivaient.

Malgré les virages qu'imposait le tunnel, leur lampe les trahissait.

Lorsqu'il fut évident qu'ils ne parviendraient pas à distancer leurs poursuivants, Thomas attendit un nouveau croisement, à quatre voies cette fois, et coupa la lampe.

Surprise, Yael s'arrêta net.

Dans le noir complet, elle tourna sur elle-même.

— Thomas ? chuchota-t-elle hors d'haleine.

— Chuuut ! ordonna-t-il. Viens par ici, cache-toi.

Elle essaya de repérer le son de sa voix, ce que le journaliste espérait. Mais l'émotion et la fatigue physique la jetaient en pleine confusion. Elle tâtonna le long de la paroi humide.

— Dépêche-toi ! pressa-t-il.

— Où es-tu ? demanda-t-elle, de plus en plus stressée.

Les chasseurs approchaient, elle pouvait percevoir leurs souffles sur le bruit de leur course.

Yael palpait la pierre froide.

Les lueurs des lampes apparurent. Ils seraient là d'une seconde à l'autre.

Sous la main de Yael le mur s'interrompit.

Une ouverture.

Les halos devinrent subitement des faisceaux en mouvement.

Yael se précipita dans le goulet.

Elle s'enfonça à l'intérieur, une main tendue devant elle pour sonder les ténèbres, l'autre caressant la roche pour garder un repère.

Malgré la peur de trébucher, elle allongea sa foulée, priant pour qu'aucun obstacle ne soit sur sa route.

Puis elle s'immobilisa, contenant sa respiration, guettant une présence éventuelle.

Une voix étouffée monta jusqu'à elle :

— Je vais par là.

Rapidement suivie d'un mouvement de lumière dans le chemin où elle se trouvait.

Oh non…

Elle aspira une grande goulée d'air et s'élança à nouveau. Où était donc Thomas ? Certainement dans une autre direction.

Peut-être un peu plus loin, espéra-t-elle en pressant le pas.

L'homme à ses trousses disposait d'une lampe, il pouvait courir sans se casser le cou… Si elle n'en faisait pas autant, il serait sur elle en un rien de temps.

Elle n'y voyait rien. Sa main droite s'écorchait à force de frotter le mur.

Brusquement elle se mit à palper ses poches de jean.

Un bref espoir la traversa.

Elle sortit son téléphone portable et pressa une touche pour enclencher le rétro-éclairage qui diffusa une lueur bleutée suffisante pour apercevoir le sol.

Yael se mit aussitôt à courir.

Elle se félicita d'autant plus d'avoir eu cette idée qu'elle enjamba une marche qui à coup sûr l'eût fait chuter dans le noir. Elle gagna en confiance et prit de la vitesse.

L'absence de toute autre voie la préoccupait. Si elle s'était engagée dans une impasse elle était fichue.

Ses jambes galopaient à présent.

Elle bondit dans un virage sans perdre son impulsion.

Le nimbe salvateur de son téléphone dévoilait un parterre instable, jonché de petits cailloux.

Subitement, il s'ouvrit sur le néant.

Un immense abîme remplaçait le sol.

Un pas de plus et Yael s'envolait dedans en sprintant.

Elle n'eut que le temps de rejeter tout son poids en arrière.

Ses épaules partirent les premières, puis ses bras tentèrent de contrebalancer son élan, les hanches suivirent.

Elle perdit l'équilibre, l'opposition des forces la fit déraper et basculer sur les fesses.

Juste au bord du gouffre.

En haletant, elle leva doucement son mobile : le couloir s'achevait là, par un trou béant.

Elle se pencha au-dessus, à genoux.

Le début d'un autre niveau se devinait cinq mètres plus bas, sous la surface d'une eau brune et pâteuse. Yael en avait entendu parler par son père, les niveaux inférieurs étaient rares et en général inondés.

Elle se releva pour sonder les bords.

Aucune autre sortie. Elle ne pouvait que faire demi-tour.

C'est alors que la lampe de son poursuivant se leva comme une lune de sinistre augure.

19

Loïc Adam était à deux doigts de faire demi-tour.

L'homme et la femme qu'il cherchait avaient probablement pris une des autres directions au carrefour.

Il insista néanmoins jusqu'au virage suivant, en resserrant la prise sur la crosse de son Beretta. Il ne fallait prendre aucun risque.

Il éclaira l'étranglement pour découvrir un cul-de-sac.

Le sol s'ouvrait sur un large puits sans margelle.

Ils ne pouvaient être passés par là. Qu'auraient-ils fait ? Sauté ?

Par acquit de conscience, Loïc se pencha au-dessus du vide.

Yael l'avait vu s'approcher, la frôler dans la minuscule échancrure où elle s'était enfoncée au dernier moment.

Dès qu'il se retournerait, il ne pourrait pas la manquer.

Le pire était cet objet qui pointait dans sa main.

Une arme à feu.

Qui était-il ?

Dans quel pétrin s'était-elle fourrée ?

L'homme marcha jusqu'au bord de la trouée.

Yael sut ce qu'elle devait faire.

Aucune autre alternative.

L'eau amortirait sa chute, au pire il se casserait un membre.

Fais-le !

Yael se rua rageusement hors de sa cachette, les deux bras en avant, percutant le dos de l'homme avec toute la violence que déclenche la peur.

Elle le vit basculer en cherchant frénétiquement à se rattraper.

Une seconde plus tard le bruit du choc monta du niveau inférieur.

Yael sursauta de dégoût.

Elle n'osa regarder qu'après avoir rassemblé son courage.

La lampe, à peine engloutie par la boue, éclairait faiblement la scène.

L'homme était étendu dans l'eau sombre, la tête curieusement tournée.

Yael ouvrit des yeux horrifiés.

Sa nuque !

Ses doigts s'agitaient convulsivement, ainsi que la jambe qui dépassait de la mare poisseuse. Mais surtout elle voyait ses yeux. Abominables. Ils bougeaient en tous sens, miroirs de cette vague froide qui s'emparait de lui.

Yael fixait la scène en pleurant. Elle le reconnaissait. C'était l'homme aux prunelles tranchantes de la bibliothèque. Celui-là même que Thomas avait suivi dans l'après-midi.

Les tremblements redoublèrent, éclaboussant la grotte en contrebas. Les yeux exprimaient une terreur sourde, cette fois la conscience de la mort était palpable. L'homme était *presque* mort, et il le savait.

Yael réalisa toute l'horreur de l'expression « se sentir mourir ».

À l'ultime seconde, l'individu planta son regard fou dans celui de la jeune femme.

Il la suppliait.

Puis, tout doucement, il s'enfonça dans la boue.

Les deux hommes s'étaient séparés, fouillant des tunnels opposés, et Thomas était revenu sur ses pas, la lampe de nouveau en action, à la recherche de Yael.

Il venait de perdre sa trace dans l'affolement.

Il lui avait semblé l'entendre une dernière fois dans la galerie voisine de la sienne. Mais si c'était le cas, l'un des hommes la pistait.

Courir à son secours. Voilà ce qu'il devait faire. Tant pis pour les risques, il lui était impossible de la laisser seule.

Thomas attendit juste ce qu'il fallait pour ne pas se faire repérer et s'engagea à son tour à la poursuite de la jeune femme.

Une minute de progression, et des pas résonnèrent.

Puis à nouveau le silence.

Juste avant l'écho d'un choc. Un bruit sourd.

Son cœur tressauta.

Le pire des scénarios surgit dans son esprit, qu'il balaya aussitôt pour se précipiter vers ce qu'il pensait être une lutte.

Il se retrouva nez à nez avec Yael, tremblante.

— Je l'ai tué, dit-elle.

Thomas jeta un bref coup d'œil à ce qui se trouvait plus bas et la prit par la main.

Il l'entraîna vers le dernier embranchement et elle se laissa faire.

Ils regagnèrent la chapelle en toute hâte et, de l'autre côté de la chatière, Thomas demanda à Yael de l'aider à soulever une énorme pierre qu'ils firent glisser jusqu'à bloquer l'ouverture.

— Seul et à plat ventre là-dessous, je lui souhaite bien du plaisir pour la bouger. Il devra se trouver une autre sortie, ce qui nous laisse un peu de temps.

Yael s'extirpa de son silence confus :

— Du temps pour quoi ?

— Pour faire tes valises. Tu ne dois plus rester là.

— Je ne comprends pas, fit-elle, toujours en état de choc.

— Je t'expliquerai une fois dehors, j'ai déjà eu affaire à ces types-là tout à l'heure, dans le métro.

Il saisit la jeune femme par les épaules, tandis qu'il ajoutait :

— Tu es en danger, Yael.

20

Les mains qui jetaient en vrac ses vêtements dans la valise n'étaient pas les siennes.

Yael assistait, incrédule, à ce que son corps faisait, sans y prendre part. À ses côtés, Thomas ordonnait, alternant la douceur et une fermeté commandée par l'urgence de la situation, et l'enveloppe charnelle de la jeune femme obéissait.

Les cartes postales punaisées entre des photos, les souvenirs de voyage, les livres et la décoration affective, tout ce qui constituait son patrimoine émotionnel et chronologique glissait sous son regard comme si elle était chez une inconnue. Elle perdait une part d'elle-même.

Les tissus tombaient dans le bagage avec une lenteur déconcertante, même la voix de Thomas lui parvenait après un temps de latence anormal.

Sur chacun de ses sens se superposait un fragment du meurtre qu'elle venait de commettre.

Elle portait le goût de la boue sur la langue.

L'odeur du sang dans son nez.

Et le visage terrifié de cet homme se confondait avec les angles de sa chambre.

L'acte sacrilège qu'elle venait de commettre s'assemblait sans cesse par morceaux, comme en puzzle, sur l'autel de sa conscience.

Bientôt elle ne maîtrisa plus rien, prisonnière passive de ses mouvements.

Il n'y eut plus que ses gestes et la voix de Thomas, au loin, dans une sphère ouatée, cependant qu'elle étouffait derrière ses barrières de coton, plus seule à chaque minute.

Elle réalisa qu'elle marchait dans la rue, son chat dans les bras, talonnant Thomas qui déposa dans le coffre de la 206 sa valise et le sac de sport qu'il avait apporté plus tôt dans la soirée. Il avait ses clés et prit le volant.

Le paysage défila, lui aussi entre deux mondes. Celui des apparences, des façades hermétiques, et l'autre, transparent, qui filait sur la vitre de la voiture… Un groupe de gars discutaient devant une épicerie, des bouteilles de vin à la main. Plus loin, à un feu rouge, un couple d'une quarantaine d'années se tenait par la main. Une adolescente promenait son chien en guettant le ciel. Une vieille femme avançait péniblement, les yeux plongés dans l'ailleurs.

Vers l'infini éphémère de son existence.

Les larmes se déversèrent enfin sur les joues de Yael.

Ses paupières se soulevèrent peu à peu.

Elle était épuisée, son corps engourdi immobile entre les draps.

La pièce était assombrie par la nuit, elle ne la connaissait pas. Un mobilier sommaire, dépouillé.

Elle tourna la tête vers un réveil digital dont les chiffres brillaient en traits rouges.

4 : 18

Elle se redressa pour allumer la veilleuse qui surplombait la table de chevet.

Kardec, qui s'était roulé en boule au bout du lit, lança un miaulement réprobateur en direction de la lumière qui le tirait de ses rêves de chat.

Dans le lit jumeau, Thomas ouvrit les yeux aussitôt, les prunelles fixes sous l'empire des songes, avant d'émerger vraiment.

— Ne t'inquiète pas, dit-il, la voix enrouée par le sommeil. Nous sommes dans un hôtel.

Elle agita la tête mollement, elle ne comprenait pas.

— Où ça ? Où ça ? répéta-t-elle dans sa torpeur.

Thomas glissa vers elle et tendit son bras nu. Il lui caressa les cheveux.

— Détends-toi, pour l'instant tu dois dormir.

Elle se rallongea.

— Qu'est-ce qui nous arrive ? demanda-t-elle, encore ankylosée.

— Nous en parlerons demain.

À demi assoupie, elle balbutia :

— Je veux… Je veux… oublier. Que rien de tout ça…

Thomas, doucement, continuait de glisser ses doigts dans les mèches soyeuses de la jeune femme.

— … soit… arrivé.

Lorsqu'elle fut endormie, Thomas médita sur cette journée insensée et ses conséquences. Il but un peu d'eau à même la bouteille et scruta la table sur laquelle était posée la bougie noire qu'il avait emportée dans sa manche de chemise.

Elle représentait la longueur d'avance qui leur manquait.

Le moyen de passer à l'action.

Restait à la faire parler.

DEUXIÈME PARTIE

LE ROYAUME DES THÉORIES

BLOG DE KAMEL NASIR. EXTRAIT 4.

J'ai parlé des liens entre les occupants de la Maison-Blanche et les empires financiers, mais il existe un groupe dont on parle assez peu au final. Peut-être parce que la presse indépendante n'existe plus vraiment aux USA, et de moins en moins dans le reste du monde. Tous les journaux et les chaînes de télévision de grande audience appartiennent à des groupes gérés par des milliardaires aux intérêts politiques et stratégiques certains.

Il n'en demeure pas moins que Bush fut membre du Conseil d'administration du groupe Carlyle, dans lequel travaille son père, Bush senior, et qui est dirigé par un certain Frank Carlucci, lui-même ancien directeur adjoint de la CIA et ministre de la Défense sous Reagan. Ce groupe est le plus important fonds d'investissement privé des États-Unis, avec 13 milliards de dollars d'actif et 16 milliards de dollars de revenus annuels. Si on s'arrête un instant sur Carlucci, on constate qu'il est soupçonné d'avoir facilité l'accession au pouvoir du général Mobutu tout en étant impliqué dans l'assassinat de Patrice Lumumba, son rival. Après sa carrière politique, le temps de noyauter le gouvernement, diront les mauvaises langues, Carlucci entre dans le monde des affaires, principalement dans celui de l'armement et de la sécurité, via Sears World Trade d'une part, qui fait faillite en 1986 tandis que le scandale explose – SWT servait de couverture à des opérations illégales des services secrets – et via Wackenhut d'autre part, une société de sécurité privée dont la réputation douteuse dit qu'elle sert de paravent à la CIA, et qu'elle est rattachée à l'extrême droite américaine. Carlucci devient millionnaire en quatre ans seulement avant de présider le groupe Carlyle[1].

Au lendemain de son élection, George W. Bush signait un contrat d'armement de 12 milliards de dollars avec le groupe Carlyle, portant sur un nouveau système d'artillerie alors que tous les experts du Pentagone le jugeaient inadapté à leurs besoins.

Encore plus étonnant, le matin du 11 septembre 2001, au moment précis où le premier avion impacte la tour

1. Bien que cela n'efface en rien tous ses liens et ce qu'il a pu faire au sein de Carlyle pendant près de quinze ans, Carlucci vient finalement de céder son poste à Louis Gerstner, ancien patron d'IBM, probablement parce que la polémique devenait trop forte, même si ça ne sera jamais la raison officielle. Un Gerstner qui a occupé des postes très importants à American Express, RJR Nabisco (industrie du tabac !) et McKinsey & Company (aussi connu sous le nom de « La Firme ». La Firme fait du consulting en management, ayant comme clients trois des cinq plus grosses compagnies mondiales et les deux tiers des mille plus grosses compagnies américaines…), bref un homme d'influence et de relations qui évolue parmi celles et ceux qui font l'économie américaine, voire mondiale. En 1997, il affirmait qu'il serait à la tête d'IBM jusqu'à ses soixante ans. Il a pris la direction de Carlyle à tout juste soixante ans… Beau timing. Comme le soulignait le magazine *Business Week : « Carlyle embrouille les théories conspirationnistes. »*

du World Trade Center, la réunion annuelle des actionnaires Carlyle s'ouvre à Washington. La famille Ben Laden y assiste, puisque ayant investi de l'argent dans le groupe Carlyle. (Décidément, c'est fou le nombre de passerelles qui existent entre le gouvernement américain, les industriels et l'Arabie Saoudite !) Deux jours plus tard, tandis que le trafic aérien est paralysé, un avion est spécialement autorisé à quitter le territoire américain. L'appareil vient de rassembler les membres de la famille Ben Laden et les ramène en Arabie Saoudite. Personne n'a cherché à les interroger. Pire, pour que l'avion puisse décoller il a fallu une autorisation émanant du plus haut niveau...

Ces faits sont avérés, il ne tient qu'à vous d'aller les vérifier.

Quand on sait que les Ben Laden payent Colin Powell 200 000 dollars pour donner une conférence de quinze minutes à l'université de Boston, et ce, une semaine avant qu'il ne devienne ministre des Affaires étrangères, on peut se poser des questions.

Il faut savoir que les Saoudiens font partie intégrante de l'économie américaine, ils ont dans les banques du pays près de 1 000 milliards de dollars ! Ils ont investi partout, notamment dans les empires des médias, tel AOL Time-Warner. Ils sont partout. Main dans la main avec les industriels américains.

Premier point donc : les liens sont inextricables entre les groupes industriels, le gouvernement américain et les familles saoudiennes.

Second point à venir : la théorie démente de la conspiration.

21

C'était un lundi matin pareil à un lendemain de fête trop arrosée.

Yael avait le front lourd, le corps raide.

Si le sommeil avait apposé un voile de distance sur l'horreur de la veille – sans pour autant soulager sa conscience –, il lui avait du moins permis d'accepter les circonstances qui atténuaient sa culpabilité. Elle avait longuement parlé avec Thomas à son réveil, tôt dans la matinée.

Il avait insisté sur l'importance de sa défense, la légitimité de son geste pour sa survie.

Ils avaient enfin mis sur la table le mot qui faisait peur à Yael autant qu'il la rassurait : la police.

Elle voulait y aller, tout expliquer, justifier son acte, crier le plus fort possible qu'elle ne l'avait pas fait exprès, qu'elle n'avait pas souhaité la mort de cet homme. Qu'elle s'était seulement défendue.

Thomas avait gardé le silence un moment, avant de lui demander ce qu'elle comptait dire aux officiers de police qui l'interrogeraient.

Les ombres dans les miroirs. Les mots sur l'ordinateur débranché et tout le reste, qu'avaient-ils comme preuves de tout cela ?

Rien. La parole de Yael.

— Les seules preuves dont tu disposes, avait-il souligné, sont un billet de un dollar couvert de tes empreintes et une bougie noire. C'est mince. (Il avait posé sa main sur le genou de Yael.) Je suis certain que la solution de toutes ces bizarreries est là, sous nos yeux, il suffit de creuser dans la bonne direction. Cette bougie va peut-être nous y aider.

— Comment ? avait-elle questionné.

— En faisant quelques courses, dit-il en souriant.

Ils étaient sortis. Leur hôtel se situait porte de Versailles, en face de la grosse sphère du Palais des Sports. Ils déambulèrent rue de Vaugirard jusqu'à entrer dans un magasin de bricolage, où Thomas acheta de la colle, puis ils allèrent faire des emplettes, de la nourriture essentiellement, que le jeune homme insista pour payer.

Sur le chemin du retour, Yael, oppressée, sursautait à chaque pétarade de moteur. Face au mutisme de la jeune femme, Thomas décida de clarifier la situation :

— Maintenant que nous avons un peu de temps, je te dois une explication sur ce que j'ai fait hier après-midi.

Comme elle ne répondait pas, il poursuivit :

— J'ai suivi ce type jusque dans le métro à côté de la bibliothèque. Je voulais savoir ce qu'il mijotait, mais il m'a repéré tout de suite et s'est mis à cavaler. Je l'ai poursuivi et ça a mal tourné. Une chose est sûre : ce mec savait ce qu'il faisait. Il m'a repéré en un rien de temps, il avait une sacrée condition physique, et il n'a jamais perdu son sang-froid, au contraire. Il n'a pas couru n'importe où, il m'a entraîné vers un complice, dans le métro. Le temps que je comprenne et j'étais coincé dans la rame.

L'évocation de l'homme qu'elle avait tué fit vaciller Yael. Ses yeux s'embuèrent.

— Ils se sont rapprochés de moi, enchaîna Thomas qui n'avait rien remarqué. Et le premier m'a dit de me mêler de mes affaires. Que la curiosité était une bien mauvaise chose et qu'ils allaient me faire passer l'envie de fouiner. Le train est arrivé à la station suivante. Sur la ligne 14 l'ouverture des portes est automatique, j'en ai profité, j'ai sauté de la voiture en leur gueulant dessus. (Il joua la scène d'une voix agressive :) « Eh bien venez, maintenant ! Venez m'arranger le portrait devant les caméras ! Ça me ferait plaisir d'enregistrer ça sur vidéo ! »

Il tentait d'en rire, mais son assurance de façade se craquelait encore sous l'émotion.

— Ils ont compris que s'ils sortaient du wagon ils seraient sous le nez des caméras de surveillance, et ils n'ont pas souhaité ce genre de publicité. Ensuite je suis allé à Saint-Denis, pour prendre quelques affaires, je comptais m'inviter chez toi le temps de comprendre ce qui se passe. Je suis arrivé en début de soirée, j'ai frappé à la porte, jusqu'à t'entendre hurler, tu connais la suite.

Ils arrivaient à l'hôtel Mercure. Thomas observa Yael, toujours silencieuse, et vit les larmes sur ses joues. Il posa ses sacs et la prit aux épaules.

— Je sais que tout s'accumule, dit-il doucement. Pourtant c'est le moment d'être forte. Ces hommes étaient probablement des professionnels. On a eu une chance folle de s'en sortir, et sincèrement, je crois que si tu avais hésité à faire ce que tu as fait, c'est toi qui serais dans la boue en ce moment. Tu comprends ? Yael, regarde-moi.

Ils se firent face.

— Cette image qui te hante, murmura-t-il d'un ton ferme, elle t'a sauvé la vie ! Tu aurais préféré y rester ? C'est ça que tu aurais voulu ? Finir comme lui, à sa place ? Parce que lui, crois-moi, il n'aurait pas hésité une seconde ! Garde bien ça en tête. C'était lui ou toi. Point !

Elle déglutit puis hocha la tête pour signifier qu'elle comprenait, qu'elle était d'accord. Le digérer serait une autre histoire, une question de temps, *si c'est possible*, pensa-t-elle.

Thomas saisit à nouveau les sacs.

— Pour l'instant, ce qui compte c'est que nous soyons là tous les deux. Qui te veut du mal ? Pourquoi ? C'est ce qu'on va essayer de découvrir pour que la police puisse te croire. On va te sortir de cette histoire, d'accord ?

Elle réussit à lui sourire, et il déposa un baiser sur son front.

Ils entrèrent dans le hall et gagnèrent le quatrième étage pour retrouver leur chambre.

Yael rangea leurs provisions dans le minibar, servit des croquettes à Kardec dans une écuelle neuve, lui installa une litière et s'empara de vêtements propres.

— Je vais prendre un bain pour me détendre, prévint-elle.

Elle revint une heure plus tard, droite et déterminée. Thomas eut de la peine à reconnaître la jeune femme qu'il avait dû rassurer toute la matinée.

Pendant que l'eau moussait autour d'elle, Yael s'était contrainte à revoir toute la scène, à se repasser en boucle la séquence effroyable pour finalement inverser les rôles. Elle avait superposé son visage à celui de l'homme, et s'était vue périr, cependant que là-haut il guettait sa souffrance, lui et son faciès taillé à la serpe, l'iris froid et cruel, satisfait de sa mission accomplie. Il était venu dans les Catacombes pour ça. Pour la tuer. Il était armé, pas elle. Thomas avait raison : elle était une survivante, pas une meurtrière. C'était lui qui avait provoqué sa propre mort.

— Que comptes-tu faire de la bougie ? demanda-t-elle avec un dynamisme tout neuf.

Déconcerté par un tel changement, Thomas mit cinq secondes à répondre :

— Euh… Vérifier s'il n'y a pas d'empreintes digitales dessus. Et prier pour en trouver.

Il désigna le bureau dans un angle de la pièce.

Il avait découpé le fond d'une bouteille d'eau en plastique. À cinq centimètres du bas, il avait creusé une encoche horizontale dans laquelle était plantée une cuillère à café, le manche ressortant des deux tiers de l'autre côté. Juste au-dessous brûlait une bougie chauffe-plat dont la flamme léchait la cuillère. Une matière transparente et visqueuse stagnait dans la cuillère. Thomas avait rebouché la bouteille après avoir accroché la bougie noire à une ficelle suspendue.

— Le liquide c'est de la Super Glue, expliqua-t-il. Un cyanoacrylate. Exactement la même substance qu'utilise la police scientifique pour relever les empreintes par technique de fumage. Par exemple dans l'habitacle d'une voiture, plutôt que de tout badigeonner avec des poudres, on ferme les vitres, et on enfume l'intérieur avec un cyanoacrylate pour faire ressortir les empreintes. Tu vas voir, lorsque la colle atteindra les cinquante degrés, elle entrera en ébullition, et les produits chimiques dégagés vont venir se déposer sur les acides aminés, acides gras et protéines contenus dans les empreintes digitales, s'il y en a.

— Où as-tu appris ça ?

— Je suis journaliste, non ? répondit-il en jouant les mystérieux. J'ai bossé avec un type de la police scientifique pour faire un reportage sur leurs méthodes il y a quelques mois. Et ce que j'ai tenté de reproduire ici, c'est une petite chambre de fumigation.

— Si ça marche, on fait quoi ? On l'apporte aux flics ?

Il secoua vivement la tête.

— Non. Je contacterai cet ami en question, je lui demanderai comme un service de passer l'empreinte dans le fichier automatisé des empreintes digitales, le FAED, en espérant que ça nous conduira à une piste intéressante. Sinon il faudra trouver autre chose. Une fois qu'on sera sûrs d'avoir assez d'informations pour convaincre la police que des hommes cherchent à te nuire et que tu n'es pas une douce barjot, on ira ensemble au commissariat.

— Tu as envisagé qu'on ne puisse rien trouver ? Rien prouver ?

— Ne commence pas à nous porter malheur.

— Superstitieux ? se moqua-t-elle pour conjurer l'angoisse qui pointait à nouveau.

— J'ai du sang irlandais du côté de mon père, rétorqua-t-il en se penchant vers la bouteille en plastique. Irlande et superstition, c'est un pléonasme.

L'intérieur s'opacifiait peu à peu, prenant une teinte lactescente.

Thomas se servit une canette de thé glacé en l'observant.

— Pourquoi cet hôtel-là ? demanda-t-elle soudain, comme si le décor lui parvenait enfin.

— Parce qu'il est confortable, et situé dans un quartier très animé, notamment avec les halls d'exposition et le Palais des Sports, on nous remarquera moins. Et puis c'est pratique : qu'on veuille s'enfoncer dans la ville par la rue de Vaugirard qui remonte presque tous les arrondissements jusqu'au jardin du Luxembourg ou s'en éloigner par le périphérique, tout est possible en un instant.

Ils déjeunèrent de sandwiches maison et prirent leur mal en patience. Couché sur le dos, les quatre pattes en l'air, Kardec jouait pendant ce temps avec un emballage de surimi, apportant à la chambre un peu de gaieté et d'innocence.

Après une heure de processus chimique, la bougie noire pendait toujours dans sa carapace transparente.

Des dizaines de minuscules sillons blancs enroulés les uns dans les autres naissaient sur la cire. Les empreintes formaient des grappes en relief.

Le journaliste colla son nez au plastique.

— Les espèces de pâtés confus que tu vois en haut sont certainement les miennes. En revanche, je suis catégorique : je n'ai pas posé les doigts ailleurs.

Il lança un regard confiant à Yael.

— Maintenant, reste à croire en notre chance et que notre poseur de cierges soit fiché par la police.

22

Le timbre juvénile de Cyndi Lauper s'éleva des haut-parleurs. « *Time after time* », chantait-elle dans la voiture de Yael.

Celle-ci se tenait derrière le volant, massacrant la chanson en prononçant un mot sur deux – celui qui lui revenait en mémoire. Garée quai de l'Horloge, elle attendait Thomas sur l'île de la Cité, entre les hautes façades haussmanniennes d'un côté et le défilé des anciens lampadaires qui bordaient la Seine de l'autre, les toits du Louvre dépassant dans le lointain.

La musique rappelait à Yael la période de son adolescence où cet air était un tube à la mode. Une époque non dénuée pour elle de doutes, de peurs et de colères. Qu'est-ce qui avait *réellement* changé depuis ? Les motifs de ses griefs et appréhensions, et bien sûr le poids de ses responsabilités. Mais elle ne regrettait pas ce temps révolu, contrairement à certaines de ses amies qui vantaient les mérites de cette insouciance perdue. Yael n'y croyait pas. Elle en était venue à élaborer sa propre définition de l'âge. Vieillir, c'était arrondir les angles de son passé, lustrer ses souvenirs. « Bien vieillir », c'était être capable de ne pas garder en soi trop d'épines, trop d'aspérités sur lesquelles se blesser l'âme. Et pas pour dorer son image aux yeux des autres ou se mentir à soi-même, mais parce que niveler ses blessures était le meilleur moyen d'accepter de vieillir.

La silhouette de Thomas surgit hors du porche d'un bâtiment du XIXe, une enveloppe kraft à la main.

Il était allé voir son ami policier pour tenter d'obtenir une identification des empreintes relevées sur la bougie.

Yael le fixa attentivement, cherchant à déceler s'il était satisfait ou abattu. Rien ne transparaissait. Impatiente, elle se pencha pour lui ouvrir la portière.

— Alors ? aboya-t-elle par-dessus la musique qu'elle coupa dans la foulée.

— Toi aussi tu vas devenir superstitieuse, lança-t-il en s'asseyant dans l'auto. Nous avons… de la chance.

Il claqua la portière et renversa le contenu de l'enveloppe sur ses cuisses.

La bougie était dans un sachet plastique auquel une fine liasse de feuillets était agrafée. Thomas s'en empara pour les lire à voix haute.

— « Olivier Languin, connu des services de police pour port d'arme sans permis, coups et blessures, conduite dangereuse… »

Il fit face à Yael pour lui offrir un sourire satisfait :

— Bref, un bon client. Avec un dossier pareil, on ne me dira pas que ses empreintes sont là par hasard. Mon ami a appelé un flic qui le connaît pour l'avoir coffré à deux reprises. D'après lui Languin est un type malin qui a trempé dans pas mal d'affaires douteuses sans se faire pincer, mais c'est un second couteau. Plutôt du genre à se faire recruter comme homme de main, pas un cerveau.

— Attends un peu, je suis larguée… Je comprends rien au rapport entre ce Languin et les Ombres qui apparaissent dans les miroirs. Comment c'est possible ?

— Ça, je l'ignore. Ce que je vois, c'est un type qui a l'habitude d'être engagé pour des opérations louches et qui a cherché à t'entraîner dans les catacombes de Paris.

— Alors tu crois qu'il travaille pour quelqu'un ?

— Je suis prêt à parier ma chemise.

Yael s'enfonça dans son siège, les deux mains sur le volant.

— J'ai toutes les informations là-dedans, continua Thomas en agitant son dossier. Adresse, profession…

— Parce qu'il a un boulot officiel ?

— Oui… il bosse dans…

Thomas consulta les pages et soudain pencha la tête, la bouche grande ouverte.

— Qu'est-ce qu'il y a ? s'inquiéta Yael.

— Il… Il travaille dans une entreprise qui fabrique des miroirs.

Yael se raidit.

— Où ça ?

— Euh… À Pantin, près du canal de l'Ourcq.

Yael tourna la clé et le moteur de la 206 fit claquer ses soupapes.

La Cité des Sciences et de l'Industrie étalait sa masse de verre et d'acier au bord de la route, sous l'œil étincelant de sa géode.

La voiture fonçait sur le boulevard périphérique dominant le nord-est de Paris.

Elle se déporta sur la droite et prit la sortie « Porte de Pantin » pour se fondre dans la circulation qui s'éloignait de la capitale en ce milieu d'après-midi.

— Tu devrais ralentir, ce n'est pas le moment de se faire arrêter, avertit Thomas qui se tenait à la poignée.

— Prends le plan dans la boîte à gants, répliqua Yael. Et indique-moi la route jusque là-bas.

Thomas n'insista pas et fouilla dans le petit coffre.

— Tu ne trouves pas ça trop facile ? fit Yael en freinant à un feu rouge.

— Quoi donc ?

Elle eut un geste vague de la main.

— Ça... Avoir la chance de trouver des empreintes, et qu'elles correspondent à un homme fiché. C'est pas un peu... trop simple par rapport à ce qu'on a vécu ?

— Ah, parce que toi tu trouves ça facile ? s'étonna Thomas. Encore fallait-il penser à partir d'une bougie, y relever les empreintes, avoir la possibilité de les faire analyser, rien que ça ce n'est pas *facile*. Mais on y a pensé, voilà ! Et puis il n'est pas surprenant que ce type soit fiché, c'est le contraire qui l'aurait été. Imagine que tu veuilles engager un mec pour faire un sale boulot, tu vas aller le proposer à un banquier, à ton boulanger ou au serveur qui t'apporte ton café ? Non, tu t'adresses à un criminel, à un pro.

— Vu sous cet angle...

Il n'avait pas tort. Elle n'était pas dans un film où n'importe qui pouvait être un assassin professionnel.

Le feu passa au vert et Yael écrasa la pédale d'accélérateur.

La Peugeot bleue navigua dans un dédale de rues étroites et sinueuses avant d'entrer dans un quartier industriel dont une partie des bâtiments étaient à l'abandon et les terrains en friche.

Elle bifurqua dans une impasse qui s'achevait sur le canal de l'Ourcq. Un quai de déchargement pour semi-remorques s'allongeait sur le côté gauche, tandis qu'un mur coupé en son milieu par un portail ouvert occupait le flanc droit. Derrière le mur émergeait une construction vétuste de deux étages, occupée aux deux tiers par un entrepôt en tôle.

— Gare-toi là, indiqua Thomas en montrant un renfoncement à l'entrée de la ruelle. Maintenant il faut adopter la bonne stratégie.

— Tu as une photo de lui ?

Thomas fouilla dans ses documents et lui tendit une photocopie. Le cliché n'était pas de bonne qualité, on distinguait néanmoins un homme au visage rond, à la moustache épaisse et aux cheveux broussailleux. Sur l'impression papier, il semblait avoir de très grosses paupières, comme gonflées.

— Sale gueule, commenta Thomas.

— J'espère qu'il sera là.

— Il est là, assura le journaliste.

— Comment le sais-tu ?

— D'après mes informations il roule dans une Fiat rouge. Celle qui est stationnée là-bas, dit-il en la désignant du menton. Tu vas rester ici le temps…

— Hors de question !

Thomas s'appuya contre le repose-tête.

— Ce Languin est dangereux, Yael.

— Et il est connecté d'une manière ou d'une autre à tout ce qui m'arrive. Alors tu peux me dire tout ce que tu veux, dès que tu auras franchi cette portière je serai à tes trousses.

Thomas passa sa langue sur ses dents, contenant à peine son agacement.

— Bon, finit-il par dire. Mais tu restes derrière moi.

Yael s'extirpa de la 206 et réorganisa leur plan :

— On ne prend pas le risque qu'il se tire en nous voyant, tu vas dans l'entrepôt et je m'occupe des bureaux. Le premier qui le repère hurle.

— Ce n'est pas une bonne idée.

Yael s'éloignait déjà d'un pas décidé.

— Mais c'est la mienne. Tu es superstitieux et irlandais ? Je suis têtue et bretonne…

Elle franchit la grille, et entendit Thomas marmonner :

— Qu'est-ce que les Bretons viennent faire ici…

23

Yael traversait la cour de la fabrique d'un pas aussi assuré et déterminé que si elle y travaillait.

Elle dépassa la Fiat rouge en se contorsionnant pour voir ce qu'elle contenait. Elle enregistra au passage la vitre arrière entrouverte d'une dizaine de centimètres et la portière conducteur non verrouillée, comme en témoignait la position du loquet.

L'idéal aurait été d'y poser un émetteur pour le suivre à la trace... Elle se moqua d'elle-même en s'approchant de l'escalier extérieur qui grimpait vers les bureaux surplombant l'entrepôt.

C'est vrai qu'une femme ne devrait jamais sortir sans sa balise GPS ! Ça permettrait de pister les beaux mecs...

À mesure qu'elle montait les marches une idée germa.

Elle se souvenait de ses séances de baby-sitting lors d'un séjour en Angleterre et du système utilisé par une mère pour surveiller sa fille, une jeune adolescente. ChildLocate. Il permettait via le téléphone portable de l'enfant de savoir à tout moment où celui-ci se trouvait grâce à la technologie GSM, même lorsque l'appareil était en veille. Une simple connexion Internet et un abonnement suffisaient pour voir apparaître un plan de la ville et le point rouge symbolisant le mobile.

Yael se prit à regretter de ne pouvoir mettre la main sur le portable de ce Languin. Elle l'aurait vite transformé en mouchard.

Une fois là-haut, elle ne prit pas la peine de frapper et entra. Deux rangées de portes se faisaient face jusqu'à la pièce du fond qui était ouverte et où Yael reconnut un sofa, un distributeur de boissons et des plantes vertes en plastique, tout ce qui caractérisait une salle de pause. Des baies la bordaient sur toute la longueur, donnant sur l'intérieur de l'immense hangar.

Yael remonta le corridor en s'offrant un bref aperçu de chaque bureau qu'elle dépassait. À présent qu'elle était là, son insouciance et son entêtement lui apparaissaient, avec toute la bêtise dont elle avait fait preuve. Si elle tombait nez à nez avec Languin que ferait-elle ? Il devait probablement connaître son visage, il saurait qu'il était démasqué et c'était un homme violent.

Dans quel pétrin je me suis encore fourrée, hein ?

Elle retrouva le fil de ses pensées précédentes, à propos de ce qui avait changé en elle depuis sa jeunesse. *Rien. Tu es toujours aussi conne et bornée.*

Elle atteignit la salle de repos et contempla la vue qui dominait les centaines de palettes. Un Fenwick se faufilait entre les colonnes de sacs de sable pour aller charger une caisse en bois.

Le fond de l'entrepôt brillait comme un diadème sous le soleil.

Des miroirs de toutes formes et toutes dimensions s'alignaient contre des étagères de présentation.

Yael frissonna.

Une ombre passa devant le plus grand.

Un homme déambulant dans une allée, se rassura Yael.

Elle aperçut cinq personnes affairées en bas. Aucune trace de Languin.

Elle reconnut Thomas qui entrait par un des accès où s'engouffrait la lumière du jour.

Puis elle fit demi-tour au moment où un téléphone sonnait quelque part dans un des bureaux.

Elle n'y prêta pas attention tout de suite.

Soudain l'écran palpitant d'un ordinateur fit jaillir l'étincelle sous son crâne.

24

Thomas arpentait les allées bordées de palettes entassées jusqu'à quatre ou cinq mètres de haut.

Il croisa un homme trapu, un rouquin d'une quarantaine d'années, ventripotent, qui tenait un boîtier noir à la main, sorte de Palm sur lequel il comptabilisait les stocks à l'aide d'un stylet.

Thomas l'interpella :

— Excusez-moi, je cherche Olivier Languin, vous savez où je peux le trouver ?

Le rouquin secoua la tête.

— Non, je l'ai vu aujourd'hui mais je sais pas où il est en ce moment. Allez voir du côté du verre, par-là…

— Dites, vous le connaissez bien Languin ?

— Pourquoi ? Vous êtes de la police ?

Thomas se fendit d'un rictus amusé.

— Non. Il travaille ici depuis longtemps ?

— Trois ou quatre mois, c'est le patron qui l'a recruté. Qu'est-ce que vous lui voulez ?

— Rien de méchant, lança Thomas en s'éloignant.

L'ouvrier l'observa, sceptique.

Thomas prit le temps de sonder chaque allée, de dévisager tous les employés qu'il croisait, assez peu nombreux au final. Il préférait ne prendre aucun risque, éviter surtout que Languin et lui se croisent sans se voir et qu'on lui apprenne que quelqu'un le cherchait.

Au moins était-il rassuré de ne pas avoir Yael à ses côtés... Il préférait la savoir dans les bureaux où Languin avait peu de chances de se trouver puisqu'il était manutentionnaire.

Il sentait qu'il n'était pas au bout de ses surprises avec elle. Elle ne réagissait jamais comme il s'y attendait. Encore abattue ce matin, elle fonçait dans le tas cet après-midi. C'était le contrecoup. Il faudrait la surveiller dans les heures à venir.

Un lourd vantail coulissa en grinçant, laissant brutalement entrer un flot de soleil. Thomas se protégea les yeux pour s'adapter à la lumière.

Dehors des hommes déchargeaient des plaques de verre de l'arrière d'un camion.

Il tenta de repérer Languin. Sans succès. Jusqu'à ce qu'il aperçoive celui à qui on avait ouvert la porte. Il poussait un diable sur lequel reposait un immense rectangle de verre. Derrière, son visage était déformé, comme s'il flottait dans l'eau d'une piscine. Mais ces traits grossiers, cette moustache en friche et cette tête ronde n'étaient pas inconnus à Thomas.

Olivier Languin.

Dans le flottement des deux hommes en train de se jauger, Thomas reconnut la brève hésitation du chasseur apercevant sa proie. Il sut que l'autre allait attaquer.

— Attendez ! cria le journaliste. Il faut qu'on parle.

Le diable pencha subitement en avant.

Le ciel bascula sur trois mètres de haut, pour se précipiter sur Thomas.

Celui-ci bondit en arrière, trébucha, heurta le sol en même temps que la plaque de verre qui éclata en un millier de débris scintillants qui se précipitèrent sous son corps.

Sans prêter attention aux éclats qui s'incrustaient dans ses avant-bras, Thomas se jeta sur ses pieds, aussi tendu qu'une corde d'arbalète. Languin partait en courant dans l'entrepôt.

Thomas repoussa un homme venu voir ce qui se passait et se fondit à son tour dans la masse des palettes.

Languin bifurqua entre deux étroites rangées, Thomas sur ses talons. Ils se poursuivirent pendant une minute dans un labyrinthe mal éclairé, frôlant les murs, surgissant d'un coup entre les amas de sacs de sable, sautant par-dessus les chariots, jusqu'à ce que Thomas tourne à l'aveugle après un virage serré pour déboucher sur un espace ouvert. Plus aucune trace du criminel. Nulle part.

Les réserves de verre occupaient la majeure partie du décor.

Thomas stoppa sa course pour marcher en haletant. Il surveillait chaque recoin, s'attendant à le voir surgir.

Les cachettes ne manquaient pas, il en dépassait une à chaque pas.

Devant lui s'alignaient des miroirs par dizaines, leur surface argentée renvoyant le hangar de tôles.

Une seconde d'inattention, et il ne perçut le moteur du Fenwick qu'au dernier moment.

Les fourches d'acier surgirent comme les défenses d'un éléphant qui charge. Il eut le réflexe de serrer les bras contre ses flancs pour ne pas se faire embrocher et recula de deux mètres sous l'impact, jusqu'à ce que son dos heurte les piles de cartons.

Les fourches traversèrent les marchandises derrière lui, fracassant les vitres en larges pans qui chutèrent autour de son corps comme autant de guillotines.

25

Yael s'immobilisa sur le seuil du bureau pour réfléchir à cette idée folle qui tournoyait dans son esprit. D'un coup, elle se précipita devant le clavier pour vérifier que le PC disposait d'une connexion Internet qu'elle trouva aussitôt. Elle chercha sur Google par mots clés afin de repérer un éventuel site français similaire au ChildLocate anglais.

Ootay.

La page d'accueil d'Ootay vantait les avantages de la surveillance de son enfant par son téléphone portable, partout en France, et mettait en avant ses tarifs intéressants. Yael passa à la page d'inscription.

Elle répondit aux « Nom et prénom » par une fausse identité, inscrivit une adresse e-mail dont elle se servait à l'occasion pour *chater* sur Meetic, le site des célibataires en mal de rencontres, et donna son numéro de téléphone portable dans la dernière case à remplir.

L'opération suivante consistait à entrer un code d'activation.

Elle n'avait pas fini de lire l'encadré que son mobile émit une sonnerie courte et aiguë, le signal de réception des messages SMS.

C'était le programme Ootay qui lui avait envoyé le code qu'elle recopia sur la page de l'ordinateur. Elle valida.

Elle devait à présent autoriser le géocontrôle auprès de son opérateur téléphonique, ce qu'elle fit en deux minutes depuis le site web de celui-ci, après avoir tapé son identifiant et son code d'accès.

Yael paya par carte bleue, s'empressant de taper le numéro.

Quelqu'un entra dans le bâtiment et se mit à marcher dans le couloir.

Du bout du pied, Yael repoussa la porte doucement.

Elle avait presque terminé.

Elle dut envoyer un nouveau SMS de son téléphone portable pour accepter la procédure afin que le service soit opérationnel.

L'intrus s'installa dans la pièce attenante et Yael l'entendit passer un coup de fil en se présentant. M. Calmus.

Pas celui qu'elle cherchait.

Ses doigts firent glisser la souris jusqu'à permettre la connexion à son compte personnel sur Ootay. Elle voulait faire un essai.

Elle inscrivit son pseudonyme et lança le géocontrôle.

Une fenêtre s'ouvrit avec un plan du quartier. Un cercle bleu indiquait l'emplacement du téléphone.

— Ça fonctionne…, chuchota-t-elle.

Son portable reçut un nouveau SMS lui précisant qu'elle venait de se faire localiser. Elle coupa la sonnerie pour qu'il devienne parfaitement silencieux.

Elle allait le sacrifier mais n'en éprouvait aucun regret. L'enjeu dépassait largement le coût de l'engin.

Après s'être faufilée hors du bureau, elle descendit les marches en vitesse et s'assura que personne ne la voyait avant d'entrer dans la Fiat de Languin. Elle avait hésité, en apercevant du gros scotch marron, à accrocher son mobile derrière le pare-chocs pour plus de discrétion mais c'était prendre le risque de le perdre en cas d'impact. Elle fourragea dans la boîte à gants avant d'opter pour le dessous du fauteuil passager, bloquant le petit boîtier noir dans le revers de la housse.

En s'éloignant, elle se dit qu'elle venait d'improviser un mouchard parfait. Avec une autonomie de deux ou trois jours selon l'état de sa batterie, accompagnée d'une vraie précision. Sa faculté d'adaptation et d'improvisation la surprenait agréablement.

Et elle comprit combien il était facile de basculer de l'autre côté des lois.

Ce qui ne la troubla pas.

Ce fut l'excitation qu'elle ressentait à agir ainsi qui la perturba.

26

Tout autour de Thomas, la mort se mit à pleuvoir, aussi transparente que silencieuse, durant de longues secondes.

Les lames de verre coulissaient depuis leurs cartons éventrés, glissaient les unes sur les autres puis basculaient sans bruit dans le vide.

Thomas se tassa de toutes ses forces contre l'étagère qui bloquait son dos pour s'abriter. Il ferma les yeux, serra les poings et attendit que le déluge le sectionne jusqu'au cœur.

Les crocs de verre tranchaient l'air et finalement vinrent exploser au contact du béton. Le fracas secoua tout le bâtiment, puis un nuage de poussière miroitante se forma avant de se dissiper aussi vite qu'il était monté.

Thomas rouvrit les yeux pour constater qu'il était vivant.

Des sillons vermillon griffaient sa peau par endroits mais aucun ne saignait vraiment.

Il s'en était miraculeusement tiré.

Languin filait déjà vers le fond de l'allée pour entrer dans le royaume des miroirs, la dernière ligne droite avant la sortie. Trop loin de lui.

Thomas aperçut la silhouette de Yael qui surgissait dans le hangar, alertée par le vacarme. Il la vit hésiter sur la direction à prendre avant de s'engager vers lui.

Entre les miroirs.

Elle allait tomber nez à nez avec Languin, un seul virage les séparait.

Thomas rassembla ses forces et s'extirpa des débris translucides qui craquèrent sous ses pas.

Il accéléra et une douleur fulgura dans sa cuisse droite. Il sentit le sang couler, collant son pantalon de lin sur son genou.

Languin et Yael avaient disparu derrière les présentoirs. En boitant, Thomas pénétra à son tour dans le canyon des perspectives inabouties.

Les glaces renvoyaient chacune leur carré de réalité qu'une autre captait et renvoyait à son tour, et ainsi de suite jusqu'à ce que les détails se mêlent et se perdent.

Chaque mouvement se décomposait en mille mouvements, chaque pas en mille pas. Cette vallée de fenêtres argentées ouvrait subitement sur l'errance dans le temps et l'espace.

Ralenti par sa jambe blessée, Thomas avait l'impression que la distance ne se réduisait pas, qu'une minute entière s'étirait entre chacune de ses foulées.

Tant et tant de gestes explosaient à la périphérie de son regard qu'il ne savait plus ce qui lui appartenait, craignant de ne plus faire la distinction entre Languin et lui.

Il émergea enfin d'un virage pour découvrir avec stupeur la ligne droite avant la sortie. Et personne en vue.

Yael et Languin s'étaient volatilisés, comme happés par les miroirs.

Soudain, mille silhouettes vinrent s'ajouter aux siennes dans ce ballet épuisant.

Celles de Yael s'extirpant de sa cachette, entre deux cadres.

Elle s'avança tandis qu'il la fixait sans comprendre.

— Je l'ai laissé détaler, s'écria-t-elle à moins de dix mètres. Dès que je l'ai aperçu, je me suis planquée et je l'ai laissé partir.

La pression retomba d'un coup pour Thomas.

Il ferma les paupières.

— Tu as bien fait. Ç'aurait été trop risqué.

Elle n'était plus très loin et les nombreuses traces rouges qui marquaient les vêtements de Thomas la troublèrent.

Elle porta une main moite à sa bouche.

— Qu'est-ce que tu t'es fait ? s'alarma-t-elle. Tu es couvert de sang.

— Ça va, tenta-t-il de la rassurer. C'est superficiel.

Sceptique, Yael hésita.

— Rien n'est perdu, fit-elle enfin. Il va être intéressant de savoir où il court maintenant. Viens, je vais t'expliquer.

— Yael, je ne suis pas en état de lui courir après.

— Ça sera inutile.

Elle posa les mains sur ses hanches, le regard acéré.

27

Thomas fulminait encore.

Il venait d'attendre deux heures aux urgences de l'hôpital Bichat, porte de Saint-Ouen, avant de se faire recoudre.

Huit points de suture en définitive. Un miracle. Ses avant-bras étaient mouchetés de petites entailles et l'urgentiste avait préféré les lui bander entièrement plutôt que de les couvrir de pansements.

Yael le rejoignit alors qu'il sortait de la salle de soins en boitant un peu.

— Je serai en parfaite santé d'ici à ce week-end, la rassura-t-il, c'était superficiel, je suis un homme chanceux.

Elle ne partageait pas sa sérénité.

— Thomas, je suis désolée de ce qui t'est arrivé. Je vais faire en sorte d'avoir assez de preuves contre Languin, je vais identifier son commanditaire et je file voir la police. Tu ne dois plus m'accompagner. Tu en as déjà trop fait. Je ne veux plus te mettre en danger.

Le visage du journaliste redevint sérieux.

— Mets-toi à ma place deux minutes. Imagine ce que je viens de vivre : notre rencontre, ces ombres, ces hommes dans le métro, bref, tout ce que je viens d'encaisser avec toi ! Tu crois vraiment que je pourrais te laisser seule à présent ? Je me sens aussi impliqué que toi dans cette histoire. Alors c'est la dernière fois qu'on en parle, d'accord ?

Yael finit par acquiescer en baissant les yeux comme une enfant. L'évocation du danger qu'il venait de courir pour elle nouait une boule dans sa gorge.

— Maintenant qu'est-ce que tu proposes ? Prendre encore plus de risques face à un homme comme Languin ?

— Suivre la piste de Languin ! intervint-elle vivement en relevant le nez. Se sachant démasqué, il ne va pas rentrer chez lui, de peur que les flics l'y attendent. Alors, où irait se réfugier un type dans son genre, qui ne monte pas ses coups lui-même, qui est un exécuteur plutôt qu'un cerveau ?

— Pas auprès de celui qui le paie ! Ce serait lui amener les flics et l'autre le zigouillerait ! Il n'est pas aussi stupide !

— Tu veux parier que si ?

Thomas haussa les sourcils, sceptique.

Sur le trajet de l'hôpital, Yael lui avait expliqué comment elle avait fabriqué un mouchard.

— Il nous faut un ordinateur, annonça le journaliste. Savoir où il se trouve en ce moment.

— C'est fait. Pendant qu'on s'occupait de toi, j'ai été sur Internet, la standardiste a été sympa, et j'ai effectué cinq contrôles de position en une demi-heure. Languin est en banlieue ouest, près de la Seine.

Thomas eut du mal à cacher un sourire épaté.

— Tu aurais fait une flic redoutable.

— Il n'est peut-être pas trop tard... Allons-y, la ville en question est à une vingtaine de kilomètres.

Herblay, dans le secteur de l'église. Le hic, c'est que la précision du géocontrôle n'est pas excellente. S'il s'agit d'immeubles ou de maisons mitoyennes dans un périmètre restreint, on risque de ne pas le trouver.

— On improvisera sur place.

L'après-midi touchait à sa fin lorsqu'ils quittèrent l'A-15 pour entrer dans une petite ville où les lotissements bon marché côtoyaient des villas plus bourgeoises et quelques immeubles, tantôt modernes, tantôt années 60 et son architecture morose. Le centre-ville multipliait les enseignes de banques, d'agences immobilières et de coiffeurs. Herblay respirait l'agglomération tranquille de la banlieue ouest, ses rues aux nids-de-poule plus profonds que des cratères d'obus, ses ronds-points répétitifs et sa population ni tout à fait parisienne ni tout à fait provinciale.

Ils suivirent les panneaux pour descendre le coteau dominant la Seine et bifurquèrent à mi-chemin vers une esplanade. Ils étaient dans les beaux quartiers, ceux des pavillons coquets et des maisons luxueuses. La végétation débordait des jardins jusqu'à couvrir la rue par endroits, des mimosas jalonnant la longue impasse jusqu'à l'église gothique qui surplombait le panorama.

Un petit cimetière séculaire flanquait l'édifice religieux, ses tombes dépouillées et brisées n'en veillaient pas moins sur des dizaines de kilomètres d'horizon, des tours colossales de la Défense aux villes voisines qui s'étendaient en serpentins, jusqu'à la forêt de Saint-Germain en face, de l'autre côté du fleuve.

La 206 se gara à l'ombre des arbres qui encadraient un minuscule parking. Yael et Thomas en sortirent en guettant les environs déserts.

— La zone indiquée par le site Ootay se trouve plutôt derrière l'église, précisa la jeune femme en désignant une ruelle qui s'atrophiait entre les vieilles pierres du presbytère et le mur d'une propriété privée.

Ils s'y enfoncèrent, déambulant sur les pavés.

Un vieux manoir à la pierre usée s'élevait derrière le mur, gris et sinistre.

— On dirait que c'est la seule habitation de ce côté, fit remarquer Yael. Attends-moi là.

Elle fit demi-tour et courut jusqu'au portail massif qui fermait l'accès à la demeure. Elle se pencha pour débusquer une fente à travers laquelle elle aperçut la façade du manoir, puis revint aussi vite auprès de Thomas.

— Il y a un immense parc avec… la voiture de Languin.

— Parfait. Je propose qu'on fasse le tour, pour trouver le moyen de franchir… ça, répondit Thomas en levant les yeux vers les cinq mètres de maçonnerie.

Ils longèrent la ruelle jusqu'à ce qu'elle débouche sur une pelouse, au pied de l'église. Un escalier descendait sur un chemin de terre. La colline était boisée et plus sauvage de ce côté, quelques toits se dressaient ici et là entre les frondaisons, jusqu'à la Seine en contrebas.

À cet endroit le mur de la propriété était en mauvais état, le mortier s'était effrité sur les pierres proéminentes. Il était facile de les escalader. Yael et Thomas échangèrent un regard entendu.

Mais ils n'étaient plus seuls.

Quatre adolescents étaient assis sur les marches, ils discutaient et riaient sans prêter attention au paysage somptueux.

Thomas alla vers eux et les salua.

— Bonjour, je suis nouveau en ville, je cherche à acheter une maison et je me demandais si vous saviez qui habite ici ? Je la trouve plutôt cool cette baraque.

Un garçon aux cheveux longs noués en catogan se leva pour se pencher par-dessus le chemin et crier vers la pente :

— Hey, Antoine ! Viens voir deux minutes !

L'intéressé apparut quelques secondes plus tard, remontant entre les racines et les hautes herbes. Il portait un tee-shirt « Rammstein » couvert de brindilles et avait les cheveux en pétard.

Le visage d'une fille émergea également des fourrés.

— Quoi ? fit Antoine.

— Toi qui connais la ville, qui c'est qui vit là ?

— Tu me prends pour les Pages blanches ou quoi ?

— C'est pour eux, dit le chevelu en désignant le couple. Ils voudraient acheter le manoir.

Antoine haussa les épaules.

— Bah, c'est pareil. J'en sais rien moi !

Thomas se rapprocha du garçon.

— Tu sais si c'est une famille ou plutôt quelqu'un de seul ?

— La seule personne que j'ai vue en sortir c'est un bonhomme tout moche et qui cause pas. Il est vieux, je serais vous, j'attendrais un peu, elle va pas tarder à être à vendre, si vous voyez ce que je veux dire.

— J'en prends bonne note. Merci, bonne soirée.

Thomas s'éloignait lorsqu'il fit volte-face pour interpeller le fameux Antoine :

— À tout hasard, tu ne sais pas s'il a des chiens ce monsieur ? Ma femme est allergique, je ne voudrais pas y aller pour rien.

— J'ai jamais vu de cabot... Par contre, ajouta-t-il, si vous voulez jeter un coup d'œil, y a un vieux souterrain juste là. (Il tendit le bras vers la pente en friche.) On peut pas le voir d'ici, mais c'est assez grand pour y passer, et ça donne au milieu du parc.

Thomas hésita. Si ça tournait mal, les gamins seraient mêlés à leur histoire.

— Non… ça va aller, merci.

Il retrouva Yael et ils retournèrent sur leurs pas.

— J'aimerais tout de même savoir à qui on a affaire, insista Thomas. On va aller se trouver à dîner, et faire une ou deux recherches sur cette maison le temps que ces gamins se dispersent.

— Et si Languin file entre-temps ?

— On pourra toujours le pister et se renseigner sur celui qu'il vient d'aller voir.

Dans le centre-ville, ils demandèrent s'il existait un endroit où se connecter à Internet. Ils atterrirent dans une boutique de matériel informatique où le vendeur accepta gracieusement qu'ils utilisent sa connexion.

Aiguillé par la remarque d'Antoine, Thomas cliqua sur le site Pages blanches pour entrer l'adresse du manoir et obtint en retour le nom du propriétaire, qui n'était pas sur liste rouge.

Serge Lubrosso.

Thomas chercha à tout hasard si ce nom correspondait à quelque chose sur le net via le moteur de recherche Google, sans succès. Ils remercièrent le commerçant et errèrent en ville le temps de faire le point. L'un comme l'autre doutaient de la suite à donner à cette visite. Pas question de sonner pour l'interroger, et pas question d'entrer par effraction. Surtout s'il s'avérait que ce Lubrosso n'avait rien à se reprocher.

— Ça m'étonnerait tout de même qu'il soit blanc comme neige ! s'était exclamée Yael. Qu'est-ce que Languin ferait chez lui à cette heure, sinon ?

Ils dévorèrent une pizza à emporter, assis sur le trottoir d'une rue calme, devant le minuscule réduit de Pizza Nino d'où s'échappait l'odeur de pâte cuite au four.

La nuit tombait peu à peu. Thomas se redressa tout à coup, la bouche pleine, et se dirigea vers le pizzaiolo qui l'accueillit avec un sourire. Oui, il livrait tout Herblay, oui, il connaissait le manoir derrière l'église, mais ne savait rien de particulier, si ce n'est le nom de celui qui l'habitait. Bredouille, Thomas revint terminer son dîner.

Ils étaient de retour à la 206 lorsque Yael remarqua une vieille dame occupée à remercier avec insistance un grand type à lunettes en chemise et cravate, en train d'accrocher un panneau À VENDRE sur le rebord d'une fenêtre. Le carton coloré était au nom d'une agence « ImmoNico » et mentionnait un numéro de téléphone.

— C'est gentil de vous être déplacé si tard, insista la vieille dame.

— Aucun problème, madame, si je peux vous rendre service.

L'agent immobilier respirait la bonne humeur. Yael décida de tenter sa chance.

— Excusez-moi… Bonsoir, c'est pour un renseignement…

L'homme se tourna vers elle et son sourire s'intensifia en découvrant la belle jeune femme qui s'adressait à lui.

— « Nico c'est le bon tuyau qu'il vous faut ! » Voilà ma devise, fit-il en rigolant. (Il ajouta, plus sérieux :) Je peux vous aider ?

— En fait, j'ai flashé sur une demeure, la grosse derrière l'église, elle n'est pas à vendre, cela dit, je me demandais si vous ne sauriez pas qui vit là-bas. On ne sait jamais…

— Le manoir de l'église ! Non, je ne pense pas qu'il vende, et je crois que le propriétaire aime sa maison. Je lui ai déjà proposé un bon prix pour des clients potentiels, rien à faire !

— Vous le connaissez ?

— Comme ça…, dit-il en haussant les épaules. M. Lubrosso n'est pas très bavard. Mais on sait tous qui c'est. Il fait peur aux gamins. Les mômes d'Herblay connaissent le manoir, c'est leur grand jeu de s'en approcher. Pourtant vous n'en ferez pas rentrer un seul ! Ils ont une trouille noire de M. Lubrosso.

— Pourquoi ? Il leur tire dessus au gros sel ?

L'agent immobilier guetta la rue puis se pencha vers Yael pour confier :

— Pire ! Il fait de la magie noire !

Yael pouffa.

— Ne riez pas ! lui ordonna-t-il en rigolant de plus belle. Tous les gosses vous le diront, c'est un sorcier !

L'esprit de Yael se mit en alerte.

— Il est retraité je crois, c'est ça ? Attaché à son patrimoine…

— Non, il travaille encore. Il est propriétaire d'une usine dans l'est parisien. Il fournit notamment les bâtiments officiels de la ville en miroirs.

Yael se tendit. La chair de poule courut sur ses bras.

— Pardon ?

— M. Lubrosso, répéta-t-il, il fabrique des miroirs dans son usine et fournit notre ville, entre autres la mairie, les écoles, le centre culturel…

Elle le remercia aussitôt, sous le choc, et voulut revenir vers Thomas, mais elle dut accepter poliment la carte de visite du grand énergumène qui réussit à placer qu'elle était fort jolie.

Yael revint faire son exposé.

— C'est bien le commanditaire, conclut Thomas. Lubrosso est le patron de Languin. Je crois que cette fois une petite visite s'impose.

28

Des vers luisants marquaient la lisière du sentier, sous le haut mur du parc.

Les adolescents avaient disparu, et la masse brune de l'église veillait de ses vitraux noirs sur les stèles en ruine du cimetière.

La nuit était installée depuis plus d'une heure.

Yael tâtait les pierres les mieux arrimées pour escalader, lorsque d'un geste Thomas l'invita à le suivre. Il enjamba les fougères et entreprit de descendre la colline, mais sa cuisse le rappela vivement à l'ordre, il dut ralentir.

— C'est le souterrain que tu cherches ?

— Exactement. Plus discret.

À peine avait-il terminé sa phrase que l'ouverture apparut entre deux arbres. À quelque cinq ou six mètres seulement du chemin.

Le tunnel s'enfonçait tout droit dans la butte avant de remonter et de s'ouvrir au milieu du parc. Il n'était pas très long, Yael pouvait en distinguer l'orifice bleuté depuis l'entrée où elle se tenait. Ils le traversèrent en silence, et émergèrent parmi les arbustes et les fleurs. Une mare captait le clair de lune qui nimbait le domaine.

La masse blafarde et fissurée du manoir trônait, tassée sur elle-même.

À l'étage, deux lumières trouaient l'ombre, de part et d'autre de l'entrée. Avec ses fenêtres enfoncées dans les ouvertures et son perron de marches tordues il ressemblait à un crâne gigantesque.

Sur la droite, un halo plus diffus baignait les massifs de fleurs. Yael et Thomas s'en approchèrent. Une véranda centenaire accotée au bâtiment sourdait d'un mur ouvert, bulle de savon sous son armature de métal rouillé, tout droit sortie d'un roman de Jules Verne. Ses poutrelles arrondies comme des pattes d'araignée étouffaient un salon d'antiquaire.

Entre les sofas de velours cramoisi et passé, un capharnaüm d'antiques tables, de guéridons et lutrins croulait sous les bibelots hétéroclites : sextant d'époque, longue-vue, pièces d'armure, collections de grimoires, tapisseries enroulées parmi un lot de cartes maritimes… Les objets s'entassaient sous la poussière et l'oubli.

Une des parois de verre reliant deux poutrelles était montée sur charnières et servait de porte ; ouverte, elle laissait filtrer le son crachotant d'un gramophone jouant un vieil air de Cole Porter.

Deux petites lampes à abat-jour en verre rubis soulignaient les ombres plus qu'elles n'éclairaient.

Assis face à face, Languin et celui qui devait être Lubrosso sirotaient un digestif pour l'un, un café pour l'autre.

Dans la pénombre, Lubrosso était inquiétant. Sec et long, le nez busqué, les lèvres trop fines sur un teint pâle, il ne semblait vivant que dans la flamme de ses prunelles. Un mélange de Boris Karloff et Bela Lugosi, estima Yael oppressée par l'atmosphère lugubre des lieux.

— Il faudrait se rapprocher, murmura-t-elle.

Thomas désigna du menton les épis de jonc qui encadraient un côté de la verrière, et ils s'agenouillèrent pour les atteindre.

La musique était plus forte à présent, et la voix éraillée de Lubrosso leur parvint.

— … a dix-neuf ans. C'est ma petite-nièce. Bien qu'elle soit trop frivole aux yeux de sa mère.

Soudain Languin se leva et approcha de l'ouverture, les pieds dans le jardin, à moins de deux mètres de la jeune femme et de son compagnon. Il semblait excédé. Il fit surgir un paquet de cigarettes de sa poche de jean et s'en alluma une en la savourant à pleins poumons.

S'il se tournait un peu, il ne manquerait pas de repérer les deux formes humaines tapies à ses pieds. Yael agrippa la main de Thomas et la serra très fort. Il fallait qu'ils reculent.

Elle transféra une partie de son poids sur son genou gauche et ses coudes et commença, très lentement, à ramper.

L'herbe ploya, les tiges sèches bruissèrent légèrement.

Thomas la saisit par la manche pour l'immobiliser.

— Bon, je fais quoi demain ? interrogea Languin d'un ton nerveux.

La voix de Lubrosso traversa sa gorge ravagée pour jaillir dans le salon :

— Je vous ai déjà répondu : vous prenez le large. J'espère qu'on ne vous a pas filé le train. Disparaissez à l'étranger ou à la campagne.

— Ça m'arrange pas vraiment, maugréa le moustachu.

— N'en rajoutez pas, s'il vous plaît ! Je vous ai trouvé du travail pendant quatre mois et vous me remerciez en débarquant chez moi !

— Hey ! Ne me prenez pas pour un con ! Vous m'avez embauché seulement pour m'avoir sous la main. (Il le singea avec mépris :) « Tenez-vous prêt, Languin, soyez en forme, demain est peut-être le grand jour ! » et tout ça pour me faire lanterner !

— Vous avez été payé pendant ce temps.

— Pas assez ! Si je dois partir il me faut du blé ! Et plus des miettes !

Yael perçut soudain la nervosité de Thomas. Il était prêt à bondir pour neutraliser Languin. Elle le retint d'une main ferme.

— Vous m'avez même pas dit à quoi ça sert ce cirque ! J'ai l'impression d'être un pion qu'on balade...

— C'est notre lot à tous, rétorqua l'homme aux traits pointus sans bouger du sofa.

Il posa sa tasse sur la table basse, ouvrit un coffret en bois ouvragé et y pêcha avec délicatesse une bague en or, sertie d'une pierre aux reflets nacrés.

— Dites-moi, monsieur Languin. Vous croyez à la sorcellerie ?

— La sorcellerie ? Tu parles ! C'est des trucs pour manipuler les minables ! De la connerie du Moyen Âge pour brûler les gêneurs !

Lubrosso sembla peiné par cette réflexion. Il fit glisser avec amour la bague à son majeur.

— C'est dommage, voyez-vous, car ce magnifique bijou est justement un vecteur de sorcellerie.

Languin tourna la tête vers le vieil homme.

— D'après la légende du pays d'où je l'ai rapportée, elle aurait la faculté de tuer sur l'ordre de celui qui la porte. Grâce aux pouvoirs de la lune. C'est inouï, n'est-ce pas ?

Languin eut un soupir las.

— Imaginez que je la pointe dans votre direction, murmura Lubrosso en joignant le geste à la parole, et que j'ordonne votre mort. Que se passerait-il d'après vous ?

Languin tira sur sa cigarette en haussant les épaules.

— Rien ! *Nada !* dit-il en crachant la fumée. Vous venez de le faire et je me marre. C'est des conneries tout ça.

Lubrosso le fixait intensément.

Yael avala sa salive, persuadée du contraire. Il y avait de l'électricité dans l'air, il se passait quelque chose. Lubrosso était étrange, ses yeux étincelaient.

Tout à coup, Languin porta la main à sa poitrine et son visage se crispa. Son cou se mit à tressauter, puis son ventre. Il essaya vainement de se cramponner à la charpente métallique puis s'effondra, les doigts crochetés dans ses paumes, une écume sanglante à la bouche.

Yael se colla à Thomas.

Languin maintenant était à leur niveau, et ses yeux les fixaient.

De violentes convulsions secouaient ses membres, puis à mesure que la vie quittait son regard, elles s'apaisèrent pour laisser son corps inerte.

Languin n'était plus qu'un cadavre.

Yael, tremblante, avait enfoui son visage dans ses mains.

Elle allait se relever pour s'enfuir au plus vite quand Thomas la plaqua au sol.

Écrasée dans les herbes, elle vit alors Lubrosso sur le seuil du jardin, juste à côté d'eux. Il s'était déplacé sans bruit et contemplait le mort.

Il était beaucoup plus grand qu'elle ne l'avait pensé. Un géant aux cheveux blancs. Tout à fait digne de son décor, dans une robe de chambre en satin noir et rouge qui dansait autour de sa silhouette à l'image d'une cape.

— Vous devriez montrer plus de respect pour les traditions anciennes, dit-il au cadavre en caressant sa bague.

29

L'ombre de Lubrosso s'allongeait dans le jardin par la porte ouverte sur la nuit.

Il tâta le corps de Languin du bout du pied, rentra sous la spacieuse verrière et déposa la bague dans le coffret en bois avant de se tourner vers une pile de documents anciens entassés sur un buffet.

Yael se dégagea de l'étreinte de Thomas.

— Tu as vu ce que j'ai vu ? chuchota-t-elle.

Elle frissonnait ; la peur, ou peut-être le froid d'être restée si longtemps étendue dans l'herbe… elle ne savait plus.

— Cette fois, je vais voir les flics, prévint-elle.

— Non, attends, chuchota Thomas. Ton histoire d'ombres qui parlent s'améliore d'un vieillard qui tue à coups de bague magique ! Tu vois d'ici les flics ? Ils t'expédieront en psychiatrie en se tapant sur les cuisses !

Ils se figèrent soudain en entendant la voix cassée de Lubrosso.

— Pardonnez-moi d'appeler si tard, mais j'ai eu un souci.

Il tenait un téléphone contre son oreille.

— Rien de dramatique en soi, Languin est venu chez moi ce soir, un peu paniqué. Oui, elle est passée à l'usine. Oui, cet après-midi même. En effet, ce n'était pas prévu, mais j'ai réglé le problème Languin. Non, pas par balle, je n'ai pas d'arme. Je sais bien que ça n'était pas le plan, il fallait néanmoins agir. Envoyez-moi quelqu'un pour me débarrasser de ça.

Lubrosso s'efforçait visiblement de contenir son agacement.

— Languin était une petite frappe, il suffira de maquiller ça en règlement de comptes, personne ne cherchera plus loin. Oui, tout à fait. (Il écouta avant de répéter :) Dans une heure ? Bien. J'attends votre homme. Et pour elle, que fait-on ? Cette affaire Languin contrarie nos projets, pourtant il y a, j'en suis sûr, un moyen de…

Yael se raidit.

— Oui. Elle n'est plus chez elle. Je devais lui faire passer le prochain message par l'ordinateur mais ça va être plus délicat.

Le géant lissa sa chevelure d'argent en acquiesçant.

— Très bien. Je vous laisse la suite. Soyez tranquille je brûlerai les prochains messages. L'important c'est qu'elle les ait progressivement. Cette fois, ça risque de toucher une corde sensible. La famille c'est toujours efficace.

Yael se hérissa et s'avança d'instinct. Thomas la prit par le bras et la tira en arrière. Il appuya son regard pour lui commander de se taire.

— Je les détruis de suite, et j'attends votre homme. À bientôt.

Lubrosso raccrocha et se laissa tomber dans un fauteuil Voltaire. Il soupira, un long sifflement.

Les minutes s'égrenèrent sans qu'il bouge.

Yael mourait d'envie de se jeter sur lui. La colère l'étouffait.

Sa famille ne pouvait se limiter qu'à une seule personne : son père.

Tant qu'il serait en Inde, ils ne pourraient rien contre lui, le pays était trop vaste et son père n'était pas de ceux qui prennent la peine de débusquer un téléphone pour donner des nouvelles, on ne pourrait donc pas le retrouver. Elle avait trois semaines, voire un mois de tranquillité.

Lubrosso devait payer.

Elle devait rassembler des preuves.

Le corps de Languin ! Ça c'est une preuve !

Pourtant elle n'en était pas convaincue. Si la police venait jusqu'ici et parvenait à inculper Lubrosso du meurtre du malfrat, rien ne certifiait en revanche qu'ils pourraient remonter la piste du complice, celui qu'il venait d'appeler. *Par le téléphone ?* Yael n'y connaissait rien en télécommunications. La police serait-elle capable de pister un appel effectué dans la nuit ? Même d'un téléphone filaire ? Même si le numéro était sur liste rouge ?

C'était néanmoins prendre un risque. Et il s'agissait de sa vie. Et peut-être de celle de son père.

À cette seule pensée, Yael enragea un peu plus.

Lubrosso était toujours dans son fauteuil.

Thomas tira la manche de Yael pour lui signaler qu'ils repartaient. La jeune femme secoua la tête. Le journaliste insista et elle articula un « non » catégorique. Thomas leva les yeux au ciel, exaspéré.

Yael ignorait depuis combien de temps elle attendait lorsque Lubrosso souleva sa carcasse magistrale pour se faufiler entre les meubles encombrés et ouvrir le tiroir d'un secrétaire en cerisier.

Elle rampa pour mieux voir l'intérieur, frôlant la jambe de Languin d'où s'exhalait une curieuse chaleur par le bas du pantalon. Le mort la regardait avec insistance, comme un satyre, l'écume aux lèvres, la joue molle. Une odeur rance de nourriture mal digérée grimpa jusqu'aux narines de Yael. *C'est mon imagination. Il vient seulement de mourir, ça pue pas si vite un macchabée.*

Elle distinguait maintenant les motifs sculptés du bureau, des diablotins en relief. Lubrosso s'empara d'une série de feuilles et alla à un bénitier vide qui reposait sur un piédouche de marbre. Il jeta les documents à l'intérieur et chercha autour de lui. À défaut de combustible il prit une carafe ambrée et en versa le contenu dans le bénitier. Il frotta un briquet et approcha la flamme de la vasque.

Le fantôme d'une fleur bleue se matérialisa avec un petit ronflement et les flammes commencèrent à lécher les papiers.

Les traits de Lubrosso se colorèrent d'un voile lapis-lazuli sautillant. Satisfait, il s'écarta et sortit de la véranda d'un bon pas, pénétrant dans le manoir par ce qui devait être la salle à manger où il disparut.

Yael n'hésita pas plus longtemps. Elle déplia ses membres engourdis et s'élança dans la verrière. Le temps de comprendre, et Thomas la vit sinuer entre les meubles sur les épais tapis.

Elle fila entre les centaines d'objets entreposés en vrac. Tout un assortiment de pendules de radiesthésiste se mirent à osciller dans son sillage, perturbés par l'élan de la jeune femme.

Dans le bénitier, les feuilles se désagrégeaient en copeaux de jais et de cendre, et les flammes perçaient déjà des dégâts irréparables dans les parties encore intactes.

Yael plongea la main entre les langues brûlantes et arracha les feuilles du brasier ; une nuée fuligineuse se dispersa alentour.

Sur le seuil, Thomas lui faisait de grands signes.

— Viens ! Sors de là ! hurlait-il du bout des lèvres.

Elle l'ignora et chercha au milieu de ce bazar où était le téléphone que Lubrosso venait d'utiliser. Elle voulait connaître le numéro qu'il avait joint. Avec un peu de chance il s'agirait d'un appareil avec cadran digital capable d'indiquer les derniers chiffres composés. Au pire il aurait la touche « bis » et elle tenterait le tout pour le tout.

Elle souleva un livre et aperçut le combiné.

Un modèle des années 50, tout en bakélite avec cadran circulaire, bien trop vieux pour disposer de la moindre fonction utile.

Constatant qu'elle ne sortait pas, Thomas entra à son tour. Il vint vers elle mais dévia de sa trajectoire à la vue du coffret où reposait la bague dite mortelle. Il souleva le couvercle.

Elle était là, l'or buvant le peu de luminosité des lieux, la pierre de nacre contre la feutrine verte qui tapissait l'intérieur du coffret. Thomas la saisit, elle était lourde et froide. Il l'inspecta attentivement sans rien remarquer de singulier, si ce n'était son âge. Il la replaça avec soin et allait s'élancer pour entraîner Yael vers l'extérieur, lorsqu'il aperçut sur la table basse le verre dans lequel avait bu Languin. Il le monta à son nez. Aucune odeur suspecte.

Il scruta le reste du contenu et remarqua un dépôt rouge dans le fond.

— Poison..., murmura-t-il. Le coup de la bague c'était de la mise en scène.

Il fit signe à Yael de le suivre.

— Maintenant, viens ! Le nettoyeur ne devrait plus tarder, il faut déguerpir ! insista-t-il.

Yael glissa les papiers rescapés sous sa chemise et courut vers Thomas qui l'attendait. Elle se tourna une dernière fois vers l'étrange véranda.

Et elle le vit.

Lubrosso venait d'entrer dans la salle à manger, il n'avait pas encore levé les yeux et ne les avait pas vus.

Yael poussa Thomas de toutes ses forces dans le jardin et ils se précipitèrent dans la nuit.

Lorsqu'ils s'installèrent à bord de la 206, Thomas grimaçait en tenant sa cuisse. Ils étaient à bout de souffle, en sueur.

Tout le quartier était silencieux.

Thomas finit par désigner la poitrine de Yael :

— Tu as pu en sauver un peu ?

Elle se cambra pour extraire les feuilles calcinées.

— Pas grand-chose.

— De quoi aller tout droit à la police ou non ?

— Je te le dirai quand j'aurai déchiffré ça.

Elle planta ses prunelles gris-blanc dans celles de Thomas. Il la devina à fleur de peau.

— Lubrosso a mentionné ma famille. Je ne veux pas prendre de risques. Si jamais quelque chose déconne avec les flics au moment de l'arrêter, je ne veux pas me retrouver dans l'ignorance, avec le principal suspect en liberté. Cet homme semble prêt à tout.

Yael alluma le plafonnier, Thomas devint nerveux, se mit à scruter la place de l'église pour s'assurer qu'on ne les espionnait pas. Elle inspecta les trois pages carbonisées qui se volatilisaient un peu plus à chaque manipulation.

Elle secoua la tête, au bord des larmes.

— Non, tout est… tout est brûlé…

Le centre de la première feuille était noirci mais encore résistant. Yael la pencha dans tous les sens sous la lumière de l'habitacle. Elle parvenait à discerner des traits, des arrondis. Un mot se détacha.

«… diable. »

Puis un autre fragment.

«… bouillonne enco ».

Et enfin : *«… où l'Enfer. »*

Rien d'intelligible cependant. Yael rejeta la tête en arrière. Elle avait placé beaucoup d'espoirs dans ces documents.

— Laisse-moi voir, demanda Thomas en prenant les fragiles indices.

Après un examen minutieux, il fit preuve d'un peu d'optimisme

— On pourra peut-être en sortir quelque chose.

— Comment ? Par ton ami de la police scientifique ?

— Non, consulter en vitesse un fichier informatique est une chose, mobiliser les ressources d'un laboratoire de la police en est une autre. Cela dit, c'est nous qui allons faire notre labo.

Yael, abattue, secoua la tête :

— Et tu comptes le trouver où, ton laboratoire ?

— En passant un peu de temps dans un institut de beauté.

30

Yael et Thomas étaient rentrés à leur hôtel après une heure du matin. Les heures filèrent au-dessus d'un Paris scintillant. À mesure que les projecteurs s'abaissaient, les monuments retournaient peu à peu à leur solitude.

Vint enfin l'heure intermédiaire. Celle où la ville dort de toute son âme. Les noctambules sont couchés, la journée passée devient la veille, juste avant que les lève-tôt occupent les premiers métros, le vent en liberté souffle dans Paris plus bruyamment que les moteurs.

Dans un 4 × 4 noir, deux silhouettes patientaient, nimbées par le halo rouge de l'enseigne HÔTEL se reflétant dans le pare-brise.

Luc se massa la nuque. Cette attente interminable lui rappelait ses planques aux stups. Déjà trois ans qu'il avait quitté le bercail. Terminé la police pour lui. Rien ne lui manquait.

L'adrénaline, il l'avait tout autant aujourd'hui. Plus souvent même. Les objectifs avaient changé, voilà tout. Et surtout il avait une marge de manœuvre sur le terrain sans commune mesure. L'action et la possibilité de la vivre pleinement.

La paye aussi était sans comparaison.

Que des avantages. À condition de pas trop se poser de questions.

Et de supporter les tarés comme Dimitri.

Dimitri somnolait à côté de lui. Un Ukrainien qui vivait en France depuis cinq ans. Pas très causant, mais rudement efficace. Lui ne se posait aucune question. Au bureau, on murmurait même qu'il avait déjà participé à des « coups d'éponge »

Des opérations de nettoyage. Lorsqu'une équation sur le tableau posait problème et que tous les moyens de contournement avaient échoué, on y mettait un coup d'éponge. Définitif.

Ceux qui propageaient ce genre de rumeur disaient aussi que Dimitri était volontaire pour les missions macabres, et qu'il aimait ça. Il faisait peur.

Un mercenaire recruté par parrainage.

Comme la plupart d'entre eux, songea Luc. Tous habitués au terrain, pour l'essentiel des anciens de l'armée, comme Michaël.

On frappa à la vitre, Dimitri sursauta et jura en russe.

C'était justement Michaël.

— On l'a localisée, dit-il en ouvrant la portière. Venez.

Ils se regroupèrent derrière le 4 × 4. Luc vérifia son arme après s'être assuré qu'il n'y avait personne en vue.

— Je viens d'avoir confirmation. Elle a payé l'hôtel par carte bleue. Yael Mallan. Avec un nom pareil, on peut pas se tromper. La clé de sa chambre n'est pas au clou, on y va.

Les trois hommes descendirent le trottoir en direction de l'hôtel. Une conjugaison mortelle de muscles, de nerfs, et d'expérience destructrice qui les avait vidés de leurs illusions depuis longtemps. Ils ne laissaient rien au hasard.

Luc en particulier avait des raisons d'être vigilant. Il avait découvert le cadavre de son partenaire dans les catacombes. Yael Mallan était bien plus débrouillarde qu'ils ne l'avaient supposé. La peur l'avait rendue dangereuse.

Luc s'apprêtait à appliquer la loi du Talion. La seule qu'il respectait.

La vie de Yael contre celle de son partenaire.

Et Luc prendrait également celle de ce type qui l'accompagnait. Tant pis pour lui. Ils l'avaient averti dans le métro.

Ne pas laisser de témoins.

Lorsqu'ils pénétrèrent dans le hall, Luc et Michaël attendirent devant l'ascenseur tandis que Dimitri avançait vers le comptoir.

Le veilleur sortit de la petite pièce attenante.

— Bonsoir. Je peux vous…

Il vit le petit œil noir le fixer et la lumière jaillir.

Avant même d'entendre le son feutré du silencieux sa cervelle encastrait ses morceaux gluants dans les boxes à messages derrière lui.

Dimitri sauta par-dessus l'accueil et fouilla sans ménagement jusqu'à trouver un passe. Il vérifia dans le registre le numéro de chambre de Yael, et lança la carte d'accès aux deux autres qui s'engouffrèrent dans la cabine. Après quoi, il fit les poches du mort pour récupérer l'argent qu'ils venaient de lui donner en échange d'informations.

À l'étage, Luc introduisit le passe dans la serrure et le témoin vert s'alluma. Il baissa la poignée très calmement, et ils se répartirent la chambre obscure de manière à surveiller tous les angles. Chacun d'eux tenait un Sig-Sauer 9 mm avec silencieux dans sa main gantée.

Les deux lits jumeaux étaient occupés par un couple qui dormait paisiblement.

Michaël ouvrit le feu en premier.

L'impact de l'acier brûlant dans les chairs fit plus de bruit que l'arme elle-même.

Le couple éclaboussa les murs sans un cri.

BLOG DE KAMEL NASIR. EXTRAIT 5.

Parler de la conspiration du gouvernement américain contre son propre peuple vous fait passer pour un adolescent boutonneux paranoïaque. C'est, je crois, oublier trop rapidement ce que l'Histoire nous a appris.

Allen Dulles est un nom qui n'évoque rien pour vous ? J'avoue qu'on en parle peu, on a « oublié » cet homme avec le temps. Mockingbird et Northwoods, ça ne vous dit rien non plus ? Pourtant, il s'agit de scandales autrement plus dramatiques que le Watergate ! Dulles a perdu son boulot à cause de ces histoires, bien qu'à l'époque on ait dit que c'était à cause de l'affaire de la baie des Cochons.

Quand je repense à des hommes comme Allen Dulles qui dirigeait la CIA et qui était à l'origine de l'opération Mockingbird visant à infiltrer et à influencer les médias américains, et pire : à l'opération Northwoods visant à commettre des attentats contre le peuple américain pour justifier une intervention militaire à Cuba, je tremble. Surtout qu'il n'était pas seul. Le projet émanait en fait de l'État-major interarmes. Ils prévoyaient d'attaquer un de leurs propres navires à l'explosif pour faire monter la tension, tout en accusant Cuba d'être responsable. Ils avaient même prévu le détournement ou l'attaque d'avions civils...

Nous ne sommes pas dans la fiction, là, c'est un plan pensé, étudié et écrit par des généraux des armées américaines, destiné à donner un prétexte à leur pays pour attaquer Cuba ! Les preuves de tout ça existent bel et bien. (Encore une fois, allez vérifier ! Il y a notamment un rapport déclassifié depuis 1992, celui que Robert McNamara en personne avait conservé !) Et pourtant on en parle peu, comme s'il y avait une muselière journalistique imposée à certains faits par la puissance des empires médiatiques. En même temps, lorsqu'on apprend que le gouvernement Blair privatise la conservation des documents d'État, incluant ceux qui sont classés TOP SECRET, *par une société (TNT Express Services) qui appartient au milliardaire Rupert Murdoch, celui-là même qui détient l'empire médiatique News Corporation dont la fameuse chaîne Fox News qui a soutenu la présidence Bush. C'est à se demander.*

Quand on repense à ces projets, à l'assassinat de Kennedy, au mensonge volontaire d'un gouvernement pour entrer en guerre avec le Vietnam, on peut se poser des questions sur ces attentats du 11 septembre...

Sont-ils vraiment cette malédiction qui s'abat sur le monde ?

Car dans la foulée, on parle de passer à l'attaque. On parle de Ben Laden, de Saddam Hussein, sans jamais dire que ce dernier est directement lié au terroriste, et par le biais d'ingénieuses manipulations de communication, on les associe dans l'esprit du peuple américain pour légitimer une attaque contre l'Irak.

Mais envahir l'Irak en premier tandis qu'on clame haut et fort que le bastion du terrorisme islamique est en Afghanistan n'est pas possible. Pour l'opinion publique, il faut d'abord aller en Afghanistan pour « soi-disant » débusquer Ben Laden. Alors pourquoi n'envoie-t-on là-bas que 11 000 hommes ? « C'est moins que le nombre de policiers à Manhattan ! » comme le dit Richard Clarke, un ancien conseiller de la Maison-Blanche pour le terrorisme. C'est suffisant pour décapiter le régime taliban et mettre à la place Hamid Karzaï, mais certainement pas pour investir tout un pays à la recherche de l'ennemi public numéro un. Quand on sait que Karzaï est lié aux entreprises proches du gouvernement Bush... Et d'ailleurs, dès son accession au pouvoir en Afghanistan, il permettra la création d'un pipeline pour le pétrole, pipeline que les États-Unis rêvaient de construire sans y parvenir...

Et puis, voulait-on vraiment trouver Oussama Ben Laden ?

Car après le premier attentat du World Trade Center, en 1993, les services secrets savent déjà que Oussama Ben Laden est responsable et surtout que la famille royale d'Arabie Saoudite a donné à Oussama Ben Laden les moyens de faire ce qu'il veut, en échange, dit-on, d'une certaine tranquillité intérieure. À l'époque, il s'est exilé au Soudan. En février 1996, Bill Clinton signe un ordre de mission top-secret visant à démanteler al-Qaida et à tuer Ben Laden, la CIA est chargée de la mission, mais affirme ne pas savoir où il se trouve.

Sauf qu'en mars de la même année, le Soudan propose aux USA de leur livrer Ben Laden afin d'améliorer ses relations avec le pays de l'oncle Sam. Stupeur : les USA refusent. Ils prétextent n'avoir aucune preuve pour l'inculper et préfèrent le laisser en liberté. La CIA, qui d'habitude n'est pas avare de coups fourrés, d'assassinats douteux, ne fait rien, et le gouvernement ne fait pas pression sur l'Arabie Saoudite pour qu'elle reprenne Ben Laden afin de l'incarcérer. Rien. Le Soudan se contente de chasser le terroriste qui part en Afghanistan.

Venir ensuite crier haut et fort que les États-Unis auront la peau de Ben Laden et qu'il faut pour cela envahir le pays avec seulement 11 000 hommes devient ridicule… comparé aux 550 000 hommes qui avaient été envoyés par exemple lors de la première guerre du Golfe en 1990. On serait en droit d'en rire si le sujet n'était si grave.

Mais en 1990, il y a le pétrole.

Tandis qu'en Afghanistan, mis à part ce pipeline, les États-Unis n'ont pas beaucoup d'intérêts…

J'imagine votre sourire à la lecture de ces mots. Vous vous dites : « OK, mais on sait tous que les USA ont été en Irak pour le pétrole, où veux-tu en venir ? »

Patience. Vous allez comprendre.

Mais la vision d'ensemble est un peu trop violente pour être présentée d'un seul coup. Il est préférable d'assembler les pièces du puzzle une à une.

Avant la grande claque finale.

31

L’odeur de bacon se mêlait à celle des viennoiseries et du café dans la grande salle de restaurant de l’hôtel.

Yael et Thomas prenaient leur petit déjeuner un peu à l’écart, sous l’une des larges fenêtres par lesquelles le soleil s’invitait chaudement dès les premières heures de la matinée. Des grappes de touristes, en famille pour la plupart, se partageaient les autres tables près du buffet.

Yael tenait un téléphone portable à l’oreille :

— Merci Lionel, je te revaudrai ça. Quelques jours, oui. Je te tiens au courant, à bientôt.

Elle raccrocha et rendit le téléphone à Thomas.

— C’est réglé, je serai absente du boulot toute la semaine.

Thomas approuva d’un hochement de tête. Ses cheveux encore humides de la douche bouclaient et sa peau fraîchement rasée luisait sous l’after-shave parfumé. Ce matin, il avait les yeux verts tachetés d’éclats noisette. Lorsque Yael l’avait croisé à sa sortie de la salle de bains, ses muscles jouaient sous le lin fin de sa chemise, et elle avait ressenti une subite attirance pour lui. Un désir immédiat de sentir son corps contre le sien. Une envie animale, follement sexuelle. Et elle s'était étonnée de nourrir pareilles idées dans ces circonstances ; la faute à la tension nerveuse... La fatigue, s'était-elle répétée.

À présent qu'il buvait son jus d'orange, la chemise s'ouvrait jusqu'à la naissance des pectoraux, et Yael éprouva à nouveau cet élan de désir, presque douloureux.

— Je suis allée au centre d'affaires de l'hôtel pour avoir accès à Internet, et j'ai imprimé la liste des instituts de beauté parisiens pendant que tu étais sous la douche, expliquait Thomas.

Yael cligna des yeux pour reprendre contact avec la réalité.

— Tu... crois vraiment..., balbutia-t-elle, qu'on va pouvoir déchiffrer cette feuille brûlée dans un... institut ?

— Ça ne coûte rien d'essayer, répondit-il machinalement.

Il semblait lui aussi ailleurs, mais préoccupé par ce qui se passait derrière Yael. Celle-ci jeta un bref regard par-dessus son épaule. Deux membres du personnel discutaient entre eux, l'air soucieux, presque catastrophés. Un troisième, une femme, se joignit à eux en demandant ce qui se passait. Yael tendit l'oreille pour capter des bribes de leur conversation :

— C'est à côté... à l'hôtel de... Y a eu... inés cette nuit.

— Assassinés ? répéta la femme plus fort.

Son camarade lui intima d'être plus discrète.

— Le veilleur et... ouple.

Il pivota pour ne plus montrer que son dos à la table et la jeune femme ne put entendre la suite.

Lorsqu'elle refit face à son compagnon elle découvrit qu'il était tendu.

— Ça ne va pas ? s'inquiéta-t-elle.

Il hésita.

— À partir de maintenant, tu n'utilises plus ta carte de crédit, ordonna-t-il.

— Comment ça ?

Il se massa le menton, le regard perdu dans une brume de réflexion.

— Dis-moi, insista Yael.

Il repoussa son siège pour se lever, et ses yeux revinrent se poser sur Yael.

— Je te dois une explication, concéda-t-il. Mais pas ici. Au calme.

Ils quittèrent le restaurant pour rejoindre leur chambre et prendre le document lorsque en traversant un salon, Thomas s'immobilisa devant un téléviseur qui diffusait l'image d'une journaliste, son micro à la main, parlant devant un décor familier.

Sa main agrippa celle de Yael.

«… de deux balles dans la nuque. D'après notre source, rien n'aurait été dérobé dans la maison mais la police est encore présente sur les lieux pour tenter d'en savoir plus sur cet assassinat mystérieux. À Herblay, dès l'annonce de ce crime, on a commencé à se poser des questions : qui a pu tuer froidement un vieillard si paisible ? Et pourquoi ? »

Yael avait également reconnu la silhouette du manoir de Lubrosso en arrière-plan.

— Je… Je ne comprends pas, fit-elle, refusant l'évidence.

Les traits de Thomas s'assombrirent.

— Ils ont tué Lubrosso cette nuit. Après notre départ.

Yael s'écarta pour faire les cent pas sur la moquette.

— C'est pas bon du tout…, dit-elle en secouant la tête. Pas bon du tout. (Elle s'arrêta net :) On peut prévenir la police. Il faut leur dire qui est l'assassin.

— Et qui c'est ? s'étonna Thomas.

— L'homme que Lubrosso attendait pour le débarrasser du cadavre de Languin. Il était tard lorsque nous sommes partis, et Lubrosso attendait ce… nettoyeur. Je ne vois pas qui d'autre aurait pu faire le coup.

Thomas se rapprocha de la jeune femme, l'air accablé.

— Mais si, insista-t-elle. Ils pourront retrouver le numéro de téléphone que Lubrosso a appelé cette nuit… Ils peuvent bien faire ça dans la police, non ?

Thomas vérifia que personne ne pouvait les entendre.

— Yael… Écoute-moi bien, dit-il d'une voix qu'il espérait sereine. Plusieurs témoins peuvent certifier nous avoir vus hier dans Herblay, certains peuvent même préciser que nous glanions des informations sur Lubrosso. Ensuite nous nous sommes introduits illégalement chez lui pour l'espionner. Et surtout, à mon avis, ce fameux nettoyeur aura fait disparaître le cadavre de Lauguin. Et au vu de tout ce qui nous tombe dessus, je commence à penser que nous avons affaire à des gens très puissants. Ils n'auraient pas pris le risque d'effacer Lubrosso si le numéro de téléphone pouvait les compromettre. Crois-moi, nous aurions tout à perdre à aller voir la police maintenant. Rappelle-toi les ombres dans les miroirs, les bougies et la bague qui tue. Tu vois où je veux en venir ?

Après un temps, Yael approuva.

— Oui, ils ne me croiront jamais, résuma-t-elle doucement.

Elle se laissa tomber dans un des fauteuils avec un long soupir de lassitude. Thomas lui caressa les cheveux.

— On va continuer comme on l'avait prévu, Yael. On va conduire notre enquête de notre côté, le temps de prouver notre innocence et d'être capables de désigner les coupables. C'est la seule façon de s'en sortir.

— Tu crois vraiment qu'ils sont plusieurs ? Une organisation ?

— C'est ma conviction. Ils sont trop bien organisés et disposent de trop de moyens pour un homme seul.

Yael demeura un instant le regard dans le vague, à s'interroger sur ce qu'elle vivait. Pourquoi elle ?

Mais, quels qu'ils soient, elle n'allait pas leur faire de cadeau, elle se battrait bec et ongles. Voilà quelle serait désormais sa ligne de conduite : refuser de plier, et rendre coup pour coup. Pour ça, il fallait en savoir plus sur le commanditaire.

Elle se releva en mobilisant toute son énergie et invita Thomas à la suivre vers les ascenseurs.

Dans la chambre, ils s'emparèrent du seul feuillet à peu près entier qu'ils avaient pu soustraire aux flammes et redescendirent dans le hall, tandis que Kardec miaulait pour les suivre. Yael avait glissé le document entre les pages d'une revue pour lui assurer un minimum de protection et le portait dans un petit sac à dos en toile.

Ils marchaient côte à côte, entre les clients qui bavardaient, une carte de Paris ou un Caméscope en main.

La lumière du ciel bleu baignait l'hôtel d'une légèreté qui inclinait les touristes à la bonne humeur.

Yael marchait en dévisageant les silhouettes qu'elle croisait, consciente de trop en faire sans parvenir à se refréner. Elle songeait à ce que Thomas lui avait caché, au meurtre de Lubrosso. Les sens en alerte, rien ne lui échappait à mesure que la porte vitrée se rapprochait.

Des sourires.

Des bavardages sur fond de rires.

Tous ces regards excités, ces visages curieux, ces coupes de cheveux hirsutes, ces vêtements bariolés... La faune de l'hôtel prête à investir les rues de la capitale.

Et deux formes massives qui fendent les groupes, l'une tenant un appareil de type PDA, l'autre surveillant la foule.

Deux hommes vêtus de cuir noir. Le visage coulé dans la détermination.

Yael se tourna vers Thomas : il avançait sans les remarquer.

La sortie n'était plus qu'à cinq mètres.

Yael les suivit du coin de l'œil : ils prenaient la direction des escaliers.

C'est alors que le deuxième homme l'aperçut.

Son front se plissa.

Il saisit son collègue par le bras pour le stopper.

L'autre hésita. Il vérifia son appareil, tourna la tête vers les escaliers avant de porter à nouveau son attention sur elle.

Tous deux changèrent de direction.

Ils vinrent droit sur elle.

32

Yael donna un coup de coude à Thomas qui réagit dans la seconde. Il passa une main sous le bras de la jeune femme et accéléra leur marche.

Les deux colosses firent de même, bousculant les gêneurs sans un mot.

Thomas poussa la porte et ils jaillirent dans la rue.

— Le type de droite était dans le métro avant-hier. Prête ?

Yael voulut demander de quoi il parlait mais il la tira brutalement en avant.

Ils se précipitèrent vers leur voiture garée plus loin, trop loin. Une erreur.

Derrière eux, les deux hommes sautaient hors de l'hôtel et s'élançaient dans leur sillage, à moins de dix mètres.

En grimaçant à cause de sa cuisse, Thomas atteignit un troupeau de poubelles vertes qu'il s'appliqua à renverser, imité par Yael. Les déchets se répandirent et les bouteilles roulèrent dans les jambes de leurs poursuivants qui durent ralentir.

Thomas et Yael étaient déjà repartis à plein régime.

Tandis que ses bras fouettaient ses flancs, Yael interrompit le mouvement pour faire basculer son sac à dos sur le devant et y chercher ses clés de voiture sans ralentir.

La 206 était à présent toute proche.

Les deux chasseurs également.

Yael fourrageait dans le bric-à-brac sans mettre la main sur le précieux trousseau.

— Les clés… ! haleta Thomas.

Elle entendait le rythme de leurs souffles sur ses talons.

Ses doigts écartèrent le portefeuille, puis le minirépertoire… La voiture était là, à six foulées maximum.

Son index effleura enfin une clé. La main l'agrippa et tira frénétiquement.

En un seul geste, Yael sortit le trousseau et déverrouilla à distance. Ils se jetèrent sur les portières et bondirent à l'intérieur. La jeune femme enfonça la clé et fit rugir la mécanique.

Le plus rapide des deux hommes était à sa hauteur, Yael n'avait pu refermer sa portière.

Elle écrasa l'accélérateur en braquant pour s'éloigner du trottoir.

La silhouette assombrit l'habitacle en agrippant la vitre.

Yael se cramponna au volant et enfonça la pédale. La 206 gicla sur l'asphalte, la portière se referma par la force de l'accélération, coinçant l'intrus entre elle et la carrosserie.

Yael lâcha le volant de la main gauche, plia le bras pour présenter son coude, et de toutes ses forces frappa l'homme au plexus.

L'air s'expulsa bruyamment de ses poumons, ses doigts s'ouvrirent, et il bascula à la renverse.

Dans le rétroviseur, Yael le vit reculer sur plusieurs mètres, ses jambes heurtèrent le bas de caisse d'une voiture garée, et il s'immobilisa.

Elle saisit la poignée de maintien et referma la portière en soufflant pour ralentir la folle cadence de son cœur.

— Bien joué ! s'écria Thomas, lui-même dépassé par la vitesse à laquelle tout s'était enchaîné.

La Peugeot arriva au carrefour, place de la Porte-de-Versailles, le feu était au rouge. Elle ralentit.

Thomas en profita pour surveiller le rétroviseur.

Un 4 × 4 noir ralentissait derrière eux.

— Merde ! grogna-t-il. Les revoilà !

Yael guetta le feu, toujours rouge. Un camion était devant elle.

Elle expira deux fois rapidement.

Puis elle fit crier le moteur pour déboîter par la gauche. Elle dépassa le camion en constatant que le 4 × 4 se rapprochait à vive allure.

— À droite ! Le périph ! tonna Thomas.

Au moment où la 206 déboulait dans le carrefour, un scooter, masqué jusqu'alors par le camion, surgit à droite.

Yael braqua tout à gauche pour éviter le deux-roues qui parvint in extremis à virer en les rasant. Le conducteur freina et se retourna pour l'incendier mais Yael était déjà engagée rue de Vaugirard, pied au plancher.

Le motard jurait en hurlant.

Il entendit trop tard le crissement des pneus et se tourna pour voir ce que c'était.

La calandre jaillit sous ses yeux. Énorme.

Elle le percuta de plein fouet. Et le projeta comme un pantin, quatre mètres plus loin, dans la vitrine d'un magasin.

Yael crut apercevoir une ombre jaillir de l'avant du 4 × 4 et disparaître dans un mur mais ses yeux n'eurent pas le temps de faire le point, à nouveau braqués sur l'étroit passage où la 206 s'engageait. Elle lut le compteur. 90 kilomètres-heure.

Et le 4 × 4 toujours à leurs trousses.

Les véhicules stationnés de part et d'autre semblaient se resserrer à mesure que la vitesse augmentait.

Les façades des immeubles creusaient un goulet au fond duquel les deux voitures jouaient à la mort.

Yael arriva à l'angle Convention, le feu était au vert, elle ralentit tout de même et bloqua le klaxon en continu. Les passants sursautèrent lorsque le bolide transperça le carrefour pour se volatiliser aussitôt.

Yael leva la tête et dans le rétroviseur découvrit avec stupeur que le 4 × 4 était tout proche.

— On ne pourra pas les semer ! lança Thomas.

Déconcentrée, elle se déporta légèrement sur la droite

Le bruit du choc résonna dans l'habitacle. Elle venait d'arracher son rétroviseur contre celui d'une berline garée sur le bas-côté.

L'hôpital Pasteur défilait.

— Attention ! cria Thomas en désignant le bus à une centaine de mètres devant eux. L'engin occupait toute la largeur de la route.

Yael hésita.

Avant d'être projetée en avant. On venait de les percuter.

Son sternum encaissa le choc tout d'abord, dans le fracas de tôle froissée, puis sa nuque, et tout son torse partit en avant, en l'absence de ceinture de sécurité. Ses mains cramponnées au volant tinrent lieu d'amortisseurs et son nez s'arrêta à quelques centimètres du cuir.

Ils venaient d'être heurtés par le 4 × 4.

Tout alla très vite.

Du coin de l'œil, elle vit que Thomas avait eu moins de chance et qu'il avait heurté le tableau de bord.

La 206 quittait la voie de droite, le 4 × 4 collé à son pare-chocs.

Le bus allait l'obliger à piler et la coincerait.

En une fraction de pensée, Yael sonda la file d'en face, une vieille 4L arrivait lentement, à bonne distance.

Yael s'engagea à contresens et la 206 bondit en avant sous la pression de son pot d'échappement retentissant, rasant le bus.

La 4L fit un appel de phares.

Elle roulait bien plus vite que prévu.

La jeune femme vérifia derrière elle : elle était suivie par le 4 × 4 à deux mètres à peine. Elle jugea de la distance qui lui restait à couvrir avant de pouvoir se rabattre.

Le bus était interminable.

Et elle bien trop lente.

Yael réalisa qu'elle n'y parviendrait pas. Et aucun dégagement possible.

Ils allaient s'encastrer dans la 4L.

Droit devant.

Elle entendit Thomas crier.

33

Les freins de la 4L hurlèrent, et un nuage de fumée entoura ses quatre roues.

Yael bloqua sa respiration. Elle allait pouvoir se rabattre… Il le fallait.

La 206 se jeta si brutalement devant le bus qu'elle faillit basculer sur son flanc droit. La 4L s'inscrivit dans sa vitre comme un flash.

Soudain Thomas se souleva dans son siège.

— Les salauds ! hurla-t-il.

Yael jeta un coup d'œil dans le rétroviseur droit et faillit en lâcher le volant. Le 4 × 4 se propulsait sur le trottoir, semant la terreur et la panique.

Et colla de nouveau à leurs trousses.

Ils fusaient tous deux vers le cœur de la capitale à plus de cent kilomètres à l'heure.

Yael croisait le boulevard du Montparnasse lorsqu'elle vit qu'un des tueurs se penchait à la portière et ajustait son tir : l'arme était prolongée par un silencieux.

Thomas la plaqua contre le volant, au risque qu'elle perde le contrôle de l'auto.

Il comprit que la voiture était touchée lorsque deux impacts résonnèrent coup sur coup.

Une autre balle traversa le pare-brise arrière en sifflant, déchiqueta le bord du siège conducteur et vint s'encastrer dans l'autoradio qui explosa en une gerbe d'étincelles crépitantes.

Le boulevard Raspail se rapprochait. Le feu était rouge. S'arrêter ou passer signifiait la mort.

Yael n'avait pas encore pris sa décision que le feu virait au vert.

Elle traversa sans lever le pied...

Pour déchanter aussitôt.

Une longue procession de voitures avançait au ralenti derrière le camion des éboueurs. Ils étaient au niveau du jardin du Luxembourg.

— Le trottoir ! cria Thomas. Fonce !

Ils n'avaient plus rien à perdre.

Elle s'engagea d'un coup sur la marche de bitume en klaxonnant pour que les piétons s'écartent. Quelques mètres plus loin le passage se rétrécissait et les bloquerait.

Sur la droite, la grille du Luxembourg était grande ouverte.

— Fonce ! répéta Thomas.

Les pneus de la 206 soulevèrent une nuée de sable en s'engageant sur l'allée, le 4 × 4 dans ses traces.

La 206 commençait à montrer ses limites tandis que le tout-terrain était à son affaire.

Des dizaines de promeneurs s'écartaient vivement en apercevant la course-poursuite, et les flâneurs dans les chaises longues avaient tout juste le temps de déguerpir.

Tout à coup les deux portières furent côte à côte.

Et la main armée réapparut.

Ils longeaient la face sud du Sénat, débouchant sur une ligne droite interrompue par un large bassin.

Sur la droite, s'ouvrait une voie en angle aigu.

La jeune femme freina brusquement et braqua.

La 206 évita un petit kiosque à friandises mais percuta les chaises alignées.

Les tubes en aluminium vinrent fracasser l'avant, perçant les phares et enfonçant le capot. L'une d'elles rebondit et brisa le pare-brise. Deux grosses stries se partagèrent la vitre qui pouvait à présent se rompre au moindre choc.

Yael retrouva le centre de l'allée en respirant à pleins poumons. Elle n'avait touché personne. Mais ils étaient en deuil du deuxième rétro

— Où sont-ils ? Tu les vois ? s'alarma-t-elle.

Thomas scruta les alentours. Il repéra le 4 × 4 de l'autre côté d'un terre-plein, sur un chemin parallèle.

— Là ! Reste où tu es. À cette vitesse ils ne pourront pas couper pour nous rejoindre.

Mais les balles s'enfoncèrent dans la carrosserie. La vitre arrière explosa.

La route s'allongeait encore avant de tourner tout au bout pour rejoindre l'autre voie, celle sur laquelle fonçait le 4 × 4, comme un circuit en U.

Au centre, une petite rampe grimpait entre des plots de béton pour conduire à une esplanade surélevée.

Il n'y avait pas de place pour deux sur la rampe.

Yael, de moins en moins lucide, décida de jouer le tout pour le tout.

Elle passa la quatrième, puis la cinquième. Le compteur affichait 170 kilomètres-heure.

Thomas la dévisagea.

— Ralentis ! hurla-t-il. Tu vas trop vite ! Tu vas nous tuer !

Elle ne répondit pas, le pied collé à l'accélérateur.

Le virage approchait, Yael se mit à la corde pour ne pas avoir à tourner, elle filerait tout droit vers la rampe.

Les bosquets effleurèrent le carénage avant si rapidement qu'ils furent décapités.

La rampe étroite leur fonçait dessus.

Thomas agrippa la poignée et ferma les yeux.

Au tout dernier moment, Yael freina avec rage. La 206 tangua, se déporta à droite, puis à gauche. Yael se crispa et s'engagea sur la rampe à près de cent kilomètres à l'heure.

Il y eut d'abord une myriade d'étincelles, les roues se soulevèrent, tout le véhicule quitta la terre pour monter dans les airs. Elle accéléra pour garder la puissance…

Ils reprirent contact avec le sol après une éternité, la Peugeot rebondit sans ménagement et deux nouvelles fissures zébrèrent le pare-brise.

Les pneus réaccrochèrent la piste pour propulser le bolide.

Une femme apparut tout à coup dans le pare-brise. À cette vitesse, Yael sut qu'elle allait la couper en deux. Elle hurla. La femme recula d'un pas, ses vêtements claquèrent au vent de la 206 qui ne fit que la frôler.

Yael n'en crut pas ses yeux.

Elle s'engagea enfin entre les arbres pour gagner la sortie.

Le 4 × 4 réapparut, loin derrière.

Quelques secondes plus tard, rue Auguste-Comte, un gyrophare entra en action. Une voiture de police s'invitait à la fête.

Yael braqua pour s'engager dans une ruelle avant d'être repérée et accéléra.

Thomas se tordait le cou pour surveiller leurs arrières.

Après une minute, le journaliste lui demanda de ralentir.

— Ils ont abandonné en voyant la police, finit-il par conclure. Maintenant gare-toi.

Yael commençait seulement à réaliser ce qu'elle venait de faire.

L'adrénaline se changeait en peur rétrospective.

Ses jambes perdirent toute consistance. Elle se mit à trembler. Elle réussit à se garer sur le bas-côté, s'effondra sur le volant.

Thomas attendit un long moment, puis, en tamponnant tour à tour le sang qui coulait de son nez et la bosse qui décorait son front, il laissa tomber d'une voix sourde :

— La situation est critique, Yael. Je crois que je te dois une explication.

— À quel sujet ? souffla-t-elle sans lever le nez.

— Quelque chose que j'ai fait… Quelque chose de très grave.

34

Yael se redressa lentement.

— De quoi parles-tu ? demanda-t-elle en appréhendant la suite.

— Pour mes reportages, il m'est arrivé de travailler sur les services de renseignement, leurs moyens. J'ai rédigé un long papier très documenté sur Echelon, le système de surveillance électronique développé par les Américains pour espionner toute la planète, nos coups de téléphone, nos e-mails et tout le reste.

Il marqua une pause pour tâter la crête de son nez ; elle n'était pas cassée. Yael devina que cette petite manœuvre lui permettait de ne pas la regarder en face. Ce qu'il veut me dire doit peser un sacré poids, songea-t-elle, de plus en plus angoissée.

— J'ai côtoyé toute une bande de joyeux paranos pendant ce temps, et j'avoue que j'ai appris quelques réflexes.

Il chercha ses mots, et se tourna enfin vers Yael. Cette fois il parlait ferme, avec beaucoup d'émotion :

— Tu n'as pas idée de tous les systèmes mis au point pour nous surveiller. Le moindre pas que tu fais est fiché et archivé, je te jure que je n'exagère rien. Si le type d'un organe de surveillance décide de te mettre le grappin dessus, il saura tout de toi. Et cette expérience m'a laissé quelques… traces.

— Quoi ? On t'a fait quelque chose ? réussit à dire Yael, la gorge nouée.

— Non, non, rien du tout, j'ai pu rédiger mon article et le vendre à des journaux, mais c'est l'expérience qui m'a… changé. Au quotidien je suis comme tout le monde, sauf que… quand il se passe un truc suspect, je passe en mode « parano » et je prends des mesures délirantes.

— C'est-à-dire ?

— Eh bien, si un soir je rentre chez moi et que je trouve des affaires qui me semblent changées de place…

— Tu veux dire que quelqu'un s'est introduit chez toi ? s'étonna Yael.

Thomas eut l'air embarrassé. C'était probablement la première fois qu'il confiait ses petites névroses.

— Oui, enfin, je ne suis jamais formel, c'est peut-être moi qui me trompe, mais quand ça arrive, quand j'ai l'impression qu'on m'a rendu visite, je mets une chaise derrière la porte, ce genre de trucs.

Yael soupira.

— Écoute, tout le monde a ses petites manies, cela dit, je ne vois pas ce que ça vient faire dans notre histoire.

Cette fois les traits de Thomas se creusèrent.

— Si, Yael. Parce que la nuit où nous sommes allés à l'hôtel, lorsque j'ai été sûr que tu dormais, je suis sorti.

Yael attendit la suite, soudain anxieuse.

— Je t'ai emprunté ta carte de crédit. Et je suis descendu dans une cabine téléphonique pour réserver une chambre d'hôtel dans un établissement autre que le nôtre. Par téléphone, j'ai donné ton numéro de carte et ensuite j'ai fait le tour des ponts sous le périph, sans avoir à aller bien loin, pour trouver un couple de clodos qui présentaient pas trop mal.

Le visage de Yael s'alarma.

— Je leur ai donné le nom à fournir à l'accueil, en leur disant que la chambre était payée pour trois nuits.

— Mon Dieu, murmura Yael pour elle-même.

— C'était excessif, je l'avoue. Sur le coup je me suis dit qu'utiliser ces pauvres gens n'était pas grave, qu'au moins ils passeraient une nuit au chaud. Je me disais qu'il ne se passerait sûrement rien, sauf si ma paranoïa n'était pas un délire, alors, dans le pire des scénarios, le couple serait arrêté, interrogé et relâché sans histoire. Mais cela nous donnerait une indication sur ceux qui te traquent. Après les deux types du métro et notre périple dans les Catacombes, je commençais à me poser de sérieuses questions sur l'identité de ceux qui t'en voulaient à ce point. J'ai juste voulu m'assurer que…

— Quoi donc ? Que j'étais solvable ? interrogea Yael avec une pointe d'agacement.

Thomas, visage fermé, secoua la tête.

— Que ceux qui cherchaient à te nuire n'étaient pas d'une manière ou d'une autre connectés aux officiels.

— Aux quoi ?

— Aux organes de renseignement officiels. DST, police, RG, tout ce que tu voudras.

— Mais c'est complètement tordu ton raisonnement, pourquoi veux-tu que les flics…

— C'est pourtant ce qui s'est passé ! la coupa-t-il. Les deux SDF ont été abattus cette nuit. J'ai entendu la conversation des serveurs ce matin à notre hôtel. Ça fait beaucoup, non ? Des types cherchent à te tuer et les gens qui sont enregistrés à ton nom se font flinguer ! Il n'y a que par ta carte bleue qu'ils ont pu remonter jusqu'à cette chambre. Et la carte de crédit, c'est le premier élément que les officiels cherchent à pister lorsqu'ils traquent un fugitif.

— C'est… C'est pour ça que tu as refusé que je paye quoi que ce soit ? se souvint-elle.

— Oui. Au cas où. J'ai réglé notre chambre sans enregistrer ton nom nulle part. (Il se tut un instant, pour synthétiser sa pensée :) Ce que je veux te faire comprendre, c'est que seuls les services officiels peuvent avoir accès à ton dossier bancaire.

Yael refusait de l'entendre.

— Ne dis pas n'importe quoi ! Je n'ai jamais rien fait d'illégal de toute ma vie ! J'ai même pas fumé de marijuana ! Rien, je te dis ! C'est stupide de croire ça. On n'est pas dans un film américain, les gens comme moi ne se retrouvent pas embarqués dans des complots tordus !

Thomas laissa passer l'orage, elle avait besoin de déverser la peur qui se cachait en réalité derrière cette révolte.

— Prends le temps de réfléchir, finit-il par dire. Tu le dis toi-même : tu n'as rien à te reprocher. Pourtant on vient d'essayer de te tuer en plein Paris et à plusieurs reprises. Ce n'est pas une illusion. (Il désigna le bloc autoradio disloqué :) Et ça c'est bien réel. Je suis comme toi, je n'y comprends rien. En revanche, je sais que des tueurs ont eu accès à tes données bancaires les plus récentes. Les serveurs des banques sont parmi les plus protégés au monde. On entend parfois des histoires de hackers qui piratent les sites Internet du FBI ou d'une centrale nucléaire en Corée, mais jamais d'une banque. Les seuls capables d'y accéder sont les organes officiels. Police, services secrets, armée.

Yael secouait la tête. Elle ne pouvait y croire.

— En vingt-quatre heures ils ont pu te localiser. Après s'être rendu compte de leur erreur, ils ont continué à enquêter pour nous tomber dessus ce matin.

— Comment ont-ils fait pour remonter jusqu'à nous aujourd'hui ? demanda-t-elle doucement.

Des larmes coulaient sur ses joues.

— Je n'en sais rien, mais on ferait mieux de trouver avant qu'ils ne recommencent. Dans l'hypothèse où tu trimbalerais un émetteur sur toi, on va aller t'acheter de nouvelles fringues.

Elle leva une main en signe d'impuissance.

— Co… comment je vais faire ? (Elle sanglotait à présent.) Je… ne peux plus rien payer…

Thomas caressa ses cheveux.

— Hey, tu oublies un peu vite que je suis avec toi, non ? Dans quelques heures ils auront probablement vérifié le nom de réservation de notre chambre et remonté la piste jusqu'à moi. Ça veut dire que je dois foncer au distributeur le plus proche.

Il ajouta, pour lui arracher un sourire :

— À ton avis, en combien de temps toi et moi on peut vider mon compte ?

Sans succès.

— Thomas, dit-elle après un long silence. Ces… ces gens qui sont morts cette nuit… ils les ont tués pourquoi ?

Le journaliste se mordit nerveusement la lèvre.

— Parce qu'il faut t'éliminer, Yael. À tout prix.

Elle ferma les yeux.

— Et s'ils sont morts… C'est ma faute, poursuivit-il. C'est moi qui les ai entraînés là-dedans.

Elle ne savait plus si elle devait être en colère contre lui ou si elle devait le remercier d'être encore en vie.

Elle lut beaucoup de chagrin et de douleur dans son regard et préféra se taire. Il portait le poids de la culpabilité. Il allait vivre désormais en sachant qu'il avait tué deux personnes. Pour tenter de la protéger.

— Qu'est-ce qu'on va faire maintenant ? demanda-t-elle d'une voix presque tendre.

— D'abord prendre de l'argent. Ensuite s'occuper de trouver un nouveau logement. Après on aura du pain sur la planche, tu te rappelles ?

— La feuille brûlée…

— Oui. C'est plus urgent que jamais. On ne nous fera pas de cadeau, et ce document est peut-être la longueur d'avance dont nous avons besoin.

Yael se prit la tête entre les mains.

— Si tu as raison, comment est-ce qu'on va s'en sortir ? Comment je vais prouver que je suis innocente ? À qui je vais le prouver ?

Elle paniquait.

Thomas la força à le fixer droit dans les yeux :

— Yael, chaque chose en son temps, d'accord ? On va trouver. On va s'en sortir. Garde le contrôle, j'en ai besoin. Rappelle-toi que je suis avec toi.

Elle réalisa brusquement à quel point il était lié à elle, lui qui n'avait rien demandé. C'était elle qui l'avait entraîné dans cette chasse au mystère dont ils étaient les proies. À présent, qu'il le veuille ou non, il ne pouvait plus l'abandonner. Comme il l'avait souligné, les tueurs auraient son identité par l'hôtel, c'était lui qui avait payé. Yael se jugea terriblement égoïste. Jamais il ne s'était plaint, jamais il n'avait hésité à l'aider. Il avait pris des risques fous pour elle.

— Thomas, excuse-moi, dit-elle. Personne n'aurait fait ce que tu fais pour moi.

Il leva son regard vers les yeux clairs, mi-ému, mi-souriant. Il déposa un petit baiser au coin de ses lèvres.

— Allez, on se concentre sur ce qu'on doit faire. En premier : l'argent, puis des vêtements, et enfin trouver un abri.

Yael se ressaisit, puis passa ses proches en revue. Tous étaient absents pour le mois d'août.

Sauf Tiphaine, qui passait le week-end avec son homme.

— On peut aller chez une amie à moi, si elle est rentrée, elle nous hébergera sans problème.

— Hors de question. Je ne sais pas qui sont ces hommes ; il est possible qu'ils en sachent beaucoup sur toi, y compris sur tes amis. Ils surveillent peut-être son domicile.

— Et toi, tu as des amis qui pourraient nous accueillir ? Ceux chez qui tu dormais ces dernières semaines peut-être...

Thomas eut l'air embarrassé.

— Yael... Je... Je ne veux pas risquer de les mêler à ça, tu comprends ?

Elle fronça les sourcils aussitôt, furieuse contre elle-même.

— Je suis désolée, s'empressa-t-elle de répondre. Je... Tu as raison, je suis égoïste. Je t'ai déjà embarqué toi dans mon cauchemar, ajouta-t-elle, confuse. Je suis vraiment navrée.

Il posa une poigne ferme sur son avant-bras.

— Imagine le papier que je vais pouvoir tirer de tout ça, plaisanta-t-il. Non ! Le bouquin que je vais pouvoir pondre !

Il ne parvint à lui arracher qu'une grimace.

Soudain elle sursauta :

— Kardec ! s'écria-t-elle. J'ai laissé mon chat là-bas !

Thomas lui fit un signe négatif.

— On ne peut pas aller le chercher, tu le sais très bien.

Elle fit craquer ses doigts sur le volant.

— C'est mon chat !

— Regarde l'état de ta voiture. Tu as eu une chance inespérée de t'en tirer. Ça n'arrivera pas deux fois.

Yael inspira profondément comme pour étouffer sa colère.

— Pour l'hébergement, tu as raison, poursuivit-il. Je vais… demander à quelqu'un de nous aider.

— Thomas, tu l'as dit toi-même, on risque de l'entraîner…

— Pas lui. C'est plus une connaissance qu'un ami, mais il saura être discret, et peut-être pourra-t-il nous aider concrètement. C'est un type un peu… bizarre, mais très sympathique. C'est un… adepte de la théorie du complot. Un spécimen vivant de ce qu'on ne voit qu'à la télévision, tout droit sorti d'un épisode de *X-Files*. En route, on va éviter de rester trop longtemps dans le quartier.

La 206 ronronna et déboîta du trottoir.

Ils roulaient en direction de la rive droite lorsque Yael précisa :

— Tu as dit que j'avais eu une chance inespérée de m'en sortir, mais j'ai bien assuré aussi, dis donc ! Je tiens à le souligner. Je me suis même épatée.

Thomas éclata de rire.

— C'est vrai, concéda-t-il. Tu m'as filé la frousse de ma vie, mais tu as été à la hauteur !

Elle se raccrocha à ces mots. C'était déjà ça.

Une once de réconfort dans l'océan d'adversité qui la noyait.

35

La Peugeot attendait, le moteur ronflant, prête à foncer au moindre signe de danger. Yael guettait nerveusement Thomas penché sur le distributeur. Sa voiture n'était plus qu'une épave : le coffre était complètement embouti, une vitre avait explosé, un trou traversait le pare-brise arrière de part en part tandis que le pare-brise avant n'attendait qu'un souffle pour se répandre sur leurs genoux. Quant aux impacts qui criblaient la carrosserie… Yael avait hâte de cacher la voiture et de circuler à pied.

Dépêche-toi, Thomas…

Le journaliste revint au pas de charge et s'engouffra près d'elle.

— J'ai trois mille euros, le plafond de retrait hebdomadaire de ma carte. C'est toutes mes économies, précisa-t-il faussement dépité. On devrait tenir un moment avec ça. Maintenant fonce, s'ils surveillent en temps réel les mouvements de mon compte ils sont déjà en route.

Yael réintégra le trafic jusqu'à rejoindre le boulevard Voltaire dans le 11e arrondissement, un axe large, avec ses façades typiquement haussmanniennes. Ils se garèrent dans une rue attenante en évitant de rejoindre un parking souterrain truffé de caméras de surveillance. Ils achetèrent un sac de voyage dans l'une des nombreuses boutiques asiatiques du quartier avant d'aller aux emplettes vestimentaires dans des petites échoppes. Thomas expliqua à Yael qu'il était bon pour eux de se fournir ici, la diaspora chinoise était réputée pour sa discrétion pour peu qu'on payât en liquide afin de ne pas laisser de traces. Il était rare qu'ils parlent à quiconque venait leur poser des questions, surtout s'il s'agissait de la police. Les immigrés chinois aspiraient à faire le moins de vagues possibles, à se fondre dans la population active de Paris, et à se faire oublier. La tactique des trois singes : ne rien voir, ne rien entendre, ne rien dire.

Par sécurité, Thomas lui racheta un nouveau porte-monnaie, et elle transféra le contenu de l'ancien avec vigilance sans détecter d'anomalie.

Yael ressortit en salopette en jeans sur un tee-shirt à manches longues, ce qui lui donnait un air juvénile.

— J'ai rêvé de ça pendant longtemps ! dit-elle en marchant vers la voiture.

— De quoi ? De porter une salopette ?

— Non, de faire les boutiques avec un homme pour tout payer !

Thomas sourit. Elle était à nouveau capable de faire de l'humour, c'était bon signe.

Ils n'eurent pas loin à rouler pour parvenir à la rue de la Vacquerie où Thomas désigna un porche en bois. Il sortit pour sonner à l'interphone et parut rassuré qu'on lui réponde. Il échangea quelques mots et les battants se déverrouillèrent. La 206 pénétra une minuscule cour pavée terminée par un atelier d'artiste.

Yael coupa le contact et rejoignit son compagnon.

— On va la cacher ici, dit-il.

— C'est pas un peu risqué de la laisser près de nous ? S'ils ont vraiment placé un émetteur dans cette voiture…

— C'est une chance à courir, nous nous sommes débarrassés de tout le reste. Et puis ils ont risqué leur vie, ils ont foutu en l'air leur discrétion pour ne pas nous lâcher. Ça peut signifier qu'il n'y a aucun émetteur sur ta voiture.

Yael acquiesça ; le raisonnement se tenait.

La porte de l'atelier s'ouvrit sur un homme d'une trentaine d'années, de type maghrébin, les cheveux bouclés assez longs auréolant son crâne d'une crinière d'ébène, le visage allongé et d'apparence sportive. Yael remarqua qu'il soulignait son charme naturel par une tenue soignée : pantalon de toile claire sur chemise à col amidonné.

— Thomas ! s'exclama-t-il. Depuis le temps !

Il vit Yael et inclina la tête.

— Mademoiselle.

— Yael, je te présente Kamel, un ami rencontré l'année dernière lors de mon reportage sur les services de renseignement.

— Qu'est-ce qui vous amène ? demanda Kamel en les invitant à entrer. Vous venez m'annoncer une bonne nouvelle ?

— Pas vraiment, murmura Yael.

Kamel s'arrêta, inquiet.

— Ça ne va pas ?

— C'est… compliqué à résumer, expliqua Thomas.

Devant les mines défaites de ses visiteurs, Kamel fit signe qu'il comprenait et n'ajouta rien, se contentant de les installer dans son salon et d'aller chercher un remontant.

Le grand loft avec cuisine américaine était entièrement parqueté et la pierre apparaissait aux murs peints en blanc. Un escalier grimpait aux étages : une succession de deux paliers en mezzanine.

Yael s'assit à côté de Thomas dans un canapé en cuir blanc et Kamel revint avec un plateau oriental sur lequel trônaient la théière et les verres décorés d'un liséré doré.

— Le thé de bienvenue, souligna leur hôte. Vous allez me raconter tout ça.

— Kamel, commença le journaliste. Avant tout, je dois te dire que notre présence peut te mettre en danger.

— Comment ça ?

Thomas chercha l'inspiration en se massant le front.

— C'est à cause de moi, intervint Yael. On veut me tuer.

Kamel reposa aussitôt la théière qu'il venait de soulever.

Et écouta attentivement leur récit.

Après quoi, on eût perçu dans le loft une mouche se frottant les pattes. Thomas et Yael se regardaient, embarrassés devant le silence de Kamel.

Ce dernier fit soudain claquer ses mains :

— Soyez sûrs d'avoir au moins un toit et des repas chauds, c'est déjà une garantie.

Yael, toujours gênée, insista sur ce qui était primordial :

— Nous aider peut vous entraîner là-dedans, avec tout ce que ça implique.

Il balaya l'air d'un signe de la main.

— L'hospitalité est une vertu séculaire dans ma culture, et elle commande parfois des sacrifices.

Thomas se pencha vers lui :

— Kamel, au-delà de ta générosité, ce qu'on essaye de te dire c'est que ta vie pourrait basculer si tu nous acceptes ici.

L'intéressé s'enfonça dans le fauteuil qui leur faisait face et posa ses mains sur ses genoux. Une allure de lion, pensa Yael.

— Vous êtes venus jusqu'à moi parce que tu me connais, Thomas, dit-il en prenant soin de bien articuler pour donner un maximum de force à chaque mot. Tu sais que je ne vis que pour ça : la vérité géopolitique de notre planète. Et donc votre histoire ne peut que me passionner. Tu sais aussi que je suis prêt à tous les risques pour ça. Les vraies lois sont celles du respect des autres, pas du mensonge. Je vais non seulement vous offrir l'hospitalité, mais aussi mon aide.

Thomas et Yael baissèrent la tête en même temps.

— Merci, dirent-ils à tour de rôle.

— Si je m'en sors, je vous revaudrai ça, ajouta la jeune femme. Ce sera sûrement impossible, mais…

Kamel leva l'index.

— Il n'y a qu'une règle à respecter chez moi : entre ces murs, il n'y a plus de « vous ». Rien que des amis.

Sur quoi Kamel se leva pour leur montrer l'unique chambre libre dont il disposait, tout en haut. Ni Yael ni Thomas n'osèrent protester en découvrant le lit double, aucun d'eux ne précisa qu'ils n'étaient pas ensemble. Ils se contentèrent d'y installer leurs maigres bagages, puis redescendirent.

— Peut-on mettre la télé ? proposa Thomas. Je voudrais voir ce qu'ils disent au journal de treize heures.

Ils allumèrent juste pour l'annonce des titres.

La poursuite faisait l'introduction. On parlait de la folle traversée de Paris de deux véhicules qui avaient causé un mort et plusieurs blessés légers.

Yael déglutit à l'annonce du bilan.

Le présentateur précisa que les deux chauffards avaient pris la fuite malgré l'intervention d'une voiture de police, et que pour l'heure l'enquête s'orientait vers l'hypothèse d'un règlement de comptes. Plusieurs témoins avaient vu un passager du 4 × 4 brandir un pistolet, ce même 4 × 4 qui avait fauché un homme de 34 ans sur son scooter. Le motard était mort à l'hôpital.

— Il faut déchiffrer la feuille qu'on a subtilisée à Lubrosso, annonça Thomas, l'air grave.

Yael attrapa son sac à dos et l'ouvrit pour inspecter l'état du précieux document.

C'est fou comme on peut placer tous ses espoirs dans pas grand-chose...

Il était intact, dans l'état où Yael l'avait sauvé.

Dans le reportage télévisé les hommes politiques s'en mêlaient à présent, le ministre de l'Intérieur prit possession de l'espace cathodique :

« Ce drame est d'autant plus affreux que les coupables se sont enfuis sans qu'on puisse relever leurs plaques d'immatriculation. Cela relance le débat sur l'installation de caméras de surveillance dans Paris, et sur l'urgence d'appliquer ces nouvelles mesures sans plus tarder. Je m'indigne qu'il faille, une fois encore, la mort d'innocents pour faire taire les esprits réfractaires à la sécurité et pour nous permettre de voter les lois qui offriront à nos concitoyens la protection et la paix légitimes auxquelles ils aspirent ! »

Kamel coupa le son depuis sa télécommande.

— C'est ça qui m'indigne, moi ! clama-t-il en modérant la colère froide qui montait en lui. Il faut tous les jours décrypter l'information, lire la vérité derrière les manipulations !

Il prit Yael à témoin :

— Regarde ce politicien, il te dit que c'est un drame affreux, il fait bonne figure, mais tu sais ce qu'il fait en réalité ? Il se sert du premier prétexte disponible pour faire passer son projet de vidéosurveillance. Et c'est comme ça toutes les semaines ! Une hypocrisie démagogique qui a dépassé les bornes de l'éthique depuis longtemps, et personne pour s'en offusquer !

Yael reposa son verre de thé, elle se lança :

— Thomas m'a dit que tu étais... une sorte de spécialiste du renseignement, c'est ça ?

— Pas exactement, je suis plutôt un défenseur de la vérité, je milite pour une vision lucide de notre réalité. Que les gens aient accès à l'information. Et non à son interprétation.

— N'est-ce pas déjà le cas ?

Kamel se fendit d'un sourire ironique.

— Si ça l'était il y aurait une révolution.

La surprise de Yael était palpable.

— Eh oui ! insista Kamel. C'est pas de l'information qui filtre aujourd'hui, c'est de la manipulation. Pas pareil.

— Alors tu... enquêtes sur tout ce qui se passe dans les coulisses de notre histoire moderne, c'est ça ?

— En effet.

— Tu sais comment fonctionnent la CIA et tous ces trucs-là.

— C'est le B.A.-BA. Les arcanes de l'Histoire. Les mensonges, les gros et les petits. De JFK à la puce dans nos cartes d'identité.

— Tu sais qui a tué JFK ? plaisanta la jeune femme.

Kamel répondit simplement, tout à fait sérieux :

— Bien sûr.

Yael haussa les sourcils.

— Qui, alors ?

Kamel se redressa.

— Ce sera notre sujet de conversation du dîner, en attendant je crois qu'on a du pain sur la planche, non ?

Thomas approuva.

— Il va falloir faire parler les cendres.

36

L'esthéticienne ouvrit ses grands yeux maquillés :

— Pardon ?

Thomas répéta :

— Je souhaiterais louer la cabine d'UV pour une demi-heure, pour nous trois.

Il posa trente euros devant lui et précisa :

— Juste pour une petite expérience, rassurez-vous.

— Vous n'allez pas me l'abîmer ou me la salir au moins ?

— Elle sera comme nous l'avons trouvée.

Elle prit les billets et cocha son planning.

— Et il vous faut trois paires de lunettes j'imagine ?

— S'il vous plaît.

Elle les accompagna au bout d'un couloir carrelé sur lequel ses talons claquaient.

— Voilà, c'est ici. Je vous mets la machine en route ?

— Oui, pour vingt minutes, ça devrait suffire, fit Thomas. Ah, et… auriez-vous des lingettes ? Vous savez, des lingettes hydratantes.

Elle l'observa comme s'il venait d'un autre monde avant de s'en aller sans un mot.

— Bon, tant pis.

Kamel allait refermer la porte lorsque la main de l'esthéticienne lui tendit une boîte de lingettes.

Ils s'installèrent autour du cylindre qui occupait les deux tiers de la pièce, obligés de s'agenouiller pour être au niveau de la couchette. La ventilation entra en action et l'appareil se mit à bourdonner. Les tubes violets clignotèrent.

Thomas s'empara des lingettes et inspecta l'étiquette jusqu'à trouver la composition.

— C'est bon. Yael, donne-moi la feuille s'il te plaît.

Elle lui tendit la fine page noircie et gondolée.

— Vas-y tout doucement, elle est fragile.

Thomas prit une lingette et la déplia pour y déposer le document, laissant le côté écrit à l'air libre.

— Qu'est-ce que tu fais ? demanda Yael.

— Il y a souvent de la glycérine dans les produits hydratants. Elle va pénétrer le papier, lui donner un peu plus de cohésion et surtout l'assouplir pour éviter qu'il ne casse. On pourra le manipuler plus facilement.

— Tu as fait des études de chimie ? s'étonna Kamel.

— Non, j'ai passé six mois avec un scientifique de la police. Je crois que je connais tous ses petits trucs maintenant.

Les néons brillaient à pleine puissance, le trio dut mettre les lunettes pour ne pas s'abîmer les yeux.

Thomas haussa un peu la voix pour couvrir le bruit de la machine.

— Et comme on n'a pas le matériel, on s'improvise une lecture aux ultraviolets avec les moyens du bord.

Il ouvrit complètement le cylindre pour y glisser le rectangle noir.

— Les ultraviolets devraient faire ressortir l'encre du papier, l'une et l'autre réfléchissant des longueurs d'onde différentes. Enfin… si j'ai bien retenu la leçon.

Thomas baissa un peu la partie supérieure pour rapprocher les néons et commença à tourner la feuille lentement, pour tenter d'y apercevoir l'écriture.

Des lignes et des arrondis plus clairs que le fond du papier apparurent, à peine perceptibles.

— Je crois… Je crois qu'on peut lire quelque chose ! s'enthousiasma Yael.

Elle ne parvenait pas à distinguer le graphisme avec suffisamment de précision… Elle ôta ses lunettes et plissa les yeux pour lire malgré la luminosité aveuglante qui irradiait du sarcophage.

— *« Lorsqu'elle… sera prête, phase active, la mettre sur la piste avec ce message : L'Histoire de l'humanité est… la somme des reflets de… nos histoires humaines »*, lut-elle.

Certaines lettres étaient illisibles malgré le procédé utilisé, Yael devait les deviner grâce au reste du mot. Elle parvint à révéler la suite :

— *« Nous les collectons. Nous les arrangeons. Qui contrôle les hommes et les victoires contrôle l'Histoire. La vôtre, Yael, est gardée dans une gorge, sous le pont du Diable. Dans la plus grande des marmites de géant où elle bouillonne encore et encore, dans l'attente de vous être révélée. Commencez par trouver la vérité sous la surface, là où l'Enfer grimpe vers les cieux. »*

37

Ils étaient de retour chez Kamel, surplombant le loft depuis la première plate-forme : le bureau où tournaient trois ordinateurs à écrans plats. Tout un pan de mur était recouvert d'un immense tableau d'affichage sur lequel étaient punaisées des coupures de journaux, des statistiques, des photos de personnalités et les photocopies de dépêches AFP.

Kamel avait expliqué que son activité principale consistait à mettre à jour un site Internet qu'il avait créé et où il dénonçait tous les mensonges politiques et géostratégiques, essentiellement en mettant en ligne les articles de presse relatant les faits qu'il commentait et décryptait.

— J'ai aussi un blog, un journal intime en ligne, plus personnel, sur lequel je peux dépasser la simple analyse pour donner mon sentiment, avait-il expliqué. Ces deux sites représentent un boulot fou, six à dix heures par jour ! Certains pensent que parce que je suis le fils d'un ambassadeur fortuné je me la coule douce, j'aimerais qu'ils prennent le temps de surfer sur mon site.

À présent Yael faisait les cent pas sur la moquette, déambulant d'un sofa au bureau et retour, elle contenait l'effervescence qu'avait suscitée le message qui lui était destiné. Pourquoi les Ombres, ou qui que ce soit derrière elles, lui parlaient-elles de sa propre histoire cachée ? Elle n'avait rien à dissimuler, aucun secret, elle n'avait jamais rien fait de singulier. Se pouvait-il que les Ombres se soient trompées de personne ? Elle n'y croyait pas. C'était bien elle qu'on essayait de tuer. Sans aucune raison apparente.

— Je n'y comprends rien, dit-elle. Ça n'a aucun sens ! Pourquoi les Ombres chercheraient-elles à me parler, à me guider vers une certaine connaissance, tandis que de l'autre côté on tente de m'assassiner ? Il y a deux camps, c'est ça ?

Kamel haussa les épaules :

— Bien sûr ! D'après ce que tu m'as dit, tout s'est enchaîné en même temps. Il y a ceux qui souhaitent t'ouvrir les yeux pour une raison que nous ignorons, et ceux qui veulent ta mort. Mais comment ces derniers sauraient-ils ce qui se passe et ce que tu fais s'ils ne faisaient pas tous partie de la même famille ? Je pense que tes Ombres et les tueurs sont deux camps opposés d'une même organisation. Simplement les derniers ne partagent pas le point de vue des premiers et cherchent à t'éliminer pour régler cette divergence, ça semble logique.

— Mais qui ? supplia Yael. Qui donc ?

— C'est écrit dans ce document que tu nous as lu tout à l'heure : celles et ceux qui contrôlent les gens, qui contrôlent les victoires, et nos histoires. Des gens puissants. Qui peuvent façonner le monde. Lincoln et Kennedy. Manipuler jusqu'à faire apparaître sur le billet de un dollar des dizaines de symboles occultes. Au début les Ombres te mettaient sur la piste de toutes ces « coïncidences », maintenant que tu es entrée dans leur monde d'initiés, elles t'avouent qu'elles en sont responsables.

— Les politiciens ?

Kamel eut un de ces sourires que l'on réserve aux enfants.

— Non, bien sûr que non, ceux-là sont les pantins.

— Alors qui ?

Thomas assistait au débat avec curiosité, ses yeux passant de l'un à l'autre.

— Avant tout, reprit Kamel, il faut savoir ce qu'ils te veulent. Pourquoi toi ? Qu'est-ce que c'est que cette histoire de... pont du Diable ? C'est ta propre piste qu'il faut remonter, Yael.

Elle s'installa devant l'un des ordinateurs et rédigea le texte qu'elle connaissait par cœur désormais :

« Lorsqu'elle sera prête, phase active, la mettre sur la piste avec ce message : L'Histoire de l'humanité est la somme des reflets de nos histoires humaines. Nous les collectons. Nous les arrangeons. Qui contrôle les hommes et les victoires contrôle l'Histoire. La vôtre, Yael, est gardée dans une gorge, sous le pont du Diable. Dans la plus grande des marmites de géant où elle bouillonne encore et encore, dans l'attente de vous être révélée. Commencez par trouver la vérité, sous la surface, là où l'Enfer grimpe vers les cieux. »

Thomas intervint :

— Ils ne savent pas qu'on a ce message. Il faut jouer là-dessus, sur l'effet de surprise.

— Tu y comprends quelque chose, toi ? rétorqua Kamel.

— C'est un jeu de piste, déclara Yael.

— Ça je le vois bien, mais c'est pas très précis ! fit Kamel.

— Au contraire. Regarde : *« Dans la plus grande des marmites de géant. »* Une marmite de géant c'est une cuvette creusée dans la pierre par les tourbillons de torrents, grâce aux galets qui tournent sans arrêt et qui érodent la roche jusqu'à former ces trous. Faut juste trouver un torrent, au fond d'une gorge où passe un pont nommé le pont du Diable.

Thomas et Kamel échangèrent un regard, déconcertés par sa facilité à décoder.

— OK, fit leur hôte. Et pour « là où l'Enfer grimpe vers les cieux » ?

— Je ne sais pas. C'est l'aspect métaphorique qui m'intrigue. C'est comme s'ils voulaient nous faire croire qu'ils disposent des vies de tout le monde, *« Nous les collectons. Nous les arrangeons »*, comme dans une armoire sans fin. Trouver cette marmite de géant pour moi ce serait comme trouver mon dossier, c'est ça ? Où toute ma vie serait écrite ? C'est n'importe quoi !

— Pas si tu le prends comme un point de départ vers la révélation de ce qu'est vraiment ta vie, rétorqua Thomas.

Elle se tourna vers lui :

— Si on commençait par ce qu'on a ? Kamel, je peux utiliser Internet ?

— J'aimerais autant éviter.

Un peu décontenancée, Yael quitta sa place devant l'ordinateur.

— Bon..., murmura-t-elle.

— Je ne voudrais pas qu'on puisse repérer à distance que ce n'est pas moi qui tape, expliqua-t-il.

Yael ne saisissait pas.

— Comment ça ?

— Disons que... Vu le caractère... sensible des informations que je traite sur mes sites, je pense que la Sécurité nationale américaine, la NSA, m'a à l'œil. Ils ont des logiciels d'analyse de frappe et...

— Ah, le coupa Yael. Thomas m'en a déjà parlé.

— Tous les signaux analysables sortant de mon clavier ont été enregistrés dans leur base de données. Si c'est toi qui tapes, ils s'en rendront compte, je préfère éviter de les informer de votre présence, surtout si tu es toi-même archivée chez eux, ils auront ton identité lorsque le logiciel comparera ta signature de frappe avec celles qu'il a en mémoire. Et puis… Si Thomas pense que les officiels français traînent dans cette histoire, c'est pas la peine de prendre ce risque. Les différents organes de renseignement des pays étrangers se rendent pas mal de services entre eux.

— Je comprends, dans ce cas on va éviter. C'est dommage pour le temps que ça nous aurait fait gagner, le web étant la plus prodigieuse bibliothèque de recherche au monde.

— La plus facile à surveiller aussi, grommela Kamel.

— Ah bon ? s'étonna Thomas. Je croyais qu'Internet était au contraire incontrôlable puisque offert à tous, avec des centaines de millions de portes ouvrables.

— En apparence seulement. Mais si tu disposes du matériel de la NSA, tu peux surveiller tout ce qui s'y passe en prospectant avec des logiciels, des sondes intelligentes qui vérifient des millions de pages chaque heure et qui dressent leurs rapports. Officiellement ils te diront qu'ils n'ont pas cette capacité, sauf que ces rigolos avaient déjà des ordinateurs qui espionnaient les conversations téléphoniques du monde entier et qui les analysaient par mots clés il y a vingt ans ! Alors imagine ce qu'ils peuvent faire aujourd'hui. Je ne dis pas qu'on peut facilement maîtriser l'information sur le net, mais on peut l'avoir à l'œil pour y répondre aussitôt lorsque celle-ci est contrariante.

— J'oubliais à qui j'avais affaire, ironisa le journaliste. Dans ce cas, allons-y maintenant, les recherches en bibliothèque vont nous prendre du temps.

— Trop de temps ! contra Kamel. Il nous faut utiliser le net. Je m'en occupe, ça marche ? Je vais passer chercher une amie de confiance, je l'emmène dans un cybercafé pour qu'elle tape ce que je lui demanderai, ça évitera qu'un logiciel pirate repère ma signature de frappe et l'identifie.

— Et si ton amie est elle-même « fichée » ? insista Thomas qui cherchait à provoquer gentiment Kamel dans sa paranoïa qu'il estimait excessive.

— Je suis sûr d'elle à cent pour cent. C'est pas le genre à se faire remarquer. Plutôt alimentation bio, défense des animaux et relaxation quotidienne aux huiles essentielles, tu vois le genre ?

— Ouais, j'imagine bien.

— Je vous retrouve pour le dîner. En attendant ma maison est la vôtre.

Yael savait qu'elle ne pouvait ni toucher un téléphone, ni se servir d'un ordinateur connecté à Internet, et qu'il lui fallait éviter de sortir autant que possible. Il y avait un aspect sabbat imposé qu'elle ne goûtait guère. La méditation spirituelle n'avait jamais été son violon d'Ingres.

Elle était frustrée par son absence de latitude. Les heures filaient et elle ne faisait rien. Thomas regardait LCI de temps à autre pour suivre ce qu'on disait de leur course-poursuite.

— Crois-tu qu'il y a une explication rationnelle aux ombres que j'ai vues dans les miroirs ? lança subitement la jeune femme.

Thomas se redressa dans le canapé.

— J'espère bien…

Yael fut déçue de ne pas lire plus d'assurance dans son regard.

Doutait-il lui-même qu'il y ait une telle solution à ce qu'ils vivaient ?

— Dis-moi que Kamel va pouvoir localiser un lieu précis avec ces informations.

— Je ne sais pas, Yael. Jusqu'à présent, tous les messages que les Ombres t'ont communiqués étaient simples à déchiffrer. Leur but n'est pas la complexité, juste de t'inciter à réfléchir.

— Pourquoi jouent-elles comme ça ? Ne serait-il pas plus simple de me dire les choses ?

— Je crois que ça fait partie de leur raisonnement. Faire en sorte que tu te poses des questions.

— Que je sois en mode interrogatif en permanence ? (Elle hésita.) Ça collerait avec les infos qu'elles me fournissent. Je dois tout remettre en question. Ne rien croire. Ne rien tenir pour acquis. Chercher la vérité derrière chaque chose, c'est ce qu'elles m'invitent à faire.

Incapable de s'asseoir, elle continua à déambuler dans le salon.

— Dès qu'on aura une idée de l'endroit dont elles parlent, je veux y aller, Thomas. Je veux savoir pourquoi elles me parlent de mon histoire personnelle. Qu'est-ce qu'elles entendent par *« dans l'attente de vous être révélée » ?*

Le journaliste approuva doucement.

Ils étaient à la veille d'un long voyage. Un périple historique.

Vers la Vérité.

BLOG DE KAMEL NASIR. EXTRAIT 6.

Difficile de décrypter les actes du gouvernement Bush sans s'arrêter un instant sur la guerre d'Irak.

Juste avant de passer à l'offensive, Bush et son administration multiplient les fausses déclarations affirmant que Saddam Hussein s'est procuré de l'uranium pour faire des armes nucléaires alors que Joseph Wilson, l'expert envoyé en Afrique pour vérifier s'il y avait eu vente illégale d'uranium, est revenu en affirmant que c'est impossible.

Les fameuses Armes de Destruction Massive (ADM).

Quel culot !

Quand on sait que les États-Unis ont tout fait pour mettre Saddam Hussein en place en Irak, allant jusqu'à le soutenir dans sa guerre contre l'Iran.

Qui, dans les années 80, va sur place pour nouer de bonnes relations avec le dictateur ? Donald Rumsfeld. Entre autres. Le tout sous la vice-présidence d'un certain George Bush senior...

Par intérêt, le gouvernement américain soutient le dictateur, ferme les yeux sur les génocides qu'il perpétue à l'encontre de son peuple, et mieux encore : les USA alimentent l'Irak en souches d'anthrax sous le contrôle de Bush senior. C'est une enquête du Sénat en 1992 qui découvre qu'il y a eu soixante livraisons de cultures bactériologiques entre 1985 et 1989 aux laboratoires militaires irakiens par les États-Unis. Mais tout le monde passe l'éponge et on en entend peu parler.

Bien sûr, lors de la première guerre du Golfe (dont l'ardoise a été réglée, soit dit en passant, par les Saoudiens – ils ont versé 17 milliards de dollars aux USA plus tout le kérosène nécessaire à la guerre), on s'assure que l'Irak n'a plus rien de tout cela avant de quitter le pays vaincu… D'ailleurs, il est curieux d'apprendre qu'à la suite de ce conflit, la CIA avait proposé d'éliminer Saddam Hussein, mais George Bush senior s'y était opposé.

Toujours à propos du dictateur irakien, à l'heure de l'ouverture de son procès, en octobre 2005, y a-t-il eu quelqu'un pour s'indigner qu'il soit télévisé avec un différé de vingt minutes pour permettre à la censure américaine d'opérer ? Les personnes autour de moi s'en amusent, ils sourient en haussant les épaules d'un air fataliste. Ils devraient hurler ! Personne ne bondit en entendant que la nation la plus puissante du monde, supposée représenter la liberté, censure la télévision ! Est-ce la banalisation de ces pratiques qui les rend anodines aux yeux de tous ? C'est grave. Très grave. Et puis pourquoi les États-Unis ont-ils besoin de censurer les dires de Saddam Hussein ? Peur qu'il en dise trop sur ses liens avec les pays occidentaux, dont les USA ? Pire ?

Alors, venir, quelques années plus tard, hurler au scandale parce que l'Irak aurait de pseudo-ADM, c'est plutôt culotté.

Maintenant on sait que c'était un mensonge tissé de toutes pièces.

Un prétexte comme un autre pour aller s'emparer des richesses du pays. Et alimenter davantage encore les tensions politiques avec le monde arabe, mais je reviendrai sur ce point un peu plus tard.

Quoi qu'il en soit, la guerre éclate. Et qui en profite ? Toutes les entreprises pour lesquelles ont travaillé les membres du gouvernement : Halliburton, Boeing... et Carlyle bien sûr. Notamment par le biais de sa société United Defense Industries qui fabrique des armes. Le groupe Carlyle met alors en vente des actions de UDI et fait 225 millions de dollars de bénéfices en une seule journée.

Bref, l'histoire pourrait se prolonger ainsi sur plusieurs pages.

L'exemple est parlant parce qu'il illustre parfaitement le principe de pouvoir = démagogie. Cette fois, le gouvernement aura été très loin dans les mensonges, rien que pour satisfaire les intérêts de son portefeuille personnel et celui de ses partenaires économiques. Peu importe le coût en vies humaines. Peu importent les tensions politiques, au contraire ! Elles finiront par profiter à l'industrie militaire, principal associé de l'administration Bush...

Qu'en est-il au final du 11 septembre, point de départ de tout cela ?

Dans un premier temps, George W. Bush a tout fait pour empêcher le Congrès d'ouvrir sa propre enquête sur ces attentats. Il a même essayé d'interdire la création d'une commission indépendante alors qu'il y en a toujours eu, par exemple après Pearl Harbor ou l'assassinat de Kennedy.

Au final, il y eut une enquête, le Président n'a plus eu le choix.

Après un mois de négociations, George W. Bush et Dick Cheney acceptèrent enfin de rencontrer les membres de la commission, sous certaines conditions cependant :

— ils seraient questionnés ensemble et pas séparément,

— ils ne prêteraient pas serment,

— et l'entretien ne serait ni filmé, ni enregistré, ni rendu public.

L'enquête se poursuivit avec d'autres auditions pendant plusieurs semaines. Lorsque le Congrès remit son rapport, la Maison Blanche avait au préalable censuré 28 pages dont on ne connaîtra jamais le contenu.

Déçues de ne rien voir avancer, les familles des victimes décidèrent de porter plainte contre l'Arabie Saoudite puisqu'il semblait évident que la famille royale avait financé plus ou moins directement al-Qaida. Les Saoudiens prirent pour se défendre... le cabinet d'avocats de la famille Bush. À la longue, les liens entre les uns et les autres finissent par être si évidents qu'il devient idiot de les nier.

Bref, des prétextes, des mensonges, de la manipulation devant le monde entier (faut-il rappeler Colin Powell et son exposé fallacieux devant l'ONU ?) pour servir des intérêts personnels.

Et si ces mensonges allaient encore plus loin ?

Plus je me documente, plus je rassemble de faits et de témoignages et plus je m'interroge.

Bush et les siens savaient pour le 11 septembre. Bien avant que les avions ne frappent. Ils savaient que des attentats terribles allaient toucher leur pays. Peut-être même le World Trade Center de New York. Avec des avions de ligne détournés.

Ils savaient.

38

Kamel rentra vers vingt heures. Il portait un sac plastique qu'il déversa sur la longue table à manger.

Yael et Thomas se précipitèrent. Après l'attente, l'un et l'autre s'étaient assoupis, épuisés par les événements.

Kamel déplia une carte de la région de Genève. Le lac Léman dessinait un croissant au cœur de ces terres montagneuses.

— Qu'est-ce que vous dites de ça ? proposa-t-il en posant le pouce sur un nom au sud de Thonon-les-Bains.

Yael lut « Gorges du pont du Diable ».

— C'est le seul endroit qui s'appelle comme ça ?

Kamel fit la moue.

— C'est-à-dire que… il y a plusieurs ponts du Diable rien qu'en France. Mais ce sont les seules gorges que j'ai trouvées.

— Alors c'est là.

Il leva un doigt en signe de patience.

— Ce qui le confirme, c'est ça, juste à côté.

Il leur montra un pic surplombant la région, le Roc d'Enfer.

— 2 244 mètres d'altitude. *« Là où l'Enfer grimpe vers les cieux » !*

Sans leur laisser le temps de le féliciter, il fouilla parmi les différentes pages de notes qu'il avait prises pendant ses recherches et trouva, sous un guide touristique de la région du Chablais, la pochette SNCF qu'il cherchait.

— Deux allers-retours ouverts pour Thonon. Payés en liquide bien entendu. Vous avez un train demain matin, gare de Lyon, à 8 h 40. Vous irez sans moi, je ne peux pas laisser le site sans mise à jour, j'ai déjà le retard d'aujourd'hui à rattraper. Voici une carte de crédit pour louer une voiture, c'est à mon nom mais ça ne devrait pas poser de problème. On ne pourra pas remonter jusqu'à vous avec elle.

Thomas voulut aussitôt lui donner de l'argent pour le rembourser mais Kamel protesta vivement.

Il fouilla aussitôt sa poche et en sortit un biper.

— Je suis passé l'emprunter à un ami, c'est pour ça que j'ai tardé. C'est un numéro sûr, vous pourrez me joindre par lui. Il vous suffit de m'envoyer le numéro de la cabine d'où vous appelez, et je vais à mon tour dans une cabine pour vous contacter. Voilà le numéro.

Il tendit un bout de papier griffonné à Yael.

— Kamel… Tu as fait…

— Oui, je sais. On verra pour les mercis plus tard. Tout ce que je demande pour l'instant c'est que vous me teniez au courant. Je veux suivre vos découvertes, et vos mouvements pour le cas où on n'arriverait plus à communiquer.

Il se fendit d'une explication détaillée et enthousiaste sur ses recherches, comment il avait procédé, et comment il avait longuement poursuivi son investigation même après avoir identifié les gorges. Yael ne savait que dire, aussi reconnaissante que préoccupée. Kamel témoignait une telle joie d'être mêlé à cette histoire, qu'il ne tenait aucun compte du danger qu'elle représentait. Yael en avait reparlé avec Thomas dans l'après-midi, le journaliste avait ajouté que son statut de fils d'ambassadeur conférait à Kamel une certaine protection qui devait les rassurer. Même et surtout les services secrets ne s'amusaient pas à toucher à la famille d'un diplomate, sauf cas exceptionnel. À la lumière de ce qu'elle venait de vivre, Yael se considérait comme un cas exceptionnel.

— J'imagine que le message des Ombres ne prendra tout son sens que sur place, intervint Thomas. *Commencez par trouver la vérité, sous la surface, là où l'Enfer grimpe vers les cieux.* Ça ne me parle absolument pas.

— Lorsque tu grimpes la dune, ne gaspille pas ton énergie à décrire ce qu'il y a de l'autre côté, attend d'être au sommet pour le découvrir, commenta Kamel sous le regard angoissé de Yael.

Thomas hocha la tête :

— C'est un proverbe arabe ?

— Puisque je l'ai inventé, c'est un proverbe multiculturel. (Il sourit.) Quoi qu'il en soit, chaque chose en son temps.

Ils passèrent à table où les attendaient une salade composée et des pâtisseries orientales que Kamel achetait à l'autre bout de Paris pour leur saveur.

— Alors, Yael, commença le jeune homme à la silhouette féline, toujours intriguée par la mort de Kennedy ?

Elle avala sa bouchée de tomate pour répondre :

— Qui ne le serait pas ? Mais est-ce qu'on peut concrètement savoir qui l'a tué en faisant la part de la réalité et celle des mythes ?

— Je ne vois pas l'ombre d'un mythe dans mes éléments. Vous savez, qui a tué JFK n'a rien de très extraordinaire, j'ai même envie de dire que tout le monde peut le savoir, question de bon sens, de logique et de bonnes recherches.

— Alors qui ? implora-t-elle, amusée.

Kamel se resservit quelques crevettes.

— Lorsque Kennedy a pris le pouvoir, commença-t-il, Eisenhower, le Président précédent et ancien général, s'il faut le dire, a fait une recommandation au jeune John Fitzgerald.

Kamel quitta la table et monta chercher un livre d'histoire qu'il revint poser devant Yael, ouvert sur une photo du président Eisenhower. À côté figurait une citation de son discours d'adieu, le 17 janvier 1961, que Yael lut à haute voix :

— *« Dans les conseils du gouvernement, nous devons prendre garde à l'acquisition d'une influence illégitime, qu'elle soit recherchée ou non par le complexe militaro-industriel. Le risque d'un développement désastreux d'un pouvoir usurpé existe et persistera. Nous ne devrons jamais laisser le poids de cette conjonction menacer nos libertés ou les processus démocratiques. Nous ne devrons rien considérer comme acquis. Seules une vigilance et une conscience citoyenne peuvent garantir l'équilibre entre l'influence de la gigantesque machinerie industrielle et militaire de défense et nos méthodes et nos buts pacifiques, de sorte que la sécurité et la liberté puissent croître de pair. »*

— Voilà, dit simplement Kamel. Tout est dit.

— Le complexe militaro-industriel aurait tué Kennedy ? s'étonna Thomas. Ce n'est pas une théorie nouvelle que tu avances là, tu sais ?

— Ce n'est pas une théorie, c'est la réalité. Écoutez : en 1953, un certain Allen Dulles devient directeur de la CIA. Il sera à la CIA ce que John Edgar Hoover fut pour le FBI : un directeur aux pleins pouvoirs, intransigeant, utilisant *son* agence pour des fins où la frontière entre l'intérêt personnel et celui de la nation ne sera pas toujours très marquée. Ce Dulles a une histoire bien chargée. Pendant la Seconde Guerre mondiale, membre de l'OSS – l'ancêtre de la CIA –, il organisa des rencontres avec des hauts dignitaires du Reich pour négocier avec l'Allemagne des passages à l'Ouest, et si possible tenter de préparer des accords de paix pour prendre les Russes de court. À cette époque, il organisa également des rencontres en Suisse avec quelques Français, dont un certain François Mitterrand, ou André Bettencourt, de l'empire L'Oréal, entreprise qui à ce moment-là penchait vers l'extrême droite… Bref, lorsqu'il devient patron de la plus opaque et puissante agence de renseignement, il a déjà l'expérience de l'international, des opérations secrètes et un sacré carnet d'adresses.

Kamel prit le temps de croquer une crevette avant de reprendre :

— Tandis qu'il dirige la CIA d'une poigne de fer, Allen Dulles parvient à faire renverser différents hommes politiques, dont le Premier ministre d'Iran en 1953, le président du Guatemala en 1954, tous deux pourtant élus démocratiquement. Et vous savez quoi ? C'est la compagnie United Fruit qui a pesé sur le gouvernement US pour que la CIA renverse Jacobo Arbenz au Guatemala parce que celui-ci imposait une petite taxe sur les marchandises exploitées par la compagnie américaine dans son pays. Une nation décide légitimement de gagner un peu d'argent sur ses propres ressources commercialisées par une société étrangère, et la CIA décide de s'en mêler. Vous y croyez, vous ? C'est une époque aux mentalités encore coloniales… Si je vous dis que Allen Dulles siégeait au conseil d'administration de United Fruit, là vous comprendrez toute la manœuvre… Les États-Unis ont alors décidé que seule comptait leur « sécurité nationale »… et que leurs intérêts prévalaient sur la démocratie des autres pays.

— C'est prouvé ça ? interrogea Yael.

— Tous les faits que je t'énonce sont prouvés. Tous. Mais revenons à Allen Dulles : en plus d'utiliser la CIA pour soigner ses intérêts économiques et ceux de ses partenaires, c'est aussi lui qui encourage l'opération Mockingbird, dont le but est d'infiltrer et influencer les médias, rien que ça ! Vous réalisez tout de même ? Le patron de la CIA qui fomente des stratégies pour noyauter les médias ! Je ne sais pas ce que vous en pensez, en tout cas pour moi, c'est une technique fasciste ! Dulles fait partie de ces hommes dont la vision du pouvoir est… comment dire ? L'apanage d'une poignée d'individus ! Et tous les moyens semblent bons pour que s'incarne *leur* vision. En 1961, suite au fiasco de l'invasion de la baie des Cochons à Cuba, où Kennedy refusa d'envoyer des troupes américaines, Dulles participe avec des généraux interarmées à l'élaboration de l'opération Northwoods dont la teneur est aussi simple que machiavélique : orchestrer des attentats contre leurs propres armée et nation afin d'en accuser les Cubains en créant de fausses preuves par le biais de stratagèmes très élaborés. Le but étant de monter l'opinion publique américaine contre les Cubains pour légitimer une invasion militaire.

— Quoi ? s'indigna Yael. Attends, le patron de la CIA et certains généraux de l'armée américaine avaient programmé des attentats contre des civils et des militaires de leur propre pays pour partir en guerre ?

— Incroyable, non ? On croirait entendre de la science-fiction, mais c'est « juste » notre histoire ! Kennedy apprend l'existence de ce plan et vire Dulles de son poste à la CIA, bien qu'officiellement il trouve un prétexte plus acceptable. C'est seulement en 1992 que l'opération Northwoods a été rendue publique, presque par hasard, lorsque Bill Clinton, voulant faire la lumière sur l'assassinat de Kennedy, décida de déclassifier bon nombre de documents d'époque. Toutes les personnes impliquées dans cette opération Northwoods avaient bien entendu pris soin de détruire les preuves, sauf Robert McNamara, à l'époque secrétaire à la Défense, qui s'était opposé à ce projet et qui avait judicieusement conservé un exemplaire du rapport détaillant toute l'opération.

Thomas repoussa son assiette vide :

— Quel est le rapport avec la mort de Kennedy ?

— Le rapport est simple. D'un côté nous avons Kennedy qui est farouchement opposé à la résolution militaire des conflits comme Cuba et le Vietnam – qui gronde déjà –, de l'autre, des individus influents qui dirigent les organes du renseignement militaire, l'armée et la CIA. Ces hommes sont des proches des consortiums industriels, militaires, agro-alimentaires et autres. Et ils prônent une solution militaire qui correspond à leur vision de ce que doivent être les États-Unis et surtout l'intérêt des groupes auxquels ils sont rattachés.

Kamel décida d'insister sur un point particulier :

— Il faut se souvenir que Kennedy était un président à part, élu de justesse, donc illégitime pour certains, et dont l'essentiel de la politique était guidé par sa volonté d'image ; c'était un homme caractériel, têtu, pas du genre à faire des concessions – sous l'influence de son frère Robert –, à plier sous la menace des autres. Et s'il a toujours cherché la solution pacifique et transforma la société américaine, ce n'était pas par altruisme ou pour des idéaux philanthropiques, mais parce qu'il sentait que c'était dans l'air du temps. Ce n'était pas un ange, loin de là ! Kennedy n'était en réalité pas très attaché à la question des droits civiques, mais il était tellement démago qu'il l'est devenu et que ça aurait été de plus en plus marqué s'il en avait eu le temps. Il avait une ligne de conduite qui chamboulait l'ordre et les habitudes des gens au pouvoir dans le pays. Et il s'opposait aux hommes qui dirigeaient l'appareil occulte de la nation, des hommes soutenus par des entreprises aux intérêts économiques énormes. À un moment, il a fallu agir. Est-ce que ces empires financiers allaient tirer un trait sur des milliards de dollars de profits perdus à cause de la politique « grande gueule » d'un seul homme ? Allaient-ils sacrifier ces bénéfices astronomiques alors qu'ils disposaient d'atouts stratégiques de taille : les hommes aux postes clés du renseignement et de l'intervention physique ?

Kamel secoua la tête, blasé.

— Je crois qu'ils n'ont pas hésité longtemps. John Fitzgerald Kennedy est mort un beau jour de novembre 1963 parce qu'il refusait d'entrer dans une politique belliqueuse à la solde des complexes industriels du pays qui avaient pourtant déjà miné le terrain en plaçant leurs hommes. Il est d'ailleurs curieux de souligner que Ngô Dinh Diêm, président du Vietnam, est également assassiné en novembre 63, lui qui s'opposait à une intervention militaire américaine dans son pays. On pourrait bêtement dire que « le hasard fait bien les choses ». Tout à l'heure je vous ai fait le descriptif rapide d'Allen Dulles, j'aurais tout aussi bien pu faire celui de certains généraux de l'époque.

Yael essaya de résumer :

— En fait JFK a été assassiné par une… assemblée de magnats, des présidents d'entreprises extrêmement puissantes, et par quelques hommes aux commandes d'administrations militaires ou du renseignement ? Si c'est si « simple », pourquoi personne ne l'a jamais écrit ?

Kamel eut un rire cynique.

— Primo : parce qu'il faut un paquet d'années, voire de décennies, pour rassembler les différentes pièces du puzzle. Secundo : ça a déjà été écrit, mais personne n'a envie de croire qu'il vit grâce à une pomme pourrie et qu'il est assis dessus, c'est le système tout entier qui est corrompu. N'oublions pas qu'à cette époque, les mentalités étaient encore celles des cow-boys, la subtilité diplomatique n'était pas érigée en parangon, et on réglait les problèmes les plus graves, à leurs yeux du moins, par des moyens radicaux. J'en veux pour preuve que tous les hommes qui ont gagné en puissance et en écoute dans les années 60, et qui cherchaient à bouleverser la société, ses mœurs et ses « castes » sociales, ont été… assassinés. Tous, et tous l'ont été mystérieusement. JFK en 63, Malcolm X en 65, Martin Luther King en 68, tous. On pourrait allonger la liste avec des noms comme Che Guevara en 67 ou Robert Kennedy en 68. Ces meurtres témoignent d'un acharnement à éliminer par tous les moyens les personnes trop influentes dans l'évolution sociale de la nation et qui, par conséquent, pouvaient remettre en question l'ordre et le jeu des pouvoirs du pays. (Il martela la table du poing.) La politique et le pouvoir en général, continua-t-il, ne sont qu'un grand échiquier, tout l'art est dans le placement de ses pièces. Après la mort de JFK, on nomma une commission, la commission Warren, pour enquêter sur les causes de cet assassinat. Il y avait beaucoup trop d'éléments étranges. L'un des membres influents de cette commission n'était autre que... Allen Dulles. Pratique pour influencer l'investigation et trier ce qui devait être dit.

— Et Lee Harvey Oswald, celui qui aurait officiellement tiré sur Kennedy, qu'est-ce qu'il viendrait faire là ? déclara Yael.

— Son rôle de bouc émissaire. Il est l'un des pions de l'échiquier, l'un des plus visibles, jetable à merci. Comme Jack Ruby qui le tua. Comme les meurtriers de Malcolm X, Robert Kennedy et les autres. Ils ne sont que de pauvres bougres manipulés par des forces puissantes, elles-mêmes manipulées, et ainsi de suite jusqu'au sommet.

— Le roi de l'échiquier, compléta Thomas.

— Non, justement ! Au-dessus encore ! Le joueur. Et dans une partie, il y a toujours deux adversaires. C'est pour ça que derrière tout ce qui t'arrive, Yael, les deux camps sont du même bord : ceux qui jouent avec toi et ceux qui veulent ta mort sont intimement liés. Comme les deux joueurs se partageant le pouvoir, et se mesurant un sourire cynique aux lèvres ! Il y a toujours un affrontement, toujours deux visions d'une même chose.

Cette dernière phrase fit frissonner Yael. C'était ce que les Ombres lui avaient écrit. Toujours chercher l'autre face d'une apparence. Se pouvait-il que Kamel soit dans le vrai lorsqu'il partait dans ses grandes théories ?

Yael croisa le regard de Thomas qui semblait partager ses doutes et ses interrogations. Elle décida de ne pas insister.

Mais Kamel était parti dans sa diatribe :

— Il y a toujours eu dans l'ombre des hommes d'influence qui prenaient le contrôle de l'Histoire : sous Kennedy c'était encore des forces mises au pouvoir par les conséquences de la Seconde Guerre mondiale, sous Nixon ce fut la guerre du Vietnam qui permit autant de violations des libertés individuelles, et aujourd'hui... Je crois que l'Histoire est juste en train de s'écrire, il faudra un peu de temps pour en parler objectivement.

— Tu parles comme si tous nos livres d'école n'étaient qu'un tissu de mensonges, contra Yael, il ne faut pas exagérer, tu ne crois pas ?

— Les livres ne sont pas mensongers, ils relatent des approximations, des faits « subjectivés » par les vainqueurs. C'est ça que veulent te dire les Ombres lorsqu'elles écrivent : « *Qui contrôle les hommes et les victoires contrôle l'Histoire.* » Prends l'exemple de l'entrée en guerre des États-Unis contre le Vietnam : les services secrets de Washington affirmèrent que deux de leurs navires avaient été attaqués dans le golfe du Tonkin par les Nord-Vietnamiens, ce que les équipages des navires concernés démentiront catégoriquement plus tard. C'était juste un prétexte inventé pour entrer en guerre. Autre élément : d'après certains documents et témoignages, le président Roosevelt était au courant de l'attaque imminente sur Pearl Harbor – il est d'ailleurs étrange de remarquer que tous les porte-avions, qui sont des bâtiments stratégiques primordiaux, étaient absents du port ce jour-là, et qu'il n'y avait aucun filet pare-torpilles pour protéger les navires dans la rade. On dit que Roosevelt n'aurait rien fait afin d'avoir enfin une excuse pour entraîner son pays dans la guerre mondiale. Il faut se souvenir que Roosevelt s'était fait réélire sur la promesse de ne pas se mêler du conflit ! Une fois en poste il ne pouvait pas se lancer en guerre à moins d'y être « obligé ». Il est alors entré dans une politique de harcèlement vis-à-vis du Japon pour les provoquer, gelant les actifs nippons sur le territoire américain et décrétant l'embargo du Japon sur l'acier et le pétrole. Jusqu'à la destruction de Pearl Harbor, tout le pays est contre l'implication des États-Unis dans la guerre, à commencer par le Congrès. Suite à l'attaque, les Américains s'engagent massivement pour aller se venger.

Kamel termina son exposé avec ce qu'il jugeait le plus infâme :

— Enfin il y a l'exemple d'Hiroshima. La grande majorité des documentaires oublie de dire qu'au moment de lancer la bombe atomique sur le Japon, des pourparlers entre les diplomates japonais et américains étaient en cours pour trouver un accord de paix. À ce moment-là, les bombardements américains avaient détruit – je cite de mémoire – 51 % de la ville de Tokyo, 58 % de Yokohama, 40 % de Nagoya, 99 % de Toyama, 35 % d'Osaka, et ainsi de suite. Entre 50 et 90 % de la population des grandes villes du Japon avaient été éradiqués. Pourquoi faire sauter la bombe atomique alors ? La guerre était stratégiquement terminée, les négociations en cours.

Kamel frappa encore la table du poing, emporté par sa colère.

— Parce que les Russes et les États-Unis faisaient déjà la course pour se partager l'Europe, et qu'il fallait montrer aux Soviétiques que les USA étaient une nation bien plus puissante et dangereuse. Larguer une bombe sur Hiroshima le 6 août 1945, et une encore plus colossale sur Nagasaki trois jours plus tard, était en fait un moyen pour les États-Unis d'agiter leur arsenal en direction des communistes, et probablement l'occasion de faire un double test grandeur nature. C'est ça l'histoire réelle, pas les prétextes fallacieux de Truman.

« Vous savez qui est le général LeMay ?

Devant l'absence de réponse, Kamel développa :

— Le général qui a ordonné le largage des bombes atomiques sur le Japon. C'est ce même général qui sera aux côtés de Kennedy quelques années plus tard lors de la crise de Cuba et qui insistera pour que les USA attaquent l'île, par tous les moyens. LeMay enragera face à l'entêtement pacifiste de Kennedy. Mais c'est surtout lui qui avouera que si son pays avait perdu la Seconde Guerre mondiale, il aurait été jugé comme criminel de guerre après les génocides. Finalement, ce n'est jamais que le camp gagnant qui choisit ce qui est moral ou non, qui impose son point de vue et justifie tous ses actes, même les pires, par de bons prétextes, tâchons de ne pas l'oublier. Les vainqueurs sont ceux qui écrivent l'Histoire. C'est celle-là qui est rédigée dans nos livres d'école, pas la *vraie* Histoire telle qu'elle s'est déroulée, mais une histoire qui caresse le camp des gagnants. L'Histoire a cessé, depuis longtemps, d'être la somme des humanités ; aujourd'hui elle n'appartient qu'à une poignée d'individus. À nous de savoir lire entre les lignes, ce qui est… hélas, rare et difficile. Une fois encore, essayons de mettre de côté les boucs émissaires et regardons, au-delà, ce qui se trame dans les arcanes de notre Histoire.

« D'ailleurs, Yael, si les Ombres qui te parlent et les tueurs sont réellement liés au gouvernement, je serais toi, je ferais attention à ne pas tomber dans une sorte de piège. Ne pas devenir à mon tour un bouc émissaire.

Yael se raidit sur sa chaise.

Être un bouc émissaire. C'était exactement le sentiment qu'elle éprouvait avec de plus en plus de conviction depuis que des gens mouraient dans son sillage.

Mais un bouc émissaire de quoi ? Pour qui ?

Voilà les questions qu'elle devait résoudre à présent.

Avec une certaine urgence, elle en était consciente.

Quelque part sous le pont du Diable, au pied du Roc d'Enfer, un secret l'attendait.

Et toutes ces allusions à Lincoln, au dollar, à Kennedy ou même à la folie du *Titanic*, toutes ces choses ne lui inspiraient aucune confiance.

Elle devinait que ce secret ne serait pas seulement personnel.

Il aurait trait à l'Histoire.

L'histoire des hommes.

39

La foule des vacanciers se bousculait sur le quai de la gare de Lyon. Deux pelotons d'adolescents occupaient toute la largeur du passage en se bousculant et en riant bruyamment, leurs sacs à dos entre leurs pieds.

Yael et Thomas se frayèrent un chemin entre eux et grimpèrent dans le TGV pour Genève, le nez rivé aux billets : voiture 05, places 81 et 82.

Yael se sentait lourde, elle avait mal dormi malgré la présence de Thomas à ses côtés, une nuit moite de cauchemars dans ce qu'elle appelait les limbes : un état épuisant entre de courts sommeils et des éveils apathiques. En se levant, elle en était venue à se demander combien de temps elle tiendrait avec ce stress. Elle n'était pas sûre de tenir le coup nerveusement. Elle éprouvait un malaise constant à vouloir s'inscrire dans l'Histoire. Quelle était sa part dans ce qui n'était encore, une semaine auparavant, qu'une frise le long du mur de son école primaire ? Quel rôle pouvait-elle jouer ? Jamais elle n'avait réalisé que chacun de ses gestes, de ses mots, chaque pensée pouvait influer, avoir une incidence directe, ou par effet de dominos, sur l'Histoire. L'Histoire était pour elle intangible, à peine une mémoire collective, sans matière. L'Histoire était cet air insaisissable autour du parachutiste.

Jamais Yael ne s'était à ce point vue tomber.

Elle se faisait dévorer par les vertiges de la conscience historique.

Thomas posa leur sac dans le porte-bagages et ils prirent place dans le confort feutré du wagon. Yael repensait à Kamel et son discours sur Kennedy qu'ils avaient prolongé jusqu'au seuil de leurs chambres, où il avait précisé qu'il ne fallait plus s'attendre à de grandes révélations. De la bouche d'un ancien directeur de la CIA, avait-il rapporté, les dossiers sur l'affaire Kennedy avaient été nettoyés de l'intérieur depuis longtemps, et ce qui restait à déclassifier d'ici à quelques années ne serait rien d'autre que des coquilles vides.

Les passagers s'installèrent et le train se mit doucement en route. Ils s'enfoncèrent dans un décor urbain et maussade fractionné par une succession de tunnels obscurs, jusqu'à ce que les champs or et émeraude prennent le relais, ponctués de forêts et de villages aux toits rouge et gris.

Yael observa ses voisins dans l'allée, certains lisaient, d'autres dormaient, quelques-uns discutaient. Un couple se disputait du bout des lèvres, les bras croisés.

Yael avait difficilement trouvé le sommeil la veille, pourtant la chaleur de Thomas dans leur lit l'avait rassurée. À plusieurs reprises elle avait cherché son corps, mais sans oser un geste. Lui, de son côté, en faisait autant. Il avait compris que la situation ne s'y prêtait pas, qu'elle viendrait vers lui à son rythme. Et il restait à distance.

— À quoi penses-tu, avec cet air sombre ? murmura Thomas.

Elle lui rendit un sourire fatigué.

— Aux gens. Aux couples.

Thomas se redressa et s'accouda tout près.

— Le blues ? interrogea-t-il doucement.

— Je ne sais pas. C'est comme si tout ce qu'on vivait depuis quelques jours me renvoyait à un certain bilan..., sentimental, on va dire. C'est crétin, ce n'est pourtant pas le moment.

Thomas haussa les épaules :

— Y a-t-il un moment pour ça ? Et tu en es où de ce côté-là ?

— À réaliser que je dois ouvrir les yeux sur la réalité. Je suis d'une génération éduquée par les mythes romanesques, la poésie et surtout le cinéma. L'amour, c'est une sorte de course au Prince Charmant. Jamais on ne m'a dit que l'amour était la résultante chimique de tout un tas de facteurs qui m'échappent, comme la compatibilité des gènes ! Dans mon univers le coup de foudre est quasi divin, pas chimique, la notion d'amour par facteur cognitif ne me parle pas, je ne savais pas que mon corps fabriquait une hormone pour créer la dépendance à l'autre dans les débuts d'une relation, pour cesser de la produire avec le temps. L'amour que j'attends est brillant, pullule de clichés, l'amour que l'on trouve dans la nature n'est que chimique et éphémère, il n'est fait que pour rassembler deux individus en vue de la procréation.

— Pourquoi parles-tu d'amour chimique ?

— Je lis des livres à ce sujet. J'ai voulu savoir ce que la science racontait à propos de l'amour. La science dit que l'amour est bestial et presque… logique. La nature ne prend aucun risque, dès le début elle a mis en place tous les éléments pour s'assurer que ses créations puissent survivre, donc se reproduire. La chimie est là pour nous forcer à nous attirer, à nous accoupler. Le problème, c'est que moi je suis guidée dans ma vision de l'amour par mes références, mon éducation. L'amour que j'attends est celui d'un homme viril mais sensible, galant mais sauvage, romantique mais terre à terre. En aucun cas il ne repose sur une vision conflictuelle de deux créatures guidées par les instincts de la nature pour survivre.

— C'est une vision… primaire en effet, de ce que nous sommes.

— Non, réaliste. Je dois aujourd'hui apprendre à me déformater. Car c'est ce que nous sommes, formatés : par une époque, par la civilisation et les mœurs du moment. Prends les critères de beauté par exemple. Ils changent avec les siècles. Si un homme écoutait réellement ses instincts, il serait attiré par les femmes avec des hanches solides, des seins généreux, prêtes à porter les enfants, et avec quelques kilos en trop, signe de réserves pour les coups durs mais pas trop non plus pour prouver sa bonne santé. C'est cette femme-là qui devrait plaire à la majorité des hommes, et non ces physiques filiformes, voire anorexiques, qu'on appelle top models et qui pourtant font baver les mâles. Ils ont été « éduqués » par la société depuis qu'ils sont petits à oublier leurs instincts et faire comme tout le monde : correspondre à ce que leur environnement leur dicte. (Elle hésita avant d'ajouter :) Nous ne sommes que les chiens-chiens du système. Il joue avec nous. Un système constitué de millions d'humains qui tirent dans tous les sens, jusqu'à ce qu'il y ait une tension plus forte qui l'emporte vers une direction provisoire. Mais au regard de ce que je découvre depuis quelques jours, j'en viens à me demander si ce système n'est finalement pas le fruit d'une poignée d'individus, qui le façonnent à leur guise tout en faisant croire le contraire… (Elle secoua la tête.) Je ne peux pas m'exclure de ce système, je n'ai pas le choix, je dois en faire partie, alors il me faut réapprendre ce qu'est l'amour, être capable de l'accepter tel quel : comme un état façonné par notre société. L'amour dont je rêvais est paisible et… bucolique. L'amour qui peut m'attendre est belliqueux et culturel.

Son discours cynique achevé, Yael n'osa pas regarder Thomas dans les yeux. Elle avait peur qu'il y lise ce qu'elle ressentait. Qu'au-delà de ses mots, de cette confession de sagesse froide, elle était attirée par lui. Que, d'une certaine manière, il était l'incarnation de ce qu'elle affirmait ne pas exister. Il véhiculait ces contradictions attirantes, il était protecteur et compréhensif, viril également. Comment ne pas tomber amoureuse ?

Mais pour combien de temps ? Jusqu'à ce que son corps cesse de produire de l'ocytocine, l'hormone de l'amour ? Et après ? L'euphorie retomberait, le besoin psychique et physique de l'autre s'atténuerait à mesure que l'hormone ne serait plus produite. Elle devrait, soit tirer un trait sur leur histoire, soit entamer la bataille de l'esprit éduqué pour le garder. Bataille qui se devait d'être réciproque.

Yael soupira.

Et Thomas posa sa main sur la sienne.

Il ne dit rien, lui opposant un regard doux, presque triste. Ils n'avaient plus rien à dire, tout ce qui sortirait de leurs bouches ne pouvait qu'être douloureux.

Le paysage défilait de l'autre côté de la fenêtre.

Ces hameaux perdus dans les bois ou en bordure de champs. Ces murs anciens entre lesquels s'étaient succédé les générations, bien plus préoccupées à survivre qu'à remettre en cause leur condition… Les temps avaient bien changé. On avait le choix aujourd'hui. Et avec lui était venue l'exigence…

Une voix presque mécanique les sortit de leur contemplation :

— Contrôle des billets s'il vous plaît.

Puis, bercée par la mécanique tranquille du voyage, Yael finit par s'endormir sur l'épaule de Thomas. Elle se réveilla aux deux tiers du parcours, lorsque le relief se mit à jaillir du sol, le TGV s'engouffrant entre des monts escarpés entièrement recouverts d'une végétation touffue. En hauteur, les falaises tranchaient des croissants blancs et rouges dans les buissons et les sapins.

Ils changèrent à Bellegarde pour un train plus rustique, et cette fois ce fut au tour de Thomas de somnoler. Yael se plongea dans la lecture du guide touristique que Kamel leur avait fourni. Elle éplucha le descriptif de la région du Chablais où ils se rendaient. Les pages s'enchaînèrent rapidement. Et Yael comprit qu'une fois encore les Ombres avaient fait simple. Mais que tout prenait sens.

Ils entrèrent en gare de Thonon-les-Bains à treize heures, et Thomas émergea en étirant son corps engourdi. Yael l'observait, l'œil brillant.

— Qu'y a-t-il ?

— J'ai trouvé par quoi nous devions commencer. La « *vérité, sous la surface, là où l'Enfer grimpe vers les cieux* », je sais où elle se trouve.

Elle ouvrit le petit livret sous le nez de son compagnon :

— Au pied du Roc d'Enfer se trouve le lac de Vallon. Un lac accidentel qui a recouvert un hameau dans les années 40.

40

Thomas prit le volant de l'Opel Corsa qu'ils venaient de louer derrière la gare. Au moment de laisser la caution, il avait tapé le code que Kamel lui avait donné la veille en priant pour que ça passe. À aucun moment la femme derrière le guichet n'avait vérifié le nom sur la carte, elle avait juste attendu que le ticket sorte de sa machine pour les accompagner jusqu'au véhicule.

Yael avait déplié une carte de la région achetée dix minutes plus tôt. Elle localisa le lac de Vallon.

— C'est tout droit, suis la route de Bellevaux. Je suis certaine que c'est ce lac, au pied du Roc d'Enfer. « *Commencez par trouver la vérité, sous la surface, là où l'Enfer grimpe vers les cieux.* » C'est ça. Rappelle-toi les mots dans la chapelle des catacombes : « *Ce qu'il y a de l'autre côté est la seule vérité. Chaque chose est une apparence. Il faut regarder de l'autre côté. Les villes sont une apparence. Le sous-sol d'une ville est l'âme nue de sa civilisation, ses arcanes. Ainsi en va-t-il de tout. Les arcanes de l'Homme sont dans ses fondations. Son Histoire. Passez de l'autre côté* », récita-t-elle d'une traite.

Chaque mot écrit par les Ombres était inscrit au fer rouge dans sa mémoire.

— Eh bien, le lac de Vallon existe depuis… 1943, continua-t-elle en vérifiant dans son guide. C'est un glissement de terrain qui a coulé jusque dans la vallée pour former un barrage, l'eau de la rivière qui passait là s'est ainsi accumulée pour donner naissance au lac. Une cinquantaine d'habitants ont perdu leurs maisons. La coulée était lente, le premier chalet fut emporté dans la nuit, mais les montagnards eurent ensuite le temps de quitter leurs habitations, et il n'y a eu aucune victime. C'est l'illustration concrète du discours des Ombres, Thomas !

Yael s'exaltait.

— Sous les reflets de la surface il y a une ville ! résuma-t-elle. L'apparence c'est le lac, la vérité ce sont les fermes qui occupent le fond. Le lac renvoie une image comme les miroirs, mais il abrite un secret.

— Qu'est-on supposés faire une fois là-bas ?

— Chercher la vérité. Comme on le fait depuis le début : chercher la vérité sous le billet de un dollar, sous l'assassinat de Kennedy, sous Paris dans les Catacombes, et maintenant sous… un lac !

— Quoi ? rechigna Thomas. Ne me dis pas qu'on doit descendre là-dessous ?

— La profondeur du lac atteint 40 mètres, donc ça me paraît peu probable. On verra sur place.

La route grimpait à flanc de montagne, entre les forêts de sapins, les rochers et les chalets qui surgissaient de temps à autre au milieu des alpages. Le lac Léman étirait sa brillance cristalline au pied des massifs, disparaissant par intermittence jusqu'à ne plus être qu'un souvenir lorsque la voiture eut gravi et contourné un versant de montagne pour entrer dans une vallée.

Le couple admirait le paysage en s'interrogeant sur ce qui les attendait sur place. Quel genre de manœuvre étaient-ils supposés accomplir ? Le document ayant été dérobé, ils venaient ici sans y avoir été invités, les Ombres – ou ceux qui se cachaient derrière elles – ne les attendaient pas. Si elles mettaient en place chaque indice juste avant l'arrivée de Yael, alors elle ne trouverait rien.

L'Opel remonta le lacet de goudron qui s'agrippait au flanc de ces masses immenses et acérées, prenant de l'altitude, traversant les villages par des routes étroites.

Ils débouchèrent d'un virage et soudain le mur d'arbres qui enfermait la route s'ouvrit sur l'étendue du lac de Vallon.

Thomas se gara aussitôt, face au chalet qui servait de halte aux visiteurs. À leurs pieds l'eau léchait la minuscule vallée sur près d'un kilomètre et demi. Des troncs surgissaient par endroits, au milieu du lac hérissé de pieux noirs comme pour se protéger d'une quelconque menace et avertir du danger ceux qui s'en approchaient. Ses rives n'étaient que forêts, prairies, crêtes aiguës et silence.

Ils descendirent de l'auto et restèrent interdits, le regard et l'esprit happés par la brume d'étrangeté qu'exhalait ce coin de terre.

Yael avait saisi la main de Thomas.

— Brrr…, dit-il.

— Tu parles d'un endroit ! murmura-t-elle.

Puis elle se secoua et se dirigea d'un bon pas vers le bâtiment, des tables et des chaises servaient de buvette en plein air. Elle entra dans la boutique de souvenirs, en sortit rapidement, une bouteille d'eau à la main qu'elle enfourna dans son sac à dos.

— Il y a un chemin qui fait le tour du lac, par-là, dit-elle. D'après ce que m'a dit le propriétaire on peut voir une ferme sous l'eau depuis la rive opposée. C'est tout ce qui reste de la catastrophe de 1943. Toutes les autres constructions ont été emportées par la coulée de boue.

Thomas lui emboîta le pas et ils trouvèrent sans peine le sentier qui s'enfonçait entre les conifères. Ils traversèrent un ruisseau sur un pont de bois en scrutant la tache bleu-vert du lac. Ils avaient rejoint un chemin de pierre, plus large, suffisamment pour laisser passer un véhicule, et ils longeaient un tapis de joncs dans le bruissement de la végétation.

Le Roc d'Enfer les surplombait, comme une dent de géant plantée là, colossale. Il paraissait impossible qu'un tel bloc de matière ait pu jaillir de la terre, il semblait au contraire tombé des cieux, verrouillant la vallée par son onde de choc, veillant sur elle de son ombre infinie.

Était-ce pour se protéger de lui que le lac pointait autant d'arbres brisés hors de son eau ?

Il faut que j'arrête de m'imaginer des trucs comme ça…, s'ordonna Yael. *Ce sont les vestiges de la forêt qui était là auparavant, c'est tout ! – Un demi-siècle plus tard ?* susurra la voix de la contradiction dans son esprit. *Peut-être…*

Le chemin tourna pour s'écarter de la rive et ils le quittèrent pour un sentier qui courait entre les hautes herbes. Une longue étendue dégagée tranchait l'épaisseur du bois. Des fleurs multicolores apportaient une touche de gaieté surprenante.

— C'est l'ancienne coulée de boue je présume, expliqua la jeune femme.

Les grillons et les cigales stridulaient par centaines dans cette prairie, orchestrant une mélodie discontinue.

— Tu entends ce boucan ? s'amusa Thomas. On va être obligés de crier pour se parler !

— Dans le Midi, quand j'étais gamine, ma mère appelait ça la samba champêtre, répliqua-t-elle avec une pointe de nostalgie.

Des touristes occupaient les buttes herbeuses pour admirer la vue pendant que d'autres s'étaient rapprochés du lac pour pique-niquer.

Yael caressait de ses paumes les tiges qui dansaient dans la brise légère, entre les gentianes jaunes et pourpres et les chardons bleus, ces derniers en étaient à la sieste.

Ils s'arrêtèrent au bord d'une pente subite d'où ils dominaient le lac de cinq mètres. Des pêcheurs surveillaient leurs lignes en contrebas, assis à l'ombre sur des rocs.

— Là ! s'écria Yael en désignant un rectangle orangé sous la surface brillante. C'est la ferme submergée.

Les pêcheurs qui veillaient sur la paix des eaux tournèrent vers eux un regard mécontent.

Ils se remirent en route, jusqu'à trouver la pénombre d'une ligne d'épicéas et une tache sous l'eau, à une quarantaine de mètres du bord. Ils pouvaient nettement distinguer les formes géométriques d'une maison, flanquée de sa grange.

— Ça n'a pas l'air trop profond à cet endroit, fit remarquer Thomas.

— Il faut du matériel de plongée, rétorqua Yael.

Thomas la fixa.

— Ben, depuis le début, exposa-t-elle, les Ombres m'incitent à passer de l'autre côté des apparences. Je dois descendre, explorer cette vie, chercher la vérité au-delà de ce que tout le monde peut voir.

— Yael, on ne peut pas plonger comme ça, devant tous ces gens, la gendarmerie va nous tomber dessus, c'est…

— On ira quand il n'y aura personne.

— Au mois d'août, ça sera toujours fréquenté !

Elle recula et revint lentement sur ses pas, Thomas à ses côtés.

Ils avaient beaucoup à faire et peu de temps.

— Pas si on revient cette nuit, dit-elle.

41

La chambre d'hôtel réservée – en liquide et dans un établissement bas de gamme presque complet pour passer inaperçus –, Thomas et Yael cherchèrent un club de plongée aux abords du lac Léman. Yael laissa son compagnon négocier la location de matériel. Ils n'avaient ni licence ni carte de crédit pour la caution – Thomas refusait de se servir de celle de Kamel de peur qu'on vérifie son identité qui n'était pas celle du titulaire –, il faudrait jouer de chance et de sympathie. Après une première tentative infructueuse dans un club qui refusait de louer son matériel, Thomas tomba sur un gérant peu regardant sur le protocole et qui acceptait le tout en cash.

Ils chargèrent les bouteilles et les sacs à l'arrière de la voiture, rentrèrent sur Thonon-les-Bains pour acheter ce qui leur manquait et dînèrent dans un petit restaurant en face de leur hôtel.

Vers vingt-deux heures, ils se mirent en route, prenant leur temps pour ne pas risquer l'accident dans les virages en épingle, et atteignirent le lac de Vallon trois quarts d'heure plus tard. Après avoir roulé au ralenti pour trouver l'entrée du chemin praticable, la Corsa s'engagea sur cette voie cahoteuse, pleine de pierres, où les fougères fouettaient la carrosserie. Lentement, ils approchèrent de la prairie qui leur servirait de point de départ. La voiture sortit de la forêt et stoppa au milieu des hautes herbes. Thomas coupa les phares.

Ils déchargèrent le coffre sous les avertissements répétés d'une chouette.

La lune peinait à se hisser plus haut que les montagnes qui encadraient la vallée pour se réfléchir dans l'eau noire du lac. Yael contempla le reflet en posant une bouteille d'oxygène à ses pieds. Un disque d'ivoire glissant sur une flaque d'ébène, songea la jeune femme.

— Tu as déjà fait de la plongée ? demanda Thomas.

— Non.

— Je t'expliquerai deux ou trois points essentiels, ce n'est pas compliqué.

Yael contourna la voiture pour aller se changer. Elle jeta un coup d'œil aux alentours. Les conifères n'étaient qu'une succession de taches sombres. La nuit plongeait la montagne dans une coque oppressante. Chaque rocher, chaque tronc d'arbre effondré prenait une importance soudaine à la périphérie du regard.

Entre ces interminables pentes, Yael se sentait fragile, inconsistante. La nature reprenait ses droits en imposant aux hommes le mystère profond de son silence, de ses ombres étouffantes…

Yael s'empressa de se déshabiller pour ne garder que son slip et enfila la combinaison qu'ils venaient de se procurer. Elle retrouva Thomas qui en avait fait autant, la glissière ouverte sur son torse musclé. Yael baissa les yeux.

— Prends le sac et suis-moi, dit le journaliste en portant sur son dos les deux bouteilles.

Ils s'approchèrent du bord d'où ils surplombaient l'étendue placide. Dans l'obscurité, le lac ressemblait à un œil immense, un œil démoniaque et noir, troué d'une pupille blanche et gibbeuse.

C'était dans le crâne de cette bête que Yael souhaitait s'engouffrer.

Thomas trouva un moyen de descendre, les bouteilles plaquées contre son torse, assurant son équilibre d'une main agrippée aux racines. Yael l'imita et ils posèrent le pied sur les galets froids. De nuit, la maison engloutie était invisible.

— Elle doit se trouver droit devant nous. Une fois sous l'eau nous allumerons nos torches.

Yael remarqua que Thomas avait chuchoté. Ils étaient seuls, sans aucune maison en vue, la plus proche étant une ruine devant laquelle ils étaient passés. Que craignait-il ?

C'est la force de cet endroit, pensa la jeune femme. *Il commande le respect.*

Elle aussi ressentait un besoin de discrétion, comme si la silhouette monumentale du Roc d'Enfer menaçait de l'engloutir s'il la repérait.

Thomas vérifia l'oxygène de chaque bouteille, contrôla une dernière fois le matériel et entreprit d'aider Yael à s'équiper en lui donnant un cours rudimentaire.

— Le couteau est vraiment nécessaire ? s'étonna Yael après la présentation de sa tenue.

Thomas ne répondit pas.

— Sers-toi de tes bras le moins possible, expliquait-il. Ils te déséquilibreront plus qu'autre chose. Et souviens-toi : inspire fort pour que ton buste se redresse verticalement, et expire pour t'incliner vers le bas.

— Ça devrait aller.

Yael était impatiente.

— Et rappelle-toi bien les signaux élémentaires : un cercle large avec ta lampe pour me dire que tout va bien, et un mouvement de haut en bas si ça ne va pas. Prête ?

Elle secoua la tête, et il lui tendit son masque avant d'aller se harnacher à son tour.

— Dernier point : évite les mouvements violents avec les palmes si tu descends près du fond, sinon on n'y verra plus rien. Et tu restes près de moi quoi qu'il arrive.

— J'ai bien compris.

Les consignes de Thomas étaient simples, il avait seulement insisté pour qu'elle ne le quitte pas une fois sous l'eau, et qu'ils se cantonnent à une plongée de surface, à moins de cinq mètres de profondeur, pour éviter les paliers de décompression.

Yael entra dans l'eau la première, les palmes dans une main, la lampe dans l'autre.

Elle était glaciale.

À moins d'un mètre du bord, le fond se creusa subitement et le niveau monta jusqu'aux genoux. La combinaison la protégeait bien, elle l'isolait assez pour lui permettre de passer plusieurs minutes en plongée sans risque d'hypothermie.

Des algues firent leur apparition, chahutant entre ses mollets. Ce fut rapidement une véritable forêt que Yael traversa. L'eau lui arrivait aux hanches.

— Enfile tes palmes, lui indiqua Thomas. Et n'oublie pas que ton masque réduit ton champ de vision, tout ce que tu verras est en fait agrandi d'un tiers.

— Pourquoi tu me dis ça ?

— Je ne sais pas quel genre de poissons il y a ici, mais si on en croise un, il est bon que tu te souviennes qu'il n'est pas aussi gros que tu le vois. Ça peut t'éviter une bonne frayeur.

Elle s'exécuta, plaça le masque sur son nez et mordit le détendeur comme le lui avait montré son instructeur. Tout son corps entra dans ce cocon frais et, lentement, la surface disparut tandis qu'elle enfonçait le visage dans les ténèbres.

Les plantes lui agrippèrent les membres mais Yael s'en dégagea de trois coups de palmes. L'absence de tout repère l'angoissa aussitôt. À peine était-elle passée sous la surface qu'elle avait perdu la notion de haut et de bas, seul un halo blanchâtre, celui de la lune, lui permit de s'orienter.

Le son aussi était étrange. Sourd et pourtant très présent lorsqu'il se manifestait. Yael prit conscience que c'était sa propre respiration qu'elle percevait, et le babil des bulles qui remontaient.

Une explosion de lumière blanche l'attrapa dans son faisceau. Thomas venait d'allumer sa torche. Yael cligna les paupières et fit de même. Il s'approcha et posa une main sur son bras avant de faire décrire un cercle à sa lampe, signe qu'il allait bien. Yael répondit de la même manière et ils se lancèrent vers le centre du lac, palmant sans précipitation, économisant un maximum d'énergie.

Le froid était piquant sur les chevilles et les doigts.

Les deux lampes ouvraient des corridors étroits et écrasés d'un jaune-vert au milieu de l'obscurité.

Yael crut voir une ombre au loin, à la lisière de ce que sa lumière éclairait. Elle se rapprocha sans rien apercevoir. Elle avait rêvé.

Ils n'étaient qu'à quatre mètres de profondeur et pourtant Yael avait l'impression d'évoluer dans une fosse abyssale, tant l'opacité de l'eau était prégnante.

Une autre ombre frôla son champ de vision. Cette fois Yael la chercha en balayant son flanc gauche de sa lampe, sans plus de succès.

L'échappée syncopée des bulles dans l'eau provoquait un concert rassurant au cœur de ce calme. Par moments, le frottement de son épaule contre le matériel provoquait un son bref, aussitôt étouffé.

Yael évoluait dans cette poix en surveillant la silhouette de Thomas qui la précédait d'un mètre sur sa droite. Elle se faisait à la respiration aquatique, uniquement par la bouche, et comprenait mieux l'avertissement de son compagnon lui expliquant qu'au début ça ne serait pas évident, que la plupart du temps l'homme respirait à l'air libre par le nez sans s'en rendre compte, qu'elle serait un peu décontenancée de ne plus pouvoir le faire. C'était comme d'être enrhumé, avait-il dit en riant.

Cette fois le mouvement fut très fugitif mais Yael n'eut aucun doute ; elle avait vu quelque chose. Une forme sur sa gauche, juste devant. Le temps d'y être et elle ne trouva rien.

Des poissons…, se rassura-t-elle.

Et brusquement, elle surgit devant eux, capturée par les arcs de lumière des deux plongeurs : la bâtisse immergée.

Ce fut d'abord un mur flou, tapi derrière cette brume dense, puis la porte ouverte forma un trou insondable, qui les attendait.

Thomas la désigna de l'index et s'en approcha doucement. Il attrapa le linteau pour s'aider à passer sans heurter sa bouteille et disparut à l'intérieur. Yael se retourna.

Elle sonda le néant qui l'entourait. Elle se sentait observée. Était-ce possible ou seulement le stress de la découverte d'un nouveau milieu ?

Sa lampe explora son environnement sur moins de trois mètres de distance – la portée maximum de la lumière – sans détecter la moindre présence.

Une main se referma sur sa cheville.

Yael sursauta, le cœur emballé en trois secondes. Thomas l'appelait, l'incitait à le rejoindre.

La jeune femme passa l'ouverture et pénétra la maison à son tour, avec le sentiment curieux d'entrer chez quelqu'un en son absence.

La nuit était si présente que même deux torches ne suffisaient pas à tout distinguer nettement. Yael longea un mur, le palpant d'une main jusqu'à atteindre un renfoncement.

C'était un placard. Aujourd'hui ce n'est plus rien.

L'eau et le temps avaient tout rongé, il ne restait plus que de vieux clous rouillés qui dépassaient de la pierre.

Thomas passa dans son dos, il lui tapota l'épaule pour lui montrer ce qui devait être une autre pièce dans laquelle il entra d'un coup de palmes.

Yael allait le suivre lorsqu'elle devina une bouche noire dans la paroi voisine. Elle s'en approcha.

Une cheminée.

Sa lampe lui glissa des doigts.

Elle la vit tomber lentement sans parvenir à la rattraper. En touchant le sol, le faisceau disparut.

Yael se retrouva plongée dans le noir, avec une très faible auréole claire qui s'estompait de seconde en seconde là où Thomas était parti, pensant qu'elle le suivait.

Appliquant les leçons qu'elle venait de recevoir, elle vida complètement ses poumons pour basculer peu à peu la tête vers le bas. Un battement de palmes l'amena au niveau de la terre. Ses doigts entrèrent en contact avec la vase. Elle la fouilla méthodiquement, se concentrant autant sur ce qu'elle touchait que sur son sang-froid qu'elle devait conserver à tout prix.

Malgré les ténèbres elle percevait les particules de terre et de sédiments qui remontaient tout autour de sa tête.

Elle effleura sa lampe, sa main revint en arrière.

Non. Ce n'était pas la torche.

Doucement, elle tâta l'objet qui remplissait tout le fond de la cheminée. Un coffret. À mesure qu'elle le palpait elle se rendait compte qu'il s'agissait plutôt d'un coffre, assez volumineux.

Elle trouva le mécanisme d'ouverture et fut surprise de sentir qu'il n'était pas cadenassé – un simple verrou. D'une main elle continuait sa quête de la lumière, et de l'autre elle essayait de faire coulisser le loquet.

Elle trouva enfin la torche qu'elle ralluma aussitôt, un pincement au cœur à l'idée qu'elle aurait pu être cassée.

C'était en fait une malle.

Le verrou glissa sous l'insistance de Yael, et elle souleva le moraillon.

La malle s'ouvrit d'un coup, libérant une bouteille en verre qui remonta doucement vers la surface. Yael se détendit et l'attrapa au vol.

Tout à coup, elle perçut l'ampleur de l'onde qui se déplaçait devant elle et comprit que quelque chose d'énorme bougeait. Tout près d'elle.

Sur elle.

À peine eut-elle baissé la tête que la forme se jetait sur son visage.

Et Yael disparut dans une myriade de bulles et de hurlements noyés.

•

42

La mort.

Son faciès émacié et filandreux aux yeux énormes et noirs, deux orbites vides, sa bouche grimaçante, son absence de nez, et cette matière glutineuse qui recouvrait tout son squelette et s'en détachait…

Yael hurla par quatre mètres de fond, lâchant son détendeur, un cri de folle terreur avalé par le lac qui n'attendait qu'un infime signal pour s'engouffrer dans sa gorge, ses poumons.

Le mort tourna la tête sur le côté.

Sa mâchoire inférieure se décrocha et flotta parmi les débris de viande pourrie.

Yael se tut enfin. Et se figea.

Son cerveau embrumé réalisa que c'était un cadavre.

Un cadavre flottait à quelques centimètres de son visage. En ouvrant la malle, elle l'avait libéré à la manière d'un diable surgissant de sa boîte.

Elle étouffait.

Elle fouilla autour d'elle à la recherche de son détendeur et passa les mains dans son dos pour toucher sa bouteille et suivre le précieux câble… sans se rendre compte qu'elle tenait encore en main le flacon de verre.

Elle n'arrivait plus à contenir sa poitrine.

Son ventre tressautait, elle allait inspirer.

Déjà il lui semblait qu'un voile sombre occultait sa vue.

Une main surgit devant elle, tenant un détendeur et forçant le barrage de ses lèvres pour l'introduire dans sa bouche.

Yael aspira.

Elle respirait à nouveau.

Thomas la prit par l'épaule et la recula en éclairant le cadavre, recouvert d'une matière verdâtre, purulente, qui ne cessait de se désagréger au fil de l'eau en centaines de fragments qui venaient se coller sur leurs combinaisons et leurs masques…

Thomas faisait tourner sa lampe en cercle devant lui.

Yael se souvint du code. Il lui demandait si elle allait bien.

Son cœur frappait à ses tempes. Elle réussit néanmoins à rassembler ses esprits, et après une hésitation répondit par l'affirmative.

Thomas se tourna vers le cadavre.

Il l'éclaira.

Son état laissait à penser qu'il attendait dans la malle depuis bien longtemps, et qu'il n'avait pu être nettoyé de sa chair par l'eau et les poissons. Thomas pointa le doigt vers le coffre, et descendit lentement à son niveau.

Sa tête heurta un tibia du squelette. Toute la jambe se décomposa, et les os s'éparpillèrent en répandant une matière glaireuse.

Yael en avait la nausée.

Elle ferma les yeux pour se maîtriser et manœuvra pour rejoindre son compagnon.

Il inspectait la malle à la recherche d'une inscription, d'un indice.

Yael réalisa qu'elle tenait encore la bouteille à la main. Ses articulations étaient blanches tant elle la serrait. La peur la lui avait fait étreindre et oublier.

Elle la montra à Thomas. Une bouteille en verre toute simple, avec un bouchon en liège. Sous les rayons de leurs torches, ils découvrirent qu'elle contenait un papier roulé, bien au sec.

Ils tenaient leur trophée.

Yael indiqua la surface, puis la bouteille.

Elle voulait rentrer.

Thomas restait immobile, il réfléchissait. Il se tourna enfin vers le cadavre.

Il a raison, songea Yael. *On ne peut pas le laisser comme ça. Il faut le ramener...* Mais à qui le confieraient-ils ? Le laisser là n'était pas envisageable non plus. Il allait tôt ou tard échouer sur les berges. Là où des familles se promenaient tous les jours. Avec des enfants.

Yael ne garda que cette pensée en tête, elle chassa toute velléité de réflexion et attrapa le bassin du squelette qui se détacha du reste.

Elle devait remettre ces os dans la malle, à l'abri des regards.

Elle voulut saisir l'abdomen par les côtes flottantes mais tout ce qu'elle obtint fut un effritement. Le crâne venait de se détacher, ainsi que les os des épaules.

Thomas l'attrapa par le bras et la tira en arrière.

Elle voulut résister mais il insistait, ça ne servait à rien.

À contrecœur, elle recula.

Ce qui avait été autrefois un être humain se rompait sous ses yeux, dans le froid et l'oubli.

Ils retrouvèrent la surface à dix mètres du rivage.

Yael cracha son détendeur et releva son masque, aspirant l'air pur, savourant la respiration naturelle.

Elle leva le nez vers les nappes d'étoiles qui habitaient le ciel.

— Je n'ai jamais été si contente de les voir, dit-elle en frissonnant.

Sa gorge était nouée, une puissante envie de craquer, de pleurer, la tenaillait. Parce qu'elle venait de remonter indemne ou à cause de ce qu'elle avait vu en bas ? Elle n'aurait su le dire.

Thomas, silencieux, nageait calmement vers la terre ferme.

Elle le rattrapa, ils se délestèrent des bouteilles d'oxygène et s'étendirent sur les galets.

Yael grelottait, elle dut se relever, péniblement, les jambes flageolantes. Elle ne voulait plus rester là, elle voulait s'en aller, fuir cet endroit.

Thomas ne disait toujours rien.

— Ça va ? demanda Yael.

Il hocha la tête sans quitter le lac du regard.

— Viens, ajouta-t-elle doucement. On va se sécher. On n'a plus rien à faire ici.

Sans un mot il se redressa, avec une grimace.

Sa cuisse blessée, il souffre. Elle se prit à espérer que la plaie ne s'était pas rouverte. Il voulut prendre les bouteilles d'oxygène pour grimper la pente abrupte mais elle l'en empêcha, les chargea sur l'épaule et le précéda en direction de la voiture.

Un bourdonnement singulier les surprit.

Celui d'un moteur.

Yael serra le goulot de son précieux trésor.

Elle analysa la situation en une seconde : la blessure de Thomas, la nécessité de fuir rapidement.

Elle fit signe au journaliste de ne pas bouger. Et pendant qu'il s'appuyait à un arbre pour soulager sa jambe, elle se débarrassa des bouteilles et escalada le coteau.

Sur le chemin une voiture approchait, phares allumés.

Une forme humaine dépassait par le toit ouvrant. L'homme fouillait le décor à l'aide d'un petit projecteur.

Les gardes-chasse...

Mais en reconnaissant l'objet que l'homme tenait dans l'autre main, elle comprit.

Surtout lorsque la voiture capta dans ses phares l'Opel Corsa et accéléra brusquement.

Yael se tassa sur elle-même avant de dévaler l'escarpement, la peur au ventre.

Ils approchaient.

43

Yael attrapa une bouteille d'oxygène en chuchotant à toute vitesse :

— Ce sont eux ! Ils sont là !

Thomas saisit ce qui restait de l'équipement et la suivit tandis qu'elle longeait le lac pour s'éloigner le plus possible de leur voiture.

Dans leur dos le véhicule stoppa et les portières s'ouvrirent précipitamment. En se retournant Yael vit que Thomas boitait bas. Leur périple aquatique ne lui avait pas fait de bien.

Elle força l'allure, espérant qu'il pourrait la suivre, pour rejoindre l'abri des arbres.

Elle dépassa les buissons en songeant que les armes ne tarderaient plus à cracher.

Au premier arbre, elle se recroquevilla en lâchant tout ce qu'elle tenait sauf la bouteille au message et tendit la main à Thomas qui avait cinq bons mètres de retard.

La silhouette d'un homme armé apparut au sommet du talus, là où elle se tenait une minute plus tôt.

Thomas était encore à découvert.

L'homme scruta les alentours.

Thomas arriva au niveau de Yael, elle l'attrapa par la combinaison et le tira brutalement à elle. Ils s'effondrèrent l'un sur l'autre.

Et demeurèrent immobiles une dizaine de secondes.

Thomas murmura enfin :

— Ma cuisse…

Yael acquiesça et posa l'index sur ses lèvres.

Elle sentait son corps contre le sien, la jambe de son compagnon entre les siennes. Elle se reconcentra aussitôt sur l'urgence.

Ils n'avaient pas été repérés. Pas encore.

Thomas, en appui sur les coudes, se décala sur la droite. Il montra le haut de la côte et entreprit de l'escalader en portant une partie du matériel.

Yael frissonna, le froid lui engourdissait les extrémités. Elle devait se sécher et se réchauffer sans tarder sous peine de ne plus être efficace. Elle dévissa le bouchon de la bouteille en verre pour y attraper le message qu'elle glissa contre sa poitrine et jeta le flacon.

Elle grimpa à la suite de Thomas qui s'était accroupi pour guetter la position de leurs poursuivants.

Ils étaient trois, l'un près des voitures qui fouillait les hautes herbes de sa lampe, et deux autres qui dominaient le lac.

Tous armés.

L'un d'eux se tourna pour parler à ses acolytes, Yael tendit l'oreille malgré la distance :

—… vais voir, toi, va jeter un coup… dans les bois au-dessus. Il y a une vieille église là-… ai vu sur la carte, ils y sont peut-être.

Sur quoi il disparut en descendant vers le lac. L'homme le plus proche prit un sentier qui filait dans la forêt où il ne tarda pas non plus à se diluer parmi les ombres. Il ne restait plus qu'un tueur. Entre les deux véhicules.

— Il faut qu'on récupère la voiture ! murmura Yael.

Thomas envisageait toutes les possibilités.

— Occupons-nous de ce type pendant qu'il est tout seul, dit-il. C'est notre seule chance ! Mais ce sont des pros, on ne pèsera pas lourd face à eux !

— On n'a pas le choix ! chuchota Yael qui sentait l'urgence. Ils vont revenir !

Elle lui saisit le poignet en insistant :

— Tu ne pourras pas t'approcher discrètement, avec ta cuisse, alors laisse-moi faire.

Il allait protester lorsqu'elle se releva, une bouteille d'oxygène en main.

— Je *dois* le faire.

Tous les dix pas, Yael relevait la tête dans les hautes herbes pour distinguer sa cible. L'homme venait de poser son miniprojecteur pour allumer une cigarette.

Yael entendait son cœur cogner, et elle suait malgré le froid qui la raidissait de plus en plus. Si l'un des deux autres revenait subitement, elle n'aurait aucune chance.

Elle n'était plus qu'à dix mètres.

Elle accéléra, serrant la lourde bouteille d'oxygène contre elle, prête à en caresser le premier crâne à l'approche.

Ses cheveux mouillés la gênaient, sans cesse devant ses yeux.

Cinq mètres.

Elle allait y arriver. C'était possible.

J'attends le dernier moment avant de lever ça. Le dernier moment. Qu'il n'ait pas le temps de réagir.

Il tira sur sa cigarette, tout son visage s'embrasa d'une lueur rouge.

Une alliance brilla à son annulaire.

C'était un homme marié. Il avait une vie.

En une seconde, Yael prit pleinement conscience de l'existence qu'elle avait en face d'elle. Qu'elle pouvait détruire en frappant trop fort.

Peut-être était-il père ? Avait-il serré ses enfants contre lui ce matin avant de partir ? Ce type n'était pas uniquement « une menace », c'était un être humain, avec ses rires, son enfance, ses espoirs.

Son hésitation dévorait de précieuses secondes.

Et il tourna la tête vers elle.

Parfaitement synchronisées, ses deux mains firent balancier. L'une descendit en jetant sa cigarette pendant que l'autre montait.

Pointant la gueule abyssale de son pistolet sur elle.

44

Il avait chopé cette petite conne qui leur avait causé tant de problèmes en si peu de temps.

Une balle.

Dans le front.

Un petit trou luisant avec un filet de fumée qui s'en échappe.

La cervelle de cette nana explosant dans la nuit, le sang plus noir que l'oubli sous l'éclairage de la lune.

Elle était morte.

Et c'est lui qui aurait terminé le boulot.

Son index glissa sur la détente.

Il fantasmait.

Le choc fut immédiat.

Traumatisant.

Il ne vit pas ce qui lui fracassait le visage, juste une grosse masse fulgurante.

La douleur n'eut pas même le temps d'irradier dans son cerveau depuis les os brisés. Son esprit court-circuita sous l'impact, comme si on coupait brutalement le câble de l'alimentation. Tout s'éteignit.

Yael reprit sa respiration.

Thomas avait mis un peu plus de temps que prévu à cause de sa cuisse blessée, mais leur plan avait fonctionné. Une approche en tenaille, un de chaque côté, à vitesse régulière, le premier prêt devait frapper, et si l'un des deux se faisait repérer, l'autre se précipitait pour assommer le tueur.

— Il est… Il…, balbutia-t-elle.

— Viens ! ordonna Thomas en se précipitant vers leur voiture.

Il sauta à l'intérieur en jetant tout son équipement sur les sièges arrière, la clé était restée sur le contact et aucun des tueurs n'avait songé à la prendre.

Yael allait se précipiter à l'intérieur lorsqu'elle rebroussa chemin en sortant son couteau de plongée. Elle fit le tour du véhicule de leurs agresseurs pour planter la lame de toutes ses forces dans chacun des pneus, puis elle revint en courant.

Thomas démarra et accéléra sans ménagement.

— Baisse la tête ! commanda-t-il.

Yael s'exécuta. L'Opel vrombit, cahota violemment et fendit la végétation pour approcher de la forêt.

Deux hommes surgirent en courant dans son sillage. L'un déboula dans leurs traces tandis que l'autre tirait à plusieurs reprises en pleine course, sans même stabiliser son bras. Les balles arrosèrent les alentours sans faire mouche.

L'Opel jaillit entre les conifères qui formaient un rideau protecteur.

Thomas prit le virage à trop vive allure, l'Opel chassa et manqua de peu le tronc d'un épicéa, ses branches éraflèrent tout l'arrière.

Le journaliste négocia difficilement les virages successifs à pleine vitesse.

Ils parvinrent cependant à rejoindre la départementale et son goudron confortable.

— Ralentis, demanda Yael. Ils sont loin maintenant.

— Ils nous ont retrouvés, dit-il sombrement. On n'a laissé aucune trace, pourtant ils nous ont retrouvés. Comment tu expliques ça ?

Yael ne répondit pas. Tout allait encore trop vite dans son cerveau.

Après plusieurs minutes elle alluma le plafonnier, ouvrit le haut de sa combinaison et extirpa le papier qu'ils avaient remonté du lac.

Elle le déroula et lut.

Elle ferma les yeux un court instant.

Ses seuls mots furent :

— J'ai besoin de me réchauffer.

45

En s'engageant dans le dernier virage avant l'hôtel, Thomas demanda :

— Kamel sait dans quel hôtel nous logeons ?

— Non, on a payé en liquide et on ne l'a pas appelé depuis notre arrivée.

— Tant mieux.

— Pardon ?

— C'est plus prudent. Explique-moi comment ces types ont pu nous retrouver tout là-haut en pleine nuit ? Seul Kamel savait que nous devions venir à Thonon.

Elle secoua la tête.

— C'est ton ami ! Comment peux-tu penser ça ?

— Je t'ai dit qu'on se connaissait depuis un an, depuis mon reportage, ça ne fait pas de lui un ami pour autant. Je croyais pouvoir lui faire confiance, sa paranoïa en faisait quelqu'un d'incorruptible à mes yeux.

Thomas se gara derrière une camionnette. Il coupa le contact et resta immobile dans son siège.

— Nous étions perdus en pleine montagne, loin de Paris, personne n'aurait dû nous retrouver, répéta-t-il.

— Kamel n'y est pour rien.

— J'aimerais le croire.

— Je te le dis : il est innocent. Il ne savait même pas que nous devions aller au lac de Vallon ! Pour lui nous sommes descendus pour les gorges du pont du Diable. Et même s'il l'avait déduit comme nous du guide touristique, comment aurait-il pu prévoir que nous y serions cette nuit et pas en pleine journée ?

Thomas soupira.

— Je n'en sais rien…

— En revanche, si ce n'est pas lui, ça veut dire qu'ils ont trouvé un moyen de nous pister. Et ça c'est un vrai problème auquel il faut remédier tout de suite.

Thomas resta silencieux un moment puis il se redressa :

— On va parler à Kamel.

Ils s'écartèrent de l'hôtel pour trouver une cabine téléphonique d'où ils contactèrent le biper, à presque deux heures du matin.

Ils raccrochèrent et attendirent que le téléphone sonne. Thomas en profita pour satisfaire sa curiosité :

— J'ai le droit de savoir ce que dit le message dans la bouteille ?

Yael haussa les sourcils.

— Il dit qu'il nous faut une bible.

— Comment ça ?

— Je te le montrerai lorsqu'on aura réglé notre problème. J'ai apporté la bible trouvée sous la vasque de la chapelle, elle est dans mon sac.

— Comme si tout était prévu, hein ?

— Mais tout est prévu. Depuis le début, les Ombres ont calculé chacun de mes déplacements puisque ce sont elles qui m'y envoient.

La cabine se mit à résonner d'un signal sonore.

— Tout va bien ? demanda Kamel d'une voix étouffée.

— Je n'irais pas jusque-là, mais on est sains et saufs, rétorqua Yael qui avait pris le combiné.

Elle lui relata brièvement leur journée, et surtout leur découverte avant l'attaque.

— Nous sommes inquiets, Kamel, il se pourrait qu'ils aient trouvé un moyen de nous localiser.

— Peu probable, vous vous êtes rhabillés de la tête aux pieds. S'ils avaient placé des mouchards sur toi ou tes vêtements, ils ont tout perdu. Tu n'as pas gardé une vieille paire de lunettes ou une barrette au moins ?

— Non, je n'ai plus rien.

Thomas, qui était collé à l'écouteur, parla à son tour :

— Moi j'ai encore mes lunettes de soleil.

— Ils ne te connaissaient pas jusqu'à hier si j'ai bien compris, ils ne pouvaient pas te coller un émetteur.

— J'ai aussi mon téléphone portable, mais il est éteint.

— Depuis quand ? voulut aussitôt savoir Kamel.

— Relax, je ne m'en sers plus depuis hier matin, je l'ai gardé en cas d'urgence mais je n'ai passé aucun appel.

— Et ces types, ces tueurs, ils t'ont identifié, non ?

— Certainement, j'avais payé notre hôtel porte de Versailles par carte de crédit.

La voix de Kamel changea, elle était à présent teintée de peur :

— Tu as complètement coupé ton téléphone ?

— Oui, je…

— Parce que même si tu n'appelles pas, on peut te localiser, il suffit qu'il soit en veille ! Les opérateurs doivent localiser leur client pour lui « envoyer » l'appel entrant ou sortant, donc tu es pisté en permanence.

— Il est coupé, rassure-toi.

Kamel parut à peine plus serein :

— Sache que même si tu retires la batterie, il faut environ une demi-heure pour que les condensateurs ne fournissent plus assez d'énergie pour émettre le signal qui repère l'appareil. Et tous les téléphones sont équipés de condensateurs.

— Il est totalement éteint depuis hier.

— OK, donc c'est pas ça. Je ne vois pas comment ils ont pu faire. (Après une courte pause, il ajouta :) Pour l'instant soyez prudents, trouvez-vous un autre endroit que prévu pour la nuit, et dormez d'un œil, de mon côté je vais essayer de comprendre comment ils font pour vous suivre à la trace. Rappelez-moi demain matin.

Ils raccrochèrent, guère plus sereins.

Après un rapide tour des environs, ils prirent une chambre dans l'hôtel qui faisait face au leur, et obtinrent même du garçon de nuit qu'elle donne sur la rue. Ainsi ils pourraient surveiller les allées et venues.

Yael déposa leur sac de voyage sur l'un des deux lits et prit immédiatement de quoi se changer. Thomas était à la fenêtre.

— Avec la voiture sur le parking de l'autre côté de la rue, on devrait vite apercevoir si des gens s'en approchent, prévint-il.

— Il faut qu'on se relaie, dit Yael depuis la salle de bains où elle faisait couler l'eau. L'un dort pendant que l'autre monte la garde.

En prononçant ces mots, elle se rendit compte à quel point ils semblaient tout droit sortis d'une fiction.

Monter la garde. En étaient-ils arrivés là ? Dans quel cauchemar nageait-elle ? Fidèle à la ligne de conduite qu'elle s'était imposée l'avant-veille au matin, elle se força à ne plus penser en ces termes, à ne plus s'apitoyer mais à être dans l'instant présent, pour prévoir au mieux ses actions à venir. Se réchauffer tout d'abord.

Elle prit un bain très chaud dans lequel elle faillit s'endormir. Lorsqu'elle en ressortit, Thomas avait tiré une chaise jusqu'à la fenêtre et veillait, le pantalon en lin remonté sur sa cuisse blessée qu'il venait de bander. Il était pâle et ses lèvres étaient bleues. Ses avant-bras étaient tachetés de croûtes rouges.

— Elle s'est ouverte à nouveau ?

— Non, ça a tenu mais c'est douloureux.

— C'est déjà bien que les fils n'aient pas cassé. Va prendre une douche chaude, je te remplace.

Thomas la retrouva après un quart d'heure, l'air plus en forme.

Elle lui montra la vieille bible en cuir qu'elle avait remontée des catacombes, ouverte à une page, le nouveau message des Ombres glissé au milieu. Thomas le déplia, une écriture serrée et complexe avait tracé :

« L'Histoire ne se déroule pas, elle s'écrit, elle se fait.

Certains la prévoient en puisant dans le passé, pour écrire l'avenir, le formater à leur désir.

Notre futur est déjà écrit, il est partout, réapprenez à lire, à voir, à comprendre.

« Nous avons donné à l'homme ses chaînes, façonnant le maillon essentiel de sa civilisation.

APOCALYPSE, 13-16/17

« Notre sceau est partout, entre vos mains, sous vos yeux, l'humanité nous appartient.
« Tout était prévu.
« Passez de l'autre côté, Yael, avec nous. »

Thomas s'assit sur le rebord du lit.

— Ça te parle ?

— Je crois, dit-elle.

Il l'incita à développer d'un mouvement du menton.

— Le premier paragraphe rappelle ce que les Ombres me font comprendre depuis le début, expliqua-t-elle. Que le monde et notre histoire fourmillent de symboles que seuls les initiés peuvent lire, ce faisant ils deviennent capables de… comprendre réellement le monde et parfois de prévoir ce qui va suivre. Je pense que c'est parce qu'ils *orientent* très fortement l'Histoire qu'ils la prévoient. Au regard de ce qui suit, on pourrait même affirmer que les Ombres se servent de ce qui existe, parfois des mystères qu'elles ont elles-mêmes laissés derrière elles dans l'Histoire, pour *fabriquer* le futur.

— Pourquoi pas ? Et la suite ?

— Dans le second paragraphe le « nous » se réfère aux Ombres, aux gens dans les arcanes du monde, qui le dirigent : *« Nous avons donné à l'homme ses chaînes, façonnant le maillon essentiel de sa civilisation. »* Les chaînes, ce maillon essentiel, c'est encore un symbole, mais qu'est-ce qui est essentiel à notre civilisation ?

Après une courte réflexion, Thomas proposa :

— La religion.

— Non, elle est un maillon, mais pas le plus important. Je ne suis pas experte mais j'ai assez lu pour savoir que la religion s'est développée dans nos cultures de manière à consolider les pouvoirs de certains. Importante, oui, mais pas au cœur d'une civilisation.

— Sa culture alors ?

— Non plus, la culture peut évoluer, s'affranchir, elle n'est pas une entrave, au contraire, ça n'est pas elle qui est l'essence de la civilisation, elle l'alimente parfois. Regarde, au cœur d'une civilisation il y a le regroupement des hommes. Pourquoi ? Parce que dans l'interaction, la synergie des uns et des autres il y a le progrès de tous. Et pour avoir ce rassemblement, il faut l'échange, le partage...

— Le commerce, comprit Thomas.

— Oui, sous toutes ses formes, primitives ou non. C'est pour cet échange que les hommes se sont assemblés jusqu'à former des civilisations. En nombre ils sont plus forts parce qu'ils s'entraident. Je fais ça pour toi, je partage ma force ou mon intelligence et toi en échange que me donnes-tu ? Aujourd'hui le commerce est toujours le cœur de notre système, il définit notre survie.

— Alors les Ombres auraient aussi *inventé* le commerce ? se moqua Thomas. Je décèle comme un soupçon d'égocentrisme là, non ?

— Pas selon leur raisonnement. Elles affirment avoir *façonné* ses chaînes à l'homme : le commerce tel qu'il est aujourd'hui. En fait les Ombres disent qu'elles ont influé, construit le commerce moderne tel qu'il est, pas qu'elles l'ont créé. Pas tout à fait pareil.

Thomas posa le bout de son doigt sur la suite.

— Et la citation biblique, c'est quoi ?

— Regarde à la page ouverte.

Thomas lut à voix haute :

— « *Par ses manœuvres, tous, petits et grands, riches ou pauvres, libres ou esclaves, se feront marquer sur la main droite ou sur le front, et nul ne pourra rien acheter ni vendre s'il n'est marqué au nom de la Bête ou au chiffre de son nom. »*

— Le chiffre de la Bête est écrit juste après.

— *«… son chiffre, c'est 666 »*, ajouta Thomas en reposant la bible sur les draps.

— On pourrait logiquement déduire que la Bête, ce sont les Ombres, fit remarquer la jeune femme.

— Oui, un symbole de l'ombre, de ce qui se trame dans le dos des humains, une figure de la manipulation, en effet, les Ombres et la Bête ne font qu'un. De toute manière le diable, la Bête, a toujours servi aux puissants pour orienter, diriger les autres selon son bon vouloir, leur imposer ce qu'il voulait par la peur, le mensonge. C'est ce que les Ombres font, non ? Elles ont juste changé de sobriquet. Elles s'adaptent à la société dans laquelle elles vivent.

— Dans la société qu'elles façonnent, je dirais.

Thomas relut le dernier paragraphe :

— *« Notre sceau est partout, entre vos mains, sous vos yeux, l'humanité nous appartient.*

« Tout était prévu.

« Passez de l'autre côté, Yael, avec nous. »

— Le sceau qui est partout c'est…

— L'argent !

— Oui, approuva Yael. Regarde l'extrait de la Bible, la marque de la Bête sur la main ou le front.

— Pour payer, soit je tends la main, soit je me sers de… mes codes bancaires ! La main pour le cash, et le front pour symboliser l'esprit, la mémoire qui sert pour les autres transactions.

Yael n'était pas pleinement satisfaite de leurs déductions.

— Tout ça c'est juste, mais très… métaphorique. Jusqu'à présent, les Ombres ont toujours illustré leurs actes en me montrant un élément concret.

— L'argent, c'est concret ! Regarde le billet de un dollar ! Il est truffé de références ésotériques, le commerce international est basé sur le dollar, tout le monde s'en sert et personne n'a conscience qu'il est en train de reproduire les textes apocalyptiques de la Bible !

— Je suis sûre qu'il y a autre chose. Encore plus sournois.

— C'est déjà énorme ! La Bête possède l'humanité ! Elle a manipulé les hommes pour qu'ils bâtissent leur système de survie sur sa marque !

— Je suis d'accord, mais il manque encore le 666 quelque part.

L'effervescence de Thomas retomba.

— Qui sait ? C'est peut-être un code d'échange international…, lâcha-t-il sans y croire. Attends une minute… C'était ce qui était peint sur la porte des Catacombes en bas de chez toi !

— Exact. La marque de la Bête. Déjà les Ombres nous mettaient sur la piste du diable, des différents mythes et surnoms qu'il pouvait prendre au gré de l'Histoire. Et c'est dans les catacombes qu'on a trouvé cette bible.

Thomas croisa les bras sur son torse.

— Je suis sceptique tout de même, dit-il. Tu crois vraiment qu'un groupe d'hommes, une sorte de secte, se serait transmis le pouvoir et une sorte de… codification, de jeu de symboles depuis le Moyen Âge ?

— Je pense qu'il y a bien un groupe d'individus influents depuis quelques décennies, des hommes qui se rassemblent par le biais des divers groupes ésotériques et fermés, comme les fameux Skull and Bones par exemple, et que ces personnes manipulent le monde, s'approprient le pouvoir pour guider le monde. En même temps, il y a toujours eu des groupes comme celui-ci, les religieux à une époque, les aristocrates à une autre, et tous ces groupes ont toujours triché pour garder le pouvoir, pour contrôler les peuples. C'est peut-être ça que veulent dire les Ombres. Le pouvoir religieux à une époque ne tenait que par la peur des fidèles, on se servait de la Bête pour effrayer et rassembler les croyants sous des règles strictes, à l'avantage de l'Église. Et on tuait les réfractaires. La Bête n'était qu'un prétexte, un moyen. Derrière l'image de la Bête se cachaient en fait les hommes de pouvoir, et les Ombres se retrouvent dans cette méthode vieille comme nos civilisations. Ces êtres qui nous dirigent en secret changent avec les siècles, mais pas leur façon de procéder.

Yael quitta son poste pour aller s'étendre sur le lit proche de celui de Thomas. La fatigue commençait à faire son ouvrage.

— Repose-toi, dit-il. Je vais prendre le premier tour.

Il vint s'asseoir face à la fenêtre.

— Au moindre signe suspect je te réveille.

Pendant que Thomas s'interrogeait sur les méthodes utilisées par les tueurs pour les retrouver, Yael se questionnait sur la signification de ce fameux sceau des Ombres, le sceau de la Bête.

Sans deviner qu'il était présent dans la pièce en plusieurs endroits.

Et bien plus présent dehors. Partout.

Célébrant le triomphe de la Bête sur l'Homme.

BLOG DE KAMEL NASIR. EXTRAIT 7.

Il est indéniable aujourd'hui que le gouvernement Bush savait que des attentats se préparaient sur le sol américain. Il savait qu'il s'agirait certainement d'attaques utilisant des avions. En février 2001, les Israéliens avertirent les USA que des terroristes allaient pirater un ou plusieurs avions de ligne et s'en servir comme arme. Le roi de Jordanie, le président Moubarak et le chancelier Schroeder transmirent la même information au Pentagone. Pire, la CIA surveillait des extrémistes islamiques qui s'entraînaient au détournement d'avion sur la carcasse d'un vieil appareil au sol, par petits groupes de quatre ou cinq individus, utilisant des lames pour uniques armes. La CIA disposait de clichés satellites de ces entraînements. On savait à l'époque que plusieurs hommes prenaient des cours de pilotage uniquement pour savoir comment se diriger en vol, ils ne souhaitaient pas apprendre à atterrir ! En 2000, un homme a été à l'antenne du FBI de Newark dans le New Jersey pour affirmer qu'il avait entendu parler d'un projet d'attentat terroriste contre le World Trade Center avec des avions.

Cette accumulation ne déclencha aucune alarme.

Officiellement, les renseignements américains se justifient en expliquant qu'ils pensaient à des préparatifs de prises d'otages dans des avions. Ils ont préféré attendre de voir ce qui allait se passer, ils ne croyaient pas qu'il y avait urgence.

Ça semble ahurissant venant des services de renseignements.

Le 24 août 2001, les services secrets français remettent un rapport à l'antenne parisienne du FBI. Un document sur Zacarias Moussaoui prouvant ses liens avec al-Qaida, ses entraînements en Afghanistan dans les camps de Ben Laden, et ses relations avec plusieurs membres importants du réseau terroriste. Le document n'est jamais parvenu à l'antenne du FBI de Minneapolis où vivait Moussaoui. La direction ne transmettait pas les informations.

Tout était là, sous les yeux du gouvernement, la plupart des services secrets du monde le leur criaient dans les oreilles, leurs propres services de renseignements le leur criaient, mais ils n'ont rien fait. Rien.

À la longue, c'est à se demander.

Se pourrait-il que les politiciens milliardaires qui dirigent le pays soient à la solde de consortiums ultra-puissants, et pour cela prêts à sacrifier leurs propres électeurs ?

Cela semble aujourd'hui dément de pouvoir ne serait-ce que penser qu'un pays puisse organiser des attentats contre ses propres citoyens. Mais avec le recul des décennies, tout le monde finit par oublier, par ne plus s'en soucier.

Opération Northwoods.

C'était exactement ça.

Et parce que Kennedy s'est dressé contre, l'opération n'a pas eu lieu.

Pas tout de suite.

Je sais qu'en envisageant une théorie du complot aussi folle que celle-ci je dépasse les limites. Je le sais.

Alors je vous en conjure, si vous ne deviez faire qu'une seule chose après la lecture de ce récit : allez chercher des informations sur l'opération Northwoods. Vous verrez que je n'invente rien. Les huiles des armées américaines avaient élaboré un plan d'attaque terroriste contre leur propre pays ! C'était dans les années 60, il y a très peu de temps ! Certains sont encore vivants.

Enfin, quitte à aller loin, on peut ajouter la thèse de l'explosif dans les World Trade Center. Bien que je trouve la théorie folle, voire fantaisiste, je ne peux m'empêcher de la suivre d'un œil faussement distrait :

Morgan Reynolds a enquêté sur la destruction des tours. Tout le monde avait été extrêmement surpris qu'elles puissent s'effondrer, surtout aussi vite, après le choc des avions, et pour certains experts toutes les explications fournies aujourd'hui ne fonctionnent pas, voire se contredisent. De plus, comme le soulignait Frank de Martini (manager de la construction du WTC) peu de temps avant les attentats : les tours avaient été construites pour résister à l'impact de plusieurs jets de type 707 qui étaient les plus puissants à l'époque des travaux. De Martini a disparu le 11 septembre.

Et puis il faut rappeler que pour les premiers attentats, ceux de février 1993, l'équivalent de 820 kilos de TNT (!) avaient explosé dans les sous-sols d'une des deux tours, tout près de ses fondations, sans même les ébranler.

Reynolds, qui est un ancien conseiller économique de Bush, et professeur émérite d'économie à l'univer-

sité A & M du Texas aujourd'hui, rappelle qu'il existe bien un débat scientifique autour des causes réelles de l'effondrement des tours. Et que, plus grave encore, certains experts affirment que seule une démolition professionnelle contrôlée peut rendre compte de tous les éléments avérés par l'enquête. Reynolds termine son exposé en rappelant que pendant toute la durée de l'enquête conduite par la commission gouvernementale Kean, les experts en explosifs et en bâtiment ont été systématiquement écartés, voire intimidés.

C'est ce dernier point qui m'attire vers cette hypothèse folle. Pourquoi a-t-on empêché tous les experts en explosifs et en bâtiment d'approcher des décombres ?

À chacun d'en tirer ses conclusions.

46

Yael ouvrit les yeux à huit heures. Thomas était toujours assis près de la fenêtre à guetter les mouvements extérieurs.

Yael le contempla en clignant les paupières. Dans cette lumière blanche qui n'éclairait qu'un seul de ses profils, les traits marqués par l'absence de repos, il dégageait une force protectrice qui réchauffa l'âme de la jeune femme, refroidie par des mauvais rêves.

— Tu ne m'as pas réveillée, reprocha-t-elle, encore ensuquée.

Sa tête pivota vers elle, et aussitôt ses traits s'adoucirent. Yael aima cette altération. Elle aimait la manière dont il la regardait.

— Ton sommeil était agité, tu avais besoin de dormir et je n'étais pas fatigué. La bonne nouvelle c'est que je n'ai vu personne de suspect.

Yael mit de longues minutes à émerger du lit, des images de ses cauchemars.

Ils prirent une douche, s'habillèrent, et rassemblèrent leurs affaires qu'ils rangèrent dans le coffre de la voiture. L'un comme l'autre surveillaient les alentours, craignant à tout moment de voir surgir les tueurs. Personne ne se manifesta.

Avant de partir ils appelèrent le biper de Kamel depuis une autre cabine téléphonique. Après une dizaine de minutes sans réponse, ils décidèrent d'abandonner et de réessayer plus tard. Ils roulèrent en direction de Morzine et s'arrêtèrent à une boulangerie pour s'offrir quelques croissants.

Pendant que Thomas conduisait, Yael lisait le guide touristique qui relatait la légende du pont du Diable.

— C'est une vieille histoire locale mais on en retrouve des variantes un peu partout en France et dans le monde. Deux villages séparés par un gouffre et des villageois qui demandent à Dieu qu'il leur donne un pont pour pouvoir se rejoindre sans avoir à faire des détours. Dieu ne leur donne rien alors ils se tournent vers le diable qui leur construit un pont en échange de l'âme du premier être qui le traversera. Les villageois firent traverser une chèvre, ce qui déplut au diable qui maudit le pont et promit de tout faire pour que bien des gens tombent dans son gouffre… Et en effet, il y a eu beaucoup d'accidents mortels depuis le Moyen Âge. Par mal de gens ont dû profiter de la mauvaise réputation du gouffre pour régler leurs différends, si tu vois ce que je veux dire.

— J'imagine ! dit Thomas en bâillant. Tu crois que les Ombres veulent nous dire quelque chose à travers cette histoire ?

— Elles n'ont pas choisi cet endroit au hasard. J'y vois une illustration de la différence entre la réalité des faits et celle rapportée par l'Histoire, le mythe populaire en tout cas.

Yael tourna la page.

— En fait, lut-elle, toute la région est assez portée sur… l'occulte. Il y a eu à Morzine l'un des cas de possession collective les plus spectaculaires au monde.

— Possession collective ? s'amusa Thomas. Qu'est-ce que c'est ?

Yael continua son décryptage du chapitre sur Morzine :

— Entre 1857 et 1863 plus de deux cents personnes ont été possédées à Morzine. Essentiellement des femmes et des enfants.

— Tu plaisantes ?

Elle reposa le livre sur ses genoux.

— Ça me dit quelque chose, j'en ai déjà entendu parler, pas mal d'historiens et de sociologues se sont penchés sur ce cas parce qu'il ne relève pas de la légende, il y a eu des centaines de témoins et autant de procès-verbaux. Ça avait été très loin, je crois.

Elle se replongea dans le guide pour obtenir plus de détails.

— Oui, voilà. Les possédés étaient pris de convulsions, de démence, ou se livraient à des actes obscènes, exclusivement à l'encontre de l'Église ou des institutions publiques. Les femmes s'exhibaient devant l'autel ou devant les employés communaux par exemple. Malgré les demandes répétées de l'église de Morzine, l'évêque d'Annecy refusa de procéder à un exorcisme et ce sont les disciples de Charcot à l'hôpital de la Salpêtrière qui vinrent examiner la situation. On envoya à l'asile bon nombre de personnes, jusqu'à devoir mobiliser un régiment de Dragons, pour imposer l'ordre et un couvre-feu. Les choses sont revenues à la normale peu à peu et les possessions se sont arrêtées.

— J'ai du mal à le croire !

— Pourtant, pour une fois dans ce genre d'histoire, il y a tellement de preuves et de témoins, imagine : plus de deux cents personnes affectées sur six ans !

— Et aucune explication… rationnelle ?

Yael termina sa lecture.

— Tiens… ça va te rassurer. Les experts qui se sont penchés sur ce cas depuis ont trouvé une raison. Sociologique tout d'abord. C'est une époque où la plupart des hommes de la région durent partir chercher du travail ailleurs, ils s'absentaient longtemps, laissant les femmes entre elles, avec les enfants. C'est la période – 1860 – où la Savoie est rattachée à la France, Morzine est un village un peu isolé en ces temps, et le changement fait peur. C'est une société industrielle et moderne qui va happer un village rural. Les femmes de Morzine entendent parler de ce rattachement, de ce que ça va changer, de l'autorité française qui va s'exercer. Elles s'imaginent le pire. En l'absence des hommes, elles s'enflamment, s'inquiètent. L'Église et les institutions qui représentent l'autorité, l'État, deviennent la cible de ces peurs, parce qu'elles ne savent pas rassurer, parce qu'elles jouent le même jeu. Et à force de ressasser ces craintes, elles s'amplifient, les femmes en rajoutent, jusqu'à ce que l'une d'entre elles passe à l'acte : un délire ciblé contre l'Église qui sert aussi de bouc émissaire. Et tout ça fait des émules.

— C'est une réaction un peu… disproportionnée, non ?

— C'est là qu'intervient la seconde raison : alimentaire. Les femmes de Morzine consommaient beaucoup de seigle, très souvent ergoté. L'ergot de seigle est une maladie due à un champignon et qui développe plusieurs alcaloïdes, dont l'ergotamine, responsable de l'ergotisme, et le lysergamide, aux propriétés hallucinogènes puissantes… le LSD.

— Elles souffraient de délires hallucinatoires ?

— Oui, des délires orientés et exacerbés par l'effet de groupe. Puis le fait que la Savoie avait été rattachée à la France en douceur, sans que leur vie change, calma progressivement les esprits et la spirale infernale se dissipa.

Ils croisèrent un camion qui les obligea à rouler contre le bord du talus.

— Encore une fois : il y a l'apparence et la vérité, constata Thomas. Les Ombres ont bien choisi leur coin !

Yael fouilla le paysage, le regard dans le vague.

— Je crois que ce n'est pas la région qui doit attirer notre attention, conclut-elle.

Thomas se gara sur le parking. Ils étaient à flanc de montagne, surplombant une vallée étroite et boisée dont on ne distinguait rien d'autre qu'une frondaison épaisse.

Ils payèrent leur droit d'entrée au comptoir d'une bâtisse qui vendait tous les produits artisanaux du Chablais, et descendirent vers la forêt par un sentier sinueux. Ils passaient entre des blocs de rochers imposants, couverts de mousse.

Une nappe brumeuse stagnait entre les troncs, comme l'haleine d'une créature énorme hantant le gouffre.

Les frênes et les érables cachaient le ciel à mesure que le couple dévalait le sentier, se rapprochant d'un froissement cristallin qui résonnait depuis les profondeurs de la vallée.

Un toit en bois avait été construit entre deux rochers. Une plate-forme surplombait le gouffre. Yael s'y aventura et découvrit les falaises torturées par le passage séculaire du torrent, plongeant en à-pic vers un abîme d'ombres, d'arêtes et d'eaux tumultueuses plus de soixante mètres en contrebas.

Une poignée de visiteurs attendaient devant une grille que le guide donne le signal pour se jeter sur leurs appareils photo et Caméscopes. Yael et Thomas se fondirent dans le petit troupeau et un grand gaillard blond d'une vingtaine d'années vint ouvrir la porte cadenassée.

— Faites attention à l'escalier, prévint-il, il est abrupt et traître, regardez bien vos pieds ! Le diable a eu assez de sacrifices comme ça !

Yael adressa un sourire ironique à son compagnon.

La visite commença en passant sous une arche minérale gigantesque, un bloc de pierre éboulé là depuis le sommet de la montagne, des millénaires plus tôt, coincé au-dessus du précipice par sa masse. Le guide expliqua l'origine du gouffre, sa formation par l'érosion du marbre sous l'action répétée de l'eau, ponctuant son discours d'humour et d'anecdotes qui plaisaient aux touristes.

Yael tendit l'oreille, cherchant dans son récit un élément qui pourrait se rapporter aux Ombres.

Ils marchaient sur des passerelles métalliques rivées aux parois à mi-hauteur, cachés du soleil par la profondeur et noyés dans le bruit du torrent qui se répercutait jusqu'à marteler le cerveau à coups de décibels.

— Nous allons à présent passer sous le fameux pont du Diable ! s'écria le jeune guide sous les exclamations des enfants.

L'humidité opacifiait l'air d'un voile blanchâtre. Yael songea à un miroir de salle de bains après une douche brûlante ; elle avait envie de passer un coup d'éponge sur l'horizon.

Le pont du Diable n'était en fait qu'une voûte naturelle reliant les deux bords du gouffre, un long rocher effondré là des milliers d'années plus tôt et découvert par hasard au Moyen Âge par des paysans. Le guide expliqua qu'au-dessus, l'unique chemin praticable était étroit et couvert de mousse glissante. Les chutes au fond des gorges n'avaient pas manqué dans l'histoire du pont du Diable. Mais il avait permis d'économiser un détour de sept kilomètres à bien des gens pendant plusieurs siècles.

Yael se remémora le texte des Ombres qui les avait conduits jusqu'ici.

« Qui contrôle les hommes et les victoires contrôle l'Histoire. La vôtre, Yael, est gardée dans une gorge, sous le pont du Diable. Dans la plus grande des marmites de géant où elle bouillonne encore et encore, dans l'attente de vous être révélée. »

Elle s'approcha de la rambarde et contempla le fond du canyon.

Des dizaines de marmites de géant se succédaient à différentes hauteurs, à mesure que le torrent avait creusé la roche pour s'enfoncer toujours plus bas.

Mais une en particulier se démarquait par sa taille, juste sous le pont, une quinzaine de mètres au-dessous de Yael. Elle était un peu au-dessus du niveau du torrent, l'eau s'y engouffrait par moments, tournoyant un instant avant de s'écouler plus bas par un trou.

Yael donna un léger coup de coude à Thomas pour lui montrer sa découverte. Il acquiesça, l'ayant également remarquée.

De là où ils se trouvaient, rien de particulier ne sautait aux yeux dans ce cercle de pierre, grand comme une baignoire ronde, ni marque ni objet.

— Continuons la visite, proposa Thomas, de toute façon on ne peut pas descendre.

Ils terminèrent en remontant un escalier qui débouchait dans la forêt, un peu à l'écart du fracas. Yael attendit que les touristes remercient le guide et se dispersent pour l'approcher.

— J'ai une question à vous poser. Il y a des visites qui s'aventurent au niveau de l'eau ?

Il secoua vivement la tête

— Surtout pas ! Il y a un barrage plus haut, lorsqu'il ouvre ses vannes l'eau monte d'un coup sur plusieurs mètres, c'est beaucoup trop dangereux et imprévisible.

— Donc personne ne descend jamais ?

— En théorie non, sauf les jeunes inconscients !

Yael prit l'air amusé.

— Ah, bon ? Ça arrive souvent ?

— Non, heureusement. Des ados néerlandais l'été dernier, mais ils sont remontés sans bobos, le barrage n'avait pas ouvert les vannes.

Il se fendit d'un sourire.

— Et puis cette nuit apparemment ! ajouta-t-il.

Yael masqua le coup d'adrénaline que cette réponse venait de déclencher en elle.

— Cette nuit ?

— Oui, quelqu'un a forcé la grille et a sûrement accroché son matériel à la passerelle pour descendre, il l'a un peu abîmée Ce coup-ci c'était sûrement pas des gamins qui passent les vacances dans le coin, plutôt un amateur d'escalade, un truc dans ce genre.

— Pourquoi ?

— Parce que ici on connaît la faille, c'est du calcaire en amont, c'est plus évasé, les gosses descendent par là et longent le torrent jusqu'ici pour atteindre le gouffre. Mais le bonhomme a utilisé un équipement d'escalade. C'est le plus rapide pour se rendre en bas, mais faut franchir la grille et ensuite savoir se servir d'une corde !

Yael échange un bref regard avec Thomas.

— Dites, vous ne cherchez pas à y aller au moins ? interrogea le guide subitement inquiet.

Thomas coupa court à toute spéculation en exhibant sa carte de presse, suffisamment vite pour ne pas laisser au guide le temps de lire son nom.

— On rédige une série d'articles sur les promenades de l'été, compléta le journaliste. On est friands de toutes les anecdotes possibles.

Ils le remercièrent et prirent la direction du sentier pour remonter.

Une fois à l'écart, Yael jubila :

— Ce sont eux ! Les Ombres ont envoyé un de leurs sbires ici cette nuit.

— Ce qui signifie qu'on les talonne. On est tout près. Elles mettent en place les éléments à trouver, te croyant à Paris. Elles ignorent que tu as déjà les indices en ta possession. Si on se dépêche, on pourra les intercepter la prochaine fois.

Il prit Yael par la main et l'entraîna vers la sortie, porté par l'excitation.

— Maintenant, dit-il, il faut qu'on descende dans cette marmite.

47

Thomas vérifia les horaires de visite du gouffre et retrouva Yael à la voiture.

— Ils ferment à dix-huit heures !

— On a le temps de rentrer sur Thonon pour déjeuner et essayer de joindre Kamel. Je n'ai pas aimé qu'il ne réponde pas ce matin, ça m'angoisse.

Il était à peine midi lorsqu'ils traversèrent le square Aristide-Briand pour s'installer en terrasse, bien à l'abri des regards entre un énorme pot de fleurs et leur parasol. Yael s'éclipsa, le temps d'aller téléphoner à Kamel. Il la rappela presque immédiatement pour lui dire qu'il n'était pas plus avancé, qu'il ne trouvait aucune piste expliquant que les tueurs les aient retrouvés.

Elle finit par raccrocher, observant la place où les gens déambulaient nonchalamment.

Il y avait forcément une explication. Les tueurs n'avaient pu remonter jusqu'au lac de Vallon en pleine nuit par simple déduction. Soit ils disposaient d'un émetteur placé quelque part, soit ils avaient été renseignés. La première solution ne tenait pas la route. C'était techniquement improbable. Elle n'avait conservé que l'essentiel : passeport, permis de conduire, cartes, trousseau de clés, juste les objets qui ne pouvaient dissimuler un émetteur, elle avait même jeté son stick hydratant pour les lèvres. Et quand bien même un mouchard serait passé au travers du filet, les tueurs se seraient déjà manifestés depuis cette nuit. Si elle était pistée, elle n'avait pas parcouru assez de distance pour qu'ils ne puissent pas la retrouver.

Restait l'autre hypothèse.

Mais qui pouvait savoir où elle se trouvait en pleine nuit ?

Personne. Absolument personne. Pas même l'homme qui leur avait loué le matériel de plongée.

Sauf Thomas…

Yael porta son regard aussitôt de l'autre côté de la place, parmi les tables du restaurant. Les perspectives changèrent, elle se sentit à mille lieues de son compagnon dont elle ne distinguait qu'une main posée sur son verre, le reste du corps caché par le pot de fleurs.

C'était idiot. Elle ne pouvait pas l'accuser. Thomas n'avait rien fait. Il ne l'aurait jamais trahie. Pas lui. Yael ne le connaissait pas depuis longtemps, mais l'intensité de leur aventure les forçait à se montrer sans masque, bruts et prêts à réagir avec les tripes, l'esprit à vif, pour survivre, pour prendre la bonne décision. Thomas était entier avec elle, sans compromis.

Pourtant c'est la seule personne qui savait où nous trouver cette nuit…

Elle repensa aux Ombres.

Yael ferma les yeux et se passa la main sur le front.

Les Ombres le lui disaient depuis le début : tout est prévu.

Les Ombres manipulent les histoires personnelles des gens pour manipuler l'Histoire.

Elles avaient placé Thomas sur le chemin de Yael.

Comment l'avait-elle rencontré ?

Yael paniquait à présent. Elle se força à respirer, à faire le point rapidement. Son absence prolongée allait alerter Thomas.

Dans un bar... Je suis sorti... c'était... vendredi soir. Je n'avais pas prévu de sortir seule, je devais voir Tiphaine ! Je n'aurais pas dû aller dans ce pub. Personne ne pouvait prévoir que j'y serais.

Yael étala les événements et les déductions comme on pose ses vêtements pour les choisir.

C'est moi qui suis allée vers lui ! C'est moi qui l'ai dragué ! Il ne faisait même pas attention à moi...

Elle se repassait la scène : ils s'étaient croisés à la sortie des toilettes, et elle n'avait pas arrêté de le fixer au bar. Il n'était pour rien dans leur rencontre, c'était elle qui avait tout fait. Les Ombres ne pouvaient pas aller jusqu'à commander les actes et les émotions d'une personne, elles ne faisaient qu'influencer. Plus elle examinait Thomas, plus elle réalisait combien il était impossible que tout fût prévu.

Il l'avait aidée tout le temps, et c'était grâce à lui qu'elle avait une longueur d'avance sur les Ombres aujourd'hui.

Elle revit tous ces instants où il l'accompagnait, sa présence réconfortante. Elle secoua la tête.

Comment pouvait-elle devenir paranoïaque à ce point ?

Les circonstances, ce sont les circonstances..., se répéta-t-elle.

Je n'arrête pas de découvrir que rien n'est comme il paraît, que tout est apparence...

Yael tiqua. Elle était en train de devenir ce que les Ombres faisaient d'elle. Une paranoïaque. Une marginale. Elle allait peu à peu s'exclure du monde, faire peur aux autres, ne plus être appréciée et crue. C'était bien ça… Elle deviendrait à son tour… une ombre ! Une ombre parmi les vivants.

Elle devait se maîtriser, ne pas se laisser influencer. Conserver cette maigre avance qu'elle avait, et l'exploiter au mieux pour gagner du terrain et court-circuiter les Ombres dans leur propre jeu.

Trouver ce qui l'attendait dans cette marmite de géant sur sa propre histoire. Découvrir ce qu'était ce sceau de la Bête que tout le monde utilisait, par lequel les hommes et les femmes de ce monde étaient marqués.

Yael s'empressa de retourner auprès de Thomas.

— Tout va bien ? s'inquiéta-t-il.

— Oui. J'ai joint Kamel, il n'a rien trouvé pour l'instant. Il continue de chercher.

Yael hésita avant de confesser ses doutes.

— Nous avons été pistés d'une manière ou d'une autre. J'espère seulement que ce n'est plus le cas, dit-elle enfin. Je… J'en suis même venue à te suspecter.

Un très court instant, Thomas laissa poindre une lueur de déception. Yael lut une blessure dans ses yeux, mais il s'empressa de rectifier.

— Je m'y attendais.

— Ne le prends surtout pas mal…

Il l'interrompit en levant les mains :

— C'est normal ! J'en aurais fait autant à ta place.

Un silence gêné s'installa entre eux. Ils commandèrent deux steaks tartares, et les mots chassèrent peu à peu le flottement. Yael posa des questions sur l'adolescent qu'il avait été, elle voulait trancher, l'espace d'un repas, avec tout ce qu'ils vivaient depuis six jours.

Thomas hésita avant de s'exprimer librement. Les doutes de Yael, même s'il affirmait le contraire, l'avaient profondément touché. Puis il oublia, bercé par les souvenirs de ses premières amours, de ses bêtises de jeunesse et de ses années d'études.

Ils payèrent tandis que le ciel se couvrait peu à peu, virant d'un bleu pâle au gris-blanc hésitant. Un filet noir se profilait à l'horizon. La nuit serait pluvieuse.

Ils s'en allèrent dans une rue piétonne pour manger un cornet de glace. Yael réalisa que ces confidences étaient réparatrices, ce moment d'accalmie les rechargea, apaisant leurs nerfs tendus à l'extrême.

Court répit.

En croisant toutes ces femmes, tous ces hommes et ces enfants, Yael s'interrogea sur la nature du sceau de la Bête. Qu'est-ce qui pouvait tous les lier, être à ce point omniprésent et invisible ? Une marque apposée sur les êtres humains, au cœur de l'essence de leur civilisation : le commerce. Ce n'était pas seulement l'argent sous toutes ses formes.

Pourtant, en voyant tous ces gens payer en utilisant souvent la main droite, Yael se demanda s'il fallait vraiment chercher plus loin.

Ils passaient devant une grande librairie, elle entraîna Thomas à l'intérieur. Elle détailla les rayons et les différents thèmes, ÉSOTÉRISME attira son attention. Elle passa en revue les titres. Rien ne l'inspirait.

Sans se décourager, elle alla visiter ÉCONOMIE et chercha un ouvrage qui pourrait traiter des symboles dans l'économie moderne. Elle hésita sur un titre, mais après avoir feuilleté l'ouvrage elle voulut le reposer, il ne convenait pas.

Elle eut alors un mouvement d'hésitation.
Puis, par curiosité, elle vérifia son intuition.
Et tout son corps se raidit.
La solution n'était pas dans un livre.
Mais sur tous les livres.

48

À moins de deux kilomètres de là, deux hommes sortaient de l'hôpital pour retrouver leur véhicule. Le plus grand, Dimitri, lâcha une bordée de jurons en russe.

— Putain, même son gosse pourra plus le reconnaître ! cracha-t-il, en français cette fois.

Son acolyte lui lança un regard froid.

— Luc a merdé, on connaît tous les risques, dit-il sans se départir de sa carapace impassible.

— On chope cette fille et c'est moi qui vais lui régler son compte. Je vais lui faire payer d'avoir abîmé un pote

Michaël ne répondit pas. Yael Mallan leur posait des problèmes.

Il fallait cependant s'en tenir aux méthodes traditionnelles, pas d'écarts. Dimitri devrait être recadré.

Michaël se tâta, puis estima qu'il était préférable d'attendre un peu que l'émotion retombe. Ils venaient de voir le médecin qui s'occupait de Luc, et le verdict était sans appel : défiguré.

Tout le visage s'était enfoncé dans le crâne.

Son cerveau avait été endommagé par un os de la boîte crânienne et il faudrait encore un peu de temps pour savoir si les dégâts seraient irréversibles. La zone de la motricité était touchée.

Michaël avait réglé les formalités, avec l'appui de l'Entreprise. Elle savait comment gérer ce genre de situation délicate.

Michaël avait expliqué aux médecins comment Luc était tombé la tête la première sur un rocher tandis qu'ils faisaient les imbéciles en montagne, quelques bières à la main. Dimitri avait confirmé.

L'Entreprise avait aussitôt dépêché une femme de confiance pour ajouter un témoignage supplémentaire qui terminerait de convaincre les médecins et éviterait que la police s'en mêle de trop près.

Ils arrivèrent à la voiture où Magali les attendait. Une grande brune élégante, en tailleur blanc de grand couturier, la frange biseautée très tendance, et un maquillage qui mettait en valeur ses pommettes, ses lèvres et ses longs yeux noirs.

— Alors ?

— C'est un légume, commenta Dimitri avec sa finesse habituelle.

— Des nouvelles de la cible ? interrogea Michaël.

Magali répondit par la négative.

— Il faut relancer la procédure. Ça prend du temps. Dès que les techniciens auront l'information, on nous appellera.

Michaël s'installa au volant.

— Qu'ils se magnent, je veux pas qu'elle prenne le large. Maintenant qu'on a une idée du client, on va arrêter d'y aller comme des amateurs. Je veux plus le moindre accroc. Pigé ?

Il fixait Dimitri.

— Cette gonzesse en a dans le ventre, continua-t-il, alors on va arrêter de faire les guignols, parce qu'elle nous a déjà filé entre les pattes deux fois.

— Et l'Entreprise est furieuse du fiasco parisien, ajouta Magali. Plus de conneries de ce genre !

Michaël acquiesça. Elle avait raison. Encore une opération aussi catastrophique et ils devraient se faire oublier pour le restant de leurs jours. En étant optimiste.

Michaël montra la boîte à gants et Dimitri l'ouvrit pour en sortir une petite mallette.

Elle contenait la précieuse livraison apportée par Magali.

Le BIN-D.

Bio-Inoculateur Non Discernable.

Une arme fabriquée au départ par la CIA, lançant un minuscule dard empoisonné. Si le tir était bien ajusté, la victime ne se rendait même pas compte qu'elle avait été touchée. La toxine à base de potassium agissait en une minute. Pour peu qu'on puisse récupérer le dard, et à moins d'une autopsie très minutieuse pour relever l'infime trace de piqûre, on concluait à une mort naturelle, défaillance cardiaque. Le potassium mortel se confondant avec celui qui était libéré par le corps à la mort, chaque être humain en libérant des doses plus ou moins grandes.

Michaël s'empara du pistolet.

Il y avait plusieurs doses. De quoi régler le problème Yael Mallan une bonne fois pour toutes. Et celui de son mystérieux compagnon par la même occasion.

Michaël prit son téléphone et le posa sur le tableau de bord à côté de son écran portable GPS. Lorsque le premier sonnerait, on lui transférerait les informations sur le GPS, et Yael clignoterait sur son plan comme un arbre de Noël. Il fallait un peu de patience. Le temps de relancer tout le système de repérage qui dépendait en majeure partie de la grande distribution. S'approprier les codes d'un individu était toujours compliqué et délicat. Néanmoins l'Entreprise y était parvenue. Elle avait identifié un numéro rattaché à Yael Mallan et l'avait lancé à tous ses logiciels pirates installés dans les ordinateurs des magasins sans qu'ils le sachent. Merci Internet.

Si Yael Mallan passait non loin d'un système de détection – beaucoup de grandes structures de vente en possédaient – elle serait repérée par l'ordinateur, et celui-ci enverrait automatiquement un mail à l'Entreprise. C'était absolument illégal, mais si pratique. C'était ce que l'Entreprise appelait une *étude sauvage de marketing*.

Ils avaient eu de la chance la veille. Les résultats étaient tombés rapidement. Elle était près du lac Léman, repérée par un magasin de la banlieue de Thonon-les-Bains. On l'avait ensuite localisée aux abords d'un lac de montagne, le signal avait été capté par erreur sur une balise-relais de téléphone. L'Entreprise avait eu l'info par un logiciel espion dans un ordinateur des télécoms qui surveillait toute entrée ou sortie d'appel sur les téléphones de Yael Mallan et Thomas Brokten. Le logiciel était couplé à toutes les informations surveillées, et avait aussitôt envoyé son e-mail d'avertissement au siège de l'Entreprise.

Le temps que Michaël et son groupe se mettent en route et qu'ils arrivent, le signal était perdu. C'était le problème avec ces puces de grande consommation. On en perdait facilement le signal. Les modèles à venir corrigeraient ce problème.

Ils avaient refait son parcours en montagne, espérant tomber sur elle, en vain. Sur l'intuition de Luc, et à défaut de mieux, ils étaient retournés de nuit au fameux lac.

Elle était bien là. Et Luc avait payé le prix fort.

Michaël serra les poings.

Maintenant, il fallait attendre que le téléphone sonne.

Et cette fois, ils ne la rateraient pas.

49

Thomas chercha à comprendre ce qui venait de se produire dans la tête de Yael. Elle prenait des livres au hasard dans les rayons et regardait brièvement au dos de chacun. Après quoi elle sonda la pièce pour aller vers les agendas où elle procéda de même.

Elle sortit sans prévenir pour entrer dans le magasin d'en face, une boutique de maroquinerie. Elle vérifia plusieurs articles tous différents et retrouva Thomas dans la rue. Elle semblait abasourdie.

— Qu'y a-t-il ?

Elle ne répondit pas, encore trop préoccupée par sa découverte.

— Comment est-ce qu'on a pu laisser faire ça sans que personne en parle ? lâcha-t-elle.

— Faire quoi, Yael ?

Elle fit claquer ses mains, prise d'une idée subite.

— Il me faut Internet !

— Yael, tu es une grande malade de l'ordinateur, tu sais ?

— Non, vraiment, je dois vérifier si ce n'est pas une énorme coïncidence.

Thomas ne put que la suivre ; elle courait presque, le nez en l'air à guetter la moindre enseigne de cybercafé ou d'espace informatique. Elle trouva une salle de jeux en réseau, et obtint contre dix euros une connexion Internet dans un coin de la pièce où s'affrontaient des adolescents hilares.

Elle pianota à toute vitesse.

— Yael, rappelle-toi notre conversation avec Kamel, je n'aime pas trop que tu sois là, si un logiciel de la NSA compare ta dynamique de frappe avec sa base de données, tu seras repérée en un rien de temps.

— Je ne suis peut-être pas archivée dans leur base de données, dit-elle sans se détacher de son écran. Et puis je n'en ai que pour quelques minutes.

Thomas soupira et vérifia la porte d'entrée. Il n'aimait pas ça. Il n'y avait de toute évidence qu'une sortie. Si les tueurs les repéraient, Yael et lui seraient morts.

En moins de cinq minutes, Yael trouva la confirmation qu'elle cherchait. Elle avait vu juste.

— C'est… incroyable. Et tellement banal que tout le monde s'en moque.

— De quoi parles-tu à la fin ?

Yael se tourna vers lui. Elle examina les alentours et se leva pour attraper un livre de programmation qui traînait sur le comptoir.

— Regarde au dos.

Thomas obéit.

— Je ne vois rien.

— Pas même ce qui est au cœur du commerce ?

— Quoi ? Je ne comprends rien, qu'est-ce que tu veux dire ?

Elle posa son index sur le petit rectangle en bas de la page.

— Le code-barres. Il est partout. Dans tous les pays.

— Et ?

— Tu sais comment il fonctionne ?

— C'est une référence codée selon des chiffres.

Yael approuva :

— Chaque chiffre de 0 à 9 est codé selon un procédé qui lui attribue une ou plusieurs barres noires d'épaisseurs différentes et une espace blanche plus ou moins conséquente. Pour information, le chiffre 6 est codé par deux barres noires fines, de la même épaisseur, séparées par une espace blanche assez fine.

Thomas vérifia le code-barres du manuel. Les chiffres étaient inscrits au-dessous des lignes parallèles. Aucun six.

Cependant, le code commençait par deux barres fines, le symbole du 6, bien que le chiffre ne soit pas porté. Thomas remarqua le même symbole au milieu du code-barres et à la fin.

— 6, 6, et 6, dit-il en posant son doigt dessus. 666, le chiffre de la Bête.

— Exactement ! Tous les codes-barres ont une règle de construction : le début, le milieu et la fin sont composés du 6. Parfois ces barres qui constituent le squelette du code sont plus longues que les autres, parfois non. Mais elles sont toujours présentes. Il y a en général un chiffre qui précède le code-barres et qui lui n'est pas codé, c'est juste un chiffre seul, d'identification, par exemple en France pour les livres c'est le 9 et ensuite vient le code-barres.

— Et tous les codes-barres du monde sont ainsi ? s'indigna Thomas.

— Le code-barres EAN est le plus répandu, celui qui fait office de modèle, basé sur l'UPC nord-américain. En dehors de la presse, qui est régie par un code à part, presque tous les articles vendus dans nos pays industrialisés ont un code-barres EAN ou UPC, avec les doubles barres fines du 6 au début, au milieu et à la fin.

Thomas se passa la main dans les cheveux, nerveux.

— Comment c'est possible ? Comment les Ombres ont-elles pu imposer la présence du 666 dans tous nos codes-barres ?

Yael désigna l'écran d'ordinateur et le site sur lequel elle naviguait.

— Probablement comme pour le billet de un dollar et tout le reste. Par influence. On prend la décision en haut lieu, et on place des pions aux positions stratégiques. Toi, le journaliste, tu connais la technique du noyautage : on infiltre des éléments à soi dans les institutions à surveiller et ces éléments vont morceler de l'intérieur ladite institution : soit la désorganiser et la détruire, soit en prendre le contrôle.

Yael marqua une pause pour avaler sa salive, avant d'ajouter.

— Le plus fou n'est pas comment ils ont réussi à le faire, mais que personne n'en parle ! Juste quelques sites sur Internet, des illuminés pour la plupart, et c'est tout. Il suffit d'entrer dans n'importe quelle boutique pour regarder les codes-barres et s'en rendre compte.

— Il faut savoir quel est le symbole du 6, ces deux barres fines…

— C'est pas très compliqué. Dire que depuis plusieurs décennies notre commerce s'effectue sous « le sceau de la Bête »… Pourquoi ? Pourquoi les Ombres font-elles ça ? Jusqu'à présent il n'y avait pas de délire eschatologique, pas de prédiction de fin du monde, tout ça semblait très… concret !

— M'est avis que tu ne tarderas pas à l'apprendre. Bon, si on partait, je ne suis pas très à l'aise ici.

Ils se relevèrent et traversèrent la salle.

— Ils sont là, murmura Yael pour elle-même, partout, ils façonnent l'Histoire à leur gré, ils manipulent nos vies, truffent le monde de codes, mais pour quelle raison ?

Elle s'immobilisa juste avant la sortie.

— Attends, je dois vérifier quelque chose.

Cette fois Thomas grogna, mais fit demi-tour avec elle, conscient qu'il était inutile de chercher à la raisonner.

Elle reprit son clavier et pianota de site en site, Chambres de commerce et d'industrie, Registre du commerce, puis, alternant les moteurs de recherche, elle tenta de glaner des informations sur l'entreprise Deslandes, son employeur.

— Que fais-tu ?

— Je… m'assure que je ne suis pas moi-même manipulée depuis longtemps…

Après quelques minutes d'analyse, elle secoua la tête.

— Je ne vois rien chez Deslandes qui puisse, d'une manière ou d'une autre, être rattaché à moi ou aux Ombres. C'est déjà ça.

Elle repoussa le clavier.

— Euh… Tu permets que je regarde à mon tour ? fit Thomas. Tu viens de me donner une idée.

Il procéda de la même manière, voyageant sur les sites administratifs et parmi les archives virtuelles des journaux d'économie.

— Je pense qu'on peut dire sans se tromper que les Ombres sont des gens très puissants, exposa-t-il, dans l'ombre des dirigeants, ou quelque chose de ce genre, non ? Comme s'il y avait en permanence quelqu'un dans l'ombre de celui qu'on croit être le responsable. Eh bien, je voudrais juste adapter ce raisonnement à notre situation et aux éléments concrets que nous avons.

Yael n'était pas sûre de suivre.

— Lesquels ?

— On ne connaît l'identité que de deux personnes pour l'instant.

— Languin et son… commanditaire : Lubrosso.

— Tout à fait. Qui dit que Lubrosso n'avait pas un patron au-dessus de lui ? Et si celui qui commandait Lubrosso était son supérieur hiérarchique ?

— Je croyais qu'il était propriétaire de son entreprise, c'était bien lui le patron de l'usine, non ?

— Ça ne veut pas dire qu'il n'y ait eu personne au-dessus.

Thomas erra de coupures de presse en organigrammes.

Après dix minutes durant lesquelles il en oublia la surveillance de l'entrée, il posa doucement son doigt sur l'écran.

«… Le rachat par le banquier suisse Henri Bonneviel de la verrerie Lubrosso pour implanter sur le territoire français son… »

Yael parcourut en diagonale l'article qui n'avait d'autre intérêt que de révéler que l'usine faisait partie depuis peu d'un groupe d'investissement appartenant au milliardaire suisse. Elle s'apprêtait à dire que ça ne suffisait pas à tirer la moindre conclusion quant à l'implication de ce banquier genevois, lorsqu'elle aperçut la photo qui illustrait le papier.

Henri Bonneviel souriait à l'objectif dans un costume sur mesure.

Yael prit appui sur la chaise de Thomas pour se soutenir.

Elle connaissait très bien ce Bonneviel.

Sous un autre nom.

50

Henri Bonneviel était un assemblage de paradoxes. Aussi flasque dans son corps que son regard pouvait être ferme et tranchant. Son sourire décontracté était aussi rassurant que le pli de ses lèvres le rendait inquiétant.

Sur la photo du journal, l'homme d'affaires était sûr de lui. Dans la mémoire de Yael, il était timide et maladroit.

Le Shoggoth.

— C'est un de mes clients, lâcha-t-elle sans parvenir à y croire.

Thomas la dévisagea.

— Tu veux dire qu'il ressemble à un de…

— Non, c'est lui ! Plus je le regarde et moins j'ai de doutes. Il n'y a pas deux types comme lui ! Ce… banquier est mon client du vendredi. Celui qui m'achète des yeux en verre.

— Comment ça ?

— C'est un gentil bonhomme qui se fabrique des bijoux avec des yeux de verre, il s'en accroche partout.

— Comme pour dire qu'on n'a pas assez de deux yeux pour tout voir ?

Dans l'éclairage de ces derniers jours, Yael corrigea :

— Comme pour dire qu'on peut se rajouter autant d'yeux qu'on veut, on n'en sera pas pour autant différent, on ne verra pas mieux. Le nombre n'est pas nécessaire…

— … il faut savoir comment regarder.

Yael rejeta la tête en arrière.

— Je n'arrive pas à croire que ce type soit… un banquier.

— Et pas un petit, précisa le journaliste en reprenant le clavier pour creuser le sujet.

Des silhouettes, à peine des ombres à contre-jour, passaient devant la porte vitrée de la salle de jeux.

Thomas débusqua plusieurs informations sur Henri Bonneviel.

La liste des cinquante plus grandes fortunes établie par le magazine *Forbes* s'afficha.

— Il est en trente-septième position.

— Suffisamment riche pour faire ce qu'il veut, sans être sur le devant de la scène, déduisit Yael. Mais pourquoi cet homme s'est-il déguisé depuis… quatre mois, tous les vendredis, pour venir me voir ?

— Il aurait pu te surveiller de loin, donc c'est par… ludisme. Hey, regarde un peu ça !

Il mit en surimpression plusieurs lignes d'un article de presse spécialisée.

« … pour M. Bonneviel qui vient à Paris tous les vendredis pour le conseil d'administration du groupe Lodvan dont il fait partie, et dont les actifs… »

— Il profitait de ses impératifs professionnels pour te rendre visite, t'approcher. Il voulait te connaître.

— C'est lui qui est derrière tout ce qui m'arrive, n'est-ce pas ? C'est donc lui qui me dira pourquoi. Qui m'expliquera comment ils ont fait pour me rendre dingue au point de voir des ombres dans les miroirs. Pour envahir mon ordinateur. Il vit où à Genève ?

— Yael, je ne crois pas que ce soit une bonne idée...

Elle le coupa froidement.

— Je veux son adresse.

Thomas planta son regard dans le sien et se leva.

— C'est une énorme bêtise, Yael. Je n'approuve pas du tout.

Yael prit sa place et poursuivit l'investigation. Elle ne trouva nulle part l'adresse personnelle du banquier mais rassembla suffisamment d'informations sur ses différents partenaires pour tenter le tout pour le tout dans une bouffée de culot. Elle loua le téléphone du gérant de la salle pour appeler le siège de la banque de Bonneviel. Se faisant passer pour la secrétaire de direction d'une entreprise qui faisait affaire avec le milliardaire suisse, elle obtint l'une des assistantes de Bonneviel et lui fit croire qu'en remerciement de leur dernière transaction son patron souhaitait faire livrer une caisse d'un excellent vin à M. Bonneviel. À son adresse personnelle bien sûr. Henri Bonneviel habitait une villa à Cologny, près du centre de Genève.

Yael recopia les informations et raccrocha.

Thomas l'attendait, impatient de quitter cet endroit qu'ils occupaient depuis trop longtemps à son goût.

Elle exhiba fièrement son bout de papier.

— Je le tiens !

Thomas l'entraîna à l'extérieur sans plus tarder.

— Il est temps de retourner au gouffre, fit-il. Le temps d'y monter et de le rejoindre à pied, il sera fermé.

— Et ce soir, cap sur Genève, ajouta la jeune femme.

Thomas ouvrit la bouche mais réussit à se taire. Inutile d'insister, il commençait à la connaître.

Tout cela allait très mal se terminer. C'était son intuition.

51

Ils étaient garés à moins d'un kilomètre du gouffre du pont du Diable, sous un panneau interdisant formellement de descendre au bord du torrent car le niveau pouvait monter subitement. Le paysage montagnard était celui auquel ils s'habituaient peu à peu : falaises et forêts, mer de végétation et arêtes rocheuses surgissant des flancs cabossés. Un lac gris bordé d'un épais tapis de conifères s'étirait jusqu'au barrage-voûte du Jotty que Yael contemplait avec une admiration teintée d'appréhension. Elle se sentait minuscule à côté de cette masse de béton, et la cuvette qu'il dominait ne lui inspirait pas confiance.

C'était pourtant là qu'ils devaient descendre.

L'air était lourd, électrique. Les nuages bas, charbonneux, faisaient craindre à Yael qu'un orage n'éclate dans la soirée.

Elle espérait être de retour avant, surtout ne pas se trouver dans le gouffre lorsque la pluie déchirerait le ciel.

Thomas passa en premier, trouvant un semblant de chemin qui dévalait jusqu'au pied de l'immense mur lisse. Une fois en bas, Yael contourna une mare formée à la dernière ouverture des déversoirs, évita un tas de troncs pourris et marcha dans les traces de son compagnon qui longeait le petit torrent. Ce dernier occupait à peine la moitié de son lit rocheux.

Les coteaux qui l'encaissaient étaient couverts d'arbustes, de buissons et de rocs que Yael espérait bien arrimés.

À mesure qu'ils progressaient, les parois devenaient de plus en plus escarpées, les emprisonnant au fond d'une tranchée haute de trente, puis quarante et enfin une cinquantaine de mètres.

Yael avait les mains moites. Malgré la présence d'un corridor de ciel anthracite au-dessus de leurs têtes, elle avait l'impression d'être enfermée sous terre. Le fracas assourdissant du torrent ajouta au malaise.

— Thomas, c'est le seul chemin pour repartir ? osa-t-elle demander lorsque l'angoisse fut trop forte.

— J'en ai bien peur…

Elle prenait désormais toute la mesure de l'avertissement qu'ils avaient ignoré en se garant. Cette fichue promenade pouvait se révéler fatale. Si le barrage ouvrait ses vannes, il n'y aurait aucune fuite possible, ils seraient emportés, écrasés de rocher en rocher.

Les pentes viraient à la roche grise, tandis qu'elles tutoyaient une verticalité parfaite. Il faisait sombre là où ils posaient les pieds. Yael consulta sa montre : 18 h 45.

Le gouffre était à présent fermé au public, personne ne les verrait approcher.

La lumière déclinait très vite. Thomas s'en voulut de n'avoir pas emporté une lampe torche.

Le gouffre s'annonçait dans l'angle d'un virage.

L'écho du torrent frappait les parois en continu.

Yael repéra avec envie les passerelles qu'elle avait arpentées dans la matinée, plusieurs mètres au-dessus d'eux

D'ici la magie du site n'était plus la même.

La contemplation fascinante du vide et de la géométrie chaotique du matin laissait place à une sensation de vertige écrasant. Le gouffre réussissait l'exploit d'étourdir non plus par sa profondeur mais par sa hauteur sans fin et son étroitesse.

— J'avais oublié un détail, pesta Thomas. La marmite de géant est de l'autre côté, il faut traverser.

Groggy par la démesure du paysage, Yael haussa les épaules. Elle était coupable du même oubli, obsédée par sa claustrophobie naissante.

Thomas inspecta le torrent sur une centaine de mètres pour trouver le gué le plus praticable.

— Ici, Yael. Avec un peu d'équilibre ça devrait aller.

— Et si je tombe ?

— Il y a moins d'un mètre d'eau. Tu seras trempée et frigorifiée mais vivante.

Pas sûre d'elle pour autant, elle lui emboîta le pas, en se répétant pourquoi elle était là. Ce qu'elle était venue chercher.

Thomas joua au funambule, sautant de pierre en pierre jusqu'à rejoindre l'autre rive sans problème. Yael l'imita, avec plus d'assurance et de facilité qu'elle ne l'aurait cru.

Ils étaient sous le pont du Diable, et elle s'étonna de la brusque obscurité.

La falaise se creusait à cet endroit, plusieurs plates-formes naturelles se succédaient au-dessus du torrent. Des marches avaient été taillées dans la pierre à l'époque des premières visites, plus d'un siècle auparavant, pour passer de l'une à l'autre afin de surplomber le panorama. Des marmites de géant perçaient les terrasses, comme les souvenirs d'un bombardement intense.

Yael repéra la plus grande, celle qui les intéressait, et s'en approcha.

Il y eut alors un énorme choc sonore, comme un coup de canon. Le gouffre tout entier résonna lourdement. L'image d'un géant frappant la montagne de son marteau de guerre s'imposa dans l'esprit de Yael.

Puis le grondement roula à nouveau, depuis les nuages jusque dans la vallée, dévalant les pentes et faisant trembler sur son passage tout ce qui ressemblait à un être vivant.

L'orage éclatait.

52

Les premières gouttes de pluie mirent un certain temps avant de s'infiltrer dans le gouffre. Yael sauta dans la marmite de géant, ses baskets éclaboussèrent Thomas qui surveillait au bord du trou, un mètre plus haut.

Yael s'accroupit pour fouiller entre les pierres qui s'étaient entassées dans la cuvette avec les années. Une flaque stagnait au milieu, alimentée par le torrent lorsqu'une vaguelette se soulevait assez haut en heurtant la roche.

La bassine géologique faisait moins de deux mètres de diamètre, tout en arrondis, parfaitement polie par les millénaires. Yael remarqua un entassement de cailloux plus conséquent au centre, comme un petit cairn.

Elle plongea les mains dedans. Les galets étaient froids, ils roulèrent en s'entrechoquant.

Le tonnerre claqua à nouveau et cette fois une pluie grasse se mit à fouetter la pénombre.

Yael sentit du plastique sous ses doigts, et un objet dur.

Un éclair illumina le gouffre, plaquant sur le couple l'ombre du pont du Diable.

La pluie devint plus drue qu'une douche.

Yael tira sur ce qui l'attendait depuis la nuit précédente.

C'était une pochette transparente contenant un rouleau de papier.

La foudre s'abattait sur la montagne, en même temps que le grondement furieux de la tempête.

Yael tenait un nouveau message dans la main.

Et un revolver.

— Il faut y aller ! cria Thomas par-dessus la pluie battante et le vacarme du torrent.

Yael se retourna, levant bien haut la pochette.

Thomas resta à la regarder, l'eau ruisselant sur son visage.

— Prends tout, finit-il par crier, on verra plus tard.

Ils s'empressèrent de quitter la berge par le gué qui commençait à s'animer. La pluie s'engouffrait maintenant dans la faille avec énergie, elle claquait contre les parois. Thomas et Yael furent rapidement trempés.

Le journaliste saisit Yael par la main et l'entraîna en courant en sens inverse, pour remonter vers le barrage avant que le torrent ne s'énerve.

Le ciel n'était plus qu'un plafond bas d'un gris-noir uni. Il faisait presque nuit, chaque foulée appelait la vigilance pour ne pas risquer de se briser la cheville.

Le déluge inondait le pays, se déversant avec une rage telle qu'il occultait la vue, plombant l'horizon d'un rideau qui mangeait les montagnes.

Yael lâcha la main de son compagnon pour rabattre ses cheveux mouillés en arrière, loin de son visage. Ils n'avaient pas fait un quart du trajet et déjà les eaux bouillonnaient, léchant leurs semelles.

Un éclair vint rompre le carcan obscur qui se resserrait sur la vallée. Le tonnerre cogna entre les pentes.

Yael avait les pieds dans l'eau. Ils couraient toujours.

Elle n'entendait ni ne voyait plus rien, ses sens saturés jusqu'à l'extrême. Elle ne faisait que poser un pied après l'autre, le plus vite possible, en prenant garde de ne pas perdre l'équilibre.

La foudre flashait régulièrement, accompagnée de son colosse rugissant. Et le torrent ne cessait de grossir et de prendre de la vitesse. Il n'était plus qu'un flot d'écume jaillissante.

Ils couraient, les mollets fouettés par les assauts de plus en plus violents des vagues.

Il surgit alors du voile opaque. Monumental.

Le barrage s'arrachait à la terre juste devant eux.

Et Yael remarqua les taches noires et mouvantes qui apparaissaient et disparaissaient en rythme entre les arches du sommet.

Le niveau du torrent allait exploser d'un instant à l'autre.

— Vite ! hurla Yael. Il faut sortir de la cuvette !

Thomas chercha le sentier par lequel ils étaient descendus.

Des dizaines de rigoles boueuses coulaient à toute vitesse entre les rochers et les buissons. Il ne le retrouvait pas.

Pris par le temps, il s'élança au hasard dans la montée, débusquant mètre après mètre leur parcours.

Des pierres roulaient en rebondissant le long de la pente.

Thomas errait à tâtons, s'agrippant d'une main où il le pouvait et aidant sa cuisse malmenée de l'autre main. Yael le suivait, esquivant les coulées glissantes qui manquaient de la faire chuter.

Ils parvinrent à la route, puis au parking, à bout de souffle.

Une fois à l'abri dans la voiture, ils se turent, occupés à récupérer, bercés par la cacophonie qui s'abattait sur le pare-brise et les *flop* cadencés de leurs vêtements qui gouttaient abondamment.

Yael rouvrit les yeux après une minute. Elle frissonnait.

Les dieux s'affrontaient devant eux.

À grands coups de flèches embrasées qui irisaient le grand néant au milieu duquel flottait la voiture.

Des glaives flamboyants s'acharnaient sur la terre, des lances aux racines noueuses, brillant dans les ténèbres comme la mort.

Elle réalisait, à vingt-sept ans, qu'elle n'avait jamais assisté à un orage en pleine montagne.

Les hampes de l'Enfer sondaient ce monde fuligineux. Elles lançaient leurs décharges à l'instar de tentacules effrayants, la tempête se déchirait, laissant apparaître sa véritable forme : celle d'une pieuvre noire couvant ces sommets et ces gorges.

— Ça va ? demanda Thomas en frissonnant lui aussi.

Yael lui sourit. Elle se savait en sécurité dans le véhicule, même en cas de foudre, ses pneus l'isolaient du sol et l'habitacle ferait office de cage de Faraday. Du moins espérait-elle que ses souvenirs de physique étaient corrects.

— Alors ? dit-il. On voit ce que c'est ?

Le sachet en plastique reposait sur ses cuisses.

Le revolver.

Délicatement, elle ouvrit l'emballage et prit le rouleau de papier en prenant soin de ne pas toucher l'arme. Elle le déroula, sachant qu'ils tenaient peut-être là un moyen d'intercepter les Ombres s'ils se dépêchaient.

Le texte était manuscrit, de la même écriture serrée et alambiquée, presque gothique, que celle du message de la bouteille.

« Le mensonge est un des ciments de l'Histoire. Volontaire ou par omission. Toutes les familles ont un secret. Toutes. Ignoré par la plupart. Ces secrets de famille reposent sur le mensonge.

« Que savez-vous de votre famille, Yael ? Qu'ignorez-vous ? Les fantômes ne hantent que ceux qui peuvent les voir. Avez-vous vu le vôtre, sous la surface des apparences ?

« Certains savent. Il y en a toujours qui savent. La gorge du Diable est le puits des mensonges, mais si vous lui donnez votre âme, le diable parle toujours... »

La pieuvre de lumière déplia une dernière fois ses tentacules et, peu à peu, glissa vers l'est.

53

Yael lut et relut le texte jusqu'à le connaître par cœur. Elle commençait à se familiariser avec la rhétorique des Ombres.

Le sens des phrases, sibyllines en apparence, lui apparaissait de plus en plus vite.

Cette fois, les mots lui faisaient mal. Ils ne lui nouaient plus seulement les tripes, ils frappaient à l'estomac, touchaient au cœur.

« Que savez-vous de votre famille, Yael ? Qu'ignorez-vous ? »

— Montre-moi, dit Thomas en prenant le texte.

Yael se massa les tempes.

— Ce coup-ci, on y est, murmura-t-elle.

Thomas se souleva sur son siège pour lui faire face.

— J'ai peur que… l'heure de vérité ait sonné. Tu… Que sais-tu sur tes proches ?

Yael secoua la tête.

— Rien qui soit douteux. C'est ça qui ne colle pas. J'ai l'impression qu'on se fout de moi !

Thomas l'observait, n'osant rien dire. Il attendit qu'elle accepte l'évidence. La démarche des Ombres n'avait rien d'une plaisanterie, et tout ce qu'elles avaient entrepris jusqu'à présent avait révélé la réalité du monde.

La colère de Yael retomba aussitôt. Elle savait.

— Il faut… Il faut procéder dans l'ordre, annonça-t-elle. Je me fais à leur écriture, je m'habitue à leurs tournures. D'abord le premier paragraphe.

Elle le lut à voix haute :

— « *Le mensonge est un des ciments de l'Histoire. Volontaire ou par omission. Toutes les familles ont un secret. Toutes. Ignoré par la plupart. Ces secrets de famille reposent sur le mensonge.* »

— Rien de particulier, aucun sens symbolique, c'est de l'explicatif.

— C'est un moyen de te rappeler que tu ignores probablement… ton secret de famille, non ?

Yael approuva sombrement.

— Second paragraphe… « *Que savez-vous de votre famille, Yael ? Qu'ignorez-vous ? Les fantômes ne hantent que ceux qui peuvent les voir. Avez-vous vu le vôtre, sous la surface des apparences ?* »

— « Sous la surface des apparences », c'est le lac.

— Et mon fantôme est ce cadavre dans la maison engloutie…

Yael prit une profonde inspiration pour se donner du courage. Elle savait que ce squelette n'allait pas cesser de la hanter.

— Et pour finir : « *Certains savent. Il y en a toujours qui savent. La gorge du Diable est le puits des mensonges, mais si vous lui donnez votre âme, le Diable parle toujours…* » Il nous faut trouver ceux qui savent.

— Ton fantôme date de 1943, la formation accidentelle du lac. On cherche sûrement une personne âgée.

— « *La gorge du Diable est le puits des mensonges, mais si vous lui donnez votre âme, le diable parle toujours...* », répéta Yael.

Elle décrypta sans peine la signification de cette dernière phrase.

— Personne ne voudra parler, ou bien on nous mentira. Sauf si je suis sincère. Je dois dire qui je suis. J'ai peut-être des ancêtres qui ont vécu dans la région.

— Tu sais quoi de tes parents ?

Yael soupira.

— On sait toujours tout et rien de ses parents. On ne sait que ce qu'ils ont bien voulu nous dire. Et c'est encore pire pour les grands-parents et ainsi de suite ! Il n'y a pas de grand mystère, juste des drames. Ma mère s'est tuée dans un accident de voiture il y a quatre mois. Mon père était orphelin, voilà ! C'est ça nos grands secrets de famille !

Thomas secoua la tête doucement. Il se rappelait les confidences de la jeune femme lors de leur premier dîner.

Yael baissa le ton, calmant sa colère grandissante.

— Excuse-moi. C'est juste que... Mes parents étaient des êtres bons. Le souvenir de ma mère me fait mal depuis qu'elle n'est plus là. Et mon père est un homme bien, il ne mérite que de belles choses, tu comprends ? Je ne veux pas qu'on vienne les salir ou me polluer le crâne avec des trucs qui... ne me regardent pas.

— Peut-être que ça n'a rien à voir avec eux, tu sais.

— En fait il n'est pas vraiment orphelin, il n'entretenait pas de bons rapports avec sa mère et il n'a presque pas connu son père, il est mort lorsqu'il avait un an.

— Je peux te demander comment ?

— On ne sait pas. C'était la guerre. Il est parti un matin pour travailler, il n'est jamais revenu. Sa femme a toujours soupçonné les Allemands, sans jamais le prouver.

— Tu sais où ils vivaient ?

— Ma grand-mère n'aimait pas en parler, c'était douloureux pour elle. Je sais juste qu'ils ont grandi dans la région lyonnaise.

Thomas prit le temps de rassembler les informations. Il craignait d'avoir compris qui était ce cadavre déliquescent qu'ils avaient libéré.

— L'énigme parle des gorges du pont du Diable, rappela Yael, je crois que celui ou ceux qui savent sont ici même. Si tu veux bien, j'aimerais qu'on aille voir, j'ai vu une maison en face de l'entrée des gorges ce matin.

Thomas acquiesça et mit le contact, pendant qu'elle enfournait le sachet avec l'arme dans son sac à dos.

Ils roulèrent à peine un kilomètre avant d'aller se garer à nouveau, sous un vieil hôtel en pierre, les essuie-glaces en action.

Yael alla frapper à la porte, s'abritant de la pluie sous le porche. Une petite étiquette racornie au nom de MALINVAL pendait au-dessus de la sonnette cassée.

Un vieil homme vint ouvrir le battant de bois et fronça les sourcils en apercevant le couple trempé.

— Eh bien… l'eau ça fait pousser que les plantes, vous savez !

Yael lui rendit un sourire aimable.

— Monsieur, je… Je m'appelle Yael Mallan, je suis désolée de vous déranger maintenant. J'ai besoin de vous poser quelques questions.

Le vieillard la regarda avec insistance, puis se recula.

— Entrez, entrez.

Ils pénétrèrent dans un salon rustique où flottait une odeur chaude de bouillon, réveillant l'appétit de la jeune femme.

— C'est surtout d'une serviette dont vous avez besoin, dit leur hôte.

Il leur en tendit une, délavée par les années.

— Monsieur…, commença Yael.

— Je m'appelle Lucien.

Il ouvrit un buffet poussiéreux pour en sortir une bouteille de génépi dont il servit trois verres.

— Ça va vous préserver du rhume, expliqua-t-il.

— Pardonnez cette question, mais y a-t-il beaucoup de personnes qui vivent ici ? Je veux dire autour du gouffre du Diable ? Des personnes qui… des personnes qui sont là depuis longtemps.

— Y a moi. Et puis les autres fermes, plus loin.

Les Ombres avaient précisé la gorge du pont du Diable. C'était ici, pas à dix kilomètres.

— Lucien, je suis confuse d'être aussi franche, mais je recherche des informations. Probablement en rapport avec ma famille.

Il évita son regard en buvant une gorgée de liqueur.

— Je m'appelle Mallan, ça vous dit quelque chose ?

Cette fois il la fixa intensément. Puis il guetta Thomas.

— Vous devriez en parler avec votre famille, conseilla le vieil homme.

— Pour ce qu'il en reste, on ne peut pas dire qu'elle soit… bavarde.

— Je l'ai déjà dit à votre… père, je suppose. C'est une vieille histoire qui n'a pas besoin d'être remuée.

— Mon père est venu ici ?

— Je pense que c'était lui. Un M. Mallan, la cinquantaine.

Yael palpa aussitôt sa salopette à la recherche de son portefeuille. Il était dans son sac à dos, à ses pieds. Elle en tira une photo de famille avec ses parents et elle.

— C'est lui ?

Lucien Malinval secoua la tête.

— Non. Mais il m'a dit s'appeler François Mallan. C'est pas un nom que j'oublierai de toute ma vie.

Yael leva sur lui des yeux contrariés. François Mallan était le nom de son père.

54

Thomas vit Yael se raidir. Il devina que quelqu'un s'était fait passer pour son père afin de faire parler le vieil homme.

— C'était il y a combien de temps ?

— Je sais pas bien… à l'été dernier je dirais, peut-être bien en juin ou juillet, il y a plus d'un an.

Yael s'efforça de ne pas perdre le fil de la conversation malgré sa surprise. Les Ombres la traquaient depuis longtemps.

— Monsieur Malinval, c'est important pour moi, que lui avez-vous dit ?

Le vieux montagnard termina son verre, visiblement embarrassé.

— Je préférerais éviter.

— C'est important pour moi, répéta-t-elle. J'ai besoin de savoir.

— Personne n'a besoin de savoir ces choses-là, croyez-moi.

Elle lui prit la main et plongea en lui son regard éploré.

— Je ne vous créerai pas de problèmes, c'est juré. Je dois savoir. C'est ma famille, supplia-t-elle.

Il reprit sa main pour faire tourner le verre sur la table. Sa bouche s'ouvrit puis se referma. Il n'avait pas de lèvres, comme si le temps les lui avait mangées. Il jeta un bref coup d'œil vers la photo noir et blanc d'une femme en robe et tablier qui trônait sur le vaisselier.

— Je vais vous le raconter parce que tous les protagonistes de cette affaire sont morts aujourd'hui, cependant je ne veux pas d'ennuis, c'est d'accord ? Je ne dirai rien à la gendarmerie, moi. Et je ne veux plus en entendre parler après.

Elle acquiesça et il prit une profonde inspiration. Aussi profonde que s'il devait descendre loin en lui, puiser dans la mine acide de sa mémoire.

— Y avait des Mallan qui vivaient dans la région autrefois. Au hameau de Malatraix, c'est un village qui n'existe plus.

— Il a été emporté par le glissement de terrain de 1943, nous y sommes allés.

Lucien Malinval l'observa avec minutie, comme si elle venait subitement de surgir sous ses yeux. Il approuva :

— C'est ça. Le gars, Armand Mallan, c'était pas un boute-en-train, pas plus que sa femme.

Yael échangea un bref regard vers Thomas.

« Mes grands-parents », lut-il sur ses lèvres.

— Pendant la guerre, il y avait pas mal de maquisards dans la région, des enfants du pays qui n'aimaient pas trop les Allemands et qui profitaient de la montagne pour se cacher. Et Mallan, il était plutôt du genre milicien, il avait de la sympathie pour Vichy, je crois. Il a fait des choses pas reluisantes. Il a dénoncé plusieurs maquisards. Des hommes des alentours, et même des adolescents. Il y a eu des morts. Des fusillés. Et lui, il s'en est bien tiré. Tout ça n'a pas beaucoup plu, déjà qu'il n'était pas bien apprécié avec ses manières. Dans les garçons qu'il a trahis, il y en avait de Malatraix, avec de la famille encore vivante au village, ça lui a causé de gros tracas. Mais les miliciens l'avaient à la bonne, alors personne n'osait rien faire, de peur des représailles. En 43, quand il y a eu l'éboulement, j'habitais avec mon frère dans la scierie plus haut, sur la montagne. C'est nous qui avons vu les premiers la coulée de boue et les troncs qui dévalaient la pente. Dans la nuit, notre chambre a été traversée par la vague.

Ses yeux abîmés par les décennies brillaient à l'évocation de ces souvenirs lointains.

— Dans la vallée, on s'est organisés les jours suivants. On a préparé le départ. Mais ça a donné des idées à des gens. Un soir, j'ai vu les hommes du hameau se rassembler pour aller chez les Mallan. Il en avait fait des grossièretés, le Mallan, il avait du sang sur la conscience, mais ce qui s'est passé cette nuit-là valait pas mieux. Y a eu du grabuge dans la maison, avec la femme Mallan qui criait et tout. J'ai entendu, j'étais avec mon frère. Des hommes sont ressortis avec l'œil vicieux, si vous voyez ce que je veux dire. Ils portaient le père Mallan. Sa femme et son fiston sont restés à l'intérieur. Ils ne voulaient que le traître. Ils ont parlé d'utiliser la ferme qui commençait à être inondée. Et puis je suis rentré avec mon frère. On en avait assez entendu.

Il se resservit un verre et le but d'une traite.

— S'il est encore quelque part, Armand Mallan, c'est sous le lac, conclut-il. C'est pas une belle histoire, mademoiselle, mais ne jugez pas. C'était un autre temps. C'était pas comme aujourd'hui.

Yael n'avait aucune envie de juger.

Elle assistait avec une analyse presque suspicieuse à son propre détachement. Curieusement, elle n'éprouvait aucune émotion. L'homme qui était venu ici sous l'identité de son père n'était qu'un menteur, assurément à la solde des Ombres. Son propre père n'avait jamais eu vent de cette sinistre histoire. N'ayant jamais connu son grand-père, elle n'éprouvait pas la moindre peine à parler de sa mort, et l'homme qu'il avait été ne méritait pas d'apitoiement, malgré sa disparition tragique. Elle comprenait mieux maintenant pourquoi sa grand-mère était cette femme acariâtre et peu bavarde, pourquoi elle avait menti sur leurs origines, cachant qu'ils avaient vécu ici.

— Ce François Mallan qui est venu vous voir, que vous a-t-il dit ? s'enquit-elle.

— Il m'a expliqué que ses parents avaient vécu là, autrefois. Que sa mère était morte depuis peu et qu'il avait trouvé dans ses affaires des documents qui mentionnaient leur passage dans le pays. Il voulait pouvoir faire un trait sur son passé, il voulait savoir pourquoi on ne lui en avait jamais parlé. Il venait de questionner pas mal de monde dans le coin, sans qu'on puisse le renseigner. Jusqu'à moi.

— Vous lui avez répété tout ce que vous venez de me confier ?

— C'était pas mon intention au départ. J'ai commencé par lui dire que c'était vrai. Ses parents avaient vécu ici pendant quelques années. Jusqu'en 43. Après quoi ils étaient partis on ne sait où. Mais il a insisté. Il avait besoin de savoir. Je lui ai dit que je ne les connaissais pas bien, j'étais jeune à l'époque. On a causé tous les deux. Il voulait comprendre. Il m'a fait parler.

Le menton du vieil homme se contracta un instant. Yael comprit qu'aussi douloureux que fussent ces souvenirs, Lucien Malinval éprouvait un certain besoin de les exprimer ; les partager, c'était les exorciser. Il avait accepté de tout lui dire sans vraiment rechigner parce qu'il en ressentait le désir.

— Ça me faisait du bien de partager tout ça, confirma-t-il aussitôt. Et lui, comme ça, il savait. C'était peut-être pas très beau, mais c'était mieux qu'il sache. Il ne m'a pas demandé de noms, rien. Il voulait juste savoir.

— Il n'a pas cherché à connaître des détails en particulier ?

— Non. Enfin si, il s'interrogeait sur la ferme inondée. Il se demandait s'il était possible que le corps de son père soit encore là-bas. J'ai pas su lui répondre. Personne ne sait, et plus personne ne voudrait savoir.

Yael tenta de mettre de l'ordre dans les pensées qui l'assaillaient. Comment les Ombres avaient-elles pu venir jusqu'ici ?

À la mort de ma grand-mère, au printemps, il y a un an et demi. Elles ont réussi à pénétrer chez elle, à fouiller dans ses papiers, à violer ses souvenirs.

Cela signifiait que ça n'était pas seulement elle, Yael, qui était sous surveillance, mais toute sa famille. Une idée insoutenable lui vint à l'esprit concernant l'accident de sa mère. Elle la chassa aussitôt, avec une violence aveugle.

Les Ombres se sont introduites chez ma grand-mère, avides de n'importe quelle information. Elles ont l'habitude de ça. Elles savent qu'il faut toujours fouiller, remuer le passé des familles pour remonter à la surface un secret bien gardé.

Peut-être avaient-elles fait de même avec chaque membre de la famille ? Creusant sans arrêt, sans rien trouver de probant, jusqu'à ce moment. Elles devaient se montrer patientes et acharnées pour espérer obtenir un résultat.

Les Ombres avaient ensuite organisé une plongée discrète pour voir si le cadavre y était encore. Elles avaient découvert la malle, peut-être l'avaient-elles même remontée à la surface pour pouvoir y mettre la bouteille au message sans abîmer le squelette ?

Depuis combien de temps surveillaient-elles Yael ?

Un an et demi ? Deux ans ?

Cela lui semblait fou. Pourquoi témoigner d'un investissement pareil ? En moyens, en hommes, en énergie ? Qu'avait Yael de si particulier pour les intéresser à ce point ?

Henri Bonneviel détenait sûrement la réponse.

Son pied heurta son sac et quelque chose de lourd à l'intérieur.

Elle se remémora le revolver.

Il aurait son utilité avant la fin de cette histoire.

BLOG DE KAMEL NASIR. EXTRAIT 8.

On peut sourire à la lecture de mes mots, me traiter de paranoïaque, de conspirateur, certes. Mais je ne fais que mettre bout à bout les informations qui traînent. Allez-y, prenez votre ordinateur et allez sur Internet. Faites quelques recherches sur ces « délires », et vous constaterez qu'ils sont bien réels. Consultez les archives des journaux sérieux. Interrogez quelques historiens bien documentés. Fouillez. Vous verrez.

Mais soyez prudents, car comme dans les films (!), il arrive qu'en voulant raconter la vérité, on finisse par avoir des problèmes.

Je pense à l'agent de la CIA Robert Baer qui décida enfin d'aller devant le Congrès américain pour leur expliquer comment tout fonctionnait, notamment la puissance des lobbies dans la politique du pays. Non seulement le Congrès ne l'a pas écouté, mais le procureur l'a même dissuadé de revenir en le menaçant. Le jour où Baer témoignait devant le Congrès, son appartement fut « visité » sans que le voleur prenne quoi que ce soit. Peu à peu, l'enquête instaurée par Baer sur le fonctionnement de l'administration s'est retournée contre lui. Jusqu'à ce qu'on lui demande d'accepter d'être examiné par un expert-psychiatre. Effrayé à l'idée de ce qui pourrait suivre, Baer décida d'abandonner toutes ses poursuites et l'enquête fut stoppée.

Plus sinistre encore, je pense à des hommes comme James Hatfield. Auteur d'un livre très documenté sur la famille Bush. Il a été menacé de mort, publiquement de surcroît (l'erreur est humaine !), par deux proches de Bush. Et il a été retrouvé mort le 18 juillet 2001. Officiellement, il se serait suicidé. Il dénonçait, entre autres, les liens des Bush avec les Ben Laden. Faites quelques recherches sur lui. Sur John Arthur Paisley et sur tous les autres « suicidés » qui jalonnent l'histoire de la Maison-Blanche depuis longtemps. Comme Marilyn Monroe, la plus célèbre, dont un ancien procureur vient de dévoiler les notes et confessions à son psychiatre, révélant qu'elle n'avait absolument pas ce « penchant suicidaire » mis en avant par les autorités de l'époque pour légitimer son soi-disant suicide aux barbituriques. Au contraire, elle fourmillait de projets, elle était motivée pour les mois à venir, pas candidate à sa destruction pour un sou. Seulement voilà : Marilyn fréquentait de trop près des personnalités influentes dont les Kennedy, elle en savait trop, et n'était pas du genre à taire un secret toute sa vie. Quelque part, des gens craignaient qu'elle puisse parler. On l'a endormie pour toujours, et avec elle, la méfiance de tout un peuple.

Et si la paranoïa était devenue vertueuse ?

Dans un monde d'ultracommunication manipulée, où les peuples sont gouvernés et orientés par les mensonges d'une poignée d'individus qui ne servent que leurs propres intérêts, la paranoïa ne serait-elle pas l'instrument de survie moderne ?

Je rencontre bien des gens sur le net. Beaucoup considèrent la race humaine comme un troupeau de moutons qui paît sagement, chaque être faisant comme tous les autres sans se soucier de ce qui l'entoure ou de la direction dans laquelle il va. Parmi celles et ceux qui parlent ainsi, certains sourient à mes propos, je les appelle les « chiens de berger » car ils pensent avoir suffisamment de connaissances et d'intelligence pour manœuvrer au-dessus du troupeau. Ils pensent être assez fins pour ne pas se faire manœuvrer eux-mêmes. L'intelligence n'a rien à voir là-dedans.

C'est de la vigilance qu'il faut. Et cette touche de paranoïa désormais salvatrice.

Ils me disent que tout ça c'est le problème des Américains. Que Bush ne sera bientôt plus là de toute façon. Et qu'en France on n'a pas ces problèmes-là.

Faux. Faux. Et faux.

Ne méprisons pas les vies sous prétexte qu'elles sont loin de nous. Ne méprisons pas la liberté sous prétexte que la nôtre n'est pas menacée. Car la liberté des nations et des peuples est un jeu de dominos fragile. Les forces en action aujourd'hui ont bien compris que faire trébucher les dominos était trop risqué, alors elles les laissent debout, tout en suçant leur moelle de l'intérieur pour ne laisser que des enveloppes vides.

Et la France n'échappe pas à la règle.

Derrière tous les prétextes possibles, derrière des statistiques tronquées ou des faits sortis de leur contexte, on peut nous faire accepter bien des choses, bien des lois, bien des mesures restrictives.

La géopolitique moderne n'est qu'une vaste tapisserie sans cesse en construction. Tirer un fil quelque part a des conséquences sur l'œuvre tout entière. Parfois bien plus dramatiques qu'on ne l'imaginerait de prime abord.

La France est comme tous les autres pays, elle couve ses mensonges, elle drape ses secrets habilement, voilà tout. Il suffit de creuser.

Ne soyons pas aveugles ou méprisants sous couvert d'une certaine finesse.

J'invite tout le monde à cultiver, au contraire, son jardin de paranoïa.

C'est aujourd'hui la seule clé pour comprendre réellement le monde.

55

L'Opel se frayait un chemin de lumière sous la pluie qui couvrait la montagne d'une brume grise.

Yael et Thomas avaient profité de l'hospitalité de Lucien Malinval pour se sécher et se changer avant de reprendre la route de Thonon-les-Bains. Yael était partagée entre la déception et une excitation froide. Ils étaient allés au bout des messages laissés par les Ombres sans trouver de suite précise. De toute évidence, le vieux montagnard n'avait rien à faire dans leur histoire, sinon son rôle de témoin.

Où Yael devait-elle aller maintenant ?

Les Ombres ne savaient pas qu'elle avait démasqué le Shoggoth.

Henri Bonneviel était-il le sommet de l'organigramme ? L'œil omniscient en haut de la pyramide tronquée du billet de un dollar ?

Bien qu'elle se sût près de le confondre, Yael se sentait désemparée. Que voulaient les Ombres ? Pourquoi l'avoir amenée jusqu'ici ? Lui dévoiler l'histoire de sa famille avait une finalité qu'elle ne cernait pas.

— Je ne comprends pas pourquoi elles nous ont entraînés si loin, avoua-t-elle tandis que Thomas conduisait.

Il se concentrait sur la route tortueuse.

— N'oublie pas de remettre *ton* histoire dans le contexte, fit-il remarquer. Les Ombres font l'Histoire.

Yael analysa le sens qu'elle pouvait donner à ce qu'elle vivait en le replaçant dans un contexte plus large.

— Toutes les familles ont leurs secrets, c'est bien ce qu'elles ont dit. Bâtis sur des mensonges. Tout comme l'Histoire. Comment pourrions-nous prétendre connaître l'Histoire si nous ne connaissons même pas notre propre histoire ? Ce serait ça ?

— Oui. Elles prouvent également qu'elles ont un pouvoir sans fin, qu'elles connaissent jusqu'à ta propre intimité. Les Ombres sont capables de tout, même de déterrer un secret de la famille inconnu par la plupart de ses membres.

Il s'appliqua à passer l'épingle délicate de la route mouillée, et ajouta :

— Ou peut-être qu'elles veulent dire : Regarde ce qui se produit à ton échelle, et compare à l'échelle humaine, planétaire, c'est pareil. Le micro et le macro. Toujours dans leur dynamique du « ouvre les yeux ». Je crois que c'est un peu tout ça en fait.

— Mais pour aller où ? Pour faire quoi ? Et pourquoi moi ? Qu'est-ce que j'ai de spécial ?

Elle secoua la tête et essaya de contempler le paysage derrière l'obscurité. N'y parvenant pas, elle baissa le pare-soleil, son visage apparut dans le miroir.

Ses lèvres épaisses, ses yeux si clairs sous une chevelure de jais.

— C'est beaucoup d'efforts pour une petite personne, ajouta-t-elle.

Elle repensa aux premiers mots des Ombres :

« Nous sommes de l'autre côté. Dans les ombres. Ceux de l'autre côté des miroirs. Nous sommes partout. Vous devez savoir. Être avec nous. Fouillez. Compre-

nez. C'est important pour vous. Croyez. Et vous serez prête. »

Ils étaient de l'autre côté du système, là où se trouvait le pouvoir. Cachés sous les apparences. Et elle serait prête pour quoi en fin de compte ? Pour la révélation finale ?

Thomas la sortit de ses songes :

— Il faut qu'on appelle Kamel. On s'arrêtera avant l'hôtel.

— Non, on fonce sur Genève.

— Yael, là, le danger est trop considérable. On ne sait rien de ce Bonneviel.

— Jusqu'à présent je t'ai toujours écouté, et tu avais raison. Cette fois, c'est moi qui prends le risque. (Elle se tourna vers lui pour préciser :) Je comprendrais que tu ne m'accompagnes pas cette fois.

— Ne dis pas d'idioties. Tu sais très bien que je ne te lâcherai pas. Mais je n'approuve pas. C'est beaucoup trop tôt. Tu es fatiguée, sous l'emprise de la colère et...

— Je ne suis pas en colère. Je veux savoir. C'est tout. Cap sur Genève, Thomas.

La route bordait le lac Léman qui disparaissait sous l'orage toujours présent. Des trouées miroitantes surgissaient de temps à autre, le faisant ressembler à un poisson formidable, échoué dans le brouillard.

Ils avaient passé la frontière sans être contrôlés, au grand soulagement de Thomas qui n'avait cessé de dire à Yael que c'était jouer avec le feu. Leur dîner consista en un sandwich-club dans une station-service et une canette de soda.

La pluie se calma dans les faubourgs de Cologny, pour n'être plus qu'une bruine constante. La voiture tourna longtemps dans le quartier qui leur avait été indiqué cinq minutes plus tôt dans une pharmacie. Ils se perdaient sans arrêt. Thomas stationna devant un petit hypermarché, juste avant sa fermeture, le temps que Yael coure acheter un plan de la ville.

— Je vais essayer de joindre Kamel pendant ce temps, prévint Thomas qui s'accapara la cabine téléphonique.

La jeune femme revint étudier sa carte au sec pendant que son compagnon patientait à côté du combiné, espérant qu'il allait sonner. N'ayant pas de réponse après dix minutes, il abandonna pour reprendre le volant, et ils trouvèrent enfin la longue rue où vivait Henri Bonneviel.

Des haies de troènes cloisonnaient les villas, nichées à l'abri des curieux. C'était un secteur chic et désert où les voitures de luxe voisinaient avec des piscines interminables aux architectures les plus extravagantes.

— C'est ici, indiqua Yael lorsqu'ils dépassèrent un portail en bois.

Elle se démit le cou pour apercevoir un bout de la demeure.

— Il y a de la lumière chez lui.

Thomas ne s'était pas arrêté, il roulait doucement, longeant le parc.

— Et quel est ton plan ? On va sonner chez lui ? On s'invite pour exiger des explications ?

— Continue, je préfère que la voiture soit loin pour ne pas qu'on nous remarque ; tiens, tourne là pour prendre la rue qui descend.

Il obéit et ils s'installèrent dans une allée parallèle en contrebas d'où ils jouissaient d'une vue idéale sur toute la maison de Bonneviel. Elle était construite sur pilotis de ce côté, plusieurs fenêtres étaient illuminées ainsi que la grande terrasse dominant la vue sur le lac.

— Et maintenant ?

Yael se pencha pour examiner l'extérieur.

— On attend un peu, le temps de voir s'ils sont nombreux.

Thomas posa les mains sur le volant et inspecta ce qu'il distinguait de l'immense parc qui grimpait sous les pieds métalliques de la villa.

Il n'y voyait personne. Ni même aucune caméra de surveillance.

Yael guetta l'horloge du tableau de bord.

23 h 10.

Que devait-elle faire ? Attendre qu'il dorme pour s'introduire chez lui ? Tout prenait soudain une démesure qu'elle ne maîtrisait plus. Elle qui, une semaine plus tôt, n'avait jamais été arrêtée par la police, en était à présent à vouloir entrer par effraction chez un banquier suisse.

Elle contempla encore une fois la propriété du milliardaire. Énorme, plantée dans la colline comme une rampe de téléphérique.

Il fallait peut-être attendre encore. Que les lumières s'éteignent.

Une heure passa.

Il ne pleuvait plus.

Yael finit par ne plus y tenir. Elle prit son sac à dos qu'elle enfila sur ses épaules. L'arme était dedans.

— Je monte voir.

Thomas allait tourner la clé pour lancer le moteur lorsqu'elle l'en empêcha :

— À pied, je préfère. C'est plus silencieux.

Thomas sortit pour l'accompagner avant même qu'elle lui propose de l'attendre.

Ils gravirent la pente sur le trottoir détrempé, longeant le mur d'arbustes mitoyens. Une fois au portail,

Yael sonda l'interphone. Un rectangle noir trahissait la présence d'une caméra de contrôle lorsqu'on pressait le bouton d'appel. Elle vérifia qu'ils étaient seuls dans la rue et se hissa sur le montant de bois, sous le regard ébahi de Thomas. En un instant elle était passée de l'autre côté.

— C'est pas vrai ! pesta-t-il avant de l'imiter.

De l'autre côté, un gazon parfaitement entretenu entourait la villa, et une allée serpentait jusqu'au triple garage qui la flanquait. Des lampadaires d'un mètre de hauteur balisaient le chemin à suivre jusqu'à l'entrée.

— Réfléchis bien à ce que tu es en train de faire ! murmura Thomas en la rejoignant. Dans une minute il sera trop tard !

— Il est déjà trop tard.

Elle pressa le pas vers la porte principale. Une imposte de verre l'encadrait complètement. Yael s'y colla pour scruter l'intérieur.

— Je vois de la lumière.

Elle posa la main sur la poignée.

— Yael ! objecta Thomas en étouffant son cri.

Elle le dévisagea, mesurant sa propre détermination à la crainte de son compagnon.

La vérité était entre ces murs. La réponse à toutes ses questions.

Pourquoi sa vie avait-elle basculé à ce point en si peu de temps ?

Pourquoi elle ?

Que lui voulait-on ?

Et elle tourna la poignée.

56

La décoration et le mobilier du hall étaient sobres et sommaires, une table moderne avec une lampe dessus, un tableau de style impressionniste dont Yael ne savait dire s'il s'agissait d'une œuvre célèbre ou d'une toile d'amateur. Une porte ouverte donnait sur un dressing, pour les chaussures et les manteaux. Il était allumé aussi et Yael s'en approcha sur la pointe des pieds. Il sentait le cuir et le cirage.

Personne.

Le salon s'ouvrait ensuite, tout en longueur, éclairé par des dizaines d'appliques murales baignant la pièce d'une lumière chaude et indirecte. La hauteur sous plafond était impressionnante, au moins sept mètres, estima Yael. Et tout un flanc de la salle donnait sur la terrasse en teck, presque aussi grande.

Yael se pencha pour distinguer chaque recoin, scruter chaque canapé. Elle ne vit personne. Elle entra dans le salon, à pas lents.

Une télé plasma dernier cri était accrochée au mur, diffusant les images de publicités, le son coupé.

Elle remarqua un verre posé sur la table basse en verre fumé et marbre. Il était au tiers plein. Elle le huma.

Du whisky, conclut-elle en le reposant.

Bonneviel était là, quelque part.

Thomas s'écarta pour sonder une pièce attenante, la salle à manger. Il revint en secouant la tête.

Un escalier grimpait à l'étage, près d'une cheminée aux proportions démesurées. Thomas décida de monter.

— Peut-être dans la chambre ! murmura-t-il.

Yael allait le suivre lorsqu'elle s'intéressa à une porte à double battant, dont l'un était entrouvert, laissant courir un filet de lumière sur le parquet. Elle s'en approcha.

Des bibliothèques en bois sombre encadraient un bureau massif sur lequel s'entassaient des livres et des dossiers. Une lampe éclairait le sous-main en cuir et une batterie de stylos Mont-Blanc.

Yael entra, s'enfonçant dans le tapis moelleux.

Elle tira le lourd fauteuil pour s'y installer.

Elle remarqua deux écrans plats au plafond, des valeurs boursières y étaient affichées.

Il n'y avait aucune poussière, le faible éclairage suffisait à faire briller les bois, à souligner les courbes douces des meubles.

Chaque objet qui retenait son regard, le moindre crayon, la moindre reliure, tout était de grande qualité, façonné avec une attention particulière.

Yael respirait le luxe discret qui donnait son cachet au bureau.

Assise ainsi, elle ressentait le spectre du pouvoir. L'importance de chaque mot composé sur le clavier de l'ordinateur portable qui reposait sur sa gauche, chaque e-mail, chaque fax qui pouvait faire gagner ou perdre des millions, engendrant des créations d'emplois, des licenciements, des richesses nouvelles ou des faillites. Elle était au cœur d'un des points névralgiques du système financier mondial. Celui-ci n'avait pas assez d'influence à lui seul pour tout bouleverser, mais l'homme qui contrôlait un certain nombre de ces points sur le globe pouvait influer sur l'économie de la planète. Transformer en un instant les vies de millions, de milliards d'êtres humains.

Qu'était-elle au milieu de tout ça ? Elle, Yael Mallan, jeune femme de vingt-sept ans qui gagnait mille cent euros nets par mois. Un rouage du système ?

À peine.

Elle ouvrit la bouche pour respirer. Ce n'était pas le moment de penser à ça. Elle était dans le bureau de celui qui manipulait ce qu'elle vivait. C'était le moment ou jamais d'en savoir plus.

Mais elle n'osait rien toucher. Elle réalisa qu'elle avait presque peur. Peur de déplacer un objet et des conséquences que cela pouvait avoir. De toucher au mauvais fichier sur l'ordinateur. D'être à la source de séquelles énormes.

Je suis à la masse… C'est pas le bouton nucléaire… Allez, je me bouge !

Elle se força à refouler son complexe d'infériorité déplacé et toucha le pavé tactile pour désactiver le mode veille. Un fond bleu marine apparut avec un cadre gris demandant le mot de passe.

— Raté…

Sachant que la quête d'un hypothétique mot de passe était perdue d'avance, elle reporta son attention sur la boîte à courrier et fit un tri rapide de ce qui était professionnel ou personnel. Elle les parcourut en vitesse sans rien découvrir d'intéressant pour elle. Ce fut ensuite au tour des dossiers empilés, elle lut les intitulés de chaque pochette, essentiellement des affaires bancaires.

Elle passa en revue les livres, des essais sur l'économie mondiale. Rien à signaler.

Elle se levait pour faire le tour de la pièce lorsqu'elle remarqua des tiroirs sous le bureau. Elle ignora les deux premiers qui ne contenaient que des fournitures diverses et ouvrit le dernier. Des chemises de classement répertoriaient les dossiers :

URGENT ; AFFAIRES EN COURS ; FONDS DE PENSION ; PERSONNEL.

Elle commença par le dernier.

Parmi les dossiers, l'un en particulier retint son attention : ASSOCIATIONS UNIVERSITAIRES.. Après ce qu'elle avait lu sur les Skull and Bones, fratrie secrète au pouvoir colossal, Yael avait l'œil aigu. Elle déplia le dossier et le consulta en diagonale. Henri Bonneviel avait pour habitude de faire le mécène pour plusieurs associations universitaires disséminées aux États-Unis, en Angleterre et en Suisse. Les noms étaient toujours les mêmes, il leur versait chaque année plusieurs dizaines de milliers de dollars. Sur le récapitulatif des sommes versées pour l'année passée, un nom la fit réagir. C'était un nombre en fait.

322.

UNIVERSITÉ : Yale
ASSOCIATION : 322
MONTANT ASSIGNÉ : 55 000 USD
DATE : 2e trimestre

C'était de loin le plus gros chèque qu'il avait fait. Yael reprit les historiques des années précédentes pour constater que l'association 322 recevait systématiquement l'essentiel de ses dons.

322 était le chiffre qui ornait le blason des Skull and Bones. Hommage jamais prouvé mais probable au jour de la mort d'Adam Weishaupt, fondateur des Illuminati.

Yael ordonnait toutes ces informations à mesure qu'elles lui revenaient. Les Illuminati étaient soupçonnés d'avoir en leur temps gangrené le pouvoir, et d'avoir implanté des symboles de leur présence occulte un peu partout, entre autres sur le fameux billet de un dollar. Les Skull and Bones – secte tout aussi mystérieuse – semblaient avoir repris le flambeau, en créant des liens officieux entre des étudiants prometteurs qui investissaient tous des postes hautement stratégiques dans les pouvoirs politique, économique et du renseignement.

Les Ombres avaient orienté Yael sur ces deux groupuscules qui tiraient les ficelles de l'Histoire.

La logique s'emboîta d'elle-même dans l'esprit de Yael.

Les Ombres étaient le prolongement de tout cela. Les Skull and Bones servaient de vivier – un parmi d'autres –, Henri Bonneviel en était probablement issu.

Yael se souvint des mots écrits dans le miroir :

« Illuminati... Skull and Bones... Des illusions... tous des arbres qui cachent la forêt. Maîtres des marionnettes et pourtant pantins. »

Oui, c'était ça. Toutes les organisations secrètes qui étaient néanmoins connues, du moins de nom, n'étaient que des couvertures, des ramifications lointaines, ou des « écoles » pour ce qui trônait plus haut, un groupe d'individus rassemblés secrètement dans le même but : façonner l'Histoire à leur guise.

Yael secoua la tête. Elle comprenait qu'on puisse ne pas le croire.

Elle rangea le dossier pour fouiller dans le reste des affaires.

Une ombre se porta d'un coup sur le seuil de la porte.

Son cœur se mit à cogner, mais elle se rassura aussi vite en constatant que Thomas s'avançait vers elle.

— Je viens de visiter chaque pièce de la villa. Toutes vides. Il n'y a personne. Bonneviel n'est pas là.

— N'est plus là. Il est parti précipitamment, sans finir le verre qu'il s'était servi, et sans éteindre les lumières, dont celle de son « placard à chaussures ».

— Je me demande s'il ne nous a pas repérés.

— Peu probable, on n'a fait que passer devant chez lui.

Thomas détailla la pièce.

— Tu as trouvé quelque chose ?

— De quoi confirmer mes déductions sur les Ombres.

Thomas alla jusqu'à la petite porte du fond et inspecta ce qui n'était qu'un cabinet de toilette attenant où Yael n'avait même pas pris la peine d'aller.

— Ne traînons pas. Si Bonneviel est parti en vitesse, il a peut-être appelé les flics.

Yael approuva mais ne fit pas mine de se lever. Elle poursuivit sa vérification des dossiers, et attaqua celui des affaires en cours. Les pochettes multicolores défilaient sous ses doigts agiles.

Et puis le flash.

Le nom qui brûle les rétines. Traverse l'âme d'une décharge brutale.

Écrit à la main en minuscules sur la tranche :

YAEL MALLAN.

57

La pochette à son nom était rouge.

Yael l'ouvrit si brutalement qu'elle en déchira le bas.

Mais la déception fut à la hauteur des espoirs qui avaient submergé la jeune femme. Le dossier ne contenait que deux malheureuses feuilles manuscrites et une petite liasse imprimée.

Les pages dactylographiées rassemblaient des données personnelles sur Yael. Depuis sa date de naissance jusqu'à la destination des vacances qu'elle venait tout juste de passer à Rhodes, en Grèce. Tout y était. Ses parents, l'accident mortel de sa mère. Ses études de lettres. Jusqu'aux noms de ses ex-petits amis.

Yael vacilla.

Elle découvrit les copies de ses relevés de compte bancaire. Les montants étaient surlignés, pour la plupart de couleurs différentes, formant des recoupements qu'elle ne saisit pas tout de suite.

Les pages suivantes étaient des récapitulatifs de ses achats en supermarché. L'intitulé des pages annonçait en tout petits caractères : « Étude marketing client n° 54621 », suivi des dates d'achats. Des marques et des produits en particulier étaient surlignés, rassemblés une fois encore par couleur.

Ils l'étudiaient. Ils disséquaient ses habitudes de consommation.

Ce qu'elle aimait, ce qu'elle n'aimait pas.

La fréquence de certains achats.

Ses goûts artistiques au travers des livres et des CD qu'elle achetait.

Comment avaient-ils pu créer une liste pareille ? La majeure partie de ses achats était reportée là, sous ses yeux.

Ils savaient tout d'elle.

De ses marques préférées, de ses lectures, de ses sorties, des boutiques de vêtements qu'elle fréquentait.

Elle n'en revenait pas.

Les pages s'arrêtaient brutalement. Un post-it était collé sur la dernière : *« Analyse de la suite en cours – cf. Christiane. »*

Thomas était revenu sur ses pas pour lire par-dessus l'épaule de Yael.

— Christiane doit être sa secrétaire, dit-il.

— Comment est-ce que… Comment peuvent-ils obtenir autant d'informations sur moi ?

— Le tout-informatique je présume. Il suffit d'avoir les bonnes relations aux postes clés, où un bon pirate du net sous la main.

Thomas se pencha pour fouiller le tiroir à son tour.

— Que cherches-tu ?

— À m'assurer qu'il n'y a aucun dossier à mon nom ! répondit-il sans la regarder.

— Impossible, les Ombres ne te connaissent pas, tu as débarqué dans ma vie ce week-end !

— Avec eux je me méfie. Ils ont pu m'identifier depuis et pondre leur petit topo.

Ne trouvant rien, il se redressa et fouilla la pièce du regard pour s'assurer qu'il n'y avait aucune armoire de rangement.

— Il a sûrement un coffre caché quelque part, murmura-t-il en posant les mains sur ses hanches.

— De toute façon on ne pourra pas l'ouvrir.

Thomas oscillait doucement, son visage trahissait que c'était bien son problème. Ils ne pouvaient avoir accès aux informations les plus sensibles.

Yael prit les deux dernières feuilles de son dossier, celles rédigées à la main. Peu de texte, des notes. La première consistait en une pyramide de noms :

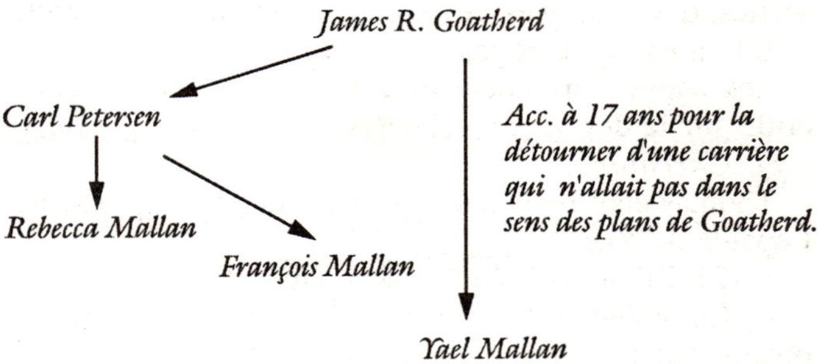

Une phrase était écrite en dessous :

« Yael doit savoir. Elle doit connaître la vérité. Petersen lui parlera. Qu'elle trouve ce croquis dessiné dans la vapeur de son miroir de salle de bains. »

Le papier se mit à trembler.

Les noms de ses parents sur la feuille lui firent froid dans le dos. Qui étaient ces deux hommes ?

Et la note, « Acc. » pour accident sans aucun doute, celui qu'elle avait eu à dix-sept ans en scooter, qui l'avait envoyée à l'hôpital pour plusieurs semaines.

Qui lui avait endommagé le bassin. Qui l'avait contrainte à abandonner le sport de haut niveau.

Les hypothèses se télescopaient plus follement les unes que les autres sous son crâne.

Elle se força à passer à la dernière page.

Une poignée de mots éparpillés comme les pièces d'une mosaïque inachevée.

François Mallan, vol AF148 New Delhi.

Hôtel Janpath à N.D. pour les nuits du 15/08 au 20/08 et du 04/09 au 05/09.

Réservations à Jaipur, hôtel Umaid Bhawan nuit du 21/08 au 22/08 et du 03/09 au 04/09.

Trekking jusqu'au 03/09.

Retour de New Delhi vol AF257 Paris le 05/09.

Devant la mine déconfite de Yael, Thomas lut à son tour.

— On va essayer de contacter ton père, dit-il, pour le prévenir et lui demander de rentrer.

— Pourquoi Bonneviel veut-il des informations sur lui ?

Elle était en état de choc. Thomas craignait qu'elle ne fasse une crise d'angoisse.

— Pourquoi les noms de mes parents sur cette liste ? Qu'est-ce que ça veut dire ? répéta-t-elle d'une voix forte.

Les pires réponses pesaient sur sa poitrine, l'empêchant de respirer.

— Je veux voir Bonneviel, je veux lui parler ! lança-t-elle.

Thomas la prit par le bras et l'aida à se lever.

— Viens. Il faut qu'on s'en aille.

Elle le suivit mécaniquement mais reprit la pochette des mains de Thomas qui s'apprêtait à la ranger.

— Je la garde.

— Yael, on ne peut pas. Bonneviel va savoir que nous sommes venus.

Elle planta ses yeux clairs, presque transparents, dans les siens.

— Oh ! oui, il va le savoir. Et je crois même que je vais l'attendre !

— Et si les flics débarquent, c'est fichu, tu pourras tirer un trait sur tous tes projets.

Thomas soupira, agacé.

— Tu veux voir Bonneviel ? Très bien ! tonna-t-il. Mais on va préparer cette rencontre, on va s'assurer qu'il ne pourra pas s'enfuir ou se cacher derrière une armée d'assistants, on va te donner toutes les chances d'avoir un tête-à-tête avec lui. En attendant, on s'en va.

Il l'entraîna vers la porte.

Yael se retrouva dans le salon. Elle contempla une dernière fois la pièce, pour mémoriser l'endroit où toute sa vie avait peut-être basculé.

Elle franchissait le seuil, lorsqu'elle se vit sur l'écran télé.

Une photo d'identité, celle de son permis de conduire.

Le présentateur du journal de la nuit était à côté, ses lèvres remuaient sans le son.

Yael se dégagea de l'étreinte de Thomas et se jeta sur la télécommande pour remettre le son.

«… permettrait de retrouver Yael Mallan. La police se dit préoccupée par cette disparition puisque ce serait la carte de crédit de la jeune femme qui aurait servi à payer la chambre d'hôtel du couple de SDF froidement abattu dans la nuit de lundi à mardi. Des témoins auraient également vu la jeune femme en compagnie d'un homme non identifié lundi dans la journée à Herblay. D'après ces mêmes témoins, le couple posait des questions sur Serge Lubrosso. Rappelons que le corps de Serge Lubrosso a été retrouvé criblé de balles le lendemain. La police ne confirme pas ce rapprochement et se refuse à tout commentaire. »

L'écran de fond changea et le présentateur passa à une affaire politique. Yael coupa le son.

Thomas avait enfoui son visage dans ses mains. Le cauchemar continuait.

Il parvint à pousser Yael au-dehors tout en se tenant la cuisse. Sa blessure n'arrivait pas à cicatriser, il malmenait sa jambe en permanence depuis plusieurs jours.

Ils étaient presque au niveau du portail lorsqu'ils entendirent une voiture s'arrêter brutalement devant la maison.

Thomas se plaqua contre la haie de troènes. Yael était figée au milieu de l'allée.

— Planque-toi ! chuchota Thomas.

Elle le regarda, hésitante. Il comprit qu'elle était à deux doigts de craquer. Elle pensait à tout ce qu'elle venait de découvrir, pas à l'instant présent.

Les portières claquèrent.

Si Yael ne se jetait pas à terre, elle serait repérée dans la seconde.

Thomas lui fit signe de s'aplatir au sol sans qu'elle y prête une réelle attention.

Les pas se rapprochaient. Ils allaient entrer.

58

Thomas redressa la tête pour guetter le véhicule. Si c'était une voiture de police, la situation serait catastrophique.

Il lui suffit d'apercevoir un profil pour s'enfoncer à nouveau dans l'ombre.

Il avait reconnu cette tête.

C'était pire que la police.

Il s'élança, attrapa Yael par la main et l'entraîna sur le côté de la maison, en direction de la pente.

— Ce sont eux, Yael ! s'efforça-t-il d'articuler en courant. Les tueurs !

Ils se jetèrent derrière un lourd pylône soutenant la terrasse après avoir descendu un escalier de rondins. Thomas reprit son souffle pour expliquer :

— Celui que j'ai vu tenait un boîtier comme celui qu'ils avaient à notre hôtel à Paris. Il semblait s'y repérer. Je suis certain qu'ils ont un émetteur pour nous suivre.

Yael cligna les yeux. L'adrénaline semblait la remettre sur pied. Elle fit passer son sac à dos devant elle pour y fourrer le dossier qu'elle avait volé. Elle aperçut le revolver.

Elle demanda d'un regard à son compagnon ce qu'elle devait faire. Jusqu'où iraient-ils ? Thomas hésitait.

— Pas maintenant, dit-il enfin. Pas si on peut éviter.

Il la prit par la main et se mit à dévaler le jardin qui s'inclinait sur cent mètres, jusqu'en bas de la colline, s'achevant sur la rue où ils s'étaient garés. Ils survolèrent l'herbe pour traverser les arbustes qui servaient de clôture.

Thomas avait de plus en plus de difficultés à maintenir son allure. Sa cuisse ne tenait plus l'effort.

L'Opel de location était juste là, à une dizaine de mètres.

Yael laissa Thomas enfoncer les clés dans la serrure pour se retourner.

Personne à leurs trousses. Personne sur la terrasse non plus.

En revenant vers la voiture elle remarqua la cabine téléphonique près d'un arrêt de bus. Elle s'y précipita pour composer le numéro du biper de Kamel.

Ils avaient changé tous leurs vêtements, jusqu'aux chaussures, Yael ne comprenait pas comment ils pouvaient avoir encore un traceur sur eux. L'époque des implants n'était pas encore venue.

Elle raccrocha et attendit, priant pour que le téléphone sonne.

Thomas était dans la voiture, il lui fit un grand signe pour qu'elle le rejoigne. Elle répondit non de la tête.

Ils ne pouvaient pas continuer ainsi à courir sans arrêt pour survivre. Il fallait trouver un moyen de perdre une bonne fois pour toutes leurs poursuivants.

Le téléphone se mit à sonner.

— Merci, Kamel ! s'écria-t-elle en arrachant le combiné.

La voix chaleureuse du lion paranoïaque s'éleva :

— C'est moi ! Où en êtes-vous ?

Les mots jaillirent de sa bouche en torrent compact :

— Kamel, les types sont là, juste là, pas loin, ils nous recherchent, ils sont équipés comme s'ils avaient un émetteur sur nous, ça semble prendre un peu de temps chaque fois, mais ils peuvent nous suivre. Dis-moi que tu sais comment ils font ?

— OK, calme-toi... Je... Non, j'ai passé toute la journée à chercher, j'ai pas d'idée, je ne trouve pas. C'est...

— Kamel, si on remonte dans cette voiture pour les semer, il se peut qu'on se tue sur la route ou que cette fois ils nous règlent notre compte. Il faut qu'on trouve comment les perdre une bonne fois pour toutes ! Dis-moi que tu as une idée, n'importe laquelle. Il y a bien une foutue raison pour qu'ils nous repèrent comme ça !

Elle l'entendit respirer à l'autre bout de la ligne. Sa tête carburait à plein régime.

— Non, j'ai tout essayé, les nouvelles technologies, j'ai passé l'après-midi à trouver s'ils n'étaient pas passés par le loueur de voitures mais c'est impossible.

— Alors c'est forcément quelque chose de classique, quelque chose qui nous a échappé !

Thomas lui fit des appels de phares. Elle devait courir, ils devaient partir à toute vitesse.

Yael allait raccrocher, elle perdait de précieuses secondes.

— Vide ton sac ! ordonna soudain Kamel.

— J'ai pas le temps...

— Vide-le !

Yael tira sur les bretelles de son sac et répandit le contenu sur la tablette de la cabine.

Un crissement de pneus monta depuis le haut de la colline.

— Ils arrivent, Kamel !

— Dis-moi ce que tu as, magne-toi !

Dans la panique, Yael perdit une seconde supplémentaire à trouver par quoi commencer.

— Mon portefeuille neuf, une boîte de chewing-gums que j'ai achetée en liquide tout à l'heure, mon billet de TGV…

Elle hésita sur l'arme qu'elle passa sous silence.

—… mon passeport, ma carte de métro, un dossier que je viens de récupérer…

Une voiture surgit tout en haut de la rue, phares allumés. Elle fonçait sur l'asphalte humide.

Yael se retourna. Elle devait lâcher le téléphone. Thomas venait de démarrer, il accéléra pour venir piler devant elle.

— C'est quoi cette carte de métro ? hurla Kamel.

— Une carte classique, rien de suspect, c'est juste un… merde, comment on appelle ça ? Un passe Navigo ! Kamel, je dois…

Cette fois, Kamel hurla à plein poumons :

— C'est ça ! C'est ça ! C'est la puce RFID qu'ils traquent ! Jette-la ! Jette la carte !

Yael repoussa toutes ses affaires dans son sac en balayant la tablette de l'avant-bras et grimpa dans la voiture.

Thomas démarra en trombe, plaquant la jeune femme sur son siège avant qu'elle ait pu refermer sa portière.

Elle tenait son passe Navigo à la main.

— Qu'est-ce que tu foutais ! cria Thomas.

— Ça y est ! Je sais comment ils nous pistent ! Conduis-nous au centre-ville.

Thomas roula aussi vite que possible, perdit un enjoliveur dans un virage qui écrasa tout le poids de la voiture sur un côté ; il frappa un trottoir de la roue arrière et ils remercièrent leur bonne étoile que le pneu n'éclate pas sous le choc.

Lorsqu'ils atteignirent le centre, ils avaient une bonne avance sur les tueurs qui n'avaient pas pris autant de risques.

Yael chercha un autre véhicule pour y lancer l'émetteur et brouiller les pistes. À cette heure de la nuit, personne ne flânait dans Cologny.

Elle fit signe à Thomas de continuer à rouler, pencha le buste par la fenêtre et lança de toutes ses forces son passe de métro. Elle le vit s'envoler dans la pénombre et disparaître derrière un jardin.

Thomas tourna sur place pour s'éloigner de la rue. Il tourna encore, espérant se rendre invisible, empruntant des petits axes.

Ils roulèrent au ralenti, sondant chaque ruelle avant de s'y engager. Mais les tueurs avaient disparu. Ils les avaient semés.

Thomas se gara sur le parking sans éclairage d'un magasin de meubles.

— Comment ont-ils pu poser un émetteur dans tes affaires ?

— C'était pas ça, je n'ai pas bien compris, Kamel a parlé d'une puce RFID. C'est ma faute, j'avais tout jeté, tout ce qui me paraissait louche, sauf quelques photos et mon passe Navigo, je pensais que ça pouvait me servir pour circuler dans Paris. Je n'ai plus pensé à cette puce ! Elle est pourtant visible ! Quant à savoir comment ils ont pu s'en servir de mouchard, je n'en ai aucune idée. Kamel saura nous dire.

Thomas scrutait la rue.

— Il faut qu'on rentre à Paris, dit-il doucement.

Yael baissa la vitre pour faire entrer l'air frais de la nuit.

— Je veux d'abord parler à Henri Bonneviel. Je veux qu'il me dise ce que mes parents font sur sa liste. Et ce que signifie cette liste. Tu comprends ?

— Yael, on ne peut pas rester dans la région. Genève est une ville aussi sécurisée que Monaco, il y a des caméras partout, des flics à chaque coin de rue. Ta photo est passée au journal télé. On doit rentrer sur Paris. Là-bas on sera en sécurité. Chez Kamel, à faire les recherches nécessaires, à préparer ta rencontre avec Bonneviel.

Yael se redressa.

— On est quel jour ? demanda-t-elle.

— Jeudi soir très tard ou vendredi matin très tôt, au choix.

— Tu as raison, on rentre à Paris.

Thomas la dévisagea, surpris de sa sagesse inopinée.

— Il faut qu'on prenne le premier train, précisa-t-elle.

— Trop de monde. On rentre avec cette voiture. Kamel appellera pour demander qu'elle soit rapatriée au loueur de Thonon, on lui paiera les frais.

Après une courte pause, il ajouta :

— Je peux te demander pourquoi ce revirement ?

— La politique de Lagardère.

— Quoi ?

— Tu parles mieux que certains Français, mais tu ne dois pas connaître le film *Le Bossu* avec Jean Marais. Le Bossu est en fait un justicier déguisé qui règle ses comptes. C'est lui qui dit : « Si tu ne viens pas à Lagardère, Lagardère ira à toi ! »

Elle frappa deux coups secs sur le tableau de bord pour inviter Thomas à se mettre en route.

— On va se relayer pour conduire jusqu'à Paris, décida-t-elle. Il faut y être en milieu de matinée au plus tard.

— Je ne comprends toujours pas ta… politique de Lagardère.

— Je vais l'appliquer en l'inversant. Puisque je ne peux pas aller à Bonneviel, je vais attendre qu'il vienne à moi.

59

Ils s'étaient encore fait avoir.

Michaël était furieux.

Tu parles de professionnels !

Déjà une heure qu'elle s'était volatilisée.

À croire qu'elle avait un ange gardien.

— Et qui c'est ce type avec elle ? hurla-t-il en direction de Magali.

La grande brune sophistiquée sur la banquette arrière le fixa. Elle n'aimait pas sa façon de lui parler.

— On est en train de lui tirer le portrait, répondit-elle sèchement, rien de bien original, Thomas Brokten, grand reporter indépendant. Il a collaboré à plusieurs revues connues. Je pense que c'est un mec de passage qu'elle a entraîné avec elle.

Michaël se racla la gorge et cracha par la fenêtre.

— Son mec ?

— Peut-être.

— Je croyais qu'elle était célibataire ! s'énerva-t-il. Putain, si les infos qu'on nous donne sont merdiques on risque pas d'avancer. Je veux qu'on épluche ses achats des quatre derniers mois, est-ce qu'elle a acheté des capotes, est-ce qu'elle a acheté une boîte de pilules contraceptives, qu'on regarde ses dossiers médicaux pour voir quand elle a été voir son gynéco pour la dernière fois. Qu'on soit sûrs que c'est bien un type qu'elle a ramassé au passage, pas son petit copain depuis six mois et qu'aucun crétin de notre équipe ne s'en soit rendu compte.

Dimitri revint d'une ruelle en remontant sa braguette, visiblement soulagé.

— Qu'est-ce que ça change ? demanda-t-il.

— Ça change que ce type, s'il vient de débarquer dans sa vie, on pourra peut-être le retourner à notre avantage si l'occasion se présente. S'ils se sont fraîchement rencontrés, ça sera plus facile que s'ils se connaissent depuis six mois.

Dimitri haussa ses épaules de colosse, il ne comprenait pas.

— Comment tu veux faire ?

— Par du fric, en lui foutant une trouille d'enfer, je sais pas, mais je veux tout savoir. Y en a marre de bosser à l'arrache. Regarde ce qu'on a fait depuis dimanche !

Le portable de Magali sonna. Elle décrocha et échangea quelques mots avant de le refermer.

— L'Entreprise a identifié le propriétaire de la villa où ils étaient, annonça-t-elle. Henri Bonneviel. Apparemment c'est une connaissance de la direction. Ils veulent qu'on s'en occupe. Une équipe est en train de s'activer pour monter un *dossier*. Il a une maîtresse, on vérifie si elle a un alibi pour ce soir et on cherche à le retrouver. On est en attente pour l'instant.

Michaël soupira.

Il détestait ces plans de dernière minute. Il avait l'impression de ne rien contrôler, de n'être qu'un instrument. On lui demandait de retrouver et d'éliminer une femme et maintenant on découvrait qu'elle venait de rendre visite à un « ami » de la direction qu'il fallait faire disparaître. Il n'y comprenait plus rien.

En fin d'après-midi, Magali avait reçu un coup de fil de l'Entreprise. L'identifiant personnel RFID de Yael Mallan était toujours recherché par les magasins de grande distribution. Les ordinateurs, habituellement chargés de suivre les nombreux signaux RFID – ces petites puces insérées dans les marchandises et destinées au suivi des stocks – surveillaient également un signal en particulier, via un petit logiciel Internet, au nez et à la barbe des magasins. Si l'un des ordinateurs repérait le signal de Yael Mallan, le logiciel envoyait automatiquement un e-mail à l'Entreprise.

Et c'était arrivé en début de soirée. La cible était en Suisse.

À Cologny. Repérée par le logiciel d'un supermarché.

Ils avaient foncé sur place. Michaël avait branché son GPS portatif sur la fréquence RFID rattachée à Yael. Dès qu'il s'était trouvé à moins d'un kilomètre, elle était apparue sur son écran. Le signal était régulièrement perdu ou brouillé, il supportait mal les ondes des téléphones portables, mais il réapparaissait au bout d'une minute ou deux.

Et une fois encore, elle s'était enfuie.

Pire, elle s'était débarrassée de la puce RFID qui la trahissait. Ils venaient de la retrouver entre deux poubelles.

Ils avaient tout perdu.

Et à présent on voulait que lui et Dimitri se chargent de supprimer à l'improviste l'homme chez qui elle venait d'aller. De mieux en mieux.

Michaël s'installa pour somnoler sur le siège conducteur en attendant des informations supplémentaires et le feu vert. Il fut réveillé avant l'aube par un moteur qui approchait. Une berline grise se gara à côté d'eux. Magali sortit pour aller vers la vitre arrière qui se baissait. On lui tendit une petite valise en la briefant :

— C'est bon, on a localisé Henri Bonneviel, il a payé un hôtel par carte de crédit, l'adresse est sur le papier, avec son numéro de chambre. On a imprimé le plan de l'hôtel, ce sont les plans destinés aux pompiers, on n'a pas trouvé mieux en si peu de temps, mais ça devrait suffire pour entrer sans se faire remarquer du personnel si vous y allez maintenant, il est encore tôt, il n'y aura personne.

La voix d'homme n'était pas très virile.

— Pour la maîtresse de Bonneviel, continua-t-il, on vient de s'assurer qu'elle dormait chez elle, sans témoin, personne pour prouver qu'elle y était ou pas. Elle n'aura pas d'alibi. On est passés par son bureau pour faire un moulage de ses empreintes sur son clavier d'ordinateur. On a même récupéré quelques cheveux. Éliminez Bonneviel et ensuite allez mettre l'arme chez elle, pendant qu'elle sera au boulot, ce matin. On termine de pirater la ligne téléphonique de l'hôtel et les registres des télécoms pour faire croire qu'il l'a appelée dans la nuit. On est en train de transférer de l'argent de son compte sur celui de sa maîtresse. Tout devrait l'accuser. Un riche banquier flingué par sa maîtresse pour une sombre histoire de pognon.

Magali attrapa la mallette et la berline s'éloigna.

Michaël n'avait pas vu le visage de l'homme. C'était mieux ainsi. La discrétion dans l'Entreprise favorisait le respect et la longévité.

Magali revint vers lui, elle ouvrit le rectangle d'aluminium noir.

Il contenait des flacons avec des cheveux ; plusieurs doigts en latex sur lesquels venaient d'être apposées les empreintes de la maîtresse ; un flacon de sébum à appliquer sur les faux doigts avant de laisser les empreintes dans la chambre d'hôtel ; un vaporisateur pour répandre des résidus de poudre sur un vêtement de la maîtresse ; tout le matériel pour accuser une innocente de meurtre.

Ils savaient faire.

Michaël préparait déjà son coup mentalement. Ne pas oublier de tirer sur Bonneviel à travers des oreillers avec un automatique. Ce qui expliquerait que personne n'ait entendu de coup de feu.

Il ne collerait pas des empreintes partout, non, surtout pas. Il en mettrait une sur le lavabo, en partie essuyée, comme si elle avait cherché à toutes les effacer. Une autre sur la table de chevet. Et surtout celle sur la chasse d'eau, sa préférée. Les flics se féliciteraient de l'avoir trouvée, celle-là, gloussant entre eux sur le « besoin féminin d'aller souvent pisser », besoin qui allait perdre cette criminelle-là.

Plus les cheveux sur le lit, un ou deux dans la baignoire et un sur le cadavre du banquier.

Et bien sûr, lors d'un bref et très discret passage chez elle, il laisserait les empreintes sur l'arme qu'il cacherait dans le fond du sac-poubelle, comme si elle avait voulu s'en débarrasser. Il vaporiserait ensuite des résidus de poudre sur un pantalon ou un chemisier dans le linge sale.

Le cas Bonneviel serait réglé en quelques heures.

Mais Michaël se préoccupait davantage de celui de Yael Mallan.

Il en faisait une affaire personnelle. Il fallait que l'Entreprise trouve un autre moyen de la localiser.

Elle trouverait.

L'Entreprise ne perdait jamais quelqu'un.

Le monde n'était plus qu'un vaste espace ultraquadrillé.

Il suffisait seulement de savoir quelle méthode utiliser.

Et Yael Mallan tomberait à son tour.

Une balle dans la nuque.

60

Kamel les accueillit avec une tasse de café et des toasts à la confiture.

Il était tellement rassuré de les retrouver sains et saufs qu'il ne cessait de les dévisager. Il leur assura qu'il s'occuperait de la voiture de location, refusant catégoriquement leur argent.

C'était le début de matinée d'un vendredi maussade. Un ciel gris couvrait Paris, une lumière anémique filtrait, décuplant la fatigue des deux jeunes gens qui venaient de couvrir Genève-Paris d'une traite. Thomas faisait le récit de leur aventure. À l'évocation du squelette, puis du dossier sur Yael découvert dans la villa, la jeune femme s'agita sur son siège.

— Vous comptez faire quoi ? s'inquiéta Kamel. Vos têtes font la une des journaux tous les jours. La police vous recherche.

— Je veux parler à Bonneviel, déclara Yael. Qu'il m'explique tout.

Kamel et Thomas échangèrent un regard.

— Tôt ou tard, il faudra bien se rendre à la police, fit remarquer Thomas. Avec le maximum de preuves de ton innocence, et que tu n'es pour rien dans les morts qui… nous suivent. Ne secoue pas trop rudement le banquier sinon les flics ne croiront pas à ton histoire de conspiration. Tu vois où je veux en venir ?

Elle acquiesça en portant la tasse à ses lèvres.

Elle but une gorgée avant de rétorquer :

— On va commencer par se reposer. Il sera plus facile de faire le point ce soir.

— Tu as la feuille dont vous m'avez parlé ? demanda Kamel. Je vais faire des recherches pour mon site, j'en profiterai pour essayer de trouver quelque chose sur ces noms.

Yael ouvrit le dossier dans son sac et lui tendit le papier avec le schéma.

— Prends-en soin.

Thomas attrapa son bagage, bien décidé à se détendre sous une douche, et monta à l'étage. Yael, trop énervée pour dormir, préféra s'allonger devant la télévision, pendant que Kamel les saluait et partait faire sa moisson de nouvelles fraîches dans la capitale.

Yael attendit une demi-heure, passa sous la douche et débusqua une paire de ciseaux dans les tiroirs de la salle de bains. Puis elle se coupa les cheveux sans une hésitation.

Ses grandes boucles brunes se remarquaient trop. Elles glissèrent jusqu'au carrelage.

Yael ne s'était pas coupé les cheveux depuis plusieurs années, mais tout en opérant au jugé, elle s'en sortait admirablement bien.

Elle raccourcit ses mèches jusque sous les oreilles puis les attacha en queue-de-cheval pour affiner son visage. Elle avait hésité à les teindre mais le brun était plus passe-partout qu'un roux ou un blond.

Fard brun, mascara et khôl autour des yeux pour changer un peu sa physionomie. Elle serait plus difficile à reconnaître ainsi. La photo que diffusaient les médias la reflétait au naturel.

Elle enfila un pantalon large en toile et un haut dont les bretelles formaient un nœud sur la nuque. Une paire de baskets et le tour était joué. Elle se contempla dans le miroir.

À moins d'être très alerté, on pouvait difficilement faire le rapprochement avec la fille des journaux.

Elle attrapa son sac à dos et prit soin de sortir sans bruit.

Direction le métro.

Yael n'avait pas obtenu d'autre d'explication sur cette fameuse puce RFID, mais elle avait compris qu'elle se trouvait dans le passe Navigo et non dans un ticket banal. Elle ne courait donc aucun risque.

Vingt minutes plus tard elle marchait dans le quartier où elle allait travailler tous les matins depuis deux ans.

Elle chercha une cabine téléphonique, remarquant qu'avec l'essor des portables, elles se faisaient rares. Elle composa le numéro des renseignements pour obtenir celui de l'hôtel Umaid Bhawan à Jaipur, et ne tarda pas à appeler en Inde. Avec le décalage horaire, ils devaient être en plein après-midi.

D'après les documents qu'elle avait volés chez Bonneviel, son père se trouvait en trekking en ce moment même, mais elle préférait tenter sa chance. Un homme à la voix presque féminine décrocha. Son accent anglais était déplorable.

Yael, qui s'exprimait correctement dans la langue de Shakespeare, demanda à joindre François Mallan de toute urgence. On lui expliqua qu'il était reparti le 22 au matin et qu'il serait de retour le 3 septembre.

Yael insista : ne pouvait-il essayer de le retrouver ? C'était une urgence. Le réceptionniste se confondit en excuses, expliquant qu'ils s'occupaient bien de leurs clients, mais qu'au-dehors, l'hôtel ne pouvait rien faire. Encore moins dans le cadre d'un trekking où M. Mallan allait arpenter des terres sans téléphone, sans moyen de communication. Il fallait attendre. De plus, en cette période de l'année, les touristes étaient nombreux.

Yael comprit qu'il était inutile d'insister.

Elle s'accota au téléphone pour réfléchir.

Pouvait-elle partir en Inde ? Peu probable. Elle serait arrêtée à l'aéroport avant même d'embarquer dans l'avion. Et quand bien même elle trouverait un transport clandestin, que ferait-elle une fois sur place ? Toutes les agences de trekking de Jaipur ? Et si elle localisait son père, elle serait dans l'obligation de l'attendre, il avait plusieurs jours d'avance.

Elle devait trouver une solution plus rapide. Et plus efficace.

Si elle ne pouvait prévenir son père, elle devait s'attaquer à la source du problème. L'instigateur de tous ses maux.

Henri Bonneviel.

Le Shoggoth.

Et le Shoggoth venait lui rendre visite tous les vendredis depuis quatre mois. Elle qui voyait en lui un individu gentil, presque émouvant, avait affaire à un prédateur qui s'amusait avec sa proie.

Yael maîtrisa sa rage.

Elle devait entrer chez Deslandes sans se faire remarquer, au cas où le bâtiment serait surveillé par la police…

Elle opta pour la cour, empruntant la grande porte cochère un peu à l'écart de l'entrée du magasin, vers l'escalier de service. Lionel laissait l'accès ouvert une bonne partie de la journée lorsqu'il travaillait, les livreurs pouvaient ainsi monter sans le déranger chaque fois.

Dans l'escalier, Yael fut parcourue d'un long frisson. Elle s'était interdit de repenser à l'épisode de la cave, des ombres dans le miroir. Il n'y avait plus rien à glaner dans ces souvenirs. Plus rien que la peur. Et Yael s'était juré de fuir la peur.

Elle poussa le vantail massif de l'étage, redécouvrant l'impressionnante salle familière. Il lui semblait l'avoir quittée depuis des vies.

Lionel était là, derrière le comptoir, à feuilleter un bon de commande. Il tourna la tête vers elle, s'attendant à un livreur.

Il sursauta.

— Ah, ben ça ! Qu'est-ce tu fous là ?

— Les flics sont ici ?

Il secoua la tête.

— Nan. Sont venus poser quelques questions hier, c'est tout. Dis, tu t'es fourrée dans quoi ? T'as quand même pas flingué tous ces gens ?

— Pas toi, s'il te plaît.

— Je sais bien que t'as rien fait, c'est ce que j'ai répondu aux inspecteurs. Ils m'ont rien dit d'autre que « vous fiez pas à ce que vous pensez. On a trop souvent des surprises ».

Yael referma la porte doucement et s'approcha de lui en vérifiant qu'il n'y avait aucun client dans le long couloir boisé.

— Écoute, j'ai pas le temps de tout t'expliquer, chuchota-t-elle, mais c'est une histoire incroyable. Est-ce que le Shoggoth est passé depuis mon départ ?

— Pas vu. Il est dans le coup ? Il t'a fait quelque chose ? Mais t'as vraiment été dans cette ville où un mec a été flingué ? Tu les connaissais, les clodos abattus ? C'est toi qui as payé la chambre ou on t'a volé ta carte ? T'as un flingue ?

Yael le fit taire en lui demandant de mettre la radio, elle voulait savoir ce qu'on disait sur elle. Il obéit et le haut-parleur crachota un tube des années 80 de Prince.

Le décor de la pièce, avec ses bustes d'animaux comme jaillis des murs et le dôme de verre, renvoyait Yael à ce jour d'orage où elle était descendue à la cave.

— Lionel, je voudrais savoir… La psyché qui est en bas, dans la cave, elle est à toi ?

— La quoi ?

— Le miroir sur pied.

— Ah, ce truc-là ? Non. Il est là depuis… cet été. Je pense que c'est la proprio qui l'a descendu.

— Elle n'y va jamais. Elle te demande toujours.

— Bah, p't-être que cette fois elle l'a fait toute seule comme une grande.

La psyché était lourde et la propriétaire prompte à s'éviter une corvée.

— Depuis quand est-elle là ? insista la jeune femme.

Lionel inspira pour réfléchir, haussa les sourcils.

— Je dirais… fin juillet, début août.

— Pendant que j'étais en vacances.

— Ouais.

Yael battait du pied nerveusement. Elle associait les idées, tirait des conclusions.

— Il y a eu des visites inhabituelles pendant que j'étais en congé ?

— Qu'est-ce que t'entends par inhabituelles ?

— Tout ce qui est différent, les flics, la compagnie du téléphone, ce genre de trucs…

Lionel ouvrit grands les yeux.

— Non, pas que je me souvienne. Ah, si, il y a eu ce gars des pompiers.

— Qu'est-ce qu'il voulait ?

— Juste faire des vérifications, voir si le bâtiment était aux normes de sécurité incendie.

— Il a arpenté les pièces ?

— Oui. Il a regardé partout.

— Il est descendu à la cave ?

Lionel acquiesça.

— Oui, il m'a même demandé les clés.

— Tu les lui as données ?

— *Keep cool !* C'était un pompier ! Il me les a rendues dans l'après-midi.

Yael commençait à y voir clair. Les Ombres étaient organisées, elles avaient envoyé un faux pompier qui s'était arrangé pour garder les clés une heure, le temps d'en faire des doubles. Puis ils étaient revenus dans la nuit pour installer la psyché. De même que la porte dans le couloir devait être trafiquée pour pouvoir bouger et claquer sur commande. Comment ? Deux aimants à intensité et polarité variables installés dans le bois du battant et le chambranle par exemple… On pouvait ainsi repousser les deux aimants pour que la porte s'ouvre ou au contraire les attirer pour qu'elle se referme, la puissance conditionnait la vitesse de mouvement. Yael n'y connaissait pas grand-chose mais elle parvenait sans peine à imaginer différents systèmes possibles.

Un homme s'était donc tenu tout près d'elle ce jour-là. Dans l'escalier de service. Avec le double des clés il était entré pour allumer les bougies et l'attirer en bas.

Yael frissonna.

Elle se souvint du bassin de mercure formant des mots dans la chapelle des Catacombes. Le mercure est un métal. Un ingénieux appareillage jouant avec les propriétés magnétiques – des zones d'attraction et des zones de répulsion, repoussant le liquide selon un guidage précis et télécommandé – pour faire apparaître des lettres dans la vasque.

Les Ombres se servaient de trucages.

Comme des illusionnistes. Mais dans quel but ? Pourquoi toute cette mise en scène ?

— Je vais aller jeter un coup d'œil à la cave, dit-elle.

Le bulletin d'informations débutait à la radio. Yael tendit l'oreille. L'ouverture du flash concernait un accident sur l'autoroute. Puis la politique. Yael avait déjà disparu des gros titres pour devenir un simple fait divers en attente d'évolution.

C'était préférable.

Le journaliste poursuivit, de sa voix chaleureuse :

« La police suisse vient d'annoncer qu'un banquier genevois a été retrouvé mort ce matin dans une chambre d'hôtel. Henri Bonneviel, un millionnaire discret, aurait été assassiné par balles dans la nuit. L'enquête est en cours.

« Sport. Le championnat de première division se poursuit ce week-end avec le choc… »

Lionel n'eut pas le temps de se retourner que Yael dévalait déjà les marches quatre à quatre.

61

La psyché était exactement là où Yael l'avait laissée six jours plus tôt.

L'ampoule nue n'éclairait que chichement la cave.

Yael tourna autour du miroir.

Elle palpa l'arrière. Tout était solide, lourd.

Son reflet était clair mais assombri par la pénombre comme sur une mer d'huile.

Ses yeux n'eurent pas à chercher bien loin, juste derrière elle, sur l'établi. Elle attrapa un marteau, toute sa frustration et sa colère volèrent en une myriade d'éclats dans la cave.

Des dizaines de fragments de réalité se mélangèrent dans les airs avant de se fracasser au sol.

Des triangles acérés restèrent collés au cadre.

Yael remarqua tout de suite la fine pellicule qui recouvrait la surface réfléchissante. Maintenant que le miroir était en pièces elle apparaissait nettement.

La jeune femme fouilla l'établi jusqu'à s'emparer de la loupe de travail de Lionel. Elle examina ce glacis singulier.

Agrandis par la loupe, de minuscules prismes réfléchissants étaient disséminés à intervalles réguliers.

Yael ausculta les bords. Elle vit des objectifs noirs d'une taille défiant la science moderne.

Des caméras ?

Non ! Des projecteurs de la taille d'une tête d'épingle ! De la nanotechnologie !

Yael, de seconde en seconde, se faisait une idée plus précise du système.

Les projecteurs envoyaient une ombre, chacun dans une direction calculée, jouant sur les prismes pour les réfléchir, et, selon un programme probablement télécommandé, les projecteurs déplaçaient les ombres, ou leurs faisceaux pour changer de prismes, afin que les ombres bougent et dessinent ce qu'on voulait.

Tout cela se passait dans la couche transparente, très fine et adhérente.

Les ombres étaient en fait superposées à l'image du miroir.

Une technologie qui avait dû coûter beaucoup d'argent.

Qui demandait des moyens importants.

Yael se redressa aussitôt.

Elle venait d'omettre un dernier point. Le plus important.

Pour lancer le programme afin que les projecteurs entrent en action, il fallait savoir si Yael était face au miroir ou non.

Et elle ne voyait qu'une solution à cela. La plus simple.

Une caméra filmant la pièce.

Ce qui signifiait qu'on la surveillait à l'instant même.

Les Ombres savaient qu'elle était là.

Yael fit le point rapidement.

Les Ombres n'avaient jamais cherché à lui nuire. Elles voulaient l'informer. Savoir qu'elle était ici n'était donc pas un danger pour Yael.

Non, non, je me trompe ! Les Ombres… Les Ombres sont puissantes, il s'agit de personnes différentes, aux buts différents… Henri Bonneviel en fait partie. En faisait… Lui cherchait à me parler. À me faire découvrir leur existence. Mais d'autres ne partagent pas ce point de vue. Ils ont envoyé des tueurs pour m'éliminer. Comment savaient-ils ? Ils surveillaient Henri Bonneviel ? Donc ils surveillaient peut-être son équipement.

Ce qui pouvait les conduire jusqu'à elle, dans cette cave.

Yael courut à la porte, gravit les marches à s'en couper le souffle, récupéra son sac à dos devant un Lionel à l'air égaré.

— Tu t'en vas ? Mais le Shoggoth…

— Il est mort ! lança-t-elle en respirant fort. Merci pour tout, Lionel. Je te revaudrai ça un jour… Je l'espère.

Et elle disparut dans l'escalier de service.

Elle savait que c'était une monumentale bêtise.

Pourtant elle poussa la porte de chez elle.

Yael était dans ce salon qu'elle avait tant aimé et qui évoquait à présent tellement de peurs.

La police, les Ombres et les tueurs, tout le monde, d'une manière ou d'une autre, surveillait son logis. Mais la fatigue et le désespoir la faisaient se jeter dans la gueule du loup.

Elle voulait se réfugier entre ses murs quelques minutes. Le temps de retrouver ses marques. Son identité.

Sa vie avait basculé d'un coup. Une semaine auparavant elle était aussi guillerette que ses amies, avec ses joies et ses peines du quotidien, et aujourd'hui elle se terrait dans la clandestinité. Sa famille était menacée. Et elle en était venue à supposer l'impensable.

Que l'accident de la route qui avait tué sa mère n'en était pas un.

Que son père puisse être en danger.

Et s'il était surveillé pour s'assurer que Yael ne lui avait transmis aucune information ? Elle en savait trop sur ces gens. Peut-être voulaient-ils garder son père à l'œil pour le cas où. Dans ce cas elle ne devait chercher ni à l'approcher, ni à le contacter.

Pour le protéger.

Henri Bonneviel était mort. Assassiné.

Par qui ? Les autres Ombres ? Celles qui ne souhaitaient pas partager leur secret ? Probablement.

Yael parcourut son territoire sans éprouver l'envie de s'asseoir, de se poser, malgré son épuisement.

Elle se vit dans le miroir de l'entrée.

Son regard se porta fugitivement sur le palier, vers l'ordinateur, puis revint au miroir. Elle et ses cheveux courts noués au-dessus de la nuque, son maquillage – déguisement. Elle se trouva changée. Les traits plus marqués. Plus adulte.

Les cheveux blancs n'allaient plus tarder… ?

Elle guetta les angles du grand miroir, attendit qu'elles apparaissent.

Rien ne vint.

Alors Yael saisit un candélabre et frappa de toutes ses forces.

Le verre explosa bruyamment.

Elle recula d'un pas, au milieu du fracas.

La même fine pellicule recouvrait les débris épars.

Yael baissa les yeux. Au sol, son corps et son esprit étaient disséminés, éparpillés. Tout son être disloqué.

Elle courut vers l'escalier.

L'ordinateur s'effondra contre le mur, l'écran brisé, l'unité centrale ouverte. Les plaques de composants se répandirent sur le sol comme les tripes mécaniques d'un robot. Yael s'agenouilla et remua les entrailles fumantes.

Elle n'y connaissait pas grand-chose en informatique mais le petit boîtier noir installé près du disque dur n'était certes pas d'origine. Il devait agir comme une sorte de prise Internet, ou une télécommande Wi-Fi…

C'était en tout cas ce qui avait permis aux Ombres de prendre le contrôle de son ordinateur.

Devait-elle monter à l'étage pour pulvériser aussi le miroir de la salle de bains ?

Elle se retourna contre la rambarde. Là elle dominait le salon, et le sol en verre fumé.

Pour le visage fantomatique, comment avaient-ils fait ?

Yael fonça dans la cuisine, trouva une lampe et descendit.

Le puits résonnait du tumulte des collecteurs.

Yael n'était plus prisonnière de la terreur et du sentiment d'urgence qui la submergeaient la dernière fois qu'elle était venue.

Et elle savait ce qu'elle cherchait.

Elle se tenait à mi-hauteur de cette colonne d'air humide, la pointe des pieds dans le vide, au-dessus de l'échelle.

Le faisceau lumineux lécha la plaque de verre par en dessous, caressant les parois grises et sales.

Une longue minute à sonder les murs.

Yael allait abandonner lorsqu'un éclat métallique accrocha son attention. Un mousqueton noir était planté dans la roche. Elle éclaira la zone et en trouva un autre, puis un autre encore.

Ils étaient difficiles à remarquer. Sans un peu de chance, elle aurait pu s'acharner en vain des heures durant.

Il avait suffi qu'un homme bien maquillé et adepte de l'escalade vienne se hisser juste sous le verre et la surprenne. Descendre ne lui avait pris qu'une poignée de secondes, à peine plus pour retirer son baudrier, tout cacher… dans le réservoir par exemple, et s'enfuir par le couloir menant aux Catacombes après y avoir tout préparé : peinture rouge sur la porte, bougies à allumer au passage. Pour s'évanouir dans le labyrinthe souterrain une fois sa mission effectuée.

Non. Ils étaient deux. L'homme maquillé pour faire peur et Languin pour allumer les bougies. À moins qu'il n'ait tout fait lui-même, se pliant aux directives de Lubrosso sans rechigner et se grimant pour l'occasion avant de faire preuve de patience et d'attendre que Yael réagisse.

Avec une bonne préparation, tout cela avait été un jeu d'enfant.

Yael hocha la tête. Elle comprenait tout. Ils avaient agi pendant ses vacances, investissant sa maison. Avaient-ils été jusqu'à remplacer ses miroirs par des répliques ou seulement incorporé leur ingénieux système ?

Et les bruits dans les murs ?

La réponse était évidente, logique.

Un appareillage de micros miniatures.

Yael remonta dans le salon.

Elle se sentait presque coupable d'avoir pu croire à tout cela.

Les circonstances, se répéta-t-elle. Et elle savait que c'était vrai. Tout le monde aurait pu y croire en vivant ce qu'elle avait vécu. Qui aurait pu répondre dès la première apparition : « C'est une manipulation de millionnaires par la nanotechnologie » ?

Yael jeta la lampe sur le sofa, posa ses mains sur les murs et les palpa. Les puissants grincements qu'elle avait entendus provenaient d'un peu partout.

Principalement en hauteur, se remémora-t-elle.

Elle rejoignit la mezzanine et poursuivit son inspection scrupuleuse des murs.

Où est-ce que des micros seraient le plus discrets ?

Loin des sources de lumière qui souligneraient une bosse ou un coup de peinture fraîche. Et dans les angles.

Yael repéra plusieurs endroits qui correspondaient.

Elle avait vu juste. C'était tellement plus facile lorsqu'on savait quoi chercher.

Elle repéra le haut-parleur à la tache de peinture qui n'était pas parfaitement fondue dans le reste de la pièce. Elle alla chercher une paire de ciseaux à ongles et se servit de leurs pointes effilées pour gratter le mur et désincruster le cercle noir, grand comme une pièce de cinq centimes. Elle en trouva un autre un peu plus loin.

La maison en était truffée. Tous de la même taille, synchronisés et alimentés par une source à distance.

Les Ombres louaient sûrement un appartement dans l'immeuble voisin. Si elles y étaient encore, elles devaient la suivre en ce moment même. Elle devait partir.

Au lieu de quoi, Yael retraça mentalement l'organigramme.

Henri Bonneviel tout en haut. Il en savait beaucoup sur elle. Et c'était lui, semblait-il, qui cherchait à la mettre au courant de tout. Pour exécuter ses plans, il passait par un associé, presque un employé, Serge Lubrosso. Lui recrutait et orchestrait les opérations sur le terrain, par le biais d'hommes comme Olivier Languin. Il devait y en avoir plusieurs, ne serait-ce que pour porter les miroirs trafiqués.

Pouvait-elle aller voir la police maintenant ?

Tout leur montrer, tout leur expliquer.

Qu'elle était innocente des meurtres des SDF et de Serge Lubrosso. Et même de celui de Bonneviel.

Tout ce qu'elle avait fait, elle l'avait fait pour sauver sa peau.

Même lorsqu'elle avait poussé cet homme dans les Catacombes.

Son ventre se creusa.

Elle témoignerait contre les hommes qui avaient essayé de la supprimer. Elle parlerait des Ombres.

Et mon père ?

Qu'allait-il lui arriver ? Si Bonneviel le surveillait, les autres Ombres devaient pouvoir en faire autant.

Yael pensa à sa mère. Elle serra les poings.

C'était un accident..., se répétait-elle sans arrêt. Mais elle n'arrivait plus à en être sûre.

Elle devait savoir. Identifier les autres Ombres. Trouver un moyen de pression pour qu'elles ne puissent pas l'intimider. Elles étaient assez puissantes pour l'éliminer, même une fois la vérité rapportée à la police. Et puis les flics la croiraient-ils ? Elle commençait à avoir pas mal de preuves tangibles, cependant rien de réellement concret pour accuser un individu en particulier.

Même l'installation technique ne serait pas suffisante pour accuser quelqu'un.

Le temps que le système judiciaire français, voire international, se mette en branle, les Ombres pourraient la faire disparaître et frapper son père.

Yael ne savait plus où elle en était. Un vertige l'obligea à s'asseoir.

Rentrer. Retrouver Thomas. Voilà ce qu'il fallait faire avant tout.

Oui. Raconter à Thomas et à Kamel. Ils l'aideraient.

Mais avant, elle devait dormir. Se reposer.

Elle sortit en claquant la porte derrière elle, sans la fermer à clé, elle s'en fichait.

Elle traversa la cour.

Et juste comme elle franchissait la porte cochère de l'immeuble, une voiture rugit dans la rue.

Yael déglutit sans parvenir à s'enfuir. Elle n'en avait ni la force ni le courage. Elle ferma les yeux, vaincue par l'épuisement. Et comprit qu'elle avait tenté le diable une fois de trop.

BLOG DE KAMEL NASIR. EXTRAIT 9.

« L'Histoire est pleine de situations dans lesquelles on a ignoré les avertissements et résisté au changement, jusqu'à ce qu'un événement extérieur, jugé jusque-là "improbable", vienne forcer la main des bureaucraties réticentes. La question qui se pose est de savoir si les États-Unis auront la sagesse d'agir de manière responsable et de réduire au plus vite leur vulnérabilité spatiale. Ou bien si, comme cela a déjà été le cas par le passé, le seul événement capable de galvaniser les énergies de la Nation et de forcer le gouvernement des États-Unis à agir sera une attaque destructrice contre le pays et sa population, un "Pearl Harbor spatial". »

DISCOURS ÉTRANGEMENT VISIONNAIRE
PRONONCÉ PAR DONALD RUMSFELD,
LE 11 JANVIER 2001, SOIT NEUF MOIS
AVANT LES ATTENTATS
DU 11 SEPTEMBRE.

62

Dans la voiture, Yael regardait le paysage défiler sans vraiment le voir.

Le bruit feutré du moteur la berçait, ses paupières se fermaient.

Elle était sortie dans la rue pour se faire embarquer à toute vitesse à l'arrière du véhicule.

Tout avait été très rapide.

Thomas la foudroyait du regard, tourné vers elle sur le siège passager.

— Qu'est-ce qui t'a pris ? gronda-t-il. C'est un miracle qu'il n'y ait pas eu de flics ou de tueurs !

— Laisse-la, elle a besoin de repos, intervint Kamel en négociant un virage.

Thomas secoua la tête, furieux, et reprit position.

Ils entrèrent chez Kamel et Yael monta directement s'étendre.

Son sommeil s'éternisa, sans rêves, mais sans cauchemars. Un sommeil réparateur qui stabilisait d'heure en heure son esprit vacillant, la rechargeant en énergie, en courage et en sang-froid.

Lorsqu'elle rouvrit les yeux, il faisait nuit. Elle resta allongée, à contempler le plafond et la fenêtre donnant sur l'arrière d'un immeuble. Puis elle prit une douche et se changea pour retrouver les deux hommes installés autour d'une table. Une troisième assiette y était disposée, intacte.

— Nous n'avons pas osé te réveiller, l'informa Kamel en souriant. Viens, ton dîner t'attend.

Elle dévora chaque bouchée, elle n'avait rien avalé depuis le matin.

Ils la laissèrent manger en paix. Ce fut elle qui prit la parole en terminant son bol de fromage blanc.

— Il est quelle heure ?

— Presque dix heures, dit Thomas d'une voix douce.

Elle termina sa bouchée, avant de murmurer :

— Je suis désolée pour aujourd'hui. J'ai merdé.

— Tu nous as fait peur

Elle baissa les yeux vers son bol.

— Kamel est rentré déjeuner et s'est inquiété de trouver la porte déverrouillée. Il est monté voir si nous étions là et n'a trouvé que moi. Il m'a réveillé pour savoir où tu étais et nous nous sommes imaginé le pire. On t'a attendue durant une heure, puis on a foncé chez toi. J'avais peur que tu y sois retournée. Là ou à ton travail.

— J'y suis passé auparavant.

Thomas eut l'air embarrassé.

— Yael, je dois te dire…

— Bonneviel est mort, je sais.

Kamel ajouta :

— On a découvert ça aux infos ce soir. Ils ont arrêté un suspect, d'après les journalistes il s'agirait de la maîtresse de Bonneviel.

— Elle est sûrement aussi coupable que je le suis du meurtre de Lubrosso…

— Les flics n'ont rien dit sauf qu'ils disposaient d'éléments qui les rendaient très optimistes quant à la résolution rapide de l'enquête.

Yael repoussa sa vaisselle.

— Bien sûr ! s'exclama-t-elle. Ceux qui ont tué le banquier sont suffisamment organisés et habitués à ces coups tordus pour faire accuser n'importe qui !

Kamel se leva pour servir un thé à la menthe à tout le monde.

— Yael, fit Thomas, plus de coup comme celui-là. C'est une chance qu'il n'y ait pas eu de casse.

Elle n'avait aucune envie d'entrer dans les détails, d'expliquer son état de fatigue nerveuse. Elle avait craqué, c'était ça la vérité.

Kamel vint à la rescousse :

— J'espère que tu me pardonneras, j'ai passé tes affaires en revue pour m'assurer qu'il n'y avait pas d'autres puces RFID…

Yael pivota vers lui.

— Tu pourrais m'expliquer cette histoire de puces RFID ?

Il leva la main pour signifier que c'était tout un programme.

— C'est des puces de silicium avec antenne, toutes petites, moins d'un millimètre ! Un vrai condensé de technologie. Sauf qu'on les produit maintenant en telle quantité qu'elles ne coûtent plus rien. RFID est un sigle qui signifie Puce d'identification à radio fréquence. Elles émettent dans un éventail large de fréquences jusqu'à l'ultra-haute fréquence selon les modèles. Elles disposent d'une mémoire d'un kilobit environ.

— Mais c'est quoi ?

Kamel lui offrit un sourire plein de sous-entendus.

— Le paradis des agences de renseignements créé par la grande distribution.

Yael fit la grimace.

— J'y comprends rien, je croyais que c'était en rapport avec mon passe Navigo.

— Je vais y venir. La puce RFID a été lancée à très grande échelle par les fabricants de produits de consommation courante. Au départ, elle devait servir à assurer la traçabilité, depuis la fabrication d'un article jusqu'à sa livraison finale au magasin, en passant par les différents points de stockage. On gagne du temps, pas besoin d'inventaire manuel, c'est précis et sûr. Il suffit d'avoir l'appareil qui capte les fréquences et tu sais en quelques secondes combien d'articles tu as en stock, et où ils se trouvent précisément. Elles existent partout, sur les CD, les DVD, les emballages de brosses à dents, les jouets, et même dans les fringues !

— Tu veux dire qu'on… en a sur nous ?

— Oh ! oui ! Le problème, pour les consommateurs, enfin l'un des problèmes, c'est que la puce est activée à la fabrication et ne peut plus être désactivée ensuite, jusqu'à ce que sa batterie s'épuise, ce qui peut prendre très, très longtemps. Ça signifie qu'une fois qu'on sort du magasin la puce continue d'émettre son signal. Ce qui est… « amusant », c'est de savoir que les grands magasins ont détourné l'usage premier de la puce RFID. Lassés de perdre beaucoup de fric avec les vols, ils se sont équipés de systèmes qui leur permettent de suivre en direct sur des écrans d'ordinateur le mouvement d'un article jusqu'à sa sortie du magasin, tout ça grâce à la puce. On peut ainsi s'assurer que l'article a bien été payé au passage. Bien entendu, si on est équipé, pas besoin d'être un grand magasin pour suivre une personne à la trace, il suffit de savoir sur quelle fréquence passe la puce RFID que notre cible porte sur elle, dans ses baskets par exemple…

— J'imagine qu'on ne peut pas facilement se la procurer cette fréquence, non ?

— Eh bien… la marchandise passe par tellement d'endroits que ça n'est pas difficile pour quelqu'un de bien organisé. Mais c'est surtout des études de marketing sauvage que vient le problème.

— Les études de marketing sauvage ? répéta Thomas.

Kamel se fendit d'une explication :

— Oui, chaque client passe en caisse, ses articles sont fichés par la machine grâce au code-barres ou à la puce RFID qui finira par remplacer le code-barres, et si l'acheteur possède une carte client avec son numéro propre ou tout simplement s'il paye par carte bancaire ou par chèque, son identité est archivée avec ce qu'il a acheté. Et si c'est un client qui a déjà fait ses courses là et qu'il est dans la banque de données, on compare ses différents achats pour voir ce qu'il préfère, ce qu'il achète une fois mais ne reprend pas ensuite, etc. Ces fichiers sont gérés par des ordinateurs et servent aux grandes marques pour des études marketing. C'est strictement illégal, donc tout le monde hurle bien fort que ça n'existe pas, alors que la pratique est devenue courante. Mais si un fichier comme celui-ci est piraté par des gens malintentionnés, ils peuvent *tout savoir de vous !*

Il les fixa un court instant pour bien souligner ce qu'il venait de dire.

— On trouve des puces RFID un peu partout aujourd'hui et ça va empirer. Par exemple dans votre passe d'autoroute ou de parking, dans votre badge au travail, et dans le fameux passe Navigo. C'est cette puce-là qui permet de stocker vos informations personnelles et qui, en émettant son signal propre, informe le capteur au portique du métro que le passe est valide. Plus besoin de sortir son ticket pour l'insérer dans la machine, il suffit de brandir son sac au-dessus sans même sortir le passe, la puce émet au travers sans problème !

— Mais comment on a pu me retrouver, moi précisément, avec mon passe ? s'étonna Yael. Il y a des milliers de gens qui en ont !

— Parce que lorsque tu t'abonnes ou que tu recharges ton passe, soit tu remplis un formulaire précis avec ton identité, soit tu payes, souvent par carte bancaire ou chèque, rarement en espèces. Et il aura suffi aux tueurs de pirater le fichier de la RATP pour rattacher ton identité au numéro de la puce qui est dans ton passe et donc à sa fréquence.

— Fréquence qui peut ensuite être captée partout ? interrogea Thomas.

— En effet. Et pire, si tu pirates les ordinateurs des supermarchés chargés de dresser les études de marketing sauvage, tu peux vérifier s'ils n'ont pas capté récemment la puce que tu recherches.

Yael n'en revenait pas.

— Et comment pouvaient-ils savoir que j'avais un passe Navigo ?

— L'enfance de l'art ! Ils ont eu accès à tes relevés de compte pour y voir, entre autres, un prélèvement RATP.

— Et tu crois qu'ils sont parvenus à pirater ma banque et la RATP ?

— On lit régulièrement dans la presse que des petits génies de l'informatique s'introduisent dans les fichiers top secrets de l'armée, du FBI et même de la CIA ! Alors pour des gens bien organisés qui ont des moyens, c'est pas la RATP ou ton compte en banque qui vont les gêner, malgré tout le respect que je porte à notre bon vieux métro parisien.

— Je pensais que seuls les organes officiels pouvaient avoir accès aux informations bancaires, fit remarquer le journaliste.

— En théorie. Dans la pratique, si tu as beaucoup d'argent, donc du matériel hors normes, et que tu cherches bien pour t'offrir les services d'un hacker exceptionnel, tu peux tout ouvrir sur Internet.

— Alors c'est comme ça que les tueurs nous ont retrouvés à l'hôtel, porte de Versailles, conclut Yael. Ce jour-là, j'ai vu un de ces types dans le hall qui se guidait avec une sorte de boîtier comme un GPS.

Yael termina son thé en croisant le regard de Thomas.

— J'arrive à peine à le croire…, dit-elle. Cette histoire de puces qui seraient partout…

— Heureusement qu'on a payé nos vêtements en liquide ! intervint Thomas.

— Demain je vous montrerai, leur assura Kamel. Mais en attendant… je voulais te dire que j'ai avancé sur notre affaire. On était en train d'en parler avec Tom lorsque tu es descendue.

Yael et tira sa chaise pour être plus proche de la table.

— Comment ça ?

— J'ai fait mon investigation sur les noms que tu as trouvés chez Bonneviel.

Kamel sortit de sa poche la feuille au schéma, et la posa devant eux.

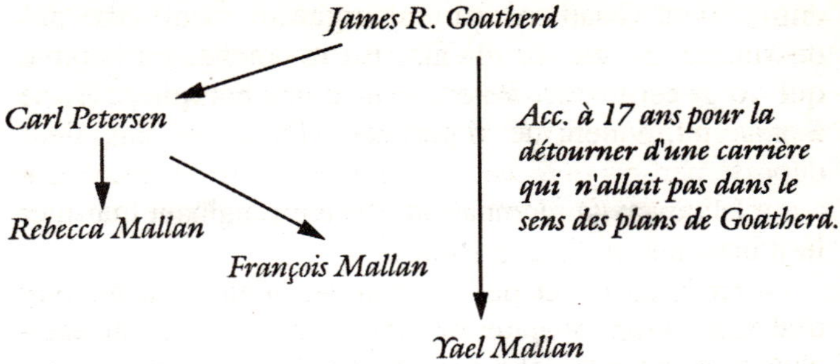

« Yael doit savoir. Elle doit connaître la vérité. Petersen lui parlera. Qu'elle trouve ce croquis dessiné dans la vapeur de son miroir de salle de bains. »

Kamel posa son doigt sur le nom de Petersen.

— C'est un vieux monsieur. Un ancien général de l'armée américaine. Et, ma chère Yael, si les Ombres ont insisté sur Kennedy c'est qu'il n'y a pas de hasard ! Carl Petersen était général à l'époque de Kennedy, parmi les mieux placés, si tu vois ce que je veux dire.

Yael acquiesça. Elle se souvenait très bien de l'exposé de Kamel sur les assassins du Président.

— Il est à la retraite depuis un moment déjà, il a presque quatre-vingt-dix piges ! Il vit en périphérie de Philadelphie. Tiens, voilà ses coordonnées.

Il glissa à Yael une note avec toutes les précisions.

— Merci !

— Pour ça, c'est l'ambassade de mon père que tu devras remercier. Je n'avais pas réussi à localiser Petersen par Internet. Quoi qu'il en soit, le vieux militaire est un proche du pouvoir, il connaît beaucoup, beaucoup de monde parmi ceux qui passent à la

Maison-Blanche. Je n'ai pas trouvé de liens précis entre lui et Goatherd qui est pourtant mentionné au-dessus de lui sur le schéma. En revanche, j'ai trouvé que le général Carl Petersen et notre banquier, Henri Bonneviel, étaient de vieux amis. Ils se connaissaient depuis…

— L'université, compléta-t-elle en imaginant que leur lien était les Skull and Bones.

— Non, ils n'ont pas du tout le même âge, Bonneviel était bien plus jeune. Non, ils se connaissaient depuis que Bonneviel lui avait offert un poste de consultant pour l'une de ses entreprises. Petersen touchait un gros chèque tous les mois d'une société de gestion de crise appartenant au milliardaire suisse en échange de conseils stratégiques.

— Bonneviel lui offrait une retraite dorée en somme ? résuma Thomas.

— Tout à fait. Certainement en échange de *vrais* services, le poste de consultant n'étant qu'une façade pour justifier le transfert d'argent. J'ignore hélas quels services.

Yael se pencha sur la table.

— OK, donc on a un lien entre eux deux, Petersen devait une faveur à Bonneviel, et on peut imaginer qu'il lui avait demandé de me parler, d'où la remarque en bas de page, sous le schéma. Et pour ce… James R. Goatherd, tu as quelque chose ?

Kamel récita sans notes ce qu'il avait découvert :

— James Rhodes Goatherd, né en 1944 dans une bonne famille de Nouvelle-Angleterre. Il a fait l'université de Yale…

Cette fois le lien avec les Skull and Bones est probable…

— … reprend l'empire familial, dans l'armement et le pétrole, et le gère de main de maître. Il est marié à Martha Goatherd et ils ont une fille : France. Ils possèdent plusieurs résidences ; dont une dans notre charmant pays, mais la principale est au nord de New York. Et si les chiffres vous passionnent, sachez que ce type représente la onzième fortune du monde.

— Onzième fortune mondiale ? s'étonna Thomas. Curieux, je n'en ai jamais entendu parler.

— Tu verrais les noms des trente premiers, tu serais encore plus surpris. Ils sont, disons… discrets. Goatherd lui aussi cultive une certaine discrétion.

— Il fait partie des Ombres, déclara Yael. J'en suis sûre. Il a fait Yale, foyer des Skull and Bones qui alimentent pas mal les Ombres, il est milliardaire, donc influent, et discret.

— Et il figure sur une liste trouvée chez Bonneviel, rapporta Thomas.

Kamel leur resservit du thé. Les arômes de menthe s'élevèrent autour d'eux.

— Je dois connaître le rapport qui existe entre ces gens et ma famille, soupira Yael. Et comprendre ce que signifie ce schéma.

— Appelle Petersen ! fit Kamel. Il est écrit qu'il te parlera. Je t'ai trouvé le numéro de téléphone.

Yael hocha la tête. Elle se retint de se précipiter sur l'appareil. Quelque chose la chagrinait. Depuis le début de cette histoire, on lui parlait de technologie qui piratait, surveillait, détournait. Elle n'imaginait pas Petersen lui dévoilant quoi que ce soit par téléphone, lui, ancien général sous Kennedy.

— Je vais aller le voir, dit-elle sans enthousiasme.

— C'est notre dernière piste, avec Goatherd, rappela Thomas. Après ça, on n'a plus rien.

Kamel osa avancer ce qui lui semblait la dernière solution, la plus radicale :

— Sauf si vous allez… vous rendre aux flics. Malgré tout ce que j'en pense, on ne sait jamais, peut-être que les officiels pourront vous aider.

Yael le coupa :

— J'ai pris ma décision à ce sujet. Je n'irai pas risquer ma vie et celle de mon père tant que je ne saurai pas précisément qui fait quoi dans cette histoire. Vous êtes libres de ne pas me suivre.

Thomas et Kamel l'observèrent sans un mot… Comme offusqués.

— Tu connais mon point de vue là-dessus, trancha Thomas.

— Moi, ce que j'en disais, se justifia Kamel, c'était en dernier recours…

Yael prit le papier avec les coordonnées de l'ancien général.

— Je vais essayer d'appeler Carl Petersen, dit-elle.

Elle se détourna et prit la direction de la sortie. Les deux garçons voulurent l'accompagner mais elle refusa. Il lui fallait prendre l'air, réfléchir à tout cela sur le chemin de la cabine. Elle savait que ça ne plaisait pas à Thomas qui s'inquiétait pour sa sécurité.

Elle s'absenta un quart d'heure.

Son visage fermé, lorsqu'elle revint, en disait long sur l'absence de résultat.

— Il n'était pas là ? voulut savoir Kamel.

— Si, je lui ai parlé.

— Et alors ? demanda Thomas.

— Je me suis présentée et il n'a rien dit. J'ai insisté et il a raccroché.

Thomas vint vers elle. Il posa la main sur l'épaule de la jeune femme.

— Je crois qu'on y pense tous depuis un moment. Tu sais ce qu'il nous reste à faire…

Elle y avait pensé dès la lecture des deux noms aux consonances américaines.

Partir.

Trouver un moyen de traverser l'Atlantique sans passer par les douanes et rencontrer Carl Petersen.

Car c'était écrit.

Il devait lui parler.

TROISIÈME PARTIE

L'EMPIRE DU CHAOS

63

Thomas s'était levé tôt, il devait s'absenter pour la journée.

Ils avaient longuement discuté dans la nuit de la nécessité de partir aux États-Unis. C'était un voyage risqué et long sans garantie de résultat. Mais depuis le début, beaucoup trop d'éléments étaient rattachés au pays de l'Oncle Sam. Et comme l'avait fait remarquer Kamel, les USA étaient le wagon de tête du monde économique, politique et stratégique. Si des hommes voulaient influencer, voire diriger le monde, alors c'était là-bas que se devaient d'être Carl Petersen et James Rhodes Goatherd.

Et il avait expliqué son idée pour leur faire traverser l'océan et surtout les frontières sans avoir à passer par les douanes. Il devait prendre des renseignements et le cas échéant organiser leur départ.

Kamel sortit de la salle de bains, sa chevelure d'habitude si foisonnante était aplatie par l'eau. Il sentait bon le parfum.

— Aujourd'hui je t'emmène pour la pratique ! s'exclama-t-il.

Elle approuva avant d'aller laver sa tasse de café dans l'évier.

— Tu te passionnes pour… toutes ces choses depuis longtemps ?

— Tu veux dire pour l'espionnage, les théories du complot et tout le tralala ? Depuis Sciences po ! (Ses yeux se perdirent dans le vague.) C'est une maladie, Yael. Une fois que tu l'as contractée, ça te ronge parce que le mensonge est disséminé partout. Je ne peux plus voir un journal télévisé sans m'indigner des approximations qui changent tout, des manipulations, des contre-vérités. Le journalisme, aujourd'hui, est mondialisé, tout le monde fait le même journal, se basant sur les mêmes dépêches. On est pressés par le besoin de résultats rapides, sans cesse dans la nécessité d'aller de l'avant, alors on s'attarde peu, on n'a pas le temps de gratter. On n'a ni le temps ni les moyens de faire de l'investigation. Le journaliste aujourd'hui *doit* avoir la mémoire courte. Et se focaliser sur l'info du jour, point. Je vais te donner un exemple d'info perverse : un journaliste qui couvre la guerre du Golfe expliquera que c'est une guerre beaucoup plus propre que toutes celles de l'Histoire parce que les blessés meurent moins souvent que dans les autres conflits. Il te dira aussi que pendant celle du Vietnam un blessé sur quatre mourait tandis qu'aujourd'hui les statistiques sont de un sur huit ou dix. Mais ce que le journaliste devrait savoir, c'est que les fabricants d'armes se sont appliqués depuis vingt ans à construire des armes moins mortelles qui font plus de blessés. Et sais-tu pourquoi ? Parce qu'un mort ne coûte rien à l'ennemi, tandis qu'un blessé lui coûte cher en argent, en hommes, en énergie et sape son moral sur le long terme. Quand on sait ça, je pense qu'on pourrait éviter de vanter les mérites d'une guerre qui fait des blessés, on considère les chiffres sous un autre angle. L'info ne résonne plus pareil.

— Je crois que c'est pas la faute des journalistes, ils n'ont plus le temps d'approfondir, intervint Yael.

— Bien sûr ! Je ne les incrimine pas, ils font le travail qu'on leur dit de faire, c'est tout. La responsabilité en revient à la direction des chaînes, c'est elle qui impose des résultats, de nouvelles images chaque jour, de couvrir le monde avec le moins de reporters possible. Et quand je dis la direction des chaînes, je devrais évoquer les quelques patrons milliardaires qui détiennent les empires médiatiques.

— On en revient toujours à eux, n'est-ce pas ?

Kamel inclina la tête.

— Difficile de le nier. Tiens, je vais te montrer un truc qui me fait rire.

Il ouvrit un tiroir et fouilla dans une pile de journaux. Il en sortit deux numéros de *Science et Vie* qu'il posa côte à côte. L'un était un ancien tirage, abîmé. L'autre bien plus récent.

— Regarde. Même journal, et seulement quelques années entre les deux exemplaires. Le premier titre : « POURQUOI OSWALD N'A PAS PU TUER KENNEDY », alors que l'autre nous fait un super-article pour expliquer pourquoi Oswald est le seul et unique assassin de Kennedy. En soi, que le même journal se contredise ne me choque pas, mais qu'il omette de mentionner sa première version dans la deuxième, voilà qui me dérange. On a décidé de tirer un trait sur la théorie du complot, alors on fait fi de tout ce qui s'est dit, y compris chez nous, et on balance à grands coups de démonstrations douteuses que seul Oswald a tiré ce jour-là. Ce n'est plus la vérité qu'on cherche.

Ils se préparèrent à sortir et il lui tendit une casquette NEW YORK YANKEE bleu marine.

— Désolé pour ton look, j'aime bien ta nouvelle coupe de cheveux, mais ce serait mieux que tu la portes, pour les caméras.

— Lesquelles ?

— Toutes… Dans la rue, devant les banques par exemple, dans les parkings, dans les galeries marchandes…

Yael n'insista pas, elle coiffa la casquette, rentra ses cheveux à l'intérieur et baissa la visière sur son visage.

— Je suis mignonne comme ça, pas vrai ?

Ils sortirent jusqu'à la voiture de Kamel. Il prit le volant et l'auto vers la banlieue nord.

— 95 % des gens ne savent pas comment fonctionne le monde, commença-t-il. Ils croient le savoir, à travers une image fausse, celle qu'on leur présente. On les manipule. Prends les États-Unis par exemple ; chaque fois que le puritanisme est retombé, chaque fois que la morale s'est délitée, on a vu naître une crise politique majeure, menaçant l'intégrité du pays. Et cette crise sert à resserrer les liens du peuple américain, à redurcir la morale, à faire passer des lois plus strictes, qui nuisent peu à peu aux libertés individuelles. Et chaque pays fonctionne ainsi. Il suffit d'adapter le type de crise à la mentalité du peuple, et on peut reprendre le contrôle.

Yael ouvrit la vitre pour sentir la fraîcheur de l'air.

— Tu crois pas que tu pousses un peu ? lâcha-t-elle. Ne le prends pas mal, mais tu… vois le mal partout, non ?

— Tu es l'exemple type de la globalisation ! Une méthode géniale pour mondialiser les moyens de contrôle des peuples ! Tellement efficace que si un type veut déroger ou dénoncer, ou le traite aussitôt de parano ! Pas génial, ça ?

Elle s'en voulut aussitôt de penser ainsi. Kamel les aidait, il prenait des risques énormes, simplement parce qu'il les appréciait.

Ou parce qu'on le conforte dans ses théories avec mon histoire !

— Tous les moyens sont bons pour te fliquer. On te fait payer par carte bancaire pour savoir où tu es et ce que tu achètes. D'ailleurs, l'argent liquide les fait chier, ils aimeraient bien le remplacer par des petites cartes du style Moneo ou tout ce qui suivra jusqu'à la disparition du cash. Tu ne peux plus aller travailler sans avoir un badge à l'entrée, ou une carte magnétique de cantine, ou tout simplement un ordinateur qui sert de mouchard. Si tu consultes tes mails ou si tu bosses sur l'écran, l'ordi archive tes manips. Et pareil pour les transports, le passe Navigo se généralisera avec les années, le passe pour l'autoroute, le radar automatique qui trahit ta position, ta carte bancaire qui dit où tu étais lorsque tu as fait le plein à la pompe, le parking qui sait que tu es chez lui parce que tu viens de lui filer ta carte, ton téléphone portable qui te localise en permanence, sans compter toutes les caméras…

Yael se taisait prudemment. Surtout ne pas entrer dans le débat.

Kamel poursuivit son monologue sur plusieurs kilomètres. Il cita les grandes dynasties qui régnaient sur le monde, mentionnant notamment le clan Kennedy mais aussi celui des Bush, rappelant que le grand-père, Prescott Bush, avait fait des affaires avec les nazis. Il avait été nommé directeur général de l'Union Banking Corporation montée par la famille allemande Thyssen, les financiers de Hitler, et Prescott Bush était allé en

Pologne à la fin des années 30 pour superviser les travaux d'une mine où travaillaient comme des esclaves les déportés du camp d'Auschwitz. Remarquant que Yael ne pipait mot, il précisa que Prescott Bush avait fait ses études universitaires à Yale et était officiellement reconnu pour avoir été membre des Skull and Bones.

Ils arrivèrent aux abords d'un centre commercial où Kamel prit soin de ne pas se garer sur le parking, préférant tourner dix minutes à la recherche d'un emplacement moins surveillé.

Une fois dans la galerie marchande, il répéta à Yael de bien garder la tête baissée et lui demanda de l'attendre sur un banc, devant les caisses du supermarché où il se dépêcha d'aller chercher un paquet de lames de rasoir qu'il paya en liquide.

— On va faire quoi, là ? demanda Yael qui s'impatientait.

— J'aimerais que tu me prennes au sérieux. Mais pas pour mon ego, je m'en fous, pour ta sécurité. Et je vais procéder à une démonstration.

Yael leva les yeux au ciel mais lui emboîta le pas lorsqu'il prit la direction de la cafétéria près de la sortie. Il ouvrit son paquet de lames pour ne garder que l'emballage.

— Tiens, regarde, c'est juste du carton, hein ?

— Oui.

Ils dépassèrent les plats cuisinés et les affiches exposant les différents menus pour s'arrêter devant les bacs contenant les sauces et les condiments.

— Tu es d'accord pour dire qu'on ne risque rien à mettre du carton dans un four à micro-ondes ?

Elle acquiesça, un peu agacée.

— En revanche, il ne faut surtout pas mettre de métal, sinon ton four peut exploser, tout le monde sait ça.

Il ouvrit l'un des fours à micro-ondes destinés à réchauffer les plats et y déposa l'emballage en carton.

Il régla sur puissance maximum et lança la cuisson pour une minute.

Le plateau se mit à tourner à l'intérieur.

Sans que rien de particulier ne survienne.

Puis il y eut deux brefs flashes, des éclairs intenses accompagnés de crépitements. Kamel appuya immédiatement sur le bouton STOP. Il récupéra son emballage du bout des doigts et le lança dans la poubelle.

— Curieux pour du carton, non ? Bon, je te déconseille d'essayer chez toi, la première fois que je l'ai fait, j'ai fait sauter mon four et un éclat de plastique a manqué ma carotide de peu !

Il s'empressa de l'entraîner vers la sortie avant qu'on ne remarque leur manège.

— C'est la puce RFID qui a provoqué ça, expliqua-t-il. Là elle était dans l'emballage, mais on la trouve de plus en plus souvent dans le produit lui-même, dans les vêtements par exemple. Tu me crois maintenant ?

Yael ouvrit la bouche pour lui dire qu'elle n'avait pas besoin de démonstration mais préféra éviter une confrontation.

— Oui, se contenta-t-elle de dire.

Il se mit à déambuler dans la galerie.

— Ce qu'il faut comprendre c'est que cette puce n'est pas innocente, les grands magasins ont détourné son usage premier, mais c'était... prévisible. En fait, elle a été conçue au tout début par une entreprise qui appartient à un dénommé Alex Mandl, dont l'oncle est un des directeurs de la NSA, l'agence d'espionnage américaine ! Si je te dis qu'en plus, Alex Mandl fut l'administrateur de la société IN-Q-TEL qui était en fait financée et hébergée par la CIA, tu vas peut-être te poser des questions… IN-Q-TEL s'occupe de cryptographie et de sécurisation de l'Internet pour le gouvernement américain. L'entreprise crée également et inventorie des technologies nouvelles pour les agences gouvernementales, CIA, NSA, FBI… Ça fait un peu beaucoup, non ?

Cette fois, Yael dut avouer que l'accumulation la surprenait.

— Depuis, la puce RFID est passée dans la grande consommation. Pire, elle est tout doucement en train de s'implanter dans nos mœurs avec un objectif à moyen terme : remplacer la carte d'identité. Un jour, nous aurons tous une puce greffée sous la peau, avec nos informations du quotidien : identité, état civil, permis de conduire, carte de Sécurité sociale, et tout ce qu'on voudra y mettre. Elles remplaceront nos cartes bancaires, nos dossiers médicaux, tout. C'est déjà en cours, on fait des tests dans certains hôpitaux, avec l'accord du malade, et même dans certaines boîtes de nuit qui n'autorisent l'accès VIP qu'aux porteurs de leur puce. Les générations à venir vont grandir avec cet outil, l'estimant normal, considérant même que celles et ceux qui ne l'auront pas seront « à la masse », et la puce RFID sera banalisée.

— C'est déjà en train de s'installer avec les animaux, non ?

— Exact, on leur implante une puce RFID, elle devient même obligatoire dans certains pays pour avoir un chien. Pas mal comme idée, non ? On peut pister le maître en suivant le chien sur un écran !

Ils se retrouvèrent à l'extérieur, marchant entre les voitures stationnées. Yael avait les mains dans les poches, la visière de sa casquette la dissimulait.

— D'accord, tout ça est… hallucinant, admit-elle, mais où veux-tu en venir ?

— Tout ce que je souhaite, c'est que tu ouvres bien les yeux sur le monde dans lequel tu vis. Il n'est pas *ce que tu crois voir*. Et les nuances sont de taille. On dit que nous vivons dans un monde de communication, il faudrait dire : un monde de manipulation. Il n'y a plus place pour le hasard dans ce système. Chaque décision pèse des millions, voire des milliards de dollars, et cette masse d'argent nécessite un maximum de contrôle. Les décideurs sont un tout petit nombre, tout en haut, dans la stratosphère de notre civilisation.

Yael n'osa pas lui dire que c'était un discours qu'elle connaissait désormais. Et que depuis quelques jours on la forçait à en mesurer la réelle portée.

— Je sais, je peux être un peu lourd, à rabâcher la même rengaine, mais tout le monde s'est habitué à ce système, et on le trouve normal. Comment réveiller le troupeau qui cherche son petit carré d'herbage ?

Le plus discrètement possible, il prit le bras de Yael et la fit glisser derrière lui alors qu'une voiture de police les croisait au bord de la route.

— On est comme cette grenouille qui ne se rend pas compte que l'eau bout ! Tu sais, si tu mets une grenouille dans l'eau bouillante, elle sautera hors de la casserole immédiatement, en revanche, si tu la trempes dans l'eau froide et que tu la mets à chauffer à petit feu, elle restera sans se rendre compte que l'eau devient trop chaude et tu la feras bouillir à ton gré. Pareil pour nous. Il suffit d'y aller à petit feu, progressivement, et hop ! On est cuits !

— Tu me refais le coup du : c'est la révolution française la cause de tout ça ?

— Non, la Révolution a été une tragédie. Mais elle nous a fait entrer dans une nouvelle ère qui aurait pu être bénéfique. C'est le sang du peuple qui a été versé ; mais qui a orienté, guidé la Révolution pour en tirer le bénéfice ? La bourgeoisie, les grands commerçants, les banquiers de l'époque ! Et comme malins ils l'étaient, ils ont mis en place un nouveau système à leur avantage, en se gardant bien de reproduire l'erreur du précédent : mettre une tête au sommet de la pyramide du pouvoir. Une tête à renverser dès que le peuple serait en colère. En élaborant ce qui allait devenir notre nouveau système, ils ont déshumanisé la pyramide du pouvoir, pour faire en sorte qu'on ne puisse plus se rebeller. Contre qui ? Si aujourd'hui la France voulait tout changer, si elle n'en pouvait plus de payer des impôts, d'obéir à des lois injustes, de ne pas avoir des conditions de vie décente, que pourrait-elle faire ? Aller dans les rues et renverser le président ? Pour en mettre un autre à sa place et recommencer… Non, tout le monde le sait bien ! On ne peut même pas descendre et tout casser, on est trop dépendants du système, les rouages, c'est nous !

— Les types qui ont fait la Révolution n'en pouvaient plus d'être affamés, c'étaient pas des comploteurs professionnels !

— Tu ferais bien de relire l'Histoire entre les lignes. Qui a déclenché les hostilités, puis les règlements de comptes entre eux pour le pouvoir ? Et surtout, étudie les dates des révolutions, des déclarations d'indépendance, tu verras comme elles apparaissent un peu partout dans les symboles occultes rattachés à certaines sectes. Sur le dollar, par exemple…

Yael l'interrompit.

— C'est normal que 1776 figure sur le billet de un dollar ! C'est leur déclaration d'indépendance !

— Regarde mieux ! Tu verras que la date est au pied de la pyramide symbolisant le règne de l'œil ! Un œil omniscient, omnipotent, qui règne sans partage sur tout le reste de la pyramide ! Un œil qui symbolise un petit groupe d'hommes. La date est à la base de la pyramide, tout en bas, son point de départ ! C'est une date imprimée au milieu des symboles ésotériques, au pied d'une pyramide à treize étages, une date encastrée entre deux mentions : *« Il favorise notre réalisation »* et *« Nouvel ordre des siècles » !* Je n'invente rien ! Regarde donc en rentrant, c'est écrit ! Le Nouvel Ordre mondial ! Aujourd'hui, les Illuminati, ou quel que soit leur nom, ne se battent plus pour changer le monde, ils l'ont déjà fait ! Nous vivons sous leur règne depuis la fin du XVIIIe siècle ! Ils font déjà ce qu'ils veulent ! Des guerres, des mensonges, le monde est à eux. Et nous sommes leurs jouets aveugles !

C'en était trop pour Yael, elle n'en pouvait plus de voir des signes cachés partout, d'apprendre sans arrêt qu'elle vivait dans un monde mensonger, que sa vie n'était qu'une vaste manipulation.

Elle avait envie d'oublier tout ça. De revenir à son existence aveugle mais paisible. Pouvoir sortir ou entendre une information à la télévision sans se poser mille questions.

— Kamel, je crois que j'ai besoin d'une pause, dit-elle dans un souffle.

Il allait ajouter quelque chose mais ses mots restèrent en suspens entre ses lèvres. Peu d'individus pouvaient aujourd'hui supporter la pression de la vérité.

— D'acc. Je comprends, conclut-il.

Yael monta en voiture.

Ils rentrèrent pour déjeuner et Thomas les retrouva en fin d'après-midi. Il refermait à peine la porte derrière lui que Yael bondissait du canapé pour avoir des nouvelles. Avait-il une piste pour leur voyage ?

— Yael, on part demain matin pour Le Havre. Si tout va bien, nous serons en route pour les États-Unis dans la semaine.

Yael soupira longuement. Toute son impatience et son stress se relâchèrent. *Partir*. Elle n'avait plus que ça en tête.

Et affronter les hommes qui se croyaient tout permis.

Jusqu'à lui voler sa vie.

64

Thomas leur raconta comment il avait prospecté du côté des compagnies de transport maritime. Les paquebots ne l'intéressaient pas, ils demandaient un passeport. Il ne cherchait que les cargos et les pétroliers.

Il connaissait bien l'existence de ces navires commerciaux qui disposaient d'une cabine libre et qui offraient la possibilité d'embarquer un curieux ou deux moyennant une compensation financière. C'était même une forme de tourisme qui commençait à se développer, encore réservée aux initiés, mais qui offrait un voyage hors du commun, propice à la contemplation et à la réflexion.

Thomas avait obtenu les noms des navires qui pratiquaient ce type de service dans une petite agence de voyages spécialisée dans les croisières originales, près de la Bourse. Il avait dressé la liste de ceux qui partaient de France pour la côte Est des États-Unis. Une dizaine devaient appareiller dans les jours à venir depuis le port du Havre. Ils devaient tenter leur chance. Approcher les capitaines. En trouver un qui n'aurait pas peur d'empocher quelques milliers d'euros pour les embarquer sans papiers d'identité, sans déclaration aux douanes.

Le soir, pendant le dîner, Thomas s'adressa à Kamel :

— Par le biais de l'ambassade, tu pourrais obtenir des informations sur ces navires et leurs capitaines ?

Kamel haussa les sourcils.

— Je vais demander à mon père, on va voir.

Yael mangeait avec un appétit modéré. Elle finit par avouer :

— Je n'y connais rien en matière de voyages clandestins, mais il me semble que ça coûte cher. Très cher…

Thomas hocha la tête.

— Oui. Une fortune.

— Et on va faire comment ? Je n'ai pas de fric sur mon compte… Et je ne peux pas y accéder de toute façon.

— Tout est arrangé.

Thomas échangea un regard complice avec Kamel.

— Oui, fit ce dernier, j'ai… je vais vous aider.

— Kamel ! Tu… Je ne peux pas prendre ton argent, lança la jeune femme.

— Ne te pose pas la question. Quel genre d'homme serais-je si je dorlotais mon argent pendant que mes amis sont dans le besoin ? J'en ai, alors autant qu'il serve ! C'est de ça que nous parlions hier soir lorsque tu es descendue.

Interdite, Yael cherchait ses mots.

— Je… Merci, Kamel. Je te rembourserai dès que je pourrai, je te le jure.

Kamel se mit à rire doucement.

— Ne t'en fais pas pour ça. Lorsque tout sera terminé, tu obtiendras tellement de dommages et intérêts que tu me rembourseras au centuple !

L'évocation d'un avenir post-Ombres lui fit du bien. Elle sourit à son tour. Thomas avait rapporté de sa journée parisienne une bouteille de vin qu'il dégusta avec elle, et la jeune femme s'entendit rire, ce dont elle n'était plus capable depuis des jours.

Kamel s'absenta pour faxer la liste des navires à son père en lui demandant une enquête urgente.

Thomas raconta comment il avait toujours rêvé de peindre, et comment il s'y était essayé l'année dernière en prenant des cours. Une catastrophe. Yael souriait, à nouveau confiante en un avenir qui lui semblait moins sombre.

Ils se couchèrent avec une légèreté nouvelle.

Sans plus se poser de questions, Yael se glissa dans la chaleur de Thomas, tout contre lui.

Elle chercha sa bouche et y posa ses lèvres. La tête lui tournait un peu.

Ils s'enlacèrent fougueusement. Thomas se déshabilla sous les assauts de la jeune femme et il lui enleva son long tee-shirt.

Yael interrompit son geste pour fixer Thomas, une lueur espiègle dans le regard.

— Je tiens à m'excuser pour ma lingerie torride, chuchota-t-elle. Une culotte chinoise à trois euros les deux.

Ils rirent, blottis l'un contre l'autre, puis le temps leur fit la grâce de s'effacer.

BLOG DE KAMEL NASIR. EXTRAIT 10.

Si un esprit ouvert a poursuivi sa lecture jusqu'ici c'est qu'il se demande pourquoi.

En partant de l'hypothèse folle que l'administration Bush savait pour les attentats à venir, voire qu'elle était derrière, la question du pourquoi s'impose.

Outre la manne financière que cela engendre.

Il y a deux points essentiels :

— L'état de peur.

— Et, au final, la mise en place d'un Nouvel Ordre mondial.

La peur ?

Je juxtapose tous les faits et j'en tire mes conclusions.

Elles sont démentes. Et pourtant si plausibles au regard des hommes qui tirent les ficelles. Cette extrême droite propre sur elle.

Imaginez une alliance entre une poignée de milliardaires de plusieurs pays, essentiellement États-Unis et Arabie Saoudite, bien qu'à mes yeux les premiers manipulent les seconds. Imaginez ces hommes prêts à tout, dont l'éthique et le sens moral ont disparu au fil des années tandis que le pouvoir et l'argent les dévo-

raient comme la drogue qu'ils sont. Imaginez ces hommes qui noyautent le système, s'emparent progressivement du pouvoir, de la Maison-Blanche au Pentagone. Des hommes qui ont compris comment fonctionne le peuple.

Un peuple habitué à un confort moral et matériel moelleux et rassurant. Soudain vous jetez le chaos dans ce confort. Vous en troublez l'équilibre à coups de peurs, d'incertitudes. Le peuple sera prêt à bien des sacrifices pour retrouver son confort. Prêt à accepter bien des choses inacceptables s'il sent au bout la promesse de tuer cette peur qui le tient au ventre. La promesse de retrouver son existence d'avant.

Et c'est exactement ce qu'il s'est passé.

En novembre 2002, Bush se sert du prétexte terroriste et de la sécurité de la nation pour lancer la TIA, Total Information Awareness (connaissance totale de l'information). Le principe en est simple : installer un système d'enquête qui permette au gouvernement américain d'explorer toutes les bases de données du monde afin de rassembler toutes les informations existantes sur un individu, vie professionnelle et privée, tout, absolument tout, sans aucune restriction. C'est Donald Rumsfeld qui va nommer le responsable de la TIA, un certain amiral John Poindexter. Ce dernier est plus que controversé puisqu'il est fortement soupçonné d'avoir instauré le fameux trafic de drogue lié à l'Irangate. Je me permets de rappeler à ce sujet que lorsque Poindexter fut accusé, il fit disparaître tous les documents qui prouvaient sa culpabilité sans savoir que cette destruction était enregistrée par les services de surveillance. En fin de compte, il fut condamné le 11 juin 1990, pour avoir détruit des preuves, à dix-huit mois de prison qu'il ne fit pas, grâce à l'annulation du jugement par une autre juridiction pour « vice de forme ». C'est cet homme-là qui est en charge de la TIA et donc qui a l'autorisation de tout savoir sur les individus de son choix.

Face au tollé soulevé par sa nomination, la TIA disparaît officiellement peu de temps après avoir été rendue publique, mais depuis, bien d'autres projets sont venus le remplacer sous d'autres noms. Matrix par exemple (Multistate Anti-Terrorism Information Exchange). De nouveaux projets surgissent tous les semestres. Certains disparaissent dans la foulée, en général pour être remplacés par un autre, le même sous un autre nom et avec un emballage toujours plus « rassurant ».

Sans compter le Patriot Act.

Le Patriot Act *est une loi liberticide votée le 26 octobre 2001 pour renforcer les pouvoirs d'investigation gouvernementale tout en affaiblissant le pouvoir de la défense. Que cette loi disparaisse un jour, qu'elle soit prolongée ou remplacée par une nouvelle loi, la même sous un autre nom avec les mêmes applications, elle est installée et perdurera dans les faits. Cette loi réduit drastiquement les libertés individuelles tout en favorisant la répression policière, en légalisant la violation de la vie privée et en diminuant notamment le droit à la liberté d'expression. Avec cette loi, il est possible de détenir sans limite de temps et sans inculpation toute personne estimée terroriste. Mais qui est terroriste aux yeux du gouvernement ? Est-ce que j'en suis un, moi, pour mes propos ? Est-ce que dire ce que je pense peut m'envoyer en prison sous prétexte que je m'oppose verbalement au gouvernement en place ? Possible…*

Quand on sait que John Ashcroft (ex-ministre de la Justice) et les siens ont préparé une loi encore plus liberticide intitulée Patriot Act II dans le secret – cachant au Sénat et au Congrès leur projet pendant six mois ! –, on peut avoir peur. Surtout que lorsque celle-ci fut rendue publique, face à l'indignation, ils durent prétexter qu'il ne s'agissait que d'une « note interne divulguée prématurément au public » ! La vérité sans fioritures, c'est qu'ils préparaient des restrictions de liberté encore plus condamnables dans le plus grand secret pour faire passer la loi au dernier moment !

Il suffit de lire la presse, de s'intéresser un minimum à notre société pour réaliser que ce type de loi a germé un peu partout dans le monde. Notamment en France, sous le nom de loi Perben II. Peut-être qu'avec le temps le nom changera, mais soyons attentifs à ce que les politiciens ne changent pas seulement l'emballage… En attendant, je vous invite à creuser de votre côté cette loi, ou celles qui ont été votées dans votre pays, où que vous soyez. Livrez-vous à un petit jeu aussi amusant qu'effrayant : tentez de définir ce qu'est votre liberté selon vous, et comparez-la avec la réalité des textes nouveaux.

Bon courage.

C'est fou ce que nous sommes prêts à accepter lorsqu'on nous fait peur.

Le 11 septembre aura permis de faire main basse sur la nation, de contrôler ses libertés, tout en assurant un pouvoir plus large au gouvernement et ses partenaires. Afin de préparer la suite des événements.

Le Nouvel Ordre mondial.

65

Dimanche 26 août.

Fin d'après-midi, temps humide et maussade.

Les raffineries de pétrole envahissaient le paysage comme une végétation épineuse, dressant leurs tiges d'acier et bloquant la vue de leurs cuves énormes entre les oléoducs qui serpentaient en meutes sur leurs kilomètres. Par intermittence, des totems culminaient dans cette forêt sans vie, léchés par une flamme bleue qui dressait dans les cieux des piliers de fumée noire.

Une odeur huileuse d'essence traînait dans l'habitacle de la voiture.

Kamel conduisait en silence, la mission qu'il s'était fixée touchait à sa fin : ils arrivaient au Havre. Bientôt il quitterait ses compagnons pour retrouver son quotidien, en espérant, jour après jour, avoir de leurs nouvelles.

Il suivit les panneaux indiquant la zone portuaire, traversa un quartier d'habitations constitué de longues barres grises de plusieurs étages. Puis les entrepôts apparurent.

Le port était devant eux, noyé derrière les hangars et les immenses grues de chargement. Les mâts et les cheminées de tankers, cargos et méthaniers dépassaient au loin.

Kamel s'arrêta avant de s'engager dans la rue qui entrait dans le port, en passant par le bureau des douanes.

— Vous ne pouvez vous permettre de présenter votre pièce d'identité, rappela Kamel, c'est donc en faisant le mur que vous devrez approcher les navires. Il y a une zone déserte là-bas, derrière les arbres, on doit pouvoir s'y faufiler.

— J'ai repéré des voies ferrées plus loin, précisa Thomas, elles ne sont certainement pas protégées sur tout le parcours, il nous suffira de les remonter.

— Bon, alors je crois que c'est le moment de se dire au revoir. Tu as bien le fax que mon père a envoyé ce matin ?

Thomas acquiesça.

Ils se quittèrent sans s'attarder, déjà dans l'action.

Yael et Thomas se mirent à suivre le mur du port, le sac sur l'épaule.

Comme Thomas l'avait prévu, le chemin de fer courait derrière un grillage rouillé et troué qu'ils franchirent sans peine. Ils marchèrent le long des rails en direction du port repérable par les hauts terminaux à céréales et leurs silos.

À l'approche des premiers bâtiments, Thomas invita Yael à s'asseoir sur des palettes abandonnées pour attendre la nuit et éviter d'être repérés. Ils étaient à l'abri des regards, coincés entre deux entrepôts décrépits et les hautes herbes jaunies.

Yael eut soudain un petit rire qui surprit Thomas.

— Moi qui tremblais au moindre risque..., dit-elle.

— Si on trouve un navire pour nous prendre, envisagea-t-il, ce qui n'est pas sûr, on sera... des clandestins. Personne ne saura que nous sommes à bord sauf l'équipage. Notre existence sera entre parenthèses tant que nous serons en mer. Tu vois de quels risques je parle ?

— Tu me l'as déjà dit, on pourrait se débarrasser de nous.

Cette seule pensée la terrorisait. Mais ils devaient traverser l'Atlantique.

— Je sais, je me répète, mais tu dois rester vigilante. Si on trouve un capitaine prêt à nous embarquer, il ne le fera qu'à la condition d'être payé à l'avance. C'est la règle. Et une fois en haute mer, il se pourrait que lui et l'équipage décident de garder le fric sans prendre le risque de se faire pincer par les autorités US avec des clandestins à bord. Sans oublier les douanes américaines… réputées pour leur sévérité.

— Tu crois qu'ils nous jetteraient par-dessus bord ?

— Je sais que des milliers de gens voyagent ainsi, depuis l'Afrique et l'Asie essentiellement, et que ce genre de drame arrive. Souvent. Il y a même des endroits connus pour ça, comme en Italie où tout un village savait sans rien dire qu'un navire avait un jour jeté par-dessus bord des cadavres de clandestins.

— On n'a pas le choix.

— Il nous reste la vigilance. Tu me le promets ?

— Entendu.

— A priori, même si nous tombons sur un équipage véreux, ils y regarderont à deux fois avant d'occire deux Blancs bien habillés. Ils redouteront l'enquête. Mais prudence tout de même.

Un train de marchandises passa au ralenti devant eux, au rythme saccadé de ses roues tranchantes. Yael le suivit du regard, se remémorant les romans américains et les films où des hommes sillonnaient le pays tout entier dans des wagons à bestiaux, courant le long des voies pour se hisser dans le convoi en route vers l'inconnu, vers l'espoir.

Elle s'apprêtait à faire la même chose.

Sur une énorme coque de métal, au milieu de nulle part.

La nuit tomba tandis qu'elle s'était blottie contre Thomas, et ils reprirent leur marche.

Le père de Kamel avait fait un travail salutaire en très peu de temps. Pour tous les navires à quai, il avait dressé un historique détaillé. Thomas avait coché quatre noms sur la liste. Des capitaines suspectés ou condamnés pour des délits allant du dégazage à proximité des côtes au transport de clandestins. L'un d'eux en particulier, suspecté mais jamais arrêté faute de preuves, était le plus grand espoir de Thomas. Il commandait l'*Absolute Conqueror*.

Ils rôdèrent entre les terminaux de conteneurs, dépassèrent les entrepôts frigorifiques tandis que les portiques de chargement leur passaient au-dessus, sautant de proue en proue à la recherche de l'*Absolute Conqueror* qu'ils trouvèrent en bout de quai.

Thomas laissa Yael en retrait derrière un hangar de transit et monta à bord. Il revint moins d'un quart d'heure plus tard, sans rien dire. Il prit son sac, fit signe à Yael de le suivre, et ils s'en allèrent vers une autre silhouette massive qui flottait dans l'obscurité.

Le port s'était transformé avec l'apparition de la nuit. Les projecteurs des grues tournoyaient, les feux des mâts brillaient en rouge et vert dans une ambiance sonore de raclements, de chocs métalliques, de moteurs, de treuils sifflant, de cris et de sirènes.

À la seconde tentative, Thomas revint tout aussi bredouille et inquiet. Il craignait que le capitaine prévienne les autorités de leur présence. Ils s'empressèrent de rejoindre le nom suivant sur la liste, un porte-conteneurs déjà bien chargé.

L'entretien dura plus longtemps.

Yael patienta une heure.

Et l'anxiété commença d'instiller ses doutes obscurs dans son esprit. Une demi-heure s'écoula encore.

Yael n'y tenait plus. Elle faisait les cents pas, guettant avec méfiance les chariots élévateurs qui fonçaient avec leur chargement, tous phares allumés.

Thomas apparut soudain sur le pont, il lui fit un signe de la main pour qu'elle grimpe le rejoindre.

Son cœur tressauta.

Elle attrapa les sacs et quitta le béton du quai.

En posant le pied sur la passerelle d'embarquement, elle se retourna pour contempler une dernière fois le sol.

Quel genre de femme serait-elle lorsqu'elle le retrouverait ?

Thomas l'appela et elle grimpa sans un mot, sans un regard.

Plus rien d'autre ne devait compter désormais que son but.

La confrontation qui l'attendait là-bas.

De l'autre côté de l'océan.

66

En pleine mer, le plus impressionnant était la puissance de l'air.

La vigueur quasi permanente du vent sur l'Atlantique, les embruns qu'il arrachait à la surface de l'eau pour nimber le pont du porte-conteneurs d'un vernis glissant. Le vent sifflait aux tympans, étourdissait, et il fallut trois jours à Yael pour s'y habituer.

Le *Baltic* était si grand et si lourd qu'on n'y souffrait pas du roulis ou du tangage à moins d'une mer déchaînée. Yael était impressionnée par le nombre de conteneurs entassés sur le pont, en contraste avec cet horizon interminable de vagues et de houle, En quittant le monde des hommes, Yael réalisa combien le *Baltic* était fragile et minuscule, coquille de noix à la merci des éléments. Jamais elle ne s'était sentie aussi minuscule. Dérisoire à l'échelle de l'univers.

Puis elle s'habitua à cet infini mouvant. Elle considéra très vite que son opacité était une alliée. Ne rien deviner de ses profondeurs, de ses abysses, était une bénédiction. Elle aimait imaginer l'océan comme un revêtement solide qui les portait, une surface compacte capable de l'isoler des gouffres effrayants.

Et elle oublia les canyons qui défilaient sous ses pieds, leur flore et leur faune. Mais le vent, elle ne put que le subir et l'accepter.

Leur cabine était à côté de la cheminée et, la première nuit, Yael eut de la peine à s'endormir, le bruit des moteurs était trop présent et l'énorme conduit qui passait non loin de sa tête résonnait de temps à autre d'étranges échos.

L'équipage était discret, tout juste avait-elle des contacts avec les officiers, mais à la demande du capitaine, ils mangeaient séparément. Il leur rappelait souvent qu'ils n'étaient pas des passagers mais des clandestins, et qu'ils se devaient de rester silencieux, voire invisibles. Moins ils marqueraient les esprits, mieux ce serait pour tout le monde.

Pour ce qu'elle put en savoir, l'équipage était philippin et les officiers panaméens. On parlait plusieurs langues à bord, dont un anglais hésitant.

Les jours passaient sur les horloges murales accrochées au mess et qui indiquaient les fuseaux horaires qu'ils traversaient.

L'expression « Nouveau Monde » prenait un sens à bord.

S'enfoncer dans ce no man's land indomptable pour des jours et des nuits, c'était s'embarquer pour un étrange voyage intérieur. L'homme ballotté par l'immensité chatoyante se retrouvait bien vite à contempler ses propres reflets, l'âme à nu, libre soudain de faire son ménage, d'opérer un tri et de choisir quel être il souhaitait devenir. Une mue silencieuse était en cours, un effeuillage lent, profond, qui débarrassait des attitudes, des faux-fuyants et des mensonges du cœur.

Au matin du quatrième jour, Yael chaussa ses baskets, enfila un short et un tee-shirt et partit seule pour faire le tour du pont en courant. L'assemblage polychrome des rectangles d'acier formait un château immense autour duquel elle fit son jogging. Pour la première fois depuis longtemps. Le son de ses pas heurtant le plancher disparaissait dans le ressac qui tourbillonnait contre la coque, et le vent qui sifflait entre les conteneurs. La pureté de l'air portait ses foulées. Yael se sentait vivre. Elle remarqua au second passage sous la passerelle de navigation qu'un homme d'équipage était assis à fumer sa cigarette en l'observant.

Elle lut une certaine convoitise dans ses yeux. Un rictus gourmand qu'elle détesta.

Yael hésita à continuer. Si elle tournait à nouveau elle serait dans la longue zone des marchandises, on pouvait l'entraîner entre les conteneurs. Personne ne pourrait alors ni la voir, ni l'entendre.

Elle ne ralentit pas et poursuivit son exercice. Ne pas montrer qu'on a peur, pensa-t-elle. Se montrer forte pour décourager un type hésitant. Il restait encore quatre jours, ce n'était pas le moment de flancher sinon le reste du voyage serait un cauchemar. Elle boucla un troisième tour et revint vers sa cabine.

Thomas l'attendait à sa sortie du cabinet de douche.

— J'ai parlé avec le capitaine, nous serons à New York lundi prochain, dans la soirée. Ils resteront à quai deux jours pour décharger et charger. Ensuite ils partent pour Savannah en Géorgie. Même topo, et machine arrière vers Boston pour un dernier chargement avant le retour en France le 13 septembre. Il dit que si nous voulons rentrer, on peut les rejoindre à cette date. Ça nous laisse dix jours pour rencontrer Carl Petersen et aviser de la suite.

Elle approuva sans développer. Elle n'avait aucun plan précis. Rien qu'un besoin de résultat. Savoir. Et s'assurer que ni son père ni elle ne risqueraient plus rien. Le reste… elle improviserait sur place au gré des circonstances. Elle devait commencer par Petersen.

Dans l'après-midi ils allèrent se promener sur la plage avant, bercés par le bourdonnement tranquille des moteurs, un tremblement rassurant. L'étrave ouvrait l'écume vers l'ouest, en direction du couchant.

Ils parlèrent de leurs vies, de ce qu'ils en attendaient, prenant soin de ne pas mentionner les Ombres. Ici, à des milliers de kilomètres de la ville la plus proche, ils savouraient ce répit. Loin des civilisations et des mensonges.

Ils dînèrent et se couchèrent tôt. Ce soir-là, Yael s'invita dans la couchette étroite de son compagnon. Depuis la nuit qu'ils avaient partagée chez Kamel, elle ne se posait plus de questions quant à leur relation. Elle refusait de la définir. Seuls comptaient l'instant présent, leurs caresses, leurs baisers et son désir de lui, de son corps. Elle guida le sexe de son compagnon jusqu'à elle.

Sans aucun moyen de contraception. À aucun moment elle ne chercha à protéger cet échange, elle le souhaitait brut et instinctif, elle qui d'habitude était si prudente.

Il s'enfonça en elle, et elle gémit, de plaisir, de son choix assumé, de ce voyage qu'il lui offrait et dans lequel elle voulait se fondre. Un voyage fusionnel, à la vitesse de l'oubli, toucher de l'âme par le corps l'unique réalité de l'univers : un périple orgasmique entre le néant et la matière, l'état prénatal et post mortem. Elle voulait voyager à travers soi, à travers lui, dans l'essence même de l'humanité.

Alors, elle jouit.

La traversée dura huit jours.

Lorsque le *Baltic* approcha les côtes américaines, la nuit était tombée depuis quatre heures. Yael ne vit que des lueurs dans le lointain. Sur la passerelle de navigation, le capitaine leur expliqua comment ils allaient quitter le navire.

L'opération reposait sur leur discrétion. Une fois à quai, les machines arrêtées, ils passeraient du côté opposé au quai et descendraient un escalier à flanc de muraille jusqu'au niveau de l'eau. Ils embarqueraient dans un canot pneumatique et devraient s'éloigner à la rame, sans se faire remarquer des bateaux de surveillance qui patrouillaient. Il leur faudrait sortir du port pour accoster dans un endroit tranquille. Et surtout, il fallait rester extrêmement attentif car si un tanker venait à appareiller ils seraient happés et broyés par ses hélices, aucun des gros navires ne les verrait.

S'ils venaient à se faire prendre, le capitaine nierait les avoir jamais vus. Ils devaient se débrouiller seuls et surtout oublier le *Baltic*.

En attendant, il les fit conduire dans des cales, un réduit étriqué, où ils resteraient cachés jusqu'à ce qu'on vienne les chercher, pour le cas où les gardes-côtes feraient une visite-surprise à bord.

Ils attendirent deux heures, serrés l'un contre l'autre, des fourmis dans les jambes, les bras engourdis et la tête qui tournait. Un officier leur ouvrit enfin. Dans un mauvais anglais il leur ordonna de le suivre avec leurs sacs. Ils sortirent au grand air, dans la nuit scintillante de projecteurs du port new-yorkais. Ils se glissèrent sous la protection des conteneurs et l'officier désigna un escalier serpentant jusqu'au niveau de l'eau en leur donnant à chacun une rame en plastique. Pendant qu'ils dévalaient les marches, il passa par-dessus bord un bateau pneumatique à peine suffisant pour deux personnes, qu'il fit descendre au bout d'une corde.

Yael ne se sentait pas en sécurité contre la paroi de l'énorme cargo, et le clapotis de l'eau noire en contrebas ne la rassurait pas davantage.

Thomas parvint à attraper leur canot et à s'y asseoir sans chavirer. Il aida Yael à en faire autant, les sacs calés entre les jambes. C'était un radeau de fortune, à peine digne des jouets pour enfants qu'on pouvait trouver sur n'importe quelle plage. À la moindre houle il se retournerait. Thomas défit le nœud et ils ramèrent en silence pour s'éloigner du *Baltic*.

Son immense carcasse dominait la nuit.

La frêle embarcation s'enfonça dans l'obscurité, quittant la rade pour contourner le phare du port.

Très vite, leurs épaules devinrent douloureuses. Ils luttaient contre le courant.

Le canot se mit à tanguer dangereusement. L'eau était glacée.

— Je ne vois pas le rivage, s'inquiéta Yael en haletant. Je ne vois que les lumières.

— Juste sur notre gauche, des rochers.

Et comme pour souligner les paroles de Thomas, Yael entendit les vagues qui se brisaient. Ils ramèrent plus fort, les muscles en feu, et manœuvrèrent le plus habilement possible pour éviter d'aller s'écraser sur des récifs, mais le courant finit par les agripper et les pousser rageusement vers la côte.

Ils passèrent à toute vitesse entre des arêtes tranchantes et le canot vint racler le sable de la plage.

Ils se jetèrent sur la terre ferme en serrant leurs bagages contre eux, hors d'haleine et le corps douloureux, mais vivants.

Ils y étaient.

Ils étaient aux États-Unis. Le pays qui avait fait rêver tant d'exilés.

The land of the free, comme l'appelaient les premiers colons, pleins d'espoir et avides de liberté.

Yael était venue reprendre la sienne.

67

Mardi 4 septembre.

Pennsylvania Station. Début de matinée.

Avec les dollars que Kamel leur avait donnés, Yael et Thomas s'étaient offert une chambre d'hôtel dans le Queens pour ce qui restait de la nuit. Après un court sommeil, ils étaient partis en direction de Manhattan pour prendre le train.

La gare résonnait sous les échos démultipliés de tous les pas. Les usagers défilaient si rapidement que Yael ne parvenait pas à distinguer leurs visages. Tous deux cherchaient un guichet où acheter leurs billets et se faisaient bousculer par une foule au rythme frénétique, avant d'atteindre enfin une fenêtre où Yael glissa un billet de cinquante dollars.

Moins d'une heure plus tard ils étaient assis dans un train de l'Amtrack filant à toute vitesse vers l'ancienne capitale des États-Unis.

Ils atteignirent Philadelphie à l'heure du déjeuner.

Sac sur l'épaule, ils achetèrent des hot dogs à un marchand ambulant et trouvèrent un plan de la ville pour localiser les différents quartiers. L'ancien général Carl Petersen vivait en périphérie, dans le quartier nord-ouest, au bord de la rivière Schuykill.

Yael proposa qu'ils s'installent tout d'abord dans un hôtel à proximité, et ils prirent un bus qui entra dans Fairmont Park, un vaste espace vert aménagé de pistes cyclables et d'aires de pique-nique. Il les déposa au pied d'un motel à la sortie du parc. Thomas prit une chambre, qu'il paya en liquide, et acheta une carte d'accès à Internet pour aller consulter les informations en français. Pas question que Yael joue les touristes sans passeport. Elle dut laisser Thomas parler pour deux. Devant l'écran, elle fit un rapide tour des nouvelles, cherchant avant tout à s'assurer qu'aucun ressortissant français n'avait été tué en Inde.

Rien sur le web.

Yael se remémora les dates sur la feuille de route. François Mallan était rentré de son trekking la veille. Il devait repartir le 5 septembre pour Paris, c'est-à-dire le lendemain.

Yael soupira.

Elle consulta les articles de presse concernant leur affaire. L'enquête n'avait pas beaucoup avancé, la police se refusait à tout commentaire et les journalistes ne parvenaient pas à savoir si Yael Mallan était considérée comme suspecte ou comme victime.

Quant à l'assassinat de Henri Bonneviel, un suspect avait été arrêté et inculpé. Sa maîtresse. Les enquêteurs affirmaient avoir réuni suffisamment de preuves de sa culpabilité. La femme n'en continuait pas moins de clamer son innocence.

Yael termina en consultant ses mails.

Rien de palpitant. Des spams par wagons entiers, ces publicités intempestives. Elle allait les effacer lorsque l'un d'eux attira son attention. Il n'y avait pas d'expéditeur, juste un espace blanc, et il datait du 30 août, cinq jours auparavant. L'intitulé était « *Knock-knock* ». Yael hésita, ce n'était peut-être pas un spam.

Elle cliqua dessus pour l'ouvrir en espérant ne pas déclencher un virus.

Le message était concis.

Et direct.

Ses doigts se resserrèrent sur la souris.

Les Ombres avaient renoué le contact.

68

« Puisque l'Histoire exerce une telle fascination sur vous, continuez à la lire, continuez ce que vous avez commencé, passez à la suite ! Avec des billets de 5, de 20, et 100 dollars. En les réduisant sans les couper, vous devriez obtenir une suite intéressante pour prédire l'avenir... Mais prenez garde. Voir le futur peut coûter cher. Peu sont capables d'y survivre. C'est un jeu d'initiés. Vous êtes prévenue. »

Yael imprima aussitôt la page et ferma la session.

Elle retrouva Thomas dans la chambre.

— On change d'hôtel ! prévint-elle en entrant. J'ai merdé. J'ai consulté mes mails et il y en avait un des... Ombres. Elles sont capables de remonter la connexion jusqu'ici.

Thomas ne répondit rien. Il ne la réprimanda pas non plus d'avoir pris ce risque. Il se contenta de prendre ses affaires et de sortir.

Ils trouvèrent un autre hôtel à moins d'un mile mais préférèrent l'ignorer pour le suivant.

Ils demeuraient cependant à courte distance de chez Carl Petersen.

Thomas ferma la porte à clé derrière lui.

— Fais voir ce message.

Elle le lui tendit.

— J'ai l'impression… que le ton a changé, confia Yael.

— En effet, fit Thomas après lecture.

Yael haussa les épaules.

— Mais c'est logique ! réalisa-t-elle soudain. Bonneviel mort, puisque c'est lui qui me contactait, les Ombres ne devraient plus m'envoyer de messages…

— Sauf si c'est l'autre faction qui le fait, compléta Thomas. Celle qui a cherché à te tuer.

— Tu crois que c'est un piège ?

Thomas relut le mail.

— Ils l'ont envoyé il y a cinq jours. Ils avaient perdu notre trace depuis un moment.

Il hocha la tête.

— Oui, c'est sûrement un piège. Un moyen de nous localiser. Le mail devait contenir une sorte de virus, un *tracker*, pour nous pister. Je ne sais pas s'il était puissant mais s'il a fonctionné, ils savent maintenant que nous sommes aux États-Unis.

— Alors plus de temps à perdre. On va chez Petersen.

Il n'était pas seize heures lorsqu'ils appelèrent un taxi pour les conduire chez le général à la retraite.

C'était une zone pavillonnaire, des maisons larges et longues, de plain-pied, séparées par de fines haies et ouvertes sur la rue, rien qu'un gazon et des parterres de fleurs. Toutes disposaient d'une allée conduisant à d'imposants garages. La rue sentait le bien-vivre à l'américaine dans un quartier bourgeois.

Yael et Thomas se firent déposer avant le numéro qu'ils cherchaient et marchèrent.

De jeunes hêtres bruissaient, bien alignés sur le bord des trottoirs.

— C'est ici, murmura Thomas. Continue de marcher. Je veux être sûr qu'on ne nous attend pas.

Du coin de l'œil, il scruta l'intérieur des rares voitures qui stationnaient aux alentours pour s'assurer qu'elles n'étaient pas occupées.

— Je suis d'avis qu'on surveille la maison avant d'y aller, proposa Yael. Je ne voudrais pas tomber sur sa femme en son absence et qu'elle puisse le prévenir. Viens, j'ai une idée.

Elle l'entraîna au bout de la rue, sur un banc d'où ils avaient vu sur toutes les propriétés, et sortit de son sac à dos feuilles de papier et crayon.

— Tu parlais de peindre l'autre jour, non ? Alors tu vas faire un portrait de moi, sur ce décor.

Elle lui glissa un sourire complice et un clin d'œil.

— Tu ne vas pas être déçue…

Ils patientèrent ainsi, Thomas levant régulièrement son esquisse afin de montrer aux quelques passants ce qu'ils faisaient là.

En fin d'après-midi, une Lexus ralentit devant la demeure du général et s'engagea dans l'allée pour s'y garer. Un grand blond fringant en sortit du côté conducteur et ouvrit la porte arrière d'où un vieil homme s'extirpa.

— C'est lui à coup sûr, commenta Yael. Il a un chauffeur, rien que ça !

Le nervi alla jusqu'à la porte d'entrée et sonna. Une femme d'une quarantaine d'années leur ouvrit. Son apparence et son maintien confirmèrent qu'il s'agissait d'une employée de maison. Elle fit entrer tout le monde et referma.

— Ils sont trois, murmura Thomas. Ça ne va pas nous simplifier la tâche.

— Il y a bien des moments où il est seul, non ?

— Vu son état, je n'en suis pas sûr.

Après une heure d'attente et de spéculations, ils virent le chauffeur ressortir en saluant la gouvernante, monter dans la Lexus et disparaître à l'autre bout de la rue.

— Un de moins, conclut Thomas.

— On y va.

Thomas fit la grimace.

— On va pas attendre comme ça pendant une semaine ! insista Yael. Bonneviel avait écrit que Petersen me parlerait, et il le fera.

Thomas ne put faire autrement que de la suivre lorsqu'elle bondit sur ses jambes et s'éloigna.

Ils sonnèrent à la porte blanche.

La gouvernante apparut.

— Bonsoir, fit-elle, un peu surprise.

— Nous venons voir M. Petersen, c'est très important, lança Yael dans un bon anglais.

— Vous êtes…

— Dites-lui que nous venons de la part de Henri Bonneviel. Dites-lui que Bonneviel est mort.

— Écoutez, je crois qu'il serait préférable d'appeler demain…

— Non, nous devons lui parler maintenant. C'est *très* important. Je suis Yael Mallan.

La gouvernante pinça les lèvres, partagée entre l'instinct protecteur et l'urgence qui brillait dans le regard de la jeune femme.

— Attendez ici, je vais voir ce que je peux faire, trancha-t-elle en refermant la porte.

Elle se rouvrit moins d'une minute plus tard.

— Suivez-moi.

69

Yael et Thomas traversèrent le salon jusqu'à une véranda ouverte sur un jardin magnifiquement entretenu. Assis dans une chaise longue en bois, les pieds nus dans l'herbe, le vieux général les toisa tour à tour. Il tendit la main pour leur désigner deux sièges où ils s'installèrent. Il était à l'abri du crépuscule sous un parasol planté à même la terre.

— Maggy, servez-leur de l'orangeade, commanda-t-il d'une voix sifflante.

— Merci de bien vouloir me recevoir, monsieur Petersen, fit Yael.

— Qui est-ce ? demanda-t-il en désignant Thomas.

— Mon ange gardien.

Petersen la fixa. Ses yeux bleus brillaient comme de la braise. Malgré son âge, il n'avait rien perdu de sa force mentale. Yael lui rendit son regard. Sa peau était presque transparente sur ses os et ses veines vertes. Il n'avait plus de cheveux.

Yael contemplait presque un siècle d'histoire. Ces mains-là avaient touché Kennedy, cette bouche lui avait parlé.

À en croire le récit de Kamel, on pouvait même supposer qu'elle avait œuvré pour ordonner l'assassinat du Président.

— C'est ce salopard de Bonneviel qui vous envoie ! siffla-t-il.

— Il est mort…

— Bien sûr qu'il est mort, cette tête de mule ! railla le vieillard. Il a fait chier Goatherd, il a été trop loin.

À l'évocation du nom qui figurait au sommet du schéma, la jeune femme se pencha.

— Comment ça ?

Un rictus de contentement tira le visage du général.

— Vous aimeriez savoir, hein ?

Yael croisa les mains devant elle.

— Henri Bonneviel m'a fait venir ici. Il disait que vous me parleriez.

La gouvernante réapparut avec deux verres qu'elle posa sur la table basse avant de s'éclipser. Petersen étira son bras pour attraper le parasol et d'une pichenette le fit se replier, s'inondant subitement de soleil couchant.

Les rayons dorés se prirent dans la silhouette du vieil homme, le recouvrant d'une cape de feu. Ses yeux ne furent plus que deux fentes.

— Pour ça, il faut savoir poser les bonnes questions, dit-il tout bas.

— Pourquoi moi ? Pourquoi Bonneviel a-t-il décidé de m'envoyer tous ces messages ?

— Parce qu'il jouait à un jeu.

— Avec moi ?

Petersen marqua une pause.

— Non, vous n'êtes qu'un pion. La seule chose qui compte dans ce jeu, ce sont les joueurs, et la manière dont ils vont gagner leur partie. Et vous étiez le pion de son adversaire. James Goatherd.

— Moi ?

Petersen acquiesça lentement, pénétré de ses révélations.

— Et pourquoi mes parents étaient-ils mentionnés à mes côtés chez Bonneviel ?

— Vous devez d'abord comprendre comment marche le jeu. Entendez bien que je n'utilise pas une métaphore, ils jouent *réellement* à un jeu. Au-delà du divertissement. C'est une partie sans fin, le plateau de jeu est le monde. L'objectif est le pouvoir. Une démonstration permanente entre les joueurs. Avec une sorte de hiérarchie qui évolue en fonction des actions de chacun.

— Ils sont plus de deux ?

— Oui. Je n'en connais pas le nombre exact, mais ils ne sont qu'une poignée.

Thomas murmura :

— Les Ombres.

— En effet, c'est un surnom qu'ils se donnent entre eux, bien qu'il change avec les époques.

— Comment joue-t-on à ce jeu ? demanda-t-elle, les dents serrées. C'est une conquête d'argent ?

— Non, ça c'est la conséquence pour ceux qui gagnent. Il faut pour cela marquer des points. Et l'Histoire avec un H majuscule est l'échelle de ces points. C'est sur l'Histoire qu'on inscrit ses victoires.

— De quelle manière ?

— Par la manipulation. Chaque joueur dispose de ses propres intérêts et de ceux de ses partenaires. Il doit trouver un moyen, n'importe lequel, pour non seulement les conserver mais les faire fructifier. Cependant, il ne peut pas procéder n'importe comment ! Il doit impérativement jouer avec l'Histoire. La manipuler, jouer avec les hommes. Et le principal moyen qu'utilisent les joueurs c'est…

— Les coïncidences, termina Yael se souvenant de tout ce qu'elle avait appris depuis quelques semaines. L'assassinat de Lincoln, celui de Kennedy…

Petersen la scruta par-dessus le voile de lumière qui l'enveloppait.

— En effet. Je vois que Bonneviel vous a bien orientée. Ce jeu est le fruit des mégalomanies ambitieuses de milliardaires, dans une course effrénée au pouvoir, à « toujours plus ». Ils ont fini par se rassembler et se fixer des défis. Ces défis secrets sont devenus un besoin. Une règle à suivre pour pimenter leur quotidien.

— C'est… pathétique, le coupa Yael.

— Pas tant que ça ! Prenez un enfant indigène qui vit au fin fond de la forêt amazonienne, ce n'est pas parce qu'il n'a pas le dernier jouet Star Wars qu'il sera malheureux, il est tout aussi épanoui avec les lianes tressées qui lui servent de jouet qu'un gamin américain. C'est une question d'environnement, de références. Les Ombres sont pareilles. Ce sont des gens qui ont grandi avec tout, absolument tout, ou en tout cas qui ont tout aujourd'hui. Et plutôt que de se contenter de gérer leur empire, chacun dans leur coin, dans une solitude paranoïaque, ils se sont inventé un moyen de donner du sens, une importance plus colossale encore à leurs actes. Ils n'ont fait qu'adapter leurs règles à leur environnement, à la hauteur de leurs références.

Il passa une langue sèche sur ses lèvres, avant d'enchaîner :

— Lorsque certaines personnes faisant partie des Ombres ont décidé que Kennedy allait à l'encontre de leurs intérêts, elles ont mis en branle un plan visant à son élimination. Tout en prenant soin que celle-ci se fasse selon des critères minutieusement préparés. Je sais que c'est énorme, mais regardez le nombre de coïncidences entre les assassinats de Lincoln et Kennedy et vous verrez ! Le « hasard » n'est pas à ce point pratique. Et il y a trop de coïncidences dans l'Histoire pour qu'on puisse nier l'influence d'une force extérieure.

Yael luttait pour maîtriser sa révolte.

— Qui sont les Ombres actuellement ?

— Des hommes et quelques femmes. Ils se sont partagé l'héritage spirituel de leurs ancêtres, ce sont des gens qui ont toujours su naviguer dans les sphères politiques tout en étant rarement des figures trop en vue. Ils ont su comment orienter la société. Ils ont misé sur le pétrole avant le XXe siècle et ont manœuvré dans l'ombre pour qu'il devienne une manne financière colossale. Ils ont investi dans les transports et lancé l'ère de la communication. C'est logiquement qu'ils se sont peu à peu emparés des médias pour fonder des empires à l'ère de l'information. À la Première Guerre mondiale, ils ont flairé le potentiel de l'industrie militaire, et l'ont accaparée. La Seconde Guerre a confirmé ce potentiel et les a encore plus enrichis. Un business parmi les plus juteux au monde mais qu'il faut entretenir. Kennedy s'était farouchement opposé à cette politique. Il refusait l'intervention militaire contre Cuba et contre les Russes, il refusait un conflit au Vietnam.

— Alors les Ombres l'ont éliminé.

De nouveau, le rictus fit son apparition.

— N'allez pas pour autant faire de JFK un saint. D'aucuns disent que son opposition farouche à ces gens-là n'était destinée qu'à favoriser les intérêts de son clan, si vous voyez ce que je veux dire…

Yael ouvrit la bouche pour rebondir, Petersen ne lui en laissa pas le temps.

— Il ne faisait pas partie du complexe militaro-industriel comme vous l'appelez. Les intérêts de Kennedy n'étaient donc pas dans les guerres. Soyez néanmoins assurée que s'il n'avait pas péri, il aurait soigné l'empire de sa propre famille comme tous les autres.

— Vous étiez général à l'époque, intervint Thomas, lourd de sous-entendus.

Petersen perdit son sourire.

— Je ne suis pas une Ombre, si c'est ce que vous voulez savoir, répliqua-t-il. Mon travail a toujours consisté à jouer le rôle d'intermédiaire. C'est pour ça que Bonneviel vous a envoyée à moi, mademoiselle Mallan.

Yael eut la chair de poule en entendant son nom par la voix sifflante de cet homme.

— Que savez-vous de ma famille ?

— Ce que James Goatherd a bien voulu me dire.

— Goatherd ?

— Oui. Vous vouliez le nom d'une Ombre, en voici un. Et une figure historique s'il vous plaît. Je crois que son grand-père était parmi ceux qui ont fait le coup le plus extraordinaire de tous les temps : le *Titanic* !

— On a lu cette rumeur, intervint Thomas. C'est de la connerie. Jamais quelqu'un ne ferait une chose pareille. Ce serait impossible à orchestrer !

— Croyez-vous ? Vous les sous-estimez grandement. Attendez de voir ce qu'ils nous préparent, j'ai entendu parler d'un coup énorme à venir. Si gros que personne ne pourra jamais imaginer que c'est un coup monté.

— Quoi donc ?

Thomas s'était redressé.

— C'est ce qui se chuchote dans les coulisses…

Yael prit le relais :

— Que veut Goatherd à ma famille ?

— Ce que veulent toutes les Ombres ! Vous manipuler, vous contrôler. Pourquoi, je l'ignore. Mais je sais comment.

Yael se leva, elle n'en pouvait plus.

— Asseyez-vous s'il vous plaît, ordonna-t-il d'un ton glacé.

Yael obéit aussitôt.

— Elles procèdent souvent de la même manière. Je sais comment, je vous l'ai dit : j'ai souvent été l'intermédiaire entre les Ombres et ceux qui pouvaient leur servir. Une fois qu'elles tiennent leur cible, elles se renseignent pour tout savoir d'elle. Et peu à peu, elles l'encadrent. Pour une raison que j'ignore, Goatherd vous a sélectionnée, probablement parce que votre famille était assez calme, avec un peu moins de liens qu'une autre. Il vous a suivie. Des gens dressaient des rapports sur vous de temps à autre et lui faisaient des comptes rendus, il approuvait ou non les propositions qu'on lui soumettait vous concernant. Par exemple, je sais qu'adolescente vous étiez une très bonne coureuse. À tel point qu'il devenait envisageable que vous tentiez une carrière sportive. Ça n'allait pas dans le sens de ses plans. Une sportive de haut niveau est trop sollicitée, trop encadrée, Goatherd aurait eu du mal à vous surveiller, et surtout à faire de vous ce qu'il voulait. Alors il a fait organiser un… accident.

La tête de Yael se mit à tourner. Elle se raccrocha à l'accoudoir de son siège.

— C'était risqué. Vous pouviez très bien vous en sortir avec quelques bobos sans gravité et reprendre votre activité sportive, ou vous pouviez devenir un légume. Goatherd a pris le risque, plutôt que de tirer un trait définitif sur vous. L'accident a été parfait. Juste ce qu'il fallait : pas de dégâts en profondeur mais une hanche suffisamment abîmée pour vous empêcher à jamais de poursuivre dans la voie du sport.

Yael ouvrit la bouche pour respirer. Son cœur s'emballait.

Thomas se rapprocha d'elle. Il lui prit la main.

Petersen s'amusa de cette réaction. Il enchaîna :

— Goatherd se sert de vous comme il le fait avec des dizaines d'autres personnes. Ne cherchez pas à savoir pourquoi, vous ne le saurez jamais, lui seul le sait. La plupart du temps, il se contente de contrôler des vies uniquement pour avoir des pions sous la main un peu partout sur terre, pour le cas où. C'est sa façon à lui de jouer.

Yael balbutia froidement :

— Pourquoi votre nom apparaît-il entre James R. Goatherd et celui de mes parents ?

Petersen lut la détermination teintée de colère sourde dans les yeux gris de la jeune femme.

— Nous y voilà. Il m'a contacté l'an dernier pour me charger d'un travail.

Yael se crispa.

— Quel genre de travail ?

Ses mots fusaient avec une telle rage qu'ils en devenaient tranchants comme des lames.

— Le genre de travail que j'avais l'habitude de faire pour lui. J'ai un réseau de connaissances, élaboré au cours des décennies. J'ai, pendant un moment, servi d'intermédiaire entre les souhaits de M. Goatherd et leur concrétisation, l'application sur le terrain de sa volonté. C'est aussi ce genre de services que je rendais à Henri Bonneviel. Je suis un peu comme… un organisateur, si vous voulez. *J'étais*, en fait.

— Qu'est-ce qu'il voulait à mes parents ?

Petersen laissa passer un temps, fixant Yael droit dans les yeux.

— Les éliminer.

Yael reçut le coup dans le plexus. Elle dut inspirer une grande bouffée d'oxygène pour se maintenir droite.

70

Carl Petersen brûlait en dévoilant la vérité. Le coucher de soleil le dévorait peu à peu.

— Il y a tout juste un an, James Goatherd m'a donné un dossier sur vos parents. Il me chargeait de faire tuer votre mère par accident. Il voulait que cela se produise rapidement, et si possible un vendredi 13, juste pour la symbolique. Quant à votre père, Goatherd voulait que nous préparions le coup longtemps en amont, que nous agissions lors de son voyage en Inde. Votre père a l'habitude de programmer ses itinéraires, à ce que j'en ai vu, et il était surveillé depuis plusieurs mois déjà. J'ai eu le dossier complet entre les mains. Cependant je n'ai rien lancé. J'ai dit à James Goatherd que j'étais fatigué de tout ça. De tout ce travail dans l'ombre, de ces plans toujours complexes. Éliminer un père et une mère de famille pour achever ma longue carrière ne m'a pas… motivé. J'ai décliné la demande. Goatherd l'a mal pris, mais il sait que je travaillais à l'occasion pour d'autres Ombres que lui. Bonneviel essentiellement. Alors il s'est contenté de reprendre ses dossiers et de m'oublier. Je présume qu'il a fait passer l'affaire à un autre de ses partenaires.

Yael en appelait à toutes ses ressources mentales pour ne pas flancher. Elle broya la main de Thomas.

On lui avait volé son existence.

Sa mère avait été assassinée. Par Goatherd.

Au prix d'un douloureux effort, elle repoussa la souffrance pour se reconcentrer sur l'être qui lui faisait face. Le monstre.

— Si vous avez refusé... comment expliquez-vous que votre nom figure sur le document d'Henri Bonneviel ?

— Parce que cet idiot espionnait Goatherd, ça faisait partie de leur petit jeu ! Mais que ses informations n'étaient pas à jour !

— Vous auriez pu le prévenir, contra Thomas, puisqu'il était votre « ami ».

— Si je suis encore là aujourd'hui, c'est parce que je ne trahis jamais la main qui me nourrit. Ni Goatherd, ni personne. L'heure... du bilan approchant, j'ai juste souhaité prendre une retraite définitive. Goatherd l'aura compris. Je crois qu'ils... (Une fois encore, Petersen dut humidifier ses lèvres craquelées.) Bonneviel était comme moi, reprit-il, il avait décidé que tout ça allait trop loin, beaucoup trop loin. Il veut... Il voulait y mettre un terme. Mais s'il avait agi directement, non seulement il aurait risqué son empire financier, mais Goatherd lui serait tombé dessus avec les conséquences que vous imaginez. Bonneviel devait donc passer par quelqu'un d'autre. Quelqu'un qui ne faisait pas partie des Ombres. Qui n'avait rien à voir avec lui, qui ne pouvait pas lui être rattaché.

Yael avala sa salive. Elle anticipait la suite. Petersen continua :

— Alors je présume qu'il a mis son réseau en marche pour espionner Goatherd, pour savoir ce qu'il manigançait. Et il est tombé sur vous. Il a décidé que vous deviez tout savoir, tout apprendre. Probablement dans l'espoir qu'une fois tout cela découvert, vous l'étaleriez au grand jour. Mais il semblerait que Goatherd ait lui-même lu dans le jeu de son rival et n'ait pas apprécié. Au final, Bonneviel a tout perdu.

— Pourquoi Goatherd s'intéresse-t-il à moi et à ma famille ?

La voix de Yael était tremblante, ses joues en feu. Les larmes menaçaient au bord de ses paupières.

— Il ne s'intéresse qu'à vous, cerner votre famille ne servait qu'à vous toucher vous. Le pourquoi, je l'ignore. Ainsi que les causes et les raisons des décisions de Goatherd. Je me contente d'appliquer ses désirs contre une retraite confortable et l'assurance que mes enfants et petits-enfants auront de quoi vivre décemment dans ce monde où l'argent est l'unique sécurité.

— Si Bonneviel voulait tout faire éclater en se protégeant, pourquoi ai-je découvert qu'il était mêlé à mon histoire ? demanda-t-elle en serrant les poings.

— Je présume qu'il ne l'avait pas voulu. Vous avez dû être perspicace. Si tout s'était passé comme il l'avait prévu, vous n'auriez jamais dû découvrir ne serait-ce que son nom. Il a agi trop vite, c'est l'erreur à ne jamais commettre ! Nous pouvons prendre le contrôle d'une vie sans problème, à condition d'avoir le temps nécessaire. C'est l'unique condition.

Yael se sentait mal. La nausée naissait de ce mélange de révolte, de peur et de chagrin qui lui tordait les entrailles.

— Pourquoi Goatherd veut-il tuer… mon père ?

— Aucune idée.

— Comment je peux l'empêcher de tuer mon père ?

Petersen s'humecta les lèvres.

— J'ai bien peur que ce soit impossible.

— Je ne vous demande pas votre avis. Je veux savoir comment je fais ? s'écria-t-elle soudain.

Il secoua la tête.

— Vous ne comprenez pas. Même si votre père n'a pas encore été assassiné au moment où je vous parle, la machine est si énorme qu'on ne peut plus l'arrêter. C'est un réseau qu'on met beaucoup de temps à lancer, et qui freine rarement, et moins bien qu'un sous-marin !

Un flash visita Yael. Le revolver. Dans son sac. Tout contre elle.

— Je veux savoir, articula-t-elle lentement, comment je fais pour empêcher Goatherd de tuer mon père. Je ne vais pas perdre ce précieux temps à vous le répéter dix fois. Vous me suivez ?

Le vieil homme eut un sourire las.

— Pour comprendre Goatherd, vous devez savoir comment tout ça fonctionne. Prenons un exemple. Imaginez un groupe de terroristes, des pauvres types fanatiques, recrutés dans des quartiers défavorisés, des hommes sans espoir et pleins de haine, à qui on fait subir un lavage de cerveau avec des doctrines anti-ce-qu'on-veut, avec un martèlement idéologique précis et calibré. Jusque-là, rien de bien original. Mais qui recrute ces hommes, qui les façonne et les prépare à servir une cause terroriste ? Des hommes plus implantés encore, des idéologues souvent. Qui sont eux-mêmes influencés par une ou deux figures importantes qui leur transmettent leurs ordres, figures qui elles-mêmes sont soutenues par des hommes de pouvoir, les financiers de ce groupe. C'est toujours celui qui fournit l'argent qui commande. Et avec qui travaille ce mécène ? Qui lui fait faire des affaires ? N'est-il pas lui-même manipulé ? La pyramide entre le petit terroriste qui va se faire sauter au milieu des passants et le haut responsable est assez... monumentale. Souvent impossible à remonter. Et si la pyramide est bien structurée, elle peut tout à fait, derrière des prétextes fanatiques, religieux ou autres, cacher ses buts réels. Sans aucun rapport avec les motivations du kamikaze.

— Qu'est-ce que vous essayez de me dire ?

— Qu'un homme très puissant de Wall Street peut être le partenaire vital d'un... millionnaire saoudien par exemple. Leurs fortunes sont énormes, mais fragiles, et reposent sur leur entente cordiale. Et par un système de maillons, il se peut que ce financier new-yorkais soit responsable, volontairement, des actes terroristes d'un jeune fanatique à l'autre bout du monde.

— Comment pouvez-vous dire ça ? C'est... immonde !

— Pour quelques centaines de millions de dollars, vous seriez surprise d'apprendre ce que sont prêts à faire bien des individus sans scrupules, pauvre naïve que vous êtes !

— Pourquoi un Américain commanditerait-il un acte terroriste à dix mille kilomètres de chez lui ? Ça n'a aucun sens !

Petersen joignit les mains devant sa bouche en plissant les lèvres. Visiblement tenté de répondre mais se contenant.

— La géopolitique est complexe, ma chère, se contenta-t-il de dire. Mais cet exemple doit vous faire comprendre l'impressionnante chaîne de commandement installée entre celui qui prend la décision et celui qui l'applique concrètement. Ce dernier est bien loin d'imaginer que ce qu'il fait n'a rien à voir avec ce qu'il croit, ce pour quoi il donne sa vie. C'est si complexe que le commanditaire lui-même ne peut savoir comment les choses se dérouleront, quand, et de quelle manière. Les rouages sont si nombreux que si le commanditaire décidait de tout annuler, il faudrait des semaines pour le faire, si cela pouvait l'être encore ! Il ne s'agit pas de décrocher son téléphone. Pour reprendre notre exemple, il faudrait que notre New-Yorkais contacte son partenaire saoudien, lui fasse comprendre à mots couverts qu'il préfère ne plus poursuivre l'opération de déstabilisation, le Saoudien faisant ensuite remonter l'ordre à ceux qui servent de leaders spirituels, souvent clandestins, donc difficiles à joindre, qui eux-mêmes devraient établir le contact avec le chef de cellule qui a préparé le coup sur le terrain et qui devrait enfin se rapprocher de ses hommes pour annuler, modifier ou reporter l'opération. Des semaines, voire des mois de délai. C'est la complexité de cet organigramme qui provoque sa lenteur, mais qui le fait si parfait, impossible à remonter. On ne pourra jamais faire le lien entre quelques malheureux fanatiques qui font sauter une ambassade et le vrai responsable. Je peux comprendre que cela vous choque, mais n'oubliez pas qu'il n'y a pas de grand phénomène historique hasardeux. L'Histoire appartient à une poignée d'individus. Le pouvoir et l'argent sont leur seule conscience.

Yael ne pensait plus qu'à une chose : son père.

— Monsieur Petersen, vous êtes en train de me dire que l'ordre a été donné par Goatherd de tuer mon père, mais que vous êtes incapable d'annuler cet ordre, c'est ça ?

Il leva la main devant lui aussitôt.

— Je n'ai donné aucun ordre. Je ne suis responsable en rien de l'éventuel décès de votre père, j'ai cessé de collaborer avec James Goatherd depuis quelque temps. Je suis fatigué de tout cela. Mais ce que je veux vous faire comprendre, c'est que si Goatherd a lancé cette opération, il est presque impossible pour lui de l'annuler. Même s'il en donne l'ordre maintenant.

Il hésita avant d'ajouter :

— Même si Goatherd venait à mourir aujourd'hui, je ne pense pas qu'on pourrait empêcher ce qui a été lancé.

Le vieillard secoua la tête et compléta d'un sinistre :

— Et si je peux vous donner un bon conseil : ne cherchez pas à savoir le « pourquoi vous », Goatherd ne parlera jamais. Jamais. Mais vous, soyez assurée que vous ne survivriez pas à sa rencontre.

« Alors chérissez votre vie, et fuyez.

BLOG DE KAMEL NASIR. EXTRAIT 11.

La peur aura permis à une poignée d'individus de façonner la société comme ils l'entendent. La peur aura permis de changer le visage de cette société.

Elle aura permis le contrôle du peuple. Et du monde.

Le Nouvel Ordre mondial.

Voilà ce qui est en train d'arriver sous nos yeux.

Un Nouvel Ordre mondial qui pourrait être une vision plus détaillée de ce fameux Project for the New American Century – PNAC (Projet pour un nouveau siècle américain), une organisation visant à « dominer militairement et économiquement la Terre, le cyberespace, et l'espace proche de la Terre par les États-Unis, afin d'établir leur domination sur le monde pendant au moins un siècle ». *En septembre 2000, le PNAC rédige un rapport intitulé* Rebuilding America's Defenses *qui propose et planifie une attaque contre l'Irak tout en indiquant que pour justifier une attaque contre l'Irak et la domination globale du monde par les États-Unis, il faudrait un* « nouveau Pearl Harbor ».

Ce n'est pas une plaisanterie ! Cette organisation dont le discours n'est pas sans rappeler celui d'une ancienne doctrine effrayante qui visait à régner pendant mille ans, a son siège à Washington, DC, au 1150 sur la 17e Rue.

Et vous voulez savoir le plus fou ? Parmi les membres anciens et récents on trouve, entre autres, Dick Cheney, Donald Rumsfeld, Paul Wolfowitz, Jeb Bush (frère du Président), et Richard Perle. Toujours les mêmes. Les hommes dans l'ombre du Président, ceux qui dirigent vraiment le pays.

Alors, en ayant en tête que ces hommes prônent ce genre d'idées, il est intéressant de se repencher sur les faits historiques récents.

Je suis comme beaucoup de monde, je m'intéresse un peu à la géopolitique. Et je ne peux pas croire que tout le Pentagone, tous les ministères, toutes les agences de renseignements et toute la Maison-Blanche ne soient habités que par des crétins finis. En apparence peut-être... mais pas en réalité. Comme tout le monde sur terre ils savaient très bien quelles seraient les conséquences d'une invasion de l'Irak, les tensions qui en ressortiraient. Alors pourquoi le faire ?

Pour les richesses économiques du pays ?

Un point.

Mais pas seulement, sans quoi les USA seraient déjà en train d'envahir le Venezuela pour son pétrole, le Niger pour son uranium, et l'Afrique du Sud pour son or, et ainsi de suite. Il y a un autre but derrière tout cela.

Ils font tout depuis le début pour que les tensions raciales s'exacerbent.

Inutile de vous préciser qu'aux États-Unis, on a fait comme dans le monde entier, on a appris d'où venait le terrorisme, sur quoi il reposait. Ils savent pertinem-

ment qu'en envahissant l'Irak, ils attiseront un feu déjà bien nourri.

Surtout s'ils passent leur temps à citer Dieu, à affirmer que Dieu leur donnera la victoire finale sur le terrorisme… Que Georges W. Bush ne soit pas assez malin pour comprendre ce qui se passe dans le monde est une chose que je veux bien croire, mais tous ceux qui sont dans son ombre, qui dirigent réellement la nation, ceux-là savent très bien ce qu'ils font.

En agissant ainsi, non seulement le gouvernement américain n'éradiquera pas les terroristes, mais au contraire, il va en créer bien d'autres, des nouveaux… qui permettront de maintenir la cohésion de la nation américaine derrière des valeurs ultraconservatrices, celles de l'extrême droite qui dirige en réalité le pays, tout en fournissant des contrats par centaines aux groupes industriels proches de la Maison-Blanche, qui permettront de faire avaler au peuple américain encore bien des mesures restrictives quant à ses libertés individuelles, sans qu'il bronche.

Finalité : on crée une vraie vision manichéenne du monde pour les masses, entre les bons Occidentaux-infidèles d'un côté et les gentils Arabes-terroristes de l'autre, tandis que les instigateurs de ce mode de vision s'en mettent plein les poches tout en s'assurant d'être les leaders et de le rester, au moins pour un temps, lorsqu'ils quitteront la Maison-Blanche.

Une vision manichéenne mais bilatérale dans laquelle chaque clan est persuadé d'être le bon, persécuté, et qu'il a tous les droits en retour pour se venger et détruire l'ennemi dans une spirale sans fin, qui peut durer des décennies. L'exemple le plus flagrant est le messie du peuple : la télévision. Sur CNN on découvre le conflit israélo-palestinien avec les images des enfants juifs mutilés par les bombes des terroristes palestiniens, tandis que sur Al-Jazira ce sont les enfants palestiniens qui sont à l'image, déchirés par les bombes de Tsahal. Chaque clan, informé avec subjectivité, est ainsi persuadé d'être la victime de l'autre, l'ennemi cruel contre lequel il faut lutter.

Les membres du PNAC ne sont pas innocents.

Ils prônent la souveraineté sans partage des États-Unis.

Et ils ont préparé depuis longtemps leurs plans.

Ils ont investi la Maison-Blanche. Pour répandre sur toute la planète leur idéal. Et trouver à leur pays un nouvel ennemi.

Le terrorisme.

Un prétexte. Pour instaurer la peur, pour passer de nouvelles lois, pour affirmer leur pouvoir, pour renforcer leurs richesses et contrôler le monde.

C'est la réalité. Celle d'un nouveau monde qui se construit sur notre ignorance.

71

Yael se leva d'un bond en fouillant dans son sac.

Le revolver apparut dans sa main, brandi en direction de Carl Petersen.

— Ne dites pas ça ! hurla-t-elle, en larmes.

L'homme la fixait sans ciller.

— Vous feriez mieux de la fermer, lança-t-il, serein. Mes voisins vont prévenir la police.

Thomas s'était redressé lui aussi, désemparé par le geste fou de sa compagne, les mains tendues vers elle pour l'inciter à se calmer.

— Je veux savoir où trouver Goatherd ! gronda-t-elle.

— Mademoiselle Mallan. Je vous croyais plus apte à comprendre. Pour ces gens vous n'existez pas. Une fourmi. Voilà ce que vous êtes à leurs yeux. Si vous les approchez, ils vous écraseront. Mais c'est peut-être ce que vous souhaitez…

Thomas tendit doucement une main vers Yael qui tenait toujours l'arme pointée sur Petersen. Le canon tremblait.

— Je ne vais pas attendre que mon père se fasse tuer pour satisfaire les obscurs désirs d'un taré qui veut faire de moi son objet, répéta-t-elle, les traits ravagés.

Il se frotta le bout du nez :

— Dans ce cas le choix est simple : ou bien vous exprimez votre rage en allant voir Goatherd et c'est la mort assurée, ou bien vous ravalez votre orgueil et vos émotions, et vous acceptez de payer le prix de votre lucidité sur ce qu'est la réalité du monde. Vous vivrez certes avec ces colères froides à jamais, mais vous vivrez. Vous serez peut-être le pantin de Goatherd, son jouet, mais vous saurez. Vous ferez partie de ces êtres qu'on traite de paranoïaques parce qu'il serait trop douloureux de les croire. Les initiés.

Yael déglutit péniblement. Le revolver pesait une tonne au bout de son bras. Ses tempes claquaient frénétiquement au rythme de son cœur emballé.

Elle baissa l'arme le long de sa jambe et cligna les yeux. Thomas se hâta de la soutenir en la serrant contre lui.

Il prit son visage entre ses paumes vivantes, chaudes, pour arrimer son regard au sien et lui transmettre la tendresse de son réconfort.

Elle se calma.

Puis elle marcha lentement vers la sortie, sans un regard pour Carl Petersen.

Thomas fit un pas à sa suite mais se ravisa, tourné vers le vieil homme.

— Vous lui en avez beaucoup dit, je trouve, pour un homme qui a cultivé le secret toute sa vie.

Petersen se fendit d'un sourire énigmatique.

— Jamais ma bouche ne se descellera pour un journaliste. Mais je devais ce dernier service à Bonneviel. Maintenant elle sait, et moi, j'ai honoré ma parole. Les cieux aiment les bons comptes.

72

Yael disparut du monde des vivants.

Les premières minutes, assise par terre dans la rue, sous une cabine téléphonique, elle laissa résonner en elle, encore et encore, la voix d'homme qui venait de lui annoncer dans le combiné : *« Je suis au regret de vous informer du décès de votre père, mademoiselle, ce matin même, lors de l'explosion d'un minibus de touristes sur le chemin de New Delhi. Je viens à peine d'avoir confirmation de son identité et… »*

En quittant Petersen, elle avait couru dans la nuit, folle de désespoir, jusqu'à ce que Thomas la rattrape et la maîtrise. Il l'avait reconduite à l'hôtel où elle s'était effondrée. Puis, en pleine nuit, elle s'était relevée comme un zombie. Elle avait rejoint une cabine téléphonique pour essayer d'appeler l'hôtel de son père. On n'avait pu le lui passer, il était parti. Elle avait appelé l'aéroport de New Delhi, sans obtenir le moindre résultat, pour se tourner enfin vers l'ambassade de France en Inde. Elle leur avait expliqué qu'elle devait joindre son père, question de vie ou de mort. Elle avait hurlé son nom au téléphone. Il y avait eu un long silence avant qu'on lui demande de patienter. Un homme l'avait ensuite prise en charge, très attentif. Il lui avait fait répéter son nom, puis avait changé de ton, pour lui demander : « *Vous êtes la fille de M. François Mallan ?* » et de rendre concret le cauchemar.

L'homme lui avait demandé où elle se trouvait. Elle devait joindre au plus vite le Quai d'Orsay. Mais Yael n'entendait plus rien. Le crochet de la douleur fouaillait son corps, son âme, et son souffle même s'était paralysé entre deux hoquets. Puis elle avait dormi, longuement, expulsant sa haine, son amour arraché, la formidable colère de l'impuissance.

Thomas l'avait trouvée une heure plus tard, secouée d'un tremblement incoercible. Il l'avait portée jusqu'à son lit où elle se perdit.

Son être tout entier se délitait peu à peu. D'heure en heure.

Ce qu'elle était. Ce qu'elle aimait. Ce qu'elle voulait. Tout se mêla avant de s'effacer de sa conscience, de tourner lentement autour du point central, celui de l'oubli.

Tout basculait dans l'illusion, l'irréalité de son existence.

Rien n'était vrai.

Ses émotions s'engloutirent en elle-même.

Ses souvenirs aussi.

Cette vie n'était pas la sienne.

Depuis combien de temps manipulait-on son quotidien ?

Son premier amour était-il réel ? N'avait-on pas barré le chemin à un autre garçon pour la pousser dans les bras de celui-ci ? Ses études étaient-elles le fruit de ses choix ou l'accumulation de manipulations ?

Mensonges.

L'accident de scooter.

Cet homme qui avait grillé la priorité en bas de chez elle. Un homme si gentil, encore plus traumatisé qu'elle de l'avoir renversée.

Menteur.

Sa mère… le divorce de ses parents.

L'accident de voiture…

Mensonges.

Les contours devenaient flous.

Elle flottait entre deux réalités. Soûle de vertige.

Elle dormit. Se réveilla en sueur.

L'aube blanche.

Qui meurtrit parce qu'elle renvoie à la réalité de nos angoisses et douleurs qui s'avèrent ne pas être un simple cauchemar.

Se rendormit. Secouée de petits cris.

Sommeil-refuge, sarcophage de pleurs où le jour refusait d'entrer.

De loin en loin, elle percevait la voix de Thomas. Qui lui parlait. Qui la faisait boire.

Des voix qu'elle aimait mais qu'elle n'identifiait plus menaient sarabande. Des visages se superposaient.

Puis, de ce maelström, naquit la phase de reconstruction.

Son esprit devint une gigantesque salle d'archives où tout se classait, se cloisonnait selon un ordre différent. Les vieux tiroirs avaient sauté, d'autres connexions s'effectueraient dans les abysses de l'inconscient.

Un matin, Yael se réveilla, à bout de forces.

Elle n'éprouvait aucun sentiment en particulier.

Rien que la perception d'un mur bourdonnant derrière ses yeux. Celui qui la protégeait de la douleur trop vive.

Elle ne se sentait ni bien ni mal, juste éveillée. Elle savait qu'elle pourrait tenir ainsi, à condition de fuir les émotions. Qu'elles ne viennent pas créer de brèches dans ce mur protecteur.

Elle n'allait plus pleurer. Elle n'irait plus puiser dans sa mémoire.

Elle pouvait agir. C'était déjà un bon point.

Et elle savait quoi faire.

Thomas l'observait sans rien dire. L'inquiétude qu'elle lisait dans ses yeux ne faisait rien résonner en elle. L'information était perçue, mais pas transmise en profondeur.

Elle parla, d'une voix pâteuse :

— Je dois trouver James Goatherd.

73

Dimanche 9 septembre.

Angle de la 108e Rue et de Lexington Avenue.

Manhattan, New York.

Ils étaient arrivés la veille, assez tard, après que Yael eut émergé de sa longue et inquiétante torpeur.

Kamel avait transmis l'adresse de Goatherd, à New York.

Dans un premier temps, Thomas avait voulu raisonner Yael, afin qu'elle prenne le temps de se remettre, qu'elle se repose et réfléchisse. Mais il avait vite compris qu'elle ne s'accrochait à cet objectif, trouver Goatherd, que pour tenir. Ne pas sombrer. Cet homme était devenu l'enfer de sa vie.

Contrairement à ce que pouvait laisser penser la réputation de l'Upper East Side, quelques blocs au nord n'avaient rien de bourgeois. Ils marchaient dans une rue aux maisons abandonnées, toutes ouvertures murées. Une musique latino jaillissait des immeubles encore habités et les boutiques – d'obscures épiceries vendant tout et n'importe quoi – disparaissaient derrière des devantures crasseuses.

Ils occupaient une petite chambre suffocante dans un hôtel miteux, mais discret, qui ne prenait pas cher et où on ne vous posait pas de questions. L'air conditionné ne fonctionnait plus et ils avaient été obligés de prendre une douche froide pour s'endormir.

Thomas rentra en fin de matinée avec une pile de journaux et quelques provisions. Il suait abondamment, les rues semblaient s'évaporer sous la canicule qui plombait la ville depuis trois jours.

Le contraste entre la lumière éblouissante de l'extérieur et la pénombre de la pièce lui demanda un temps d'adaptation. Yael était sur le lit, adossée au mur, les jambes repliées contre son torse parmi les draps moites.

— J'ai pris tout ce que je trouvais qui parlait d'économie, dit Thomas, en espérant qu'on y trouvera quelque chose sur Goatherd.

— Avec Internet on gagnerait une semaine de recherches.

— C'est trop risqué, la coupa-t-il aussitôt.

Il écarta les lames du store pour jeter un coup d'œil en contrebas, en s'essuyant le front d'un revers de manche.

— Une fois que tu en sauras plus sur lui, soupira Thomas, tu comptes faire quoi ?

— L'approcher.

— Pour quoi faire ?

Elle ne répondit pas.

Thomas vint s'asseoir à son côté.

— Le tuer ne résoudra aucun problème, murmura-t-il. Tu presseras la détente, et après ? Voir sa tête exploser ne ramènera pas tes parents.

Elle se leva pour passer dans la salle de bains et se rafraîchir. New York était en train de fondre.

Ils épluchaient la presse financière de la semaine, guettant le nom de Goatherd quelque part. Ils grignotèrent des sandwichs sans quitter la chambre et burent quantité d'eau en bouteilles.

En début d'après-midi, Yael s'enveloppa le visage dans une serviette mouillée. Elle se tourna vers Thomas :

— Tu ne veux pas demander au proprio qu'il nous donne au moins un ventilo ?

Thomas descendit à la réception et dut attendre cinq minutes qu'on vienne répondre à ses coups de sonnette. Il remonta les mains vides.

Quand il poussa la porte de la chambre, le sac de Yael avait disparu.

Il ouvrit la salle de bains en sachant que c'était inutile.

Il trouva le mot sur la table. Une écriture pressée. Un message épuré.

« Je ne peux plus te mêler à ça. Je dois le faire. Pardonne-moi. »

Il se laissa tomber sur le lit, les mains jointes sur la tête.

À présent, c'était quitte ou double. Il ne pouvait plus intervenir. Il avait déjà beaucoup fait.

Bien plus que prévu.

Thomas n'avait aucun doute sur la capacité de la jeune femme à trouver James Rhodes Goatherd, même sans qu'il l'aide. Mais irait-elle jusqu'au bout de son geste ?

Probablement.

Que lui arriverait-il ensuite ? L'arrestation. On la ferait passer pour démente ? Un type manipulé à son tour irait la tuer ? Ou peut-être se suiciderait-elle ?

Thomas préféra ne pas y penser. Après tout, ce n'était plus de son ressort. Il avait fait plus que sa part.

Le journaliste se mit à sourire avec un pincement au cœur.

Ça n'avait pas été la plus désagréable de ses missions.

Cette fois, il fallait bien avouer qu'il s'était impliqué au-delà du raisonnable. Il avait vraiment partagé quelque chose avec elle.

L'oublier serait difficile.

Mais c'était ce pour quoi il excellait dans son métier.

Et on l'avait grassement payé pour ça.

74

Yael prit le métro pour s'éloigner de Thomas.

Il ne fallait pas qu'il puisse la retrouver.

Elle vit défiler les stations, s'efforçant d'oublier les traits de celui qui lui avait tant donné depuis quelques semaines. Elle l'abandonnait en ignorant volontairement la culpabilité. Elle le fuyait pour ne plus l'entraîner dans sa spirale.

Tout ce cauchemar n'était que le sien. C'était sa vie et non celle de Thomas. Il garderait ainsi une chance de reprendre une existence normale, moyennant un peu de temps et quelques explications à son retour en France.

Pour elle, tout s'était arrêté chez Petersen.

Ce qui adviendrait d'elle désormais lui importait peu. Elle n'avait qu'une idée en tête : trouver Goatherd et lui faire payer. La suite… elle n'y pensait pas. Sa vie n'allait pas au-delà de la vengeance.

Elle descendit à Bleecker Street Station et trouva un espace Internet en quelques minutes. À Manhattan ils fleurissaient comme les boulangeries en France.

Elle sortit une poignée de dollars de sa poche, billets qu'elle avait pris dans la réserve que leur avait confiée Kamel, et s'offrit quatre heures de connexion.

James Rhodes Goatherd.

Rien qu'avec un moteur de recherche généraliste, des dizaines de pages s'affichèrent.

Une à une, elle les fit défiler. Elle les survola.

Cela lui prit presque trois heures

Elle s'attarda sur les photos.

Goatherd avait la cinquantaine, des cheveux poivre et sel, des rides profondes dans un visage régulier impeccablement rasé sur tous les clichés. Il n'avait rien d'original. Yael en était presque déçue. C'était un homme d'affaires comme tant d'autres, qui prenait soin de lui. Son tour de taille témoignait d'une subtile alternance entre cuisine équilibrée et mets savoureux. Un physique absolument passe-partout.

Elle fit une courte pause pour aller chercher un café au distributeur.

Localiser Goatherd allait lui prendre plus de temps qu'elle ne l'avait pensé. Il lui faudrait une chambre d'hôtel. Un endroit calme. Hors de Manhattan, dans un quartier plus éloigné de la *skyline* des industriels de haut vol. Le Queens ou Brooklyn.

Elle retourna devant son poste de travail où elle décida d'approfondir à partir de critères plus précis. Tout d'abord le nom complet avec différentes entrées telles : « habite », « adresse » ou « demeure », puis elle essaya avec le mot « septembre ».

C'est sur une page de cette recherche qu'elle découvrit que James Goatherd avait rendez-vous à Manhattan le lundi 10 septembre.

Demain.

Il présidait une réunion de conseil d'administration à quinze heures, avant de se rendre à un vernissage en soirée. C'était le site de l'artiste en question qui se faisait le témoin de son emploi du temps, soulignant combien c'était un exploit et un honneur d'avoir la présence de M. Goatherd à son vernissage. Goatherd était son mécène.

Encore un jeu de dupes, songea Yael.

Le milliardaire jouait avec ce peintre comme il devait le faire avec la plupart des gens qui l'entouraient, pour alimenter ses obscurs desseins.

Yael nota les informations dont elle avait besoin et sortit de la boutique.

Dans la rue, elle ne prêta aucune attention à l'homme au walkman sur les oreilles qui venait d'arriver et qui déjà se redressait pour s'élancer sur ses traces.

75

Yael dîna dans un petit restaurant du Queens, au bord de l'East River. Elle mangea sans appétit et quitta sa table très tôt dans la soirée.

Sur le chemin de son hôtel, elle fit quelque chose qui la surprit elle-même. Elle décrocha un téléphone public et demanda aux renseignements l'hôtel où elle avait abandonné Thomas.

Le propriétaire transféra l'appel vers la chambre du journaliste qui décrocha à la troisième sonnerie, d'une voix méfiante.

— Thomas, c'est moi.

— Yael ! Où es-tu ?

— Écoute… Je voulais te le dire de vive voix, ce n'est pas contre toi, c'est juste que tu ne dois plus m'accompagner. Tout ça va trop loin. Rentre chez toi. Retrouve ta vie. Avec moi, il ne t'arrivera rien de bon.

— Ne dis pas ça. Dis-moi où tu es, je te rejoins.

— Ce que j'ai dit à Petersen, je le pensais, tu as vraiment été mon ange gardien. Maintenant, tu as accompli ton devoir. Et tu m'as procuré un vrai bonheur. C'est… dommage qu'on ne se soit pas rencontrés avant…

— Yael, je suis prêt à te suivre, quoi que tu fasses, d'accord ?

Elle hésita. Non, elle ne pouvait pas lui dire ça. C'était idiot. Elle ferma les yeux.

— Pardonne-moi, dit-elle doucement.

Et elle raccrocha.

Elle tituba sur une centaine de mètres et grimpa dans sa chambre, laissant derrière elle la rue déserte et chaude.

Une silhouette s'extirpa d'une ruelle et vint jusqu'au téléphone.

L'individu enfila un gant en plastique pour saisir le combiné et appuya sur la touche « bis ».

— Hôtel Raglio, dit un homme à la voix éraillée.

La silhouette s'interrogea un court moment sur la suite à donner.

— Ma femme vient d'appeler à l'instant, elle a oublié de demander le principal à notre ami. Repassez-moi la chambre s'il vous plaît.

— Ah… Euh… c'était la… 24, je crois. Ne quittez pas.

Mais la main reposa l'appareil pour couper la communication.

L'homme pianota sur le rebord de la cabine.

Il avait trouvé la fille.

Et probablement son acolyte.

Si l'ordre de les éliminer tombait, le boulot serait fait avant la prochaine aube.

Pendant leur sommeil.

Ils ne se débattraient pas. Ils ne s'en rendraient même pas compte.

76

Yael se leva tôt, devançant la chaleur.

Elle se promena sur les bords de la rivière, puis rentra récupérer son bagage avant midi.

Au moment de quitter la chambre, elle vérifia le revolver. Les balles étaient brillantes, lourdes. Elle les remit dans le barillet et referma le tout. Jamais elle n'avait tenu une arme à feu avant cette aventure. Elle ressentait comme une vibration dans le bras. L'arme pesait son poids. Se dire que d'une simple pression de l'index une vie pouvait basculer laissait une sensation étrange. Il suffisait de pointer la bonne personne, et toute l'Histoire prenait une orientation différente. Le revolver ressemblait à une télécommande.

Une programmation de l'avenir. Le moyen de zapper un problème en une seconde.

Elle le rangea dans son sac et sortit.

Yael gagna Manhattan en métro, sortit sur la 5e Avenue, et marcha jusqu'à la hauteur de la 56e Rue sous un soleil terrassant.

Le building noir où James Goatherd avait rendez-vous était juste sous ses yeux. Une haute tour réfléchissante, renvoyant les façades des immeubles environnants et le ciel bleu sans qu'on puisse discerner ce qui se passait à l'intérieur.

Yael trouva cela ironique. Après ce qu'elle avait vécu avec les miroirs, c'était la cerise sur le gâteau.

Elle attendit de l'autre côté de la rue. La sueur se mit à égrener les minutes, en grosses gouttes le long de sa colonne vertébrale.

Peu avant quinze heures, une limousine blanche s'arrêta devant l'entrée. James Goatherd en descendit. Il portait un impeccable costume malgré la canicule et tenait une serviette en cuir sous le bras. Il disparut presque aussitôt à l'intérieur du bâtiment.

Yael ne vit pas la silhouette qui se tenait à moins de deux mètres derrière elle. Prête à intervenir.

Elle traversa pour entrer dans le hall. Son ombre sur les talons.

Un monde de fraîcheur, de sourires composés et de confort apparut de l'autre côté du tourniquet en verre.

Yael chercha Goatherd des yeux. Il entrait dans un ascenseur.

Elle se précipita avant que les portes ne se referment.

La silhouette derrière elle bondit aussi promptement.

Goatherd, Yael et son gardien se retrouvèrent ensemble dans la spacieuse cabine chromée.

La jeune femme ignora le colosse qui s'apprêtait à la maîtriser.

Elle fixait Goatherd.

Celui-ci pivota vers elle pour l'examiner à son tour.

Sa peau avait une texture presque élastique. Son costume renforçait son maintien et ses mains étaient manucurées avec soin. Tout en lui respirait la bonne santé et l'élégance.

Yael accrocha ses pupilles et les sonda.

Il cligna lentement les paupières.

Rien sur ses traits ne trahit la moindre émotion.

Pourtant Yael sut qu'il l'avait reconnue.

Elle plongea la main dans son sac.

La voix du troisième passager de l'ascenseur claqua aux oreilles de Yael :

— Laissez vos mains où elles sont.

Une haleine mentholée descendit sur sa nuque, soufflant dans ses cheveux.

— Je serais vous, j'obéirais, fit Goatherd sèchement.

Yael sentit la colère s'emparer d'elle.

Tu n'es pas moi. Tu ne me feras pas obéir.

Elle agrippa la crosse et l'arme sortit du sac.

Toute la cabine se déforma brutalement, l'image de Goatherd se contracta tandis qu'un flash blanc aveuglait Yael et que la douleur se propageait jusqu'à son cerveau.

Ses jambes se dérobèrent et elle s'effondra sans parvenir à amortir le choc avec ses bras. Sa tête heurta la moquette rouge.

La dernière chose qu'elle vit fut James Goatherd qui secouait la tête avec une moue méprisante et qui rajustait le nœud de sa cravate.

77

La tête écrasée dans un étau.

Yael ouvrit les yeux... Deux mâchoires d'acier broyaient son crâne, comprimant son cerveau.

Elle était allongée sur un canapé en cuir, les mains liées par une fine bande de plastique qui lui entaillait les poignets.

Elle voulut se redresser pour voir où elle se trouvait mais sa tête explosa. Aucun étau, juste une migraine à hurler.

Tout doucement, elle roula sur un coude.

C'était un salon ressemblant à un pub anglais, tout en bois verni. Un pan de mur entier n'était constitué que de verre. En haut de la tour noire. Manhattan partait à la conquête des cieux sous ses yeux, dressant un horizon vertical de façades plus vertigineuses les unes que les autres.

Yael vit le soleil à travers la vitre fumée, devina la chaleur suffocante qui plombait la ville. Le salon, lui, était climatisé et la température frisait même la fraîcheur.

Elle se relaissa tomber, étourdie.

Et sombra à nouveau dans l'inconscience.

Il faisait nuit lorsque ses paupières se soulevèrent.

Son front palpitait encore, un élancement fusait à chaque battement de son cœur.

Cette fois Yael prit tout son temps pour s'asseoir

Ses bras étaient engourdis, ses menottes de plastique lui cisaillaient la peau.

La pièce était sombre, seulement éclairée par le nimbe urbain de Manhattan.

Un petit œil rouge brillait dans un angle de la pièce. Une caméra…

Elle s'humecta les lèvres, sa bouche était pâteuse, sa nuque raide.

Derrière les deux canapés en vis-à-vis, Yael remarqua un bureau, vierge de tout papier.

La diode rouge de la caméra s'éteignit.

La porte du salon s'ouvrit une dizaine de secondes plus tard.

James Rhodes Goatherd entra et une série d'appliques murales s'allumèrent sur son passage.

— Vous êtes du genre têtu, n'est-ce pas ? lança-t-il dans un français impeccable.

Il avait tombé la veste.

Il traversa sans un bruit et ouvrit les portes d'un minibar.

Yael était dans un état second.

Il se servit un bourbon et apporta un verre d'eau qu'il déposa devant Yael, sur la table basse. Elle remarqua une alliance à son annulaire et une chevalière au petit doigt. Puis il prit un long couteau effilé qu'il pointa vers elle.

— Écoutez-moi bien, je ne suis pas du genre patient. Je ne vous donnerai pas une seconde chance de me parler. Faites un geste déplacé et c'est la fin de notre petit entretien.

Sur quoi il trancha ses liens.

Yael le vit reculer pour s'asseoir en face.

Elle prit le verre et le but d'un trait.

— J'aurais pu vous faire disparaître la nuit dernière et je ne l'ai pas fait. Que faites-vous en retour ? Vous venez ici avec une arme dans votre sac pour… quoi au juste ? Me menacer ? Me tuer ? (Il secoua la tête.) Pas très fin comme plan, railla-t-il.

Yael s'entendit répondre d'une voix lointaine, enrouée :

— Je vous emmerde…

Goatherd leva les yeux au ciel.

— Allons donc. Notez bien que je n'ai aucune animosité à votre égard. J'ai presque envie de dire que tout ça n'est pas votre faute.

— C'est vous qui m'avez entraînée jusque-là…

Elle ferma les paupières un court instant, le temps de chasser le bourdonnement qui assaillait ses oreilles.

— Comment avez-vous pu me faire ça ! articula-t-elle doucement. Ma famille, ma vie…

Goatherd eut l'air agacé.

— Allons ! Ne me faites pas le coup de la victime éplorée, je déteste qu'on s'apitoie sur soi-même.

Yael le fixa. La colère revenait.

Le milliardaire enchaîna :

— Des millions de gens affrontent des drames chaque jour, ils s'en remettent et repartent de plus belle. Vous aviez une petite existence banale, on s'est contenté de la pimenter un peu…

— Ne dites pas « on », ayez le courage de dire « je » ! Vous m'avez volé ce que je suis. Mes choix. Mes parents.

— Moi ? s'étonna Goatherd en souriant. Moi ? Non, vous n'y êtes pas du tout. Avouez que ça serait idiot de ma part de faire tout cela. Pour en arriver où ? À ce que vous débarquiez un jour avec votre arme au poing ? (Il secoua les épaules.) Réfléchissez, ma chère ! Ça n'aurait pas de sens !

— Vous ne l'aviez pas prévu… Désolé de casser votre rêve, Goatherd, vous ne pouvez pas tout contrôler.

Il croisa les bras sur sa poitrine, visiblement ennuyé qu'elle puisse penser cela.

— Il est vrai que nous avons mis du temps à vous retrouver depuis la Suisse. Vous savez, la NSA est une agence énorme. Les directeurs sont des militaires et des civils, avec un passé dans des entreprises, des appuis politiques. Un homme comme moi contrôle une partie de ces appuis et de ces entreprises. Ça signifie que j'ai mes entrées à la NSA. Ils vous traquaient pour moi. Et hier, lorsque vous avez entré mon nom sur Internet, un logiciel espion chargé de surveiller toute personne effectuant des recherches sur certains noms, dont le mien, s'est mis à vous pister. Il a analysé votre dynamique de frappe et… Ô miracle ! c'était celle qui correspondait à une certaine Yael Mallan, archivée depuis son ordinateur personnel à Paris. Vous ne serez plus surprise d'apprendre que le logiciel est remonté jusqu'à votre poste de connexion, pas loin d'ici, et a transmis l'information à un responsable. Votre identité faisait partie d'une liste que j'ai fournie à la NSA. À peine prévenu, j'ai envoyé un homme à moi pour vous pister.

Il écarta les mains.

— Et voilà. J'aime la simplicité apparente de tout cela. Je pouvais vous faire éliminer dès cette nuit.

Son visage s'assombrit soudain.

— Il est vrai que mes hommes ont essayé de vous supprimer à plusieurs reprises sans y parvenir. L'erreur en incombe à leur incompétence. Ces crétins vous ont certainement sous-estimée.

Yael n'était pas sûre de le suivre.

— Vous êtes... Pourquoi m'avoir espionnée toutes ces années, avoir manipulé *mon* existence pour finalement vouloir me tuer ? Parce que Bonneviel voulait me dire la vérité ? C'est ça ?

La colère commençait à grandir.

Il secoua la tête, attristé.

— Vous n'y êtes pas du tout. Je vous ai épargnée cette nuit parce que vous étiez localisée, donc neutralisée d'une certaine manière. Au début, à Paris puis en Suisse, j'ai chargé une de mes entreprises de sécurité qui possède un département un peu « spécial » de vous éliminer. Vous en saviez trop. Mais en vous sachant ici, à New York, j'ai estimé qu'il était judicieux de vous donner une chance de me rencontrer. Après un si long voyage et autant d'adresse... Vous êtes une femme surprenante et... méritante. Mes hommes se sont assurés de ne plus vous quitter jusqu'à cet instant présent. En revanche, pour ce qui est de votre vie... manipulée, je n'y suis pour rien.

Yael fronça les sourcils. Il se fichait d'elle. Elle serra les poings.

Il l'humilia d'un sourire.

— Vous ne comprenez rien, décidément... Maintenant que Bonneviel vous en a tant dit sur les Ombres, vous ne comprenez toujours pas ? Nous n'agissons pas au hasard. Nous aimons le contrôle. L'influence subtile des hommes pour servir nos desseins. C'est pourtant assez clair ! Ouvrez les yeux, bon sang ! (Il balaya l'air devant lui.) Tout ce que vous avez fait ou presque était prévu ! Jusqu'à votre présence à mes côtés, avec cette arme.

Yael avala sa salive, son cœur s'était accéléré.

Goatherd lança le coup de grâce :

— C'est Henri Bonneviel qui est derrière tout ça. Depuis le tout début. Vous qui en savez tant sur nos méthodes, vous n'avez pas remarqué les « coïncidences » qui vous conduisaient à mon assassinat ?

78

Yael tremblait sur le canapé en cuir.

— Vous me décevez ! s'écria Goatherd en prenant un air affecté. J'ai mis la main sur une large partie du dossier de Bonneviel vous concernant. J'ai vu les pistes sur lesquelles il voulait vous lancer. Le billet de un dollar, les Présidents assassinés... Et malgré tout ça, vous n'avez *rien* vu ? Enfin ! C'est sous vos yeux depuis le début !

Yael s'enfonça dans son siège.

— Les Skull and Bones de Yale, université où j'ai étudié, commença le milliardaire. Yale ! Anagramme de Yael, enfin ! Et mon nom... Goatherd, qui signifie « chevrier » en anglais ! C'est d'une ironie cocasse avec la signification de votre prénom en hébreu, non ? Yael : chèvre des montagnes. Il y a le prénom de ma fille : France, votre pays. Et mon second nom : Rhodes. Vous revenez de vacances, n'est-ce pas ? Vous étiez à Rhodes...

Yael ouvrait la bouche sans parvenir à parler.

— Vous vous demandez comment il a fait, non ? (Goatherd jubilait.) Rien de bien sorcier. Un savant alliage entre des techniques de communication, de marketing et des moyens. Pour vos vacances par exemple, son équipe s'est arrangée pour vous bombarder pendant un an de publicité vantant les mérites de Rhodes. Ils ont repéré l'agence de voyages devant laquelle vous passiez le plus souvent et se sont débrouillés auprès d'un voyagiste pour offrir des prix attractifs à cette agence pour qu'elle valorise le déplacement à Rhodes, affichant cette destination en vitrine. Jour après jour, vous avez vu Rhodes écrit partout, à des prix compétitifs. Il aura suffi de mettre deux personnes à vos côtés dans une file d'attente, en train de parler de Rhodes et du bonheur qu'ils y avaient eu et, consciemment ou non, votre esprit s'est intéressé à cette destination. C'est le principe de l'image subliminale dans les publicités visuelles. Et ça a marché sur vous ! Il existe tant de moyens pour « orienter », pour « guider » une personne dans ses choix !

Yael avait la tête qui tournait. Sa colère s'était dissoute, remplacée par un abattement total. Elle se sentait écrasée. Des larmes montèrent à ses yeux.

Goatherd ne s'arrêtait plus :

— Je pense qu'il y a là assez d'éléments nous liant l'un à l'autre pour que ce cher Bonneviel marque quelques points à son tableau de chasse. Ce n'est pas extraordinaire, mais c'est déjà pas mal. Car voyez-vous, Bonneviel, quelques autres et moi sommes… partenaires et concurrents, si je puis dire.

— D'un jeu odieux, lança Yael d'une voix vacillante.

Goatherd haussa un sourcil, très surpris.

— Bonneviel a été plus loin que je ne le pensais ! avoua-t-il. (Soudainement contrarié, il leva un index pour corriger :) Cependant, je n'emploierais pas le terme « jeu », c'est… réducteur et vulgaire. Je dirais plutôt que nous nous sommes fixé des règles pour établir et renforcer notre pouvoir, des règles qui nous obligent non seulement à aller dans le sens philanthropique mais qui nous permettent de nous reconnaître. Il ne s'agit pas seulement d'argent, de pouvoir, Yael. C'est l'art d'exercer ce pouvoir qui est admirable. Regardez votre Louis XIV, aurait-il été aussi célèbre s'il n'avait été qu'un roi parmi d'autres ? Non, bien sûr que non ! On le respecte parce qu'il a exercé son pouvoir avec ce que j'appellerais un certain art. Il a marqué l'Histoire de ses choix, de ses constructions !

Yael n'en revenait pas. Lui, James Goatherd, milliardaire américain à l'influence économique et politique sans limites, avait une vision primaire de l'histoire française.

— Nos aïeuls ont rêvé d'un monde nouveau, plus harmonieux, le Nouvel Ordre mondial, et nous nous efforçons d'y parvenir. Les moyens ne sont certes pas à votre goût, mais ils sont adaptés à l'humanité.

Goatherd porta son verre à ses narines pour humer l'arôme du bourbon.

— Avec le temps, enchaîna-t-il, et si nos plans parviennent à se mettre en place, le monde de demain sera plus sécuritaire encore. Nous rendrons le contrôle des hommes aussi facile que celui des marchandises. Les lois changeront progressivement, pour nous permettre davantage de liberté, et nous assurer une domination plus aisée des citoyens du monde, nécessaire à la prospérité de l'humanité.

— Comment pouvez-vous utiliser le mot « citoyen » ? Vous parlez des hommes comme de vos esclaves ! Vous êtes un facho répugnant.

Goatherd haussa les sourcils.

— Vous êtes ignorante et naïve, mademoiselle. Je déteste ces gens qui s'arrogent le droit de parler politique ou enjeux économiques sans la moindre connaissance en la matière. Qu'imaginez-vous ? Que les hommes sont des gens responsables ? Qu'on peut les laisser libres de leurs choix ? Qu'ils feront ce qu'il faut pour se gouverner et prospérer ? Quelle ineptie ! Quel manque de lucidité ! (Un sourire énervé s'empara de son visage.) Et comme vous aimez vous gargariser de grands mots : « Liberté ! », « Démocratie ! », « Fascistes ! » Des concepts aussi réducteurs et grossiers que votre absence de culture en la matière. Laissez donc les questions de politique aux gens qui savent ce que c'est ! Laissez-nous gérer le bien de l'humanité !

— Le bien de l'humanité ne vous intéresse pas, c'est le vôtre qui compte. Votre enrichissement ! Votre pouvoir ! Voilà ce qui compte à vos yeux.

— J'ai une définition de mes priorités moins réductrice ! C'est un legs spirituel qui vous dépasse. Je me dois, moi et mes semblables, de faire proliférer mes intérêts pour continuer à être au sommet de la chaîne de commandement. Cela nous permet de guider la société dans la bonne direction, car l'humanité ne peut survivre que sous la tutelle dominante d'une poignée d'hommes. Les hommes ensemble, la *masse*, sont trop capricieux pour qu'on leur laisse une pleine liberté. Ils sont comme un enfant seul dans une grande maison. C'est notre rôle de veiller sur eux.

Yael rejeta la tête en arrière. Elle se demanda tout à coup à quoi servait d'argumenter avec un dément pareil. Elle ajouta lentement :

— C'est pour votre petit jeu de pouvoir que Bonneviel a détruit ma vie, afin de faire en sorte qu'un jour, je puisse venir jusqu'à vous et vous tuer.

— Ne le prenez pas mal. Bonneviel a eu bien du mérite à tout mettre en place. Nous étions rivaux, c'est vrai. Il souhaitait prendre ma place et pour cela il fallait m'éliminer. Mais pas n'importe comment ! En jouant selon nos règles. Pour qu'avec le temps, on puisse observer ma mort et mon assassin et relever un certain nombre de coïncidences frappantes. Bonneviel aurait alors marqué quelques points pour grimper dans notre hiérarchie. Mais il a triché…

Yael scruta le milliardaire.

— Il y a une règle à ne jamais transgresser. Dévoiler notre fonctionnement à des non-initiés comme vous. En faisant cela, il s'est exclu de notre cercle. Je l'ai fait supprimer, et cette fois sans chichis, il ne méritait pas cette peine.

Yael se remémora les dernières semaines de sa vie. Bonneviel avait truffé son appartement de haute technologie pour l'effrayer. Lui faire prendre conscience de l'existence des Ombres, de leurs méthodes. Pour que la colère monte progressivement en elle. Et pendant ce temps, Goatherd avait découvert le petit jeu de son homologue suisse en l'espionnant, et il avait décidé d'envoyer ses hommes pour la tuer, elle. La première fois chez elle. Au moment où elle descendait dans les Catacombes. Et ils l'avaient suivie, probablement alertés par la lumière sous la plaque de verre du salon. Yael avait survécu au prix d'une vie.

Pour laquelle elle n'éprouvait plus aucun remords.

Tout avait été calculé. Même le revolver dans les gorges du pont du Diable était là dans un but précis. Au moment où elle l'avait trouvé, elle était suffisamment à fleur de peau et paranoïaque pour s'en emparer et le garder.

Quelque chose la chiffonnait pourtant.

Elle n'avait pas suivi toute la logique préparée par Bonneviel.

Plusieurs fois, elle s'en était même détournée. Tout d'abord en découvrant l'identité de Lubrosso. Puis celle de Bonneviel en personne. Il s'en était fallu de peu pour que sa stratégie n'échoue complètement.

Comme pour confirmer ses déductions, Goatherd expliqua :

— Vous avez été plus rapide que la musique parfois. J'ai bien lu le dossier préparé par Bonneviel, ce n'était pas simple. Tout a bien fonctionné en définitive. Parce qu'il avait songé au plus important : bien vous encadrer.

Yael le regarda sans comprendre.

— C'était assez délicat à organiser. Mais Bonneviel a dû bien s'amuser à gagner votre confiance.

— De quoi parlez-vous ?

— Plutôt de qui ?

Il lui lança un sourire sadique, et joua avec son verre.

— Eh bien, pour s'assurer que tout allait se dérouler sans encombre, Bonneviel a mis à vos côtés un homme tout dévoué à sa cause, ma chère Yael… Tout dévoué à votre cause…

79

Yael jeta un regard affolé autour d'elle. Elle perdait contact avec la réalité. Non… Goatherd se moquait d'elle. Il jouait encore…

— Thomas…, murmura-t-elle.

— Oui. Votre… compagnon, n'est rien d'autre qu'un homme à la solde de Bonneviel. J'ai piraté ses dossiers, je peux vous en dire plus sur lui. Il est vraiment journaliste indépendant. C'est une couverture pratique pour sillonner le monde. En réalité il fait partie du cercle de Bonneviel. Il est payé par le banquier suisse ou ses collaborateurs lorsqu'ils ont besoin d'un homme d'infiltration. Thomas est son vrai nom. Il ne vous a pas totalement menti, le galant homme.

Yael avait l'impression qu'un vide s'ouvrait sous ses pieds. Tout son corps se raidit. C'était un coup de bluff. Un de plus. Pour la déstabiliser.

— Il a fait l'armée au Canada, continua Goatherd. D'après son dossier, il s'est ensuite porté volontaire pour rejoindre un groupe de mercenaires. L'adrénaline et la bonne paye étaient ses motivations. C'est là qu'un homme de Bonneviel l'a recruté.

— Vous mentez ! j'ai rencontré Thomas par hasard dans un bar. Il m'a attirée, c'est *moi* qui suis allée vers lui, et non le contraire. Il y avait peu de chances que ça se produise. Et ne me dites pas qu'il était tous les soirs dans les bars que je fréquente, Thomas a un physique que j'aurais remarqué si je l'avais vu.

À ces mots, Goatherd lança ses mains ouvertes vers elle, pour souligner qu'elle venait de parler juste.

— C'est exactement ça ! s'amusa-t-il. Il a un physique que vous avez remarqué. Enfin, Yael, après tout ce que vous avez appris de nos méthodes, pourquoi ne pouvez-vous accepter que tout ceci était *préparé* ? Vous allez me parler « amour » et « sentiment », moi je vous répondrai : hormones et études psychosociologiques d'un patient. C'est ce que vous avez été pour Bonneviel et ses hommes : une patiente à étudier, dont il fallait décrypter les codes amoureux. Ils vous ont espionnée pour découvrir quel type de femme vous étiez ! (Il croisa les jambes pour s'installer confortablement.) Statistiquement, les couples qui durent se ressemblent. Dans leurs attributs physiques – ce n'est pas un hasard si nous faisons plus facilement confiance à quelqu'un qui nous ressemble physiquement – ce qui est démontré scientifiquement – mais aussi par la personnalité, le niveau d'éducation. Jusque-là, rien de bien nouveau. (Goatherd leva l'index.) Je vois que vous êtes sceptique, laissez-moi approfondir. Les scientifiques savent aujourd'hui que nous sommes instinctivement attirés par des êtres du sexe opposé ayant certains gènes du système immunitaire, les HLA, les plus différents des nôtres. La nature s'est arrangée pour qu'à force de reproduction, le mélange des gènes renforce notre résistance. Ingénieux ! Et nous captons cette différence en grande partie par l'odorat ! Des informations sur les gènes de notre système immunitaire sont portées dans les messages chimiques que nous dégageons, par la transpiration notamment. Lorsqu'une personne vous plaît, c'est qu'elle a des gènes HLA très différents des vôtres. C'est instinctif bien entendu, mais notre cerveau analyse les informations olfactives qu'il reçoit et les résume assez simplement de manière binaire : attirant ou non.

Goatherd avait le regard brillant, fier de décrypter le mécanisme utilisé par Henri Bonneviel.

— À cela, vous ajoutez l'ocytocine, l'hormone de l'amour. Celle que notre corps libère lorsque nous sommes heureux avec quelqu'un, et c'est aussi l'ocytocine qui envahit le cerveau lors du rapport sexuel. Maintenant que vous savez tout cela vous pouvez imaginer l'action de Bonneviel. Il a cherché parmi les hommes qui travaillaient pour lui quelqu'un ayant un maximum de ressemblances physiques avec vous et dont les gènes HLA étaient le plus éloignés des vôtres. Si possible en s'assurant qu'il avait quelques ressemblances avec votre père, coupe de cheveux, intonation de voix ou autre, pour nourrir votre Œdipe au passage. Et il l'a bien formé sur ce qu'il fallait vous dire. Lui inculquer un certain nombre de techniques, comme de regarder l'autre droit dans les yeux pour renforcer ses réactions affectives, tout le B.A.-BA de la PNL… Sans oublier les codes vestimentaires qui vous plaisaient… et le tour était joué.

Yael secoua la tête. On ne pouvait l'avoir contrôlée à ce point.

— Bonneviel avait accès à des laboratoires de pointe, il aura sans difficulté mis au point, si ça n'existe déjà, un système pour vous injecter de l'ocytocine chaque fois que vous étiez avec Thomas. Verser la dose dans votre verre, ou vous l'injecter par contact, avec une bague ou un minuscule patch, je ne sais pas.

Il existe tant de solutions indétectables de nos jours ! Ainsi votre cerveau recevait un message clair : « En présence de Thomas, je me sens bien, donc j'ai besoin de le revoir. » Il a suffi de surveiller les lieux que vous fréquentiez et d'y installer Thomas à l'avance. Trois à quatre jours par mois, pas plus, et d'attendre le bon soir. (Il lui adressa un clin d'œil.) Une dernière chose : sachant qu'il est très simple pour nous de connaître les dates de vos règles, les hommes de Bonneviel auront fait en sorte que vous rencontriez Thomas lors de votre période d'ovulation, c'est à ce moment qu'une femme est le plus sensible aux odeurs masculines. L'étude qui aura été faite sur vous aura permis de cerner les différents facteurs cognitifs dont vous avez besoin pour vous sentir proche d'un homme, et Thomas aura été briefé en conséquence. (Un immense sourire élargit sa bouche.) Dans votre cas, dès qu'ils ont eu confirmation de votre rencontre avec Thomas, ils ont accéléré les messages des Ombres pour vous effrayer et vous jeter dans ses bras. Ils ont parfaitement choisi la période : vos amis et votre père en vacances, vous étiez isolée. Il n'y avait que Thomas pour vous aider. Un plan… diabolique !

Yael ne parvenait plus à s'exprimer.

Thomas, un menteur ? Un traître ?

Thomas qui l'avait aidée.

Sans qui elle n'aurait jamais pu parvenir jusqu'ici. Lui qu'elle avait trouvé réticent avec le recul, lorsqu'elle avait voulu à tout prix remonter la piste de Henri Bonneviel. Il s'y était opposé. Il l'avait empêchée d'aller chez lui. Bonneviel n'y était d'ailleurs plus, comme par hasard. Yael se souvint de l'hypermarché, il s'était absenté, prétextant qu'il allait tenter de joindre Kamel. Il avait prévenu Bonneviel à ce moment-là ? Thomas s'était servi d'elle comme tous les autres. Il avait été jusqu'à lui parler du voyage de retour en France pour la rassurer, pour s'assurer de sa confiance !

Yael ferma les yeux.

— C'est difficile à avaler, déclara Goatherd, je vous l'accorde. Et pourtant, ce n'est rien d'autre que l'application du savoir scientifique en la matière. La principale difficulté a certainement été de trouver l'homme qu'il fallait. Mais le monde est grand, les liens et les connaissances de Bonneviel également, alors avec un peu de temps et quelques centaines de prises de sang… tout devient possible.

Yael rouvrit les yeux pour observer le milliardaire qui lui faisait face.

— Laissez-moi deviner, renchérit-il, vous vous êtes souvent demandé ces derniers jours pourquoi vous, n'est-ce pas ? Pourquoi Yael Mallan, jeune femme ordinaire, était embarquée dans une histoire aussi folle.

Comme elle ne répondait pas, il poursuivit :

— Vous n'avez rien de particulier. Rien. Absolument rien. Vous êtes comme tout le monde. C'est ça qui nous passionne, moi, Henri et les autres. Vos bases de données, pardon, les informations concernant votre historique bancaire, votre Sécurité sociale, vos e-mails, votre dossier fiscal, votre dossier médical chez votre médecin et votre psy, tout cela a été piraté, et nos logiciels ont fait des recoupements. Vous correspondiez au profil que Bonneviel recherchait. Bien entendu, dans votre cas, il a procédé sans Internet au début, à l'époque où il cherchait quelqu'un qui pourrait me ressembler, c'était un long travail de fourmi. Mais aujourd'hui ça se fait d'un claquement de doigts, merci l'informatique !

— Mais pourquoi… moi ? murmura Yael pour elle-même.

— C'est toute l'injustice du système ! Vous correspondiez à ce dont Bonneviel avait besoin pour m'éliminer, moi ! Pour qu'il existe un maximum de coïncidences ! Oh, il aurait pu faire mieux ! Cela dit, vous représentiez une cible intéressante. Yael, anagramme de Yale. Mon nom, Goatherd, et le vôtre en hébreu. Le nom de ma fille et celui de votre nationalité. Mon second nom et vos vacances… Oui, je continue de dire qu'il aurait pu faire mieux. Ça ne vaudra jamais les liens entre Lincoln et Kennedy !

— Vous avez ruiné ma vie juste parce que je rassemblais assez de coïncidences avec vous pour servir votre jeu ? insista Yael en secouant la tête.

— Ça n'avait rien de personnel. En fait, vous ou une autre, c'était pareil. N'allez pas croire que je sois dénué de toute empathie en disant cela, au contraire. J'essaie d'éclairer votre lanterne, de tout mettre à votre portée, qu'au moins vous sachiez ! Tout cela est tombé sur vous mais ça aurait pu être n'importe qui d'autre. Ça arrive tous les jours, à des gens qui n'ont rien à se reprocher. Il nous suffit d'un besoin et nous trouvons la bonne personne. Où qu'elle soit, qui qu'elle soit. Peu importe. Une fois immiscé dans votre existence, Bonneviel savait tout de vous. Il a joué avec vous pour vous briser psychologiquement, pour vous manipuler jusqu'à ce que vous m'assassiniez. C'était son but.

Yael serra les poings.

— C'est aussi simple que ça. Ne cherchez pas d'ultime révélation romanesque. Il n'y en a pas.

Il se pinça le nez avec délicatesse, fier de lui.

— Vous vous en foutez ! parvint à articuler Yael entre ses larmes.

Goatherd la contempla, intéressé.

— C'est vrai, je m'en fous, avoua-t-il crûment. D'autant que c'est mon *partenaire* qui vous a façonnée. Votre échec est le sien, c'est *son* temps perdu, pas le mien. Pour moi, vous n'êtes qu'une silhouette dans la masse. Demain vous ne serez plus.

— Vous allez me tuer, c'est ça ? s'écria-t-elle.

— Oh, calmez-vous ma belle. Si je voulais votre mort, vous ne seriez pas arrivée jusqu'ici. D'accord, je le confesse, dans un premier temps, j'ai tenté de vous éliminer. Vous avez la peau dure. Maintenant que vous savez tout, autant vous en faire profiter un peu, non ? J'aimerais que vous assistiez à ma victoire sur Bonneviel. Je vais marquer beaucoup de points d'un coup, pour moi, mes intérêts et ceux de mes partenaires économiques. L'Histoire à venir, c'est moi qui vais la sculpter. D'abord en résonance avec le passé, pour doubler mon score, et ensuite pour… augmenter ma zone d'influence.

Il avait prononcé la dernière phrase avec une application quasi enfantine.

— Et je veux que vous soyez aux premières loges lorsque ça arrivera.

80

Yael tenta de se relever, sa tête résonna brutalement, elle retomba sur le canapé.

— Vous souhaitez partir ? questionna Goatherd. Très bien. Je vais faire en sorte qu'on vous raccompagne. Cette nuit, vous dormirez bien au chaud, confortablement. J'imagine que ça va vous changer.

Il reposa le verre de bourbon auquel il n'avait pas touché et se dirigea vers le bureau, d'où il fit apparaître un téléphone d'un tiroir. Il appuya sur un bouton et revint auprès de Yael en tenant une enveloppe jaune.

— Ne l'ouvrez qu'en présence de Thomas. Respectez cela, même si vous le haïssez à présent ! Après tout ce que vous avez vécu ensemble, il mérite autant que vous de lire ce qu'elle contient.

Il la posa sur la table basse.

— Je… ne crois pas…, balbutia Yael, le revoir…

Elle ne se sentait pas bien du tout. Sa vision se brouillait.

— Mes hommes ont retrouvé sa trace, grâce au coup de fil que vous lui avez passé. Soyez certaine que nous allons l'informer de ce qui s'est passé. Primo, vous ne m'avez pas tué, sa mission a donc échoué ; secundo, vous savez tout sur lui ; et tertio : nous ne vous avons pas... éliminée. Je pense qu'avec ça, il aura envie de vous revoir, tôt ou tard. Alors vous partagerez le contenu de cette enveloppe.

Il pointa un doigt en direction du rectangle jaune.

— C'est la vérité qui vous manque, expliqua-t-il. Et l'assurance de mon triomphe. Vous verrez. Demain sera un autre jour plein de promesses pour des hommes comme moi. Et le monde changera.

Il recula jusqu'à la porte. Yael voulut se lever une nouvelle fois, mais ses jambes ne répondirent pas. Goatherd franchit le seuil. Et lui adressa un dernier sourire.

Plein de condescendance.

Yael essaya encore de se redresser pour aller vers lui.

Il fit « non » de l'index et désigna le verre d'eau qu'il lui avait servi un peu plus tôt.

— Adieu, mademoiselle Mallan.

Yael vit la pièce basculer.

Elle perdit pied et s'effondra dans le canapé. Avant de perdre conscience.

BLOG DE KAMEL NASIR. EXTRAIT 12.

Avec tous les éléments que je viens d'exposer, on en vient naturellement à imaginer les hommes qui dirigent les États-Unis, les membres du PNAC et une poignée de milliardaires à leurs côtés, fiers d'eux après avoir imposé en un rien de temps un contrôle quasi totalitaire de leurs citoyens et s'être accordé les pleins pouvoirs, notamment lorsqu'ils ont fait en sorte que le Sénat américain, le 11 octobre 2002, vote une résolution qui permet désormais au président des USA, leur marionnette, de déclarer la guerre à qui il veut, quand il veut, sans passer par le Sénat, donc sans demander son avis au peuple.

Je n'ai plus aucune peine à imaginer ces hommes, avant les attentats du 11 septembre, mettant en place un processus machiavélique. Oh, rien d'extraordinaire, juste en faisant ressortir des tiroirs quelques anciens projets de l'armée… Vous modernisez l'opération Northwoods. Et cette fois, plus malin que vos prédécesseurs, vous ne la confiez pas à l'armée, non, non ! Vous vous associez avec vos partenaires économiques. Chaque clan devra fournir des moyens. Et chaque clan devra aussi fournir son pantin.

Qui prendre dans ce dernier rôle ?

La brebis galeuse de chaque famille.

Deux extrémistes religieux pour attiser les haines pour longtemps. Deux individus manipulables. Il suffit de bien les encadrer. On les dispose sous les « sunlights » et on en fait les symboles de ce nouveau conflit qui va obséder le globe alors qu'ils ne sont que les pantins destinés à nourrir le feu de cette guerre.

Mais pour que le feu s'embrase il faut une étincelle. Et pas une petite, sans quoi ça ne prendrait pas. Il faut toucher l'un des deux peuples droit au cœur pour qu'il soit ébranlé, prêt à tout accepter Alors on « encadre » un des extrémistes, on lui fournit les moyens de réussir. Personne n'ignore plus que le terrorisme est sponsorisé par les pétromonarchies. Pendant ce temps, on fait en sorte que l'autre extrémiste accède au pouvoir dans son pays, pour préparer la suite.

On sait qu'Oussama Ben Laden a été fortement influencé et guidé par des hommes comme Abdullah Azam, mais lui, qui était derrière lui pour suggérer la direction à suivre ?

Aujourd'hui le feu a pris, il s'est propagé partout où l'on avait pris soin de mettre du combustible. Avec les conséquences que l'on sait, et celles à venir, qu'on peut imaginer. Il est impossible de contrôler ces terroristes à présent. Mais après tout, dans la logique de ceux qui les ont favorisés, voire créés, ce n'est pas plus mal, on s'assure des décennies de conflits, de peurs permettant de contrôler ses concitoyens, de contrats militaires, de prétextes pour étendre l'hégémonie d'une économie américaine (plus ses partenaires saoudiens, jusqu'à ce qu'ils se fassent, eux aussi, dévorer par l'ogre yankee) dans le monde.

*Si on regarde comme tout s'est parfaitement enchaîné depuis le 11 septembre on peut se poser des questions. La guerre en Irak était déjà prévue et préparée. Les mensonges tout trouvés. Les empires industriels en rapport avec la Maison-Blanche et le Pentagone dans les starting-blocks. On avait pris soin de « recadrer » les services de renseignement comme la NSA vers des objectifs plus économiques (*via *Echelon par exemple), tout en faisant perdre à la CIA son influence et son pouvoir depuis plus de dix ans, pour la remplacer par des sociétés privées de sécurité que l'on a vues se partager le marché en Irak, ces sociétés paramilitaires suréquipées recrutant souvent parmi les hommes des régimes extrêmes disparus, comme l'apartheid en Afrique du Sud par exemple. Des armées privées sur lesquelles le Congrès américain ou tout autre organe représentatif d'une nation dans le monde n'a aucun pouvoir, obéissant uniquement aux industriels…*

Lorsqu'un trop grand nombre de coïncidences se produisent à la chaîne, peut-être faut-il commencer à chercher une explication autre que celle du « hasard ». L'Histoire est truffée de coïncidences parfois folles. Et lorsque celles-ci se mêlent à des symboles forts, il devient difficile de ne pas y voir, d'une manière ou d'une autre, la main de l'homme.

Récemment, un type sur Internet me faisait part de ses constatations à propos du 11 septembre. Il me disait qu'il n'y avait aucun hasard là-dedans. Ni dans la date d'ailleurs.

Car le 11 septembre 1990, George Bush senior faisait un discours sur le « Nouvel Ordre mondial » à venir. Onze ans plus tard, jour pour jour, les attentats du 11 septembre frappaient et lançaient l'axe du changement. Puis, le 11 septembre 2002, George Bush junior confirmait cette vision par la publication de La Stratégie nationale de sécurité.

Le 11 septembre 1973, le président Salvador Allende, démocratiquement élu, mourait parce qu'il nuisait et faisait peur à la politique étrangère et aux multinationales américaines. Henry Kissinger, via la CIA, est très fortement suspecté d'avoir organisé le coup d'État qui débuta par la chute de symboles forts à Santiago : la destruction de deux tours, celles de Radio Portales et de Radio Corporación. Par des avions.

Kissinger aura le prix Nobel de la Paix cette année-là.

Le 11 septembre 2001, les deux tours hautement symboliques du World Trade Center tombent, attaquées par des avions. Henry Kissinger sera nommé directeur de la commission d'enquête. Belles coïncidences…

Alors oui, j'imagine, ou plutôt je constate que notre monde n'est pas réellement ce qu'on nous montre à la télévision. Les arcanes de la géopolitique se dessinent davantage dans les bureaux des entreprises que dans ceux des gouvernements.

Et je n'ai plus honte aujourd'hui de l'écrire : il y a trop d'éléments à charge qui s'accumulent pour qu'on continue de fermer les yeux en croyant à une « coïncidence » lorsqu'il s'agit de « manipulation ».

Bon sang, on sait aujourd'hui que le gouvernement Bush a ouvertement menti sur les ADM pour aller en Irak, ils ont MENTI pour allumer la guerre ! Que faut-il de plus ? Continuer, devant l'énumération hallucinante de faits, à leur chercher excuses et prétextes ?

Et dire que c'était le plus doux de leurs mensonges.

81

Le téléphone réveilla Yael.

Elle était dans un grand lit moelleux.

Le décor tournoya une seconde avant de se figer.

Une armature en fer forgé au-dessus de sa tête. Des tissus pastel aux murs, un mobilier de qualité. Une grande chambre avec des fenêtres aux rideaux tirés. Une faible lumière les traversait, il devait être tôt.

Nouveau coup de sonnette.

Ce n'était pas le téléphone mais la sonnette de la porte.

Yael se redressa. Elle eut presque un haut-le-cœur en constatant qu'on l'avait entièrement dévêtue. Elle se précipita vers la salle de bains qu'elle devinait par la porte entrouverte. Elle enfila un lourd peignoir blanc et s'aspergea le visage à n'en plus finir.

Elle se vit dans le miroir.

Les traits creusés. Les yeux rouges.

À la porte, le visiteur insistait.

Les savons portaient une étiquette *Plaza Hotel*.

Yael alla ouvrir.

Un groom en livrée lui tendit un carré de papier.

— Bonjour mademoiselle, je suis désolé de vous déranger si tôt mais on a précisé au téléphone que c'était extrêmement urgent.

Yael prit le message et referma.

Elle lut :

« Je dois te parler. » Suivait l'adresse d'un restaurant panoramique et l'heure du rendez-vous : 8 h 15. Le tout était signé : THOMAS.

Yael consulta le réveil de sa chambre, il était sept heures. *Il m'invite à un petit déjeuner d'adieu*, songea-t-elle. *Pour se justifier. Ou pour me…*

Non, elle chassa cette pensée. Il ne lui ferait pas de mal.

Il était pourtant capable du pire. Il l'avait manipulée. Il s'était servi d'elle en lui mentant ouvertement, en jouant sur ses émotions, ses sentiments. Ce qu'il avait fait ne pouvait se justifier.

Elle n'avait plus rien à lui dire.

Elle ne ressentait qu'une haine sans limites à son égard.

Pourtant elle sut aussitôt qu'elle irait. Un infime espoir rivé au cœur : lire dans son regard que tout cela n'était qu'un perfide mensonge de Goatherd.

Ne sois pas idiote…

C'était un rendez-vous dans un lieu public. Pour éviter tout esclandre ? Pour lui montrer qu'elle ne devait pas le craindre ?

Yael avala sa salive. Une salive douloureuse.

Sa gorge était étroite et son ventre se creusait.

Elle aurait tant voulu que cela soit un mensonge, pouvoir le retrouver et se serrer contre lui.

Yael laissa les larmes couler. Il ne méritait même pas cela.

Elle se dirigea vers la salle de bains pour passer vingt minutes sous une douche brûlante.

Lorsqu'elle s'habilla avec ses vêtements de la veille, elle remarqua l'enveloppe jaune posée dessous. Elle la prit délicatement, avec méfiance. Sa légèreté la surprit. Elle s'attendait presque à sentir le détonateur d'une bombe à l'intérieur. Elle la secoua. Ce n'était que du papier.

Pourquoi attendre pour l'ouvrir ?

Elle n'avait rien à promettre à Goatherd, elle pouvait tout à fait l'ouvrir maintenant.

Curieusement, elle n'en fit rien. Thomas. Une part d'elle s'accrochait encore au souvenir de ce qu'ils avaient enduré ensemble

Elle la rangea dans son sac. Le revolver avait disparu.

Et gagna la sortie du palace pour affronter sa vérité.

82

Le restaurant, au dernier étage d'un building, dominait tout Manhattan. Les tables étaient presque toutes vides à l'exception d'une poignée d'hommes et de femmes qui travaillaient dans les étages inférieurs et venaient ici prendre leur café du matin.

Yael repéra Thomas, assis contre le vide. Il examinait l'horizon et le soleil qui venait clignoter sur les centaines de vaguelettes de la baie.

Elle s'installa en face de lui, sans dire un mot.

Leurs regards se croisèrent.

Alors elle sut que Goatherd n'avait pas menti.

Plus de jeu de séduction, plus de sourire complice. Rien qu'un homme l'observant avec le poids de ce qu'il avait fait.

— Je n'ai pas d'excuses, dit-il calmement. Je l'ai fait parce que c'est mon travail.

Yael serra de toutes ses forces mentales la corde qui maintenait close la vanne des sanglots et parvint à se contenir. Ses mâchoires se bloquèrent et les larmes grossirent dans sa gorge à l'étouffer.

— C'est toi..., souffla-t-elle, c'est toi le plus abject de tous.

Il recula sur sa chaise et se pinça les lèvres.

Après un flottement durant lequel il contempla le paysage, il annonça :

— Ce n'est pas ce que tu voudras entendre, mais je vais te faire le récit de mon rôle, et ne te lève pas pour te tirer avant la fin. C'est pour toi que je le fais, pour chasser de ton esprit le fantôme du Thomas que tu as connu.

Et il lui raconta comment il l'avait approchée, confirmant tout ce que James Goatherd lui avait dit. Il était là pour l'encadrer, l'aider à avancer, pour qu'au final elle aille tuer Goatherd. Il lui relata ce qui n'était pas prévu : qu'elle fonce affronter Olivier Languin. À l'origine, Thomas devait obtenir l'identification de Languin mais ne surtout pas l'approcher. Car Languin devait mourir dans la nuit. Pour effrayer Yael. Mais elle avait roulé jusqu'à son lieu de travail. Thomas avait tout fait pour intercepter Languin avant elle, il voulait lui parler, mais l'homme avait pris peur. Lubrosso était tout de même parvenu à lui régler son compte mais tout avait failli échouer car Yael se trouvait là à ce moment. Thomas avait craint qu'un mot de trop ne soit dit et qu'elle puisse comprendre.

Elle se souvint de sa nervosité, il était prêt à sauter sur Languin ; sur le coup elle avait cru que c'était pour la protéger alors qu'il s'agissait de le faire taire.

Yael avait surpris Thomas en s'emparant des documents brûlés, bien qu'avec le recul cela leur ait permis de gagner du temps. Car tout ne se passait pas comme prévu. Des hommes de Goatherd avaient décidé de s'en mêler et d'éliminer Yael, la contraignant à quitter son domicile où Bonneviel pouvait lui faire passer ses messages. Il fallut improviser. Se dépêcher avant que les nervis de Goatherd identifient Thomas et fassent tout rater.

En faisant parler les papiers brûlés, Thomas avait rattrapé le coup pour entraîner Yael dans la suite de l'énigme.

L'arme qu'elle avait trouvée était celle qui avait servi à abattre Lubrosso. À l'origine elle devait servir à tuer Languin mais comme il avait été empoisonné par son patron, Bonneviel avait ordonné qu'on change les plans. Lubrosso avait été sacrifié. Si tout se passait comme prévu, Yael allait finir par tirer sur Goatherd avec ce revolver et les autorités finiraient par retracer l'itinéraire sanglant de la jeune femme. Le coup de folie d'une jolie solitaire qui avait abattu un vieil homme à Herblay, sans raison apparente, avant de s'en prendre à un milliardaire new-yorkais. On s'en étonnerait puis on l'accepterait comme l'Histoire l'avait fait pour Lee Harvey Oswald, Sirhan Sirhan et d'autres assassins célèbres. Tout juste remarquerait-on sur quelques sites Internet qu'il existait des similitudes et rapprochements troublants entre Yael et Goatherd. Bonneviel se serait débarrassé de son grand rival selon les règles de leur jeu, il aurait marqué des points pour les ressemblances entre Yael et Goatherd et serait monté dans la hiérarchie des Ombres. C'était son plan.

Le plus gros problème vint de Yael elle-même et de sa perspicacité lorsqu'elle remonta jusqu'à Bonneviel. Le pire, c'était que Thomas lui-même l'avait aiguillé sur cette piste en faisant les recherches Internet sur Bonneviel. Il sentait que la confiance de Yael à son égard s'effritait, il avait dû s'impliquer encore plus, marquer des points en se rendant très perspicace. Il avait opéré naïvement, pensant accentuer la paranoïa de Yael, et pour la conforter dans l'idée que les

Ombres étaient des hommes très puissants. Mais le nom n'avait pas suffi, elle voulait le voir. Thomas fit tout pour la dissuader de l'approcher. Elle avait bien deviné, il avait à peine eu le temps de prévenir le banquier suisse juste avant leur arrivée en passant un coup de téléphone éclair, soi-disant à Kamel.

Kamel était de l'improvisation totale.

Désemparé par la présence inattendue de tueurs à leurs trousses, Thomas avait dû se replier sur une solution d'urgence. Quelqu'un qui ne pouvait pas les trahir, quelqu'un qu'il savait neutre à tout prix. Il s'était souvenu de Kamel.

À l'origine il l'avait approché en prétextant un article alors qu'il s'agissait de le surveiller. Des amis de Bonneviel dans le gouvernement américain s'inquiétaient qu'un fils de diplomate puisse enquêter sur eux avec autant d'acharnement. Thomas l'avait infiltré pour dresser un rapport de ce qu'il savait. Et il savait beaucoup trop de choses. Mais ses liens avec la diplomatie lui sauvèrent la vie. On décida qu'il était préférable de conserver un œil sur lui plutôt que de risquer gros en l'éliminant, ce qui n'aurait pas manqué de donner un crédit phénoménal aux théories qu'il défendait ardemment.

Plusieurs mois après cette rencontre, Thomas s'était souvenu de lui.

Kamel les avait aidés. Il s'était révélé très efficace en définitive.

Plus tard, Thomas avait presque perdu son sangfroid à l'annonce du décès de Bonneviel. Cela s'était traduit par une certaine agressivité, qu'il avait rapidement contrôlée. La mort de Bonneviel n'empêchait pas la mission d'aller à son terme. Thomas avait toujours l'entourage du banquier suisse parmi ses contacts. Non seulement il serait payé, mais il pouvait jouir du prestige que ferait rejaillir sur lui le succès d'une mission pareille. Il fallait aller jusqu'au bout. Conduire Yael aux États-Unis, continuer de s'assurer qu'elle était de plus en plus tendue, que son état psychologique se délitait, que la paranoïa grandissait, pour qu'elle soit prête. Prête à tuer Goatherd.

Yael avait découvert des documents chez Bonneviel, ce n'était pas prévu mais leur avait fait gagner du temps, encore une fois. Thomas avait eu peur qu'elle ne tombe sur autre chose de bien plus compromettant pour lui.

Il était un proche du banquier, dans son premier cercle d'hommes de main, ce qui était exceptionnel et uniquement dû, Thomas ne se leurrait pas, à cette mission particulière qui lui imposait d'être au courant de tout.

Yael avait mordu à l'hameçon. Elle s'était intéressée à Petersen et Goatherd.

Le voyage en cargo était prévu également.

Et Carl Petersen avait juré à son ami Bonneviel qu'il répéterait tout ce qu'il fallait à cette jeune femme dès qu'elle mettrait les pieds chez lui.

Malgré une somme d'imprévus, le plan fomenté par Bonneviel avait fonctionné.

Presque jusqu'au bout.

Il avait sous-estimé son principal ennemi dans cette histoire : sa cible, James R. Goatherd.

Thomas conclut :

— Je ne suis pas fier de ce que je t'ai fait. C'est… rien de personnel, tu comprends.

La main de Yael fusa. Elle cueillit violemment la joue de Thomas.

Lorsqu'il pivota pour la fixer à nouveau, son regard était glacial. Il permuta aussitôt et redevint neutre.

Plusieurs personnes s'étaient retournées et les observaient. Après une seconde, chacun retourna à ses occupations.

— Rien de personnel, répéta sèchement Yael. J'espère au moins que tu vas t'asseoir sur une montagne de fric pour un coup pareil. Parce que c'est bien pour ça que tu l'as fait, non ?

Elle posa ses mains sur la table pour ne pas être tentée de se défouler à nouveau.

— J'espère que coucher avec moi n'aura pas été la partie la plus écœurante de ta mission, lança-t-elle.

— Yael…

— Tais-toi. Je ne veux pas entendre tes mensonges.

Elle jeta l'enveloppe jaune de Goatherd sur la table.

— Tiens, ton nouvel ami voulait que nous l'ouvrions *ensemble*.

Thomas fronça les sourcils, surpris et inquiet.

— Qu'est-ce que c'est ?

— Je ne sais pas. Notre *récompense* de chiens-chiens. La vérité qui nous manque, a dit Goatherd, son triomphe.

Toujours peu rassuré, Thomas la décacheta.

Plusieurs petites enveloppes de vélin glissèrent sur la table.

Toutes portaient un numéro de un à trois.

— Une nouvelle énigme ? s'étonna Thomas. Qu'est-ce que c'est que ces conneries.

Il ouvrit la première.

Thomas avait bien deviné. Le dernier jeu de devinettes venait de débuter.

L'horloge du restaurant affichait 8 h 35.

83

La première enveloppe contenait trois billets.

5, 20 et 100 dollars.

Yael se souvint aussitôt de l'e-mail qu'elle avait reçu à ce sujet. Un message envoyé par Goatherd pour tenter de la localiser.

Le texte qui accompagnait les billets était le même :

« Puisque l'Histoire exerce une telle fascination sur vous, continuez à la lire, continuez ce que vous avez commencé, passez à la suite ! Avec des billets de 5, de 20, et 100 dollars. En les réduisant sans les couper, vous devriez obtenir une suite intéressante pour prédire l'avenir... Mais prenez garde. Voir le futur peut coûter cher. Peu sont capables d'y survivre. C'est un jeu d'initiés. Vous êtes prévenue. »

Thomas prit un des billets et remarqua qu'ils avaient été pliés jusqu'à conserver les marques de pliures.

— J'en ai ma claque de ces conneries, fit Yael en voulant se lever.

Thomas lui attrapa le bras.

— Non, attends. Goatherd n'est pas du genre à faire des cadeaux, s'il a fait ça c'est qu'il a une idée derrière la tête. Crois-moi, ces gens n'agissent *jamais* par hasard.

Elle allait rétorquer que ça n'avait plus d'importance, lorsqu'elle vit à son tour les pliures sur les billets. Son esprit percuta tout de suite.

— Réduire sans couper c'est plier, exposa-t-elle en les prenant.

Elle redonna assez rapidement leur mouvement aux billets.

Ainsi assemblés, chacun offrait une suite de dessins qui s'enchaînaient. Incompréhensibles individuellement mais pertinents ensemble.

Le premier, le billet de 5 dollars, représentait une tour, un immeuble :

Le suivant, le billet de 20 dollars, montrait cette même tour en feu :

Le troisième affichait un long panache de fumée, après que la tour s'était effondrée :

Yael hocha la tête. Après avoir truffé le billet de un dollar de symboles, il était logique que les Ombres aient cherché à faire de même avec les autres billets.

Une fois encore, ils jouaient entre eux.

— Je ne… comprends pas où ils veulent en venir, articula Thomas.

Yael ouvrit la seconde enveloppe.

Une page déchirée. Celle d'une bible.

Genèse, 11-9.

« Aussi la nomma-t-on Babel, car c'est là que Yahvé confondit le langage de tous les habitants de la Terre et c'est là qu'il les dispersa sur toute la face de la Terre. »

L'esprit de Yael, rompu à cet exercice et électrisé par les émotions intenses qu'il encaissait, fit aussitôt le lien.

— Pourquoi vouloir associer des billets à la Bible ? Par goût de la provocation, du sacrilège ? proposa Thomas.

— Plutôt pour souligner qu'ils sont corrélés, expliqua Yael froidement. L'argent et la religion sont les deux mamelles du pouvoir. Le dollar représente le commerce international, il représente aussi le point de départ du Nouvel Ordre mondial. Et, on le sait maintenant, les billets sont truffés de symboles laissés là par ceux qui sont dans l'ombre du monde. Ils ne vivent que pour tirer les ficelles de l'Histoire, ils jouent à dominer le monde. Ils fomentent tous les coups tordus, et le font selon des principes, jamais au hasard. Ils font coïncider tous les organes du pouvoir : l'argent, la religion, c'est comme ça qu'ils peuvent marquer l'Histoire de leur sceau. (Elle réfléchit un court instant pour ordonner ses pensées.) Le Nouvel Ordre mondial qu'ils ont instauré depuis les révolutions et qu'ils alimentent sans cesse pour le consolider, le rapprocher peu à peu de leur idéal, c'est un peu comme la naissance d'un nouveau système, non ? On pourrait dire une… genèse. Regarde.

Elle disposa les trois billets pliés devant lui avec l'extrait de la Bible.

— Je pense que pour marquer le point de départ, ou plutôt pour relancer l'élan de ce Nouvel Ordre mondial, ils vont faire s'effondrer une tour. Une grande tour, très symbolique. Et qu'ils vont le faire aujourd'hui.

— Aujourd'hui ? Pourquoi ?

— Parce que c'est Genèse 11-9. Onze septembre. La date d'aujourd'hui.

Elle pointa l'extrait de la Bible.

— Genèse 11-9, c'est le passage où Babel est détruite. La tour de Babel. Quelle ville est la plus cosmopolite sur terre, en tout cas un symbole fort du rassemblement de toutes les langues dans un endroit vertical où tout le monde parle et où peu s'entendent, ce qui est la définition de Babel ?

— New York. Celle qu'on surnomme aussi la Nouvelle Babylone.

Yael prit la troisième et dernière enveloppe et annonça sans émotion :

— Et je te parie que dans celle-ci, il nous dit quelle tour il va frapper.

84

La troisième enveloppe ne contenait qu'une feuille sur laquelle étaient collés deux extraits des journaux.

Yael lut le premier à voix haute :

« L'Histoire est à nous, et les peuples la font pour construire une société meilleure. Salvador Allende, le 11 septembre 1973. »

Elle se redressa.

— C'est le jour où Allende est mort. Le président chilien est mort pendant le coup d'État, rappela-t-elle.

— La date, fit remarquer Thomas. Goatherd veut jouer avec l'Histoire une fois encore.

Yael fit un effort pour se remémorer ce qu'elle savait du coup d'État de Pinochet.

— Allende avait accédé au pouvoir démocratiquement, mais ça n'a pas plu à certains militaires chiliens.

— Ni aux Américains qui voyaient là le succès politique d'une union de gauche qui leur faisait peur. On dit que Henry Kissinger aurait préparé le coup d'État en demandant à la CIA d'aider les militaires putschistes à s'organiser entre eux et en semant un début de chaos favorable au renversement en s'alliant à des multinationales assez influentes pour frapper l'économie chilienne.

Yael lut l'autre coupure de journal.

« Des avions ont attaqué le peuple. Ils ont commencé par détruire les deux tours de communications, celle de Radio Portales et de Radio Corporación, symbole des voix, de notre ville. Puis notre nation a changé. C'était le 11 septembre 1973. »

Yael tendit la feuille à Thomas.

Elle posa le front dans sa paume.

— Les deux tours, symboles de la ville, murmura-t-elle.

Thomas secoua la tête.

— Non.. c'est impossible, dit-il. Les tours du World Trade Center…

— Ici même.

Thomas se leva.

— Pourquoi m'as-tu donné rendez-vous ici ? demanda-t-il.

— Quoi ?

Elle était stupéfaite. C'était lui qui…

— Bien sûr…, comprit-elle.

Elle laissa échapper un petit rire nerveux.

— James Goatherd n'est pas du genre à nous laisser vivre après tout ça. Mais il voulait que nous soyons aux premières loges de son triomphe. Son « coup » à lui. Il nous a fait venir ici…

Thomas la prit par la main et voulut l'entraîner vers la sortie mais sa main se déroba. Il se tourna vers elle.

Yael fixait l'horizon bleu au-dessus de la baie.

L'horloge affichait 8 h 46.

Le premier avion frappa la tour de plein fouet.

85

Les vitres se fendirent et le bâtiment gronda comme le ventre d'un monstre torturé.

Les femmes et les hommes hurlèrent dans le restaurant panoramique. Ils se précipitèrent vers les ascenseurs pour redescendre. Ils attendirent en vain que les portes s'ouvrent sans savoir que des geysers de kérosène en feu jaillissaient déjà le long de ces puits.

D'autres se mirent à courir vers les escaliers de service. Ils ignoraient que les marches avaient disparu quelques niveaux plus bas, arrachées par le choc au-dessus du trou béant de l'enfer.

Ils erraient en criant, déjà fantômes de leur prison dans les cieux.

Yael vit Thomas qui cherchait à l'entraîner vers la sortie de service mais elle resta assise.

— Viens ! hurla-t-il.

Yael préféra se tourner. Les fêlures du verre s'ouvraient en grinçant.

Elle attendit là, sur le sol tremblant.

Lorsqu'elle se leva pour marcher lentement parmi les chaises renversées, Yael découvrit que Thomas avait disparu avec tous ceux qui étaient encore présents un quart d'heure plus tôt.

La température monta très rapidement. Le sol devint brûlant, les semelles de Yael se mirent à coller comme du chewing-gum. L'air était suffocant. Yael titubait doucement, au sommet du monde, du haut de son vertige.

Des affiches se décollèrent des murs.

Les fenêtres explosèrent, et les vents s'engouffrèrent rageusement dans le grand hall, apportant pendant quelques secondes une fraîcheur salvatrice. De courte durée.

La fumée extérieure couvrit l'horizon comme un voile ténébreux et le vent se mit à brûler.

C'était à présent une fournaise tourbillonnante. L'air tremblait.

Yael n'avait plus la force de bouger. Chaque respiration lui torturait les poumons. Sa peau était douloureuse, comme frottée au papier de verre. Ses cheveux commençaient à se resserrer sur son crâne. Ils allaient fondre. Ses paupières eurent du mal à se rouvrir.

Yael tint bon. Elle ne tomba pas sur cette plaque bouillante qu'était devenu le sol.

Et dans le grand flou palpitant, elle vit un battant s'ouvrir.

Thomas réapparut en poussant la porte de l'escalier. Il était seul.

Les vapeurs froissèrent l'air du hall jusqu'à boire les deux silhouettes. Deux fantômes s'observant au cœur sacré de l'Histoire.

D'une démarche lente et difficile Thomas revint en direction de la jeune femme.

Il la guettait.

Il attendait un signe de sa part.

La tour sud vacilla d'abord.

La seconde disparut moins d'une demi-heure plus tard.

Le champignon de poussière gonfla, tumeur en pleine expansion ravageant les rues, arrachant les façades, recouvrant la surface des eaux de l'Hudson ; une tumeur contagieuse qui s'infiltra jusqu'aux plus hautes terrasses, jusqu'aux plus profonds des égouts.

Par un jeu d'optique et d'imagination, on vit bien des signes ce jour-là dans ce panache effrayant qui grimpait à l'assaut des cieux pour les endeuiller.

« Demain sera un autre jour plein de promesses pour des hommes comme moi. Et le monde changera. »

Les tours chancelèrent dans la confusion des esprits assistant au drame en direct à la télévision.

Elles s'effondrèrent en emportant bien plus que leurs victimes et leurs symboles.

Alors, le monde changea.

ÉPILOGUE

BLOG DE KAMEL NASIR.

J'ai connu un couple, il y a quelques années, Yael et Thomas, qui avait mis le doigt dans l'engrenage du pouvoir.

Ils n'étaient pas volontaires.

Ils n'ont pas eu le choix.

Ils ont été happés.

Je ne sais pas ce qu'ils sont devenus.

Toutes les données que je vous ai livrées dans ces pages ne sont pas top secret. Ce sont des informations que l'on peut se procurer en cherchant bien. Mais elles sont là, avérées, loin des mythes de conspiration, il ne s'agit que d'informations bien réelles. Il suffisait seulement de les mettre bout à bout, de les relier entre elles. D'une certaine manière, ces gens qui jouent avec nous, qui nous mentent, se servent de notre ignorance, de notre laxisme, et c'est bien là-dessus qu'ils comptent. C'est parce que nous considérons les notions de liberté et de démocratie comme acquises que nous n'avons pas été assez attentifs.

Il y a déjà tellement de choses à surveiller, me direz-vous, de fronts où combattre dans nos vies personnelles.

Le travail au quotidien, les factures à payer, la vie de couple, les problèmes relationnels, les enfants... C'est vrai.

Mais c'est sur ces bases-là que se construit notre nouveau monde.

Le Nouvel Ordre mondial.

Sur nos doutes, nos peurs, nos luttes au quotidien qui nous rendent moins vigilants aux problèmes du monde.

N'oubliez pas que cette histoire est vraie.

Faites-la circuler. Mais pensez que vous êtes surveillé. Toujours.

D'ailleurs, ils savent déjà que vous avez lu ce récit. Comment l'avez-vous eu ? Vous l'avez acheté ? Payé par chèque ou par carte de crédit ? Alors vous êtes fiché.

Emprunté à la bibliothèque municipale ? Alors vous êtes fiché.

Téléchargé sur le web ? Fiché aussi.

Un ami vous l'a prêté ? Fiché probablement, via la puce RFID, votre ami étant lui-même fiché.

Vous trouvez que j'en fais trop ? Alors attendez quelques années. Mais il sera peut-être trop tard.

Mon grand-père disait que la paranoïa était en train de devenir non plus une tare mais une qualité de survie dans ce triste système. Qu'en penser ?

Pensons. C'est déjà ça. À l'abri de nos cervelles, nous avons au moins cette liberté.

Mais pour combien de temps encore ?

C'est légitimement que je conclus par le biais de deux penseurs universels qui devraient, je l'espère, tous nous parler. Dont un Américain, justement, Benjamin Franklin :

« Ceux qui négocieraient leur Liberté fondamentale contre une sécurité illusoire ne méritent ni Liberté, ni Sécurité. »

Nous devons être vigilants car au nom des libertés et de la sécurité de notre système, de notre collectivité, nous rabaissons nos libertés individuelles. C'est là que le danger rôde. Des États fascistes sont nés ainsi.

Avec le soutien de leur peuple.

Tandis que les lois de nos civilisations se durcissent, j'aime à me rappeler Montesquieu et à trembler :

« La liberté est le droit de faire tout ce que les lois permettent. »

Kamel Nasir,
Le 12 septembre 2005.
En hommage à deux amis disparus.

Maxime CHATTAM ▸
Maléfices

Dans l'Oregon, les habitants de Portland inspectent chaque soir frénétiquement leur lit : depuis quelques semaines on glisse dans leurs foyers des araignées aux piqûres mortelles. Des femmes sont même enlevées la nuit, sans que leurs maris ne se réveillent, puis retrouvées momifiées et emprisonnées dans des toiles d'araignée géantes. Certains commencent à douter que le criminel soit humain. Joshua Brolin et Annabel O'Donnel vont devoir entrer dans la toile et faire face à l'impensable…

Pocket n° 12249

◂ Maxime CHATTAM
Le 5e règne

Ils auraient dû se méfier. Respecter le couvre-feu instauré depuis le meurtre du jeune Tommy, retrouvé étranglé près de la voie ferrée. Reposer ce vieux grimoire poussiéreux tant qu'il était encore temps. Et surtout… ne pas en tourner les pages. À présent, Sean et sa bande vont devoir affronter le Mal absolu : à Edgecombe, petite ville de Nouvelle-Angleterre, les éléments se déchaînent, les disparitions se multiplient… Et si ce livre maudit détenait la clé du plus effroyable mystère de l'humanité ?

Pocket n° 12248

Pour en savoir plus : www.pocket.fr

Composé par Nord Compo
à Villeneuve-d'Ascq

Impression réalisée sur Presse Offset par

CPI
Brodard & Taupin

46965 – La Flèche (Sarthe), le 28-04-2008
Dépôt légal : mai 2008

POCKET – 12, avenue d'Italie - 75627 Paris cedex 13

Imprimé en France